Mittsommerleuchten

Das Buch

Gloria, 53 und glücklicher Single, würde am liebsten ihren Job an den Nagel hängen, um endlich wieder reisen und das Leben genießen zu können. Das Problem dabei: Sie ist eine berühmte Opernsängerin auf dem Höhepunkt ihrer Karriere und soll mit den Proben für *Carmen* beginnen. Und das auch noch mit zwei verflossenen Liebhabern in den beiden männlichen Hauptrollen – darunter ihre große Liebe Dominic, den sie seit zwanzig Jahren nicht gesehen hat. Hat er sich womöglich absichtlich um eine Rolle an Glorias Seite bemüht? Außerdem macht ihr der schwedische Winter zu schaffen. Sie hat große Sehnsucht nach Sommer und Wärme.

Glorias Schwester Agnes wiederum ist glücklich verheiratet. Eigentlich. Jetzt aber überrascht sie Gloria mit der Ankündigung, sich scheiden lassen zu wollen. Das Drama kann beginnen – auf und hinter der Bühne …

Die Autorin

Åsa Hellberg wurde 1962 in Fjällbacka geboren. Heute lebt sie mit Sohn, Katze und ihrem Lebensgefährten in Stockholm. Sie arbeitete unter anderem als Flugbegleiterin, Coach und Dozentin, bevor sie mit dem Schreiben begann. Mit ihren Romanen schrieb sie sich auf Anhieb in die Herzen der Leserinnen und stand wochenlang auf der *Spiegel*-Bestsellerliste.

Von Åsa Hellberg sind in unserem Hause bereits erschienen:

Sommerfreundinnen
Herzensschwestern
Sommerreise
Mittsommerleuchten

Åsa Hellberg

Mittsommerleuchten

Roman

Aus dem Schwedischen von Katrin Frey

List Taschenbuch

Besuchen Sie uns im Internet:
www.list-taschenbuch.de

Deutsche Erstausgabe im List Taschenbuch
List ist ein Verlag der Ullstein Buchverlage GmbH, Berlin.
1. Auflage Mai 2017
© für die deutsche Ausgabe Ullstein Buchverlage GmbH, Berlin 2017
© Åsa Hellberg 2016
Titel der schwedischen Originalausgabe: *Gloria* (Bokförlaget Forum 2016)
Umschlaggestaltung: bürosüd° GmbH, München
Titelabbildung: living4media / © Winfried Heinze
Satz: Pinkuin Satz und Datentechnik, Berlin
Gesetzt aus der Stempel Garamond
Druck und Bindearbeiten: CPI books GmbH, Leck
ISBN 978-3-548-61342-0

Mein Großvater hatte ewig in der Schlange vor der Stockholmer Oper gewartet. Endlich war er an der Reihe und kaufte sich eine Karte für »Elektra« mit Birgit Nilsson in der Titelpartie.

Als ihm jemand die Eintrittskarte aus der Hand riss, zerplatzte sein großer Traum.

Sich noch einmal hinten anzustellen hätte keinen Sinn gehabt, die Karten waren fast ausverkauft, und so fuhr er wieder nach Fjällbacka zurück, ohne sein Idol gesehen zu haben.

Dieses Buch ist für dich, Sven Hellberg, wo auch immer du jetzt bist.

OUVERTÜRE

Sechzehnter Januar

Nachdem sie *Dagens Nyheter* überflogen und zwei Eier mit Kaviarpaste mit drei Tassen pechschwarzem Kaffee hinuntergespült hatte, holte sich Gloria Stift und Papier. Sie brauchte einen Plan für die Zukunft, denn in ihrem Kopf herrschte ein einziges Durcheinander.

Natürlich könnte sie die Stockholmer Oper verlassen. Sie hatte nur noch nicht alle Lösungen durchdacht. Genau so war es! Wenn sie erst alle Alternativen aufgeschrieben hatte, würde sie sich viel besser fühlen.

Fünf Punkte, die jede Frau mit 53 erledigen sollte, lautete die Überschrift. Das war ein sehr guter Anfang.

Es gab ein Leben außerhalb der Bühne, sie musste es nur entdecken.

Schnell.

- Sich zur Ruhe setzen oder rauswerfen lassen. Ersteres ist vorzuziehen, weil bestimmt mehr Geld dabei rausspringt. Das man gut gebrauchen kann, wenn man …
- sich weit weg von Schweden eine Wohnung anschaffen will, wo man …
- mal mit jemandem ins Bett gehen könnte, der kein

Opernsänger und zwar über dreißig, aber noch keine
fünfzig ist. Das ergäbe ein hervorragendes Kapitel, wenn
man die Absicht hat …

- eine Autobiographie zu schreiben … die vor Fröhlich-
keit und Optimismus strotzen muss, weil man um keinen Preis …
- zusammenbrechen darf.
- zusammenbrechen darf.
- zusammenbrechen darf.

Gloria legte den Stift beiseite und überlegte, ob sie ihren
Arzt überreden könnte, ihr zu attestieren, dass die Knoten
auf ihren Stimmbändern das Aus für ihre Karriere bedeu-
teten. Sie hatte schon öfter unter Stimmknötchen gelitten,
die monatelange Erholungsphasen erforderten.

Zaghaft räusperte sie sich. Nicht das geringste Kratzen.
Ihre Stimme war so gut in Form wie noch nie. Ein vor-
zeitiger Ruhestand war keinesfalls angezeigt, denn sie war
körperlich topfit. Sie ging dreimal die Woche zum Sport.
Sie ernährte sich vernünftig, zumindest wenn man den Ge-
sundheitsbeilagen der Boulevardpresse Glauben schenkte,
und hatte im Vergleich zu anderen Frauen ihres Alters das
Glück, mit sogenannten »guten« Genen gesegnet zu sein.
Ihr Körper funktionierte perfekt. Sie hatte keine Zipperlein und immer noch regelmäßig ihre Tage.

Hier gab es also nichts zu holen.

Sie legte den Notizblock neben den Stift, stand vom
Sessel auf und schaute aus dem Fenster auf die Östgötagata
hinunter.

In dieser Zweizimmerwohnung lebte sie, seit ihr Sohn
Marcus vor zwölf Jahren nach London gezogen war, und
das Straßenbild war ihr vertraut. Es vermittelte ihr ein Ge-

fühl von Geborgenheit, ob es nun Winter war, so wie jetzt, oder nicht. Der Schnee, der in großen Flocken fiel, war ihr nur recht. Von ihr aus hätte es einen Meter schneien können.

Sie warf einen Blick auf die Wanduhr. Halb zehn. Sie hatte fünf Stunden geschlafen und war um zehn nach acht aufgewacht, was angesichts der Tatsache, dass sie in der Nacht so lange wach gelegen und gegrübelt hatte, gar nicht schlecht war.

Irgendetwas musste sie tun. Ihr lief die Zeit davon.

Während sie in den knallroten Daunenmantel schlüpfte und sich die Mütze so tief wie möglich ins Gesicht zog, überlegte sie, ob sie wegziehen sollte. Alles hinter sich zu lassen war bestimmt das Beste.

Mit dem Geld, das bei ihren vielen Engagements in den vergangenen Jahren herausgesprungen war, könnte sie sich eine ganze Weile, vielleicht sogar einige Jahre über Wasser halten. Wenn sie die Wohnung verkaufte, kämen noch ein paar Millionen Kronen hinzu. Der Verkauf ließ sich auch von einer Mittelmeerinsel aus regeln, nichts hinderte sie daran, Stockholm noch heute den Rücken zu kehren.

Natürlich wäre ihr Ruf ruiniert, und kein Opernhaus der Welt würde ihr je wieder ein Engagement geben, aber war das schlimm? Sich trotz eines unterschriebenen Vertrags aus dem Staub zu machen, wäre zwar kein besonders dankbarer oder höflicher Abschied nach einer langen glänzenden Karriere, aber seltsamerweise konnte man seine Einstellung zu solchen drastischen Schritten plötzlich ändern.

Vor einem Jahr war ihr Leben noch ruhig *und* friedlich verlaufen. Sie hatte Angebote von der Scala und aus London abgelehnt, aber ein Gastspiel in Deutschland und ein *grandioses* Konzert in New York gegeben. Nie wäre ihr eingefallen, von der Opernbühne, auf der sie so lange zu Hause gewesen war, zu fliehen.

Jetzt sah die Lage vollkommen anders aus.

Sie sehnte sich nach ihrer Schwester. Agnes war ruhig und besonnen, hatte ihre Gefühle unter Kontrolle und fand stets die richtigen Worte. Leider befand sie sich momentan irgendwo jenseits des Atlantiks, so dass Gloria nichts anderes übrigblieb, als allein klarzukommen.

Sie wickelte sich ihren großen marineblauen Schal um den Hals, stieg in die Boots, steckte die Hände in die Lovvika-Fäustlinge, die auf dem Heizkörper gelegen hatten, und verließ die Wohnung. Eine Sekunde später machte sie die Tür wieder auf, schnappte sich das Portemonnaie von der Kommode im Flur, schloss doppelt und dreifach ab und ging die Treppe hinunter.

Es war schön, vor die Tür zu kommen. An einem verschneiten Montag im Januar war sogar die sonst dichtbefahrene Folkungagata menschenleer.

Sie überquerte die Straße, spürte beim Anblick der armen Frau mit der leeren Blechdose vor dem Ica-Supermarkt wie immer einen Stich in der Brust und setzte, nachdem sie einen Hundertkronenschein hineingelegt hatte, rasch ihren Weg in Richtung Götgata fort. Beim nächsten Mal würde sie daran denken, die Frau zu fragen, ob sie einen Fleecepullover gebrauchen könne. Sie hatte einen nagelneuen zu Hause liegen, an dem sogar noch das Preisschild hing.

Der eisige Wind ließ sich von den lockeren Maschen ihres Schals nicht abhalten. Schnee peitschte ihr ins Gesicht. Sie hätte umkehren und wieder nach Hause gehen sollen. Feuer im Kamin machen und Tee trinken. Eine Duftkerze anzünden und sich wie eine normale Frau verhalten. Sie wusste jedoch, dass sie sich, wenn sie jetzt nach Hause ging, in ihr ungemachtes Bett legen und an die Decke starren würde. Vermutlich bis zum Abend.

Sie hatte *einen* freien Tag, und den konnte sie nicht genießen.

Morgen musste sie wieder zur Probe, und einen Moment lang erschien es ihr verlockender, in einer Schneewehe einzuschlafen, als in der Königlichen Oper als Solistin zu arbeiten.

Als ihr einfiel, dass Wünsche manchmal wahr werden, klopfte sie sich dreimal an die Stirn. Gab es denn keinen anderen Ausweg?

Vielleicht sollte sie lieber darüber nachdenken, was sie wollte, anstatt dauernd zu überlegen, was sie alles *nicht* wollte. Nein, nein und wieder nein hatte sie gesagt und sich nicht gefragt, wozu sie eigentlich ja gesagt hätte. Und das betraf alles: Liebe, Arbeit und Freunde. Sie wollte ihr Leben austauschen. Abgesehen von der Familie ihres Sohnes. Und der ihrer Schwester. *Und* ihren besten Freundinnen Lena und Kit, wobei ihr die Freundschaft mit Kit im Moment auch nicht viel nützte.

Sie hatten seit Ewigkeiten nicht miteinander gesprochen. Gloria hatte um eine andere Inspizientin gebeten, und Kit wollte nur noch bei Produktionen mitarbeiten, an denen Gloria nicht beteiligt war. Auf die Dauer war beides nicht möglich, und da die Premiere von Carmen nur noch zwei Monate hin war, würden sie wieder zusammenarbeiten müssen.

Sie hatten sich nahegestanden, waren sich aber nie besonders ähnlich gewesen. Im Gegensatz zu Gloria war Kit blond und blauäugig. Weicher. Die Art von Mensch, die jeder mag, und zwar aus so vielen Gründen, dass es leichter ist, den einen zu nennen, der sie und Gloria entzweit hatte:

Adrian Lofti.

»Wir müssen reden«, sagte Kit.

»Du klingst wie ein Ehemann, der seine Frau um die Scheidung bittet.« Lachend sah sich Gloria in Kits aufgeräumtem Büro um. Wie immer standen frische Blumen auf dem Tisch. Alles war ordentlich sortiert. In Glorias heimischem Arbeitszimmer hingegen herrschte abgesehen von ihren Notizbüchern Chaos.

»Nicht ganz, aber du wirst auch nicht begeistert sein.«

»Jetzt mache ich mir Sorgen. Du bist doch nicht krank?« Gloria musterte sie ernst.

Kit räusperte sich und fuhr sich mit den Fingern durchs Haar. »Ich habe mit Adrian geschlafen. Nicht nur einmal. Ich glaube, ich bin in ihn verliebt. Und er in mich.« Sie starrte auf die Schreibtischplatte.

»In Adrian? Meinen Adrian? Warte mal. Das ist ein Witz, oder? Ich habe so was läuten hören, aber ich habe es natürlich für ein Gerücht gehalten.«

Kit war kreidebleich. Gloria vermutlich puterrot. Ihre Wangen glühten, und ihr Puls raste, als wäre sie von der Loge auf die Bühne gerannt.

Sie lachte auf. Kit sollte mit Adrian geschlafen haben? Sie glaubte ihr kein Wort. Das war doch nicht möglich. Oder?

»Nein, es ist kein Gerücht.«

»Wie lange geht das schon?«

»Sechs Wochen.«

Blitzschnell rechnete Gloria nach, dass ihre Romanze mit Adrian da seit genau einer Woche beendet gewesen war.

»Warum hast du mir nicht früher davon erzählt? Du hast

12

mich hintergangen, als ich nicht verstanden habe, warum er mich nicht mehr sehen wollte. Ich habe doch mit dir darüber geredet. Verdammte Scheiße, Kit, verdammte Scheiße.«

Am liebsten hätte sie Kit das blasse Gesicht zerkratzt. Sie musste die Hände zu Fäusten ballen, um nicht gewalttätig zu werden.

Stattdessen spuckte sie auf den Fußboden.

»Der Teufel soll dich holen, Kit! Und Adrian kannst du gleich mitnehmen in die Hölle. Das werde ich dir nie verzeihen.«

Adrian war Gloria mittlerweile vollkommen egal, und wenn sie ehrlich war, war er ihr schon vorher ziemlich gleichgültig gewesen, und laut den Gerüchten, die ihr zu Ohren gekommen waren, waren er und Kit glücklich zusammen. Auch das war ihr egal.

Tief im Innern wusste Gloria, dass sie Kit um Verzeihung bitten musste, etwa: Es tut mir leid, dass ich so ausfällig geworden bin. Aber sie konnte nicht.

Dass Kit sich ihr nicht anvertraut hatte, war ein Vertrauensbruch, und so gern Gloria auch darüber hinweggekommen wäre, es ging einfach nicht. Sie fühlte sich von Kit betrogen, weil sie nichts gesagt hatte. Sie hätte ihr davon erzählen müssen. Sofort. Nicht erst nach Wochen.

Vielleicht nahmen manche Menschen einen Vertrauensbruch nicht so schwer.

Aber Gloria gehörte nicht zu ihnen.

Sie hatte gar nicht die Absicht gehabt, ins Reisebüro zu gehen, aber es sah so warm und gemütlich darin aus, und nur weil sie sich über Urlaubsreisen informierte, musste sie ja nicht unbedingt eine buchen.

Falls sie diesen Winter irgendwohin fuhr, dann an einen Ort, an dem sie noch nie gewesen war. Die Besuche bei Marcus und seiner kleinen Familie in London zählten nicht.

»Kann ich Ihnen helfen?«, fragte der Mann hinter dem Schalter.

Gloria zog sich den Schal vom Gesicht, bevor sie ihm antwortete. »Nein danke, ich bin in erster Linie wegen dieser verdammten Kälte reingekommen.« Sie lächelte.

Sie drehte sich zu der großen Tafel mit den Last-Minute-Reisen um. Ihre Wangen schienen taub zu sein. Sie zog die Fäustlinge aus und betastete ihr Gesicht. Es war eiskalt. Sie rieb sich die Wangen, während sie die Reiseziele studierte.

»Kein Winterurlaub?«, fragte er.

Sie wandte sich wieder ihm zu.

»Nicht geplant, nein.«

»Ich selbst fahre ja im Frühjahr nach Irland. Drei Wochen. Mit dem eigenen Auto, da ist man mobiler. Waren Sie schon mal dort?« Er strahlte, hielt aber die Hand hoch, als das Telefon klingelte. Gut, dann brauchte sie nicht zu antworten. Sie hatte überhaupt keine Lust auf Konversation, schon gar nicht über Irland. Bloß nicht daran denken.

Welche Erinnerungen willst du denn stattdessen, liebe Gloria?, fragte sie sich. Möchtest du reisen? Dann kauf dir ein Ticket und los. Lass das Lamentieren, und hör ausnahmsweise mal auf dein Bauchgefühl.

Auf dem Heimweg schaute sie kurz bei Lena vorbei. Gloria war noch nie dort gewesen, aber als sie an der fröhlichen rotgestrichenen Tür vorbeikam, hielt sie inne und trat ein.

Nachdem sie im Flur ihren dicken Mantel aufgehängt

hatte, beugte sie sich zu den Kindern hinunter, hob das verrotzteste von allen hoch und dachte bei sich, als Lena mit fragendem Lächeln auf sie zukam, dass dies eine ausgezeichnete Gelegenheit war, sich die Lungenentzündung zuzuziehen, für die sie ihre warme Wohnung verlassen hatte.

Achtzehnter Januar, ein Sonntag

Dominic sah sich in der Ankunftshalle um und winkte dem Mann, der das Schild mit der Aufschrift *Evans* in der Hand hielt.

»Grand Hôtel, Sir?«

»Ich spreche Schwedisch«, sagte Dominic. »Ja, Grand.« Er reichte dem Fahrer seinen Koffer.

Er war vor sieben Jahren zum Arbeiten hier gewesen und wollte nun für immer bleiben. Die Idee war entstanden, als man ihm die Rolle des Don José in *Carmen* anbot. Eigentlich hatte er frei und wollte sich vielleicht sogar endgültig zur Ruhe setzen, aber wenn die Stockholmer Oper anfragte, konnte Dominic einfach nicht nein sagen. An diesem Engagement passte zu vieles perfekt.

Er hatte lange darüber nachgedacht, wie es sein würde, wieder nach Schweden zu ziehen. Wenn er ehrlich war, hatte er diesen Schritt bisher gescheut. Doch nachdem so viele Jahre ins Land gegangen waren, erschien er ihm ungefährlich. So hatte er es zumindest empfunden, als er das Angebot annahm, in der kommenden Saison hier zu singen. Jetzt war er sich nicht mehr so sicher, und sobald er schwedischen Boden unter den Füßen hatte, war die Angst zurückgekehrt. Dabei hielt ihn in London nichts.

Und zudem lebte in Stockholm seine Mutter, die mit ihren 87 Jahren immer noch munter und von ernsthaften Gebrechen bislang verschont geblieben war.

Das kleine Ein-Zimmer-Apartment in Söder, das er sich vor seinem Umzug nach London gekauft hatte, stand meistens leer, wurde aber momentan von irgendeiner Nichte oder einem Neffen genutzt, so dass er die kommenden drei Wochen im Hotel überbrücken musste. Währenddessen würde er sich nach einer anderen Wohnung umsehen. Auf die Dauer war ein Zimmer natürlich zu wenig, aber für die ersten Monate reichte es ihm vollkommen.

Er fragte sich, wie sie auf die Nachricht reagiert hatte, dass sie wieder zusammen auf der Bühne stehen würden. So wie er sie kannte, hatte sie sich nichts anmerken lassen.

Oder sie war, im Gegensatz zu ihm, mittlerweile über die Geschichte hinweg.

Davor fürchtete er sich vielleicht am meisten.

»*Grand Hôtel, Monsieur?*«

»*Oui.*«

Sebastian Bayard liebte Stockholm. Seitdem er hier nach seiner Ausbildung ein Jahr gelebt hatte, betrachtete er die Stadt als seine zweite Heimat. Einige Gastspiele in den vergangenen Jahren hatten ihn nur noch in dem Gefühl bestärkt, dass ihm diese Stadt eine Freiheit bot, die er in Paris niemals finden würde. Zudem erkannte ihn hier niemand, was ungeheuer angenehm war.

In Frankreich wurde er, wie in vielen anderen Ländern, auf Schritt und Tritt von Paparazzi belagert. In Schweden fotografierte man ihn vielleicht bei der Premiere, aber ansonsten ließ man ihn in Ruhe.

Das Angebot war spät gekommen. Einer der Solisten

war krank geworden, und man hatte in letzter Minute jemand anderen engagieren müssen.

Sebastian hatte die Rolle schon oft gesungen und musste, als man einen Tag zuvor bei ihm anfragte, nicht lange überlegen. Als ihm die Intendantin eröffnete, dass er wieder mit Gloria Moreno singen würde, war jede Faser seines Körpers in Schwingung geraten. Dass auch Dominic dabei war, hatte die letzten Zweifel ausgeräumt.

Gloria war grandios. Sie hatte so viel Leben in sich, dass er sie im Gegensatz zu den meisten Frauen, mit denen er eine Affäre gehabt hatte, nie vergessen konnte.

Es würde ihm ein wahres Vergnügen sein, sie erneut zu verführen und ihr ins Gedächtnis zu rufen, was für ein wunderbares Paar sie einst gewesen waren. Die Anwesenheit von Dominic Evans steigerte seine Vorfreude noch.

Sebastian und Gloria hatten seit vielen, vielen Jahren keinen Kontakt mehr, und es war unwahrscheinlich, dass sie noch an ihn dachte, aber er wusste, wozu er fähig war, wenn er sich etwas in den Kopf gesetzt hatte. Diesmal würde er sich nicht aufhalten lassen.

»Mr Novak, can I take your luggage?«

Pjotr überreichte dem Fahrer, der von da an kein Wort mehr von sich gab, seinen Kalbslederkoffer. Die Stille war herrlich. Sein Sitznachbar im Flieger aus Warschau hatte nicht eine Minute den Mund gehalten.

Als sich das Taxi Stockholm näherte, beugte sich Pjotr hinunter und wischte den Staub von seinen Schuhen. Dann griff er nach seinem Hut, versetzte ihm von oben einen gezielten Hieb in die Mitte und setzte ihn sich auf den kahlen Schädel.

Den Rest des Abends würde er in seinem Zimmer im

Grand verbringen. Er konnte es kaum erwarten, mit den Vorbereitungen auf eine Inszenierung zu beginnen, die bei dieser Besetzung eine echte Herausforderung darstellte.

Es war ein Wagnis, über fünfzigjährige Solisten zu engagieren, aber niemand hatte ihn nach seiner Meinung gefragt, obwohl er »*Carmen*« schon so oft dirigiert hatte. Zuletzt an der Metropolitan, wo das Ensemble vom begeisterten Publikum stehende Ovationen bekommen hatte.

Und er hatte natürlich kein Problem mit Sängerinnen wie Gloria, deren phantastische Stimme mit Sicherheit noch auf dem Sterbebett nichts von ihrer Kraft eingebüßt haben würde. Wie alt war sie? Über fünfzig, meinte er, obwohl es kaum zu glauben war.

Er hatte immer für sie geschwärmt, aber da sie natürlich in einer ganz anderen Liga spielte, hatte er ihr das nie gesagt. Für sie war er nicht mehr als ein guter Freund. Doch man konnte nie wissen. Wenn sie von den leidenschaftlichen Sängern genug hatte, stand ihr der Sinn vielleicht nach einem Mann zum Anlehnen.

Im Abstand von jeweils einer Stunde hatten die drei Männer in dem luxuriösen Hotel in Stockholm eingecheckt. Die erfahrene Rezeptionistin war zwar an Prominenz, aber nicht an die aus der Opernwelt gewöhnt und hatte keine Ahnung, wer sie waren. Sie hatte jedoch rasch erkannt, dass sie – falls sie Lust hatte – mühelos den appetitlichen Franzosen verführen oder sich von dem ernsten Polen zum Abendessen einladen lassen konnte, aber bei dem Engländer auf Granit beißen würde. Schade. Dabei war er der heißeste Gast, den dieses Hotel seit langem beherbergte, dachte sie, während er auf den Fahrstuhl zuschlenderte.

Neunzehnter Januar

Kit blieb so lange wie möglich im Büro. Als Adrian hereinschaute, sagte er, sie sehe blass aus. Dann strich er ihr über die Wange, beteuerte, er fände sie trotzdem schön, und hastete weiter zur Kostümprobe.

Was hatte sie nur gemacht, bevor sie sich näher kennenlernten? Wenn sie bedachte, wie lebendig sie sich jetzt fühlte, musste ihr Leben nahezu tot gewesen sein.

Sie hatte immer geglaubt, dass sie für ihn nicht in Frage käme, weil er Frauen wie Gloria liebte, die Männer magnetisch anzog. Kit hatte sie eigentlich nicht darum beneidet, und es hatte ihrer Freundschaft keinen Abbruch getan. Ihre Freundin konnte sich die Männer eben aussuchen, während Kit es mit dem anderen Geschlecht nie ganz leicht gehabt hatte, aber wenn sie ehrlich war, war sie auch nicht so hinter den Männern her gewesen wie Gloria.

Als ihr jedoch Adrian zum ersten Mal über den Weg lief, verliebte sie sich Hals über Kopf, und es tat weh mitanzusehen, wie Gloria ihn um den kleinen Finger wickelte. Kit erzählte ihr natürlich nichts von ihrer Verliebtheit, es waren ja doch nur Flausen. Sie hatte die fünfzig überschritten und musste sich damit abfinden, dass der Zug für sie abgefahren war. Als Adrian und Gloria ein Paar wurden, verdrängte sie ihre Gefühle, so gut es ging.

Dann nahmen die Dinge ihren Lauf. Nachdem Adrian und Gloria einige Monate zusammen gewesen waren, gestand er Kit seine Gefühle für sie.

Sie merkte, dass ihre Hände krampfhaft einen Stoß Papier umklammert hielten, und zwang sich, ihn loszulassen. Sie legte den Stapel auf dem Schreibtisch ab, strich das oberste Blatt glatt und sah auf die Uhr. Bald würden

sich die Stars einfinden, und sie würde notgedrungen auf
Gloria treffen. Das hieß, falls sie erschien.

Zwanzigster Januar

Gloria konnte sich nicht erinnern, wann sie zuletzt eine
Erkältung mit Fieber, Heiserkeit und so starke Hals-
schmerzen gehabt hatte. Sie konnte *auf keinen Fall* proben.
Ein seltsames Gefühl hatte sich in ihrem Körper ausgebreitet, seit sie vor einigen Tagen den Kindergarten verlassen
hatte, und im Laufe des nächsten Vormittags hatte sie
dann richtig abgebaut.

»Wie soll ich denn bloß arbeiten?«, hatte sie in den Hörer gekrächzt.

»In diesem Zustand können Sie das natürlich nicht«,
hatte Doktor Näslund freundlich erwidert. »Darf ich Ihnen den Vorschlag machen, Sie ab morgen für eine Woche
krankzuschreiben? Danach sehen wir weiter. Sie sollten
Ihrer Stimme Ruhe gönnen und nach Möglichkeit nicht
telefonieren.«

Gloria hustete. »Kann ich das schriftlich haben?«

Das war drei Tage her.

Noch fünf weitere Tage krankgeschrieben zu sein erschien ihr wie eine Ewigkeit, als sie brummend in die Küche ging, um sich noch eine Kanne Tee zu kochen.

Dafür, dass sie so schwerkrank war, fühlte sie sich eigentlich ganz frisch, und sie versuchte, nicht daran zu denken,
dass sie bei der Schilderung ihrer Symptome vielleicht einen Hauch übertrieben hatte. Im Grunde lag es ihr so fern
zu behaupten, sie hätte neununddreißig Grad Fieber, dass

sie hinterher ganz tief hatte Luft holen müssen. Für einen Moment hatte ihr die Lüge fast die Kehle zugeschnürt.

Doch im Grunde war sie Schwedens ehrgeizigster und zuverlässigster Sängerin so leicht über die Lippen gegangen, als wäre sie nach dem Preis ihrer neuesten Handtasche gefragt worden.

Noch vor Ende der Krankschreibung wollte sie entschieden haben, wie der Rest ihres Lebens verlaufen sollte. Die gegenwärtige Lage war fürchterlich, und um in aller Ruhe nachzudenken, tat sie, was der Doktor ihr geraten hatte – und ließ das Telefonieren sein. Ihr Arbeitgeber hatte mehrmals angerufen, aber das ignorierte sie geflissentlich. Die Oper war schließlich an allem schuld.

Einer ihrer abgelegten Liebhaber kehrte nach vielen Jahren im Ausland zurück, und die Oper konnte es nicht lassen, ihn *prompt* in einer Inszenierung mit ihr zu besetzen.

Vor über einem Jahr hatte sie sich überreden lassen, das Angebot anzunehmen, und beschlossen, sich nicht eine Sekunde länger als nötig den Kopf darüber zu zerbrechen.

Leider hatte sie seitdem an nichts anderes gedacht.

Er wollte für immer zurückkommen, hieß es.

Das Opernhaus war außer sich vor Freude, weil es sich jetzt wieder mit Dominic brüsten konnte. Jeder Sopran war scharf darauf, mit ihm zu singen, nur sie nicht.

Im Gegenteil. Obwohl es sich um ihre absolute Lieblingsrolle handelte, sollten sie sie doch irgendeiner anderen Sängerin geben, ihr war das völlig egal. Dominic war unheimlich gut, keine Frage, aber wenn man zusammen singen wollte, musste die Chemie stimmen, und das konnte man von ihnen nicht mehr behaupten.

Als sie sich 1989 in der Opernhochschule in Göteborg

kennengelernt hatten, war das anders gewesen. Von der ersten Sekunde entbrannte die Leidenschaft zwischen ihnen und beseitigte alle ihre Vorurteile über große, dunkelhaarige Männer mit breiten Schultern und verschleiertem Blick.

Die Kombination aus Dominic und Gloria war so heiß, dass sie am liebsten all seinen anderen Partnerinnen die Perücken vom Kopf gerissen hätte. Er gehörte ihr, und sie gehörte ihm, und beide hatten ihre Eifersucht kaum unter Kontrolle. Sie stritten sich so heftig, dass die Nachbarn sich beschwerten, und wenn sie sich liebten, hatten die Nachbarn ebenfalls Grund zur Beschwerde.

Ihre Beziehung endete, wie diese Art von Beziehung häufig zerbrach, und mittlerweile war ihr Dominic völlig egal. Zumindest versuchte sie, sich das einzureden. Sie konnte jedoch nicht leugnen, dass sie jetzt am liebsten gekniffen hätte, woraus sich möglicherweise schließen ließ, dass er ihr alles andere als egal war.

In Wahrheit war sie unsicher, welche Wirkung die Zusammenarbeit mit ihm auf sie ausüben würde, und sie wollte kein Risiko eingehen. Nie wieder wollte sie sich so fühlen wie vor zwanzig Jahren. Noch dazu würden sie dieselben Rollen singen, die damals den Funken entzündet hatten …

Die Rolle der Carmen steckte voller Leidenschaft, und Gloria wusste ungefähr, was der Regisseur sich vorstellte. Dominic und sie würden sich nahekommen, körperlich nah. Sie würde ihn locken und reizen, damit er sich in sie verliebte. Nur auf der Bühne, aber Gloria hatte trotzdem Angst.

Die Distanz zwischen Stockholm und London war perfekt gewesen. In wenigen Tagen würde sie sich auf ein paar Millimeter reduzieren.

Wenn sie sich das doch nur vor einem Jahr überlegt

hätte. Jetzt waren die Vorbereitungen abgeschlossen. Die Solisten hatten ihre Rollen monatelang einstudiert. Die Kostüme waren größtenteils fertig. Die Premiere – sie ging zum Wandkalender und betrachtete die großen blutroten Kreuze, mit denen sie den Tag markiert hatte – fand in nur 55 Tagen statt.

Jetzt standen die Proben als Ensemble an. Die Personen mussten so inszeniert werden, dass das Publikum mit ihnen fühlte. Normalerweise gefiel Gloria das am meisten, besonders bei dieser Oper. Die Carmen hatte einen so vielschichtigen Charakter, dass man als Zuschauer nicht wusste, ob man sie hassen oder lieben sollte.

Auf der einen Seite verführte sie einen Mann nach dem anderen und ließ alle mit gebrochenen Herzen zurück, andererseits war Carmen ihre Freiheit wichtiger als alles andere, und daher verließ sie jeden, der sie daran hinderte, frei zu sein. Die Handlung spielte zu Beginn des neunzehnten Jahrhunderts, aber es war nicht zu übersehen, dass Carmen Feministin war.

Die Oper war wundervoll, die Musik weltberühmt, und Gloria bedrückte es, sich zum ersten Mal nicht auf die Premiere zu freuen. Diesmal hatte sie nicht einmal Kit als Stütze.

Sie musste mit ihr reden. Obwohl sie niemals zugegeben hätte, wie verletzlich sie sich fühlte, brauchte sie im Moment wirklich ihre Freunde und die Familie an ihrer Seite.

Doch das konnte sie sich kaum selbst eingestehen.

Was vor kurzem noch ein fröhliches Brummen gewesen war, wich bleierner Müdigkeit, und sie schleppte sich wieder ins Schlafzimmer. Sie hatte noch nicht mal das Rollo hochgezogen, und das war auch gut so, dachte sie, als sie sich unter ihrer Bettdecke verkroch.

Wäre ihre Mutter hier gewesen, hätte sie ihre berühmte spanische Suppe gekocht, dabei vermutlich ihren Lieblingssender P4 gehört und grummelnd die Nachrichten kommentiert, aber fröhlich zur Musik gesummt. Wenn sie die Suppe dann servierte, schimpfte sie mit ihrer Tochter, weil sie sich in die schwedische Kälte hinausgewagt hatte.

Mama Carmen hätte den ganzen Winter keinen Fuß vor die Tür gesetzt, zumindest nicht öfter als unbedingt nötig. Als sie und Papa Erland in den Ruhestand gingen, zogen sie nach Südspanien und kamen nur hin und wieder nach Stockholm zu Besuch. Etwa einmal im Jahr spendierte Gloria ihnen Flugtickets, damit sie eine ihrer Premieren besuchen konnten, aber sie waren nie länger als über Nacht geblieben.

Während sie den Kopf noch tiefer im Kissen vergrub, wählte sie die Nummer ihrer Schwester. Wenn irgendjemand gute Ratschläge gab, dann Agnes.

Als ihre Schwester ans Telefon ging, achtete sie darauf zu husten.

»Du klingst ja mies«, sagte Agnes.

»Ich bin krank.«

»Ernsthaft?«

»Äh, wie meinst du das?«, fragte Gloria beleidigt.

»Ich meine damit, dass du eine Dramaqueen bist und dich wegen der kleinsten Erkältung ins Bett legst.«

»Ich lebe aber zufällig von meinen makellosen Stimmbändern, und deswegen ist es natürlich eine Katastrophe, wenn es ihnen nicht gutgeht.« Sie hustete erneut.

Agnes lachte, und Gloria wusste nicht genau, ob es ein höhnisches oder ein herzliches Lachen war. Wahrscheinlich ersteres.

»Ich dachte, ich könnte wenigstens ein bisschen schwesterliche Fürsorge von dir erwarten, aber wenn du dich über mich und meine Krankheit lustig machst, lege ich auf.«

»Ich werde mich zusammenreißen, entschuldige«, sagte Agnes. »Wie geht es dir, meine geliebte große Schwester?« Ihre Stimme klang warmherzig, Gloria hörte sie geradezu lächeln.

»Danke der Nachfrage, ich werde überleben. Jedenfalls nehme ich das an. Ich brauche ein bisschen Mitgefühl, und da ist mir Mamas Suppe eingefallen. Es gibt niemanden außer dir, bei dem ich anrufen und jammern kann, außer dir versteht das niemand.«

»Ich weiß. Du hast vollkommen richtig gehandelt, auch wenn ich weiß, dass du etwas übertrieben hast. Ich bin deine Schwester, und du kannst mich ruhig anrufen. Darf ich jetzt von mir erzählen?«

»Unbedingt.«

»Wir trennen uns.«

Glorias Hand begann zu zittern. Sie klammerte sich fester an den Hörer.

»Wie bitte? Agnes, ich hatte keine Ahnung, dass eure Beziehung so schwierig ist.«

Agnes hatte mal gesagt, dass bei ihnen die Luft raus war, aber so ging es doch allen Paaren hin und wieder.

»Das ist sie auch nicht. Sie ist einfach leblos. Abgestorben. Stefan und ich sind uns einig, dass wir so nicht weiterleben wollen. Wir reden seit zwei Jahren darüber, und nun ist es so weit.«

»Aber warum hast du nichts davon gesagt? Ich erzähle dir alles, und du behältst so eine große Sache für dich.«

»Ich hatte das Gefühl, es geht nur mich und Stefan etwas an. Ich wollte ihn nicht hintergehen, und im Grunde ist es auch nicht so dramatisch. Die Kinder sind erwachsen, und wir gehen nicht im Streit auseinander. Das Haus wird verkauft, ich suche mir eine Wohnung. So in etwa.«

»Du sprichst darüber, als würde es dir gar nichts ausmachen.«

»Natürlich macht es mir etwas aus, aber ich habe schon so lange darüber nachgedacht, dass ich mich daran gewöhnt habe. Wir sind ja auch nicht das erste Paar, das sich trennt.«

»Nein, aber es ist *deine* erste Trennung. Nach, warte mal, dreißig Jahren?«

»Wir waren dreiunddreißig Jahre zusammen.«

»Mein Gott, warst du erst siebzehn, als ihr euch kennengelernt habt? Dreiunddreißig Jahre sind ein ganzes Leben. Geht es Stefan genauso gut, wie du von dir behauptest?«

Gloria glaubte Agnes nicht. Man ließ nicht ein ganzes Leben hinter sich und fühlte sich gut dabei. Schlagartig begriff sie. »Du hast einen Neuen.«

Agnes lachte. »Nein, wirklich nicht. Allerdings hätte ich nichts dagegen. Ich war schon ewig nicht mehr verliebt. Und ja, Stefan geht es gut. Er hat eine Wohnung gefunden, die ihm gefällt, und zieht um, sobald er sie bekommen hat.«

»Und wo willst du hin?«

»Ich weiß es noch nicht, hast du eine Idee?«

»Vielleicht sollten wir nach Spanien ziehen«, schlug Gloria vor. »Unsere Wurzeln erforschen und Mamas Verwandtschaft kennenlernen. Ich habe mich oft gefragt, was für Menschen das sind. Sie hat so selten über sie geredet, und ich war zu beschäftigt damit, ein gefeierter Star zu werden, um sie zu fragen. Hat sie dir von ihrer Familie erzählt? Wir müssten doch Cousinen und Cousins haben.«

»Das glaube ich eigentlich nicht«, sagte Agnes. »Papa hat irgendwann mal gesagt, sie sei ganz allein gewesen.«

»Wirklich? Hat er das gesagt? Das habe ich noch nie gehört.«

»Du hast vieles nicht gehört«, sagte Agnes leise.

»Wie meinst du das? Über unsere Familie? Wovon redest du?«

»Nicht jetzt, Gloria, ich habe keine Zeit. Stefan hat gekocht und ruft mich zum Abendessen. Ich werde dir ein andermal erzählen, was Papa alles gesagt hat. Werd schnell wieder gesund, wir hören voneinander.«

»Komm mich mal besuchen, ich vermisse dich.«

Einundzwanzigster Januar

Nachdem sie den Film »Das Beste kommt zum Schluss« gesehen hatte, war Gloria auf die Idee gekommen, eine Wunschliste für den Rest ihres Lebens zu schreiben. Das konnte ja nicht so schwer sein. Sie stellte täglich Listen auf, sei es für notwendige Besorgungen oder mit Namen von Menschen, die sie zu einem bestimmten Zeitpunkt und aus einem speziellen Grunde anrufen musste.

Eine halbe Stunde später rollte sie immer noch den Kuli zwischen den Fingern.

Nicht einmal, als sie vom Küchentisch aufstand, um sich in die kühle Nische im Wohnzimmer zu setzen, kam ihre Phantasie in Schwung. Anstatt dass ihre Kreativität zum Leben erwachte, schlief ihr vor den zugigen alten Fenstern der Hintern ein, obwohl die ganze Fensterbank voller Sofakissen war.

Sie musste einfach mit den Punkten beginnen, die für sie lebensnotwendig waren. Vielleicht wurde es dann leichter.

Glorias Lebensliste:

1. Aus Stockholm wegziehen.

Es erschien ihr unumgänglich. Punkt.

Aber es konnte doch nicht ihre einzige Sehnsucht sein. Sie blätterte in ihrem Notizbuch zurück, sie hatte sich doch erst kürzlich etwas aufgeschrieben.

Da.

Einen Mann finden, der kein Opernsänger ist, so ein Quatsch.

Sie hatte nichts gegen Männer, im Gegenteil. Solange sie sich in der Oper aufhielten, hatte sie sie gern um sich, am liebsten in ihrer Loge. Unter den Krinolinen spielte sich mehr ab, als man ahnte. Hatte man sich erst der steifsten Unterröcke entledigt, konnte sich der Körper relativ frei bewegen, falls man darauf aus war.

Gloria hatte es immer genossen, von hingebungsvollen Verehrern angebetet zu werden, aber nun sehnte sie sich nicht mehr danach. Der Wunsch nach Bestätigung schien sich ebenso verflüchtigt zu haben wie die Freundschaft mit Kit. Es bestand keinerlei Zusammenhang, aber Gloria hatte Lust auf Sex, wenn sie ausgeglichen und glücklich war, und so fühlte sie sich mittlerweile selten.

Wie traurig. Wann war sie eigentlich zum letzten Mal glücklich gewesen? Natürlich war sie glücklich, wenn sie ihren Sohn und ihr Enkelkind sah, aber darüber hinaus?

Wenn sie schlecht drauf war, wollte sie allein sein, und das war sie im Grunde ziemlich oft gewesen. Die Einsamkeit war ihr angenehm.

Aber glücklich? Wer war das schon!

Sie kannte jedenfalls niemanden.

2. Agnes als Singlefrau kennenlernen.

Wenn ihre Schwester solo war, konnten sie vielleicht mehr Zeit miteinander verbringen. Hervorragend!

Es lag an ihnen beiden, dass sie sich so selten sahen.

Gloria hatte ihre Engagements, und Agnes arbeitete als Pilotin bei SAS. Nine-to-five und freie Wochenenden sind nichts für uns. Lächelnd schrieb Gloria weiter.

Wenn sie jemals etwas zusammen unternehmen wollten, dann jetzt, bevor Agnes eine neue Liebe fand. Ihre Schwester hatte natürlich keine Ahnung, was sie in Gestalt von vollkommen unbrauchbaren Männern erwartete, und wenn es erst so weit war, würde Gloria ihr eine Schulter zum Anlehnen und Ausweinen bieten, sie wäre für ihre Schwester da, wenn diese auf eine Wand aus Gefühlskälte stieß.

Das klang vielleicht ein wenig melodramatisch, aber Agnes hatte seit dreißig Jahren keine Dates mehr gehabt, und auf dem Liebessektor wehte seitdem ein viel eisigerer und schärferer Wind. Zumindest hatte Gloria die Erfahrung gemacht.

Sie musste Agnes eben alles beibringen, was sie gelernt hatte.

Der Gedanke fühlte sich irgendwie gut an.

3. Ein Hobby suchen.

Sie hatte überlegt, ob sie irgendwann ihre Geschichte niederschreiben sollte. Von ihren spanischen Wurzeln erzählen und damit ihrer Mutter, die sich nicht einfach an ihren Mann gehängt, sondern in einem fremden Land ein eigenes Leben aufgebaut hatte, ein Denkmal setzen. Da sie außer ihm keine Menschen kannte, hatte sie damals eine Ausbildung zur Friseurin gemacht und eröffnete 1967, als Gloria fünf und Agnes erst ein Jahr alt waren, ihren eigenen Salon und nannte ihn *Carmens Haar.*

Es dauerte ein halbes Jahr, bis Kunden kamen, aber dann ging alles ganz schnell. Eine erfolgreiche Geschäftsfrau italienischen Ursprungs sah mit ihrem modernen Haarschnitt so todschick aus, dass all ihre Freundinnen den gleichen wollten, und bald darauf brauchte Carmen Angestellte.

Gloria hatte den Salon geliebt. Mucksmäuschenstill saß sie auf einem Hocker und lauschte den Gesprächen. Carmens Salon war gut besucht. Nicht nur, weil sie so gut schnitt, sondern auch wegen der Stimmung. Viele Frauen setzten sich auch ohne Termin auf das Sofa am Eingang, um ein Weilchen zu plaudern, bevor der Ehemann von seiner wichtigen Arbeit nach Hause kam.

Schließlich brauchte Carmen größere Räumlichkeiten, aber als sie mehr Zeit im Büro als mit ihren Kundinnen verbrachte, machte sie der Expansion ein Ende. Sie hatte den Laden eröffnet, um Freunde zu finden, und nicht, um sich allein mit dem Papierkram herumzuschlagen, erklärte sie immer.

Ihre Mutter war ein besonderer Mensch, und vor gar nicht allzu langer Zeit hatten Agnes und Gloria darüber gesprochen, dass keine von ihnen sie richtig gekannt hatte. Sie arbeitete viel, behielt bei der Erziehung ihrer Töchter die Zügel straff in der Hand, und Erland, ihr Mann und der Vater von Agnes, widersprach ihr nie.

An ihrem Schwedisch hatte sie so intensiv gearbeitet, dass man so gut wie keinen Akzent mehr hörte, und über ihre Kindheit und Jugend wollte sie nicht reden. Wenn man sie danach fragte, erntete man einen so kohlrabenschwarzen Blick, dass man es fortan tunlichst bleiben ließ. Gloria war gespannt, was Agnes ihrem Papa entlockt haben mochte. Gloria nannte ihn auch so, obwohl er nicht ihr biologischer Vater war. Sie war als Baby nach Schweden gekommen und konnte sich an keinen anderen Mann erinnern. Ihre Mutter offenbar auch nicht, denn sie fegte neugierige Fragen weg wie lästige Fliegen.

Gloria wusste noch, wie überzeugt sie davon gewesen war, dass sie denselben Beruf wie ihre Mutter ergreifen würde, wenn sie groß war. Bis zu dem Moment, in dem *Gina Dolores* zur Tür hereinschwebte.

Die weltberühmte Opernsängerin, die angeblich mit Franco liiert gewesen war, hatte von Carmens Salon gehört, und während ihres Gastspiels an der Stockholmer Oper ließ sie niemanden an ihr kostbares taillenlanges und pechschwarzes Haar außer Carmen.

Die zehnjährige Gloria war fasziniert.

Alles an Gina, ihr Haar, ihre großen Ohrringe, ihre kräftig geschminkten Augen, zog sie magisch an. Ihre Mutter erzählte ihr, dass Gina Sängerin war. Sie sang Opern, und als die ganze Familie zu einer Vorstellung eingeladen wurde, hatte sich Gloria bereits entschieden.

Das wollte sie auch machen.

Sie würde genauso ein großer Star werden wie Gina.

Sie ließ den Stift fallen und stieg aus dem Bett. Bevor sie ihre Liste fortsetzte, musste sie etwas essen. Bis jetzt hatte sie herausgefunden, dass sie aus Stockholm wegmusste, mehr Zeit mit ihrer Schwester verbringen wollte und sich irgendeine Beschäftigung neben ihrem Beruf suchen würde.

Bereitete man aus diesen Zutaten eine Suppe zu, musste sie natürlich mit Agnes zusammen irgendwohin fahren. Nicht, dass sie es für wahrscheinlich hielt, ihre hart arbeitende und unheimlich pragmatische Schwester dazu überreden zu können, aber fragen kostete ja nichts.

Gloria war überzeugt, dass es ihrer kleinen Schwester finanziell recht gutging. Zum einen war ihr Pilotenjob sicher gut bezahlt, und vom Erlös des Einfamilienhauses in Sigtuna war bestimmt auch noch etwas übrig, nachdem Agnes in eine neue Wohnung investiert hatte.

Gloria hatte keinen Scherz gemacht, als sie sagte, sie wolle nach spanischen Verwandten suchen. In letzter Zeit musste sie öfter an Mamas Herkunft denken, was vielleicht daran lag, dass sie die Oper mit ihrem Namen einstudiert hatte. Die Träume, in denen ihre Mutter vorkam, wurden immer belastender. Nachdem sie anfangs nur hin und wieder auftraten, erwachte sie nun oft mitten in der Nacht aus ihnen. Zum ersten Mal seit vielen Jahren war sie wirklich gestresst und überzeugt davon, dass sich das auch auf ihre Träume auswirkte.

Gloria war Carmens Tochter, und Agnes stand ihrem Vater näher.

Natürlich hatte er einen Unterschied zwischen den Töchtern gemacht, ob nun absichtlich oder nicht. In diesem Fall war sicherlich die Biologie ausschlaggebend, denn Agnes war ihm wie aus dem Gesicht geschnitten. Auch die Ruhe und Ausgeglichenheit hatte sie von ihm. Carmen hingegen war alles andere als ausgeglichen, selbst sie als Hitzkopf zu bezeichnen wäre eine maßlose Untertreibung gewesen.

Gott im Himmel, was hatten sie und Gloria sich gestritten! Papa zog meistens den Kopf ein, und auch Agnes verkrümelte sich, wenn es richtig schlimm wurde. Zum

Glück wohnten sie in einem Haus, denn aus einer Wohnung hätte man sie mit Sicherheit rausgeschmissen.

Doch von Carmen lernte Gloria, sich Gehör zu verschaffen. Sich von niemandem den Mund verbieten zu lassen. Was sie zu sagen hatte, war wichtig, trotz der Streitereien.

Von ihrem Stolz und der Fähigkeit, sich zu behaupten, hatte sie ihr Leben lang profitiert.

Da Agnes und sie sich schon oft über ihre Kindheit unterhalten hatten, wusste Gloria, dass Agnes ihre Mutter als ungerecht empfunden hatte. Immer sollte sie sich ein Beispiel an ihrer großen Schwester nehmen, aber da die beiden sowohl äußerlich als auch vom Wesen her vollkommen verschieden waren, konnte sie sich gar nicht mit Gloria vergleichen.

Trotzdem verstanden sich die Mädchen gut. Der Altersabstand betrug fast vier Jahre, und niemand kannte Gloria so gut wie Agnes. Sollte Gloria ihr vielleicht den Tipp geben, dass die Wohnung über ihr zu verkaufen war? Von hier aus hatte es ihre Schwester zwar ein bisschen weiter zum Flughafen Arlanda, aber auch sie ging ja auf die Pensionierung zu. Wie lange arbeitete man eigentlich als Pilotin? Vielleicht bis fünfzig? Danach konnte ja alles Mögliche passieren. Wenn es nach Gloria gegangen wäre, dürfte ihre Schwester nur noch ein Jahr fliegen.

Nach dem Essen machte sie ein Nickerchen. Im Traum hatte sie Sex mit Dominic und einen so intensiven Orgasmus, dass sie davon aufwachte.

War es ihr im Schlaf gekommen?

Das hatte sie jedenfalls schon lange nicht mehr erlebt. Auch von Dominic hatte sie seit ewigen Zeiten nicht geträumt. Aber vielleicht war es kein Wunder, dass gerade er im Traum ihr erster Liebhaber war. Zum einen kehrte er nach Schweden zurück, und zum anderen war ihr Liebesleben damals äußerst wild gewesen. Wenige Männer, falls es überhaupt jemanden gab, hatten sie so verrückt gemacht wie er.

Ihre Affären mit Gastsängern beruhten ausschließlich auf Bequemlichkeit. Nach ihren kurzen Engagements an der Stockholmer Oper fanden die Beziehungen ein natürliches Ende, und das passte Gloria gut in den Kram. Etwas Intimeres wollte sie nicht. Dazu war sie auch nicht in der Lage. Einmal verlassen zu werden hatte ihr gereicht, und jetzt war sie zu alt, um sich dieser Gefahr noch einmal auszusetzen. Es ging ihr gut allein, und sie brauchte nur hin und wieder einen warmen Körper an ihrer Seite.

So war es jedenfalls früher gewesen.

Da ihr mittlerweile schon der Traum von einem früheren Liebhaber einen Orgasmus bescherte, konnte sie eigentlich zufrieden sein. Und falls sie wirklich mal realen Sex wollte, konnte sie mindestens fünf Männer anrufen, die sofort liebend gern vorbeikommen würden.

Der Gedanke stimmte sie allerdings kein bisschen froher.

Und schon fiel ihr der nächste Punkt auf der Liste ein.

4. Das Adressbuch ausmisten.

Es war an der Zeit, neue Leute kennenzulernen.

Einige wenige würde sie auch weiterhin treffen. Zum Beispiel Lena, eine richtig gute Freundin. Sie kannten sich seit der ersten Klasse. Obwohl sie sich selten sahen und mehr telefonierten, weil Lena permanent von Kindern umgeben war – was sich nicht gut mit Glorias Angst vor Bakterien vertrug –, wussten sie fast alles voneinander.

Gloria war diejenige gewesen, die Lena und Kit miteinander bekannt gemacht hatte, und die beiden waren auf Anhieb ein Herz und eine Seele gewesen, worüber sich Gloria damals gefreut hatte. Jetzt war sie die Außenseiterin, obwohl Lena sich noch genauso oft meldete wie früher.

Was hatten sie zusammen gelacht! Über alles. Vor allem über sich selbst. Über mangelnde Distanz zu sich selbst (Gloria), Hängebrüste (Lena) und nicht vorhandene Liebhaber (Kit).

Nun amüsierten sich die beiden anderen sicher auf ihre Kosten. Es war eigentlich eine abwegige Vorstellung, aber sie wusste, dass sie sich hochnäsig und starrsinnig verhalten und Kit bestimmt jemanden zum Reden gebraucht hatte. Irgendwann, aber zu früh, als dass Gloria das Angebot aufgreifen konnte, hatte Lena vorgeschlagen, zwischen den beiden zu vermitteln. Damals hatte Gloria die Nase gerümpft, und Lena ließ das Thema seitdem auf sich beruhen. Gloria griff nach einem Taschentuch und tupfte sich das Gesicht ab, dann putzte sie sich die Nase. Es war überhaupt nicht gut zu weinen, wenn man stark erkältet war. Mit verstopfter Nase schleppte sie sich ins Badezimmer und suchte nach dem Nasenspray, während ihr die Tränen übers Gesicht strömten.

Sie war wirklich zu bedauern.

Als es klingelte, ging sie mit schweren Schritten zur Tür. Sie sah durch den Spion. Nie im Leben wäre ihr eingefallen, in diesem Zustand zu öffnen, aber als sie feststellte, dass es nur ein Blumenbote war, schluckte sie ihren Stolz hinunter, warf einen kurzen Blick in den Spiegel und fuhr sich durchs Haar. Bestimmt von der Oper, dachte sie, während sie die Tür aufmachte und den Strauß entgegennahm. Ihren Stars schenkte die Oper immer viel Aufmerksamkeit, und ihre Krankmeldung gab natürlich Anlass zur Besorgnis.

Weiße Lilien. Die hatte sie schon lange nicht mehr in ihrer Wohnung gehabt. Bedächtig öffnete sie den kleinen Umschlag und zog die Karte heraus. Sie wusste, dass die Blumen von ihm waren.

Gehst du mit mir essen? Wir müssen über den letzten Akt reden. /D

Zweiundzwanzigster Januar

Agnes stocherte in ihrem Salat, und Gloria fand, dass ihre Schwester abgekämpft wirkte.

Gloria wusste selbst, dass sie eigentlich gesund genug war, um wieder zur Arbeit zu gehen, wenn am nächsten Tag das Ensemble zusammenkam, aber sie pfiff darauf. Noch war sie krankgeschrieben.

»Du siehst furchtbar aus.« Gloria schenkte Agnes Mineralwasser nach.

»Danke, gleichfalls.«

»Gut, dass du es ansprichst. Wir sollten in den Süden fahren.« Gloria hob ihr Glas. »Was hältst du von den Kanaren? Dort ist es um diese Jahreszeit perfekt.« Sie trank ein paar Schlucke und sah aus dem Fenster. Der Schnee auf dem Nytorg war unberührt. Der Januar war ein grauenhafter Monat, und wenn sie sich, wie dieses Jahr, noch nicht einmal auf etwas freuen konnte, war er kaum zu ertragen.

Wenn im April am Straßenrand der erste Huflattich blühte, lag sie vielleicht schon mit einem Nervenzusammenbruch in der Klinik.

»Du und ich?« Agnes machte ein fragendes Gesicht.

»Wäre das so seltsam?«

»Nun, wir haben seit Ibiza keine gemeinsame Reise gemacht, und das war … 1984, glaube ich. Nicht mal Mama und Papa haben wir zusammen besucht. Also ja, es wäre seltsam. Aber bestimmt nett. Du bist mir als amüsante Reisebegleitung im Gedächtnis geblieben.« Sie lächelte, aber ihr Lächeln erreichte ihre Augen nicht.

»Jetzt erzähl mal.« Gloria sah Agnes ernst an. »Es ist doch offensichtlich, dass es dir total beschissen geht. Liegt es an der Scheidung?«

»Ich nehme an, eine Kombination aus allem Möglichen.« Seufzend schüttelte Agnes den Kopf. »Nicht zuletzt habe ich das Gefühl, dass wir uns totarbeiten. Ich verstehe nicht, warum sie uns so viel fliegen lassen, und habe kein gutes Gefühl mehr dabei. Vielleicht bin ich zu alt dafür, jedenfalls bin ich immer müde. Manchmal landen wir nach Mitternacht und sollen am nächsten Tag um vier Uhr morgens wieder in Arlanda sein, das ist kaum zu schaffen.«

»Genau das sage ich ja. Wir sollten auf die Kanaren fliegen. Kein allzu langer Flug, keine Zeitumstellung, und dann müssen wir uns nur noch zwei Liegestühle schnappen, um wieder Energie zu tanken.«

»Was würde denn die Oper dazu sagen, wenn du dich jetzt beurlauben lässt?«

»Die würden durchdrehen, ich *kann* mir jetzt nicht freinehmen. Aber da ich erkältet bin, will mich dort im Moment sowieso niemand haben, was mir sehr gelegen kommt. Hab ich dir erzählt, dass Dominic hier ist?« Gloria sah Agnes in die Augen, und die zog die Brauen hoch.

»Hoppla. Ist er in *Carmen* dein Partner? Was ist das nach so vielen Jahren für ein Gefühl?«

»Ich will nicht in derselben Inszenierung singen wie er.

Ich bereue, dass ich das Angebot angenommen habe. Du hast *Carmen* ja gesehen. Wir sitzen uns praktisch auf dem Schoß, zumindest in den ersten beiden Akten.« Sie blickte auf ihren Teller. Obwohl der Salat mit Hühnchen gut aussah, hatte sie nicht den geringsten Appetit. »Er hat mir Blumen geschickt.«

»Weiße Lilien.«

»Du erinnerst dich daran.«

»Ich weiß noch, dass du sie nicht mehr ertragen konntest, nachdem er dich verlassen hatte.«

»Ich habe ihn verlassen.«

»Warum eigentlich? Ihr wart doch verrückt nacheinander.«

»Ja, aber das ist vorbei.« Gloria nahm ihr Wasserglas und trank ein paar Schlucke, bevor sie es heftig auf den Tisch stellte. Das Gesprächsthema behagte ihr gar nicht.

»Unsinn.« Agnes steckte sich ein Stück Hähnchenbrust in den Mund. Mit den Fingern. Gloria lief ein Schauer über den Rücken. Ihre Schwester sollte wirklich mehr auf Hygiene achten. Genau so fing man sich Krankheiten ein.

»Jetzt bekommst du also Hunger«, sagte Gloria säuerlich. »Wie schön, dass meine friedliche und gründlich überlegte Trennung von Dominic diese Wirkung auf dich hat.«

»Es ist okay, traurig zu sein, wenn man auseinandergeht.«

»Ich bin mir nicht sicher, ob du von dir oder mir sprichst, aber ich habe diesen Menschen seit zwanzig Jahren nicht gesehen. Du bist mittendrin. Deine *eigene* Traurigkeit erwähnst du mit keinem Wort.«

»Wir haben ja auch nicht abrupt eine leidenschaftliche Romanze beendet. Obwohl wir alles versucht haben, empfinden wir nichts als Freundschaft. Ich kann mir einfach nicht vorstellen, mit Stefan zu schlafen, und habe es auch seit drei Jahren nicht getan.«

»Hör auf. Im Ernst? Noch ein Grund, die Koffer zu packen und irgendwohin zu fahren, wo man leicht bekleidet rumlaufen kann. Du musst dich unbedingt mit einem feurigen Spanier amüsieren!«

»Ich dachte, du kennst mich besser. Du bist diejenige, die sich mit Männern amüsiert. Ich bin zu schüchtern, zu prüde und zu unerfahren. Und außerdem habe ich kein Interesse. Gelegenheitssex ist nichts für mich. Aber verlieben würde ich mich gern wieder.«

»Dann fahren wir eben nach Spanien, damit du dich verliebst. Ich kann dir bestimmt behilflich sein, weil ich so viel Übung darin habe, mich zu amüsieren. Ich weiß, wie das geht.« Sie warf Agnes einen wütenden Blick zu und griff zur Serviette, die sie sich auf den Schoß gelegt hatte.

»Es war überhaupt nicht böse gemeint, aber du hast einfach mehr Erfahrung und außerdem viel mehr Leichtigkeit im Umgang mit Sex. Du machst keine große Sache daraus und kannst ja sogar von deinen Erlebnissen berichten. Ich hatte *zwei* Männer in meinem ganzen Leben, wobei der erste mich während einer Schuldisco für die zehnten Klassen auf dem Rasen hinter der Turnhalle entjungfert hat. Sex wird überbewertet, wenn du mich fragst.«

Gloria tupfte sich die Lippen ab, obwohl sie keinen Bissen zu sich genommen hatte, und legte die Serviette auf den Tisch.

»Bist du fertig? Ich kenne ein Reisebüro ganz in der Nähe. Für dich wird es höchste Zeit, dich ein bisschen gehenzulassen.«

Derselbe Mann, der hinter dem Tresen gesessen hatte, als Gloria vor wenigen Tagen hereingekommen war, um sich aufzuwärmen, winkte nun freundlich, als die beiden Schwestern eintraten.

»Haben Sie es sich anders überlegt?«, fragte er.

»Vielleicht«, antwortete Gloria und ging zu der Infotafel mit den Last-Minute-Reisen. »Das Hotel kann man sich doch bestimmt aussuchen.« Sie drehte sich zu ihm um und sah ihn fragend an.

»Selbstverständlich. Hier sind nur die günstigsten Preise aufgeführt. Wie möchten Sie denn gern untergebracht werden? Wenn Sie jetzt fahren, kann ich fast alles arrangieren. Wenn erst die Winterferien beginnen, wird es schwieriger, alle Wünsche zu erfüllen.«

Agnes zupfte Gloria am Arm. »Ich muss mal mit dir reden.« Sie zog ihre Schwester beiseite. »Wir können nicht einfach eine Reise buchen«, flüsterte sie. »Ich weiß nicht mal, ob ich Urlaub bekomme.«

»Sei doch mal ein bisschen wild und crazy. Mach es wie ich, und lass dich krankschreiben. Du bist nicht gesund, jedenfalls nicht so ausgeruht, wie man es von einer Pilotin erwarten darf«, sagte Gloria. »Was ist das Schlimmste, was passieren kann?«

»Dass ich vom Lügen richtig krank werde.«

Gloria musste lachen. »Du kannst mir nichts vormachen, ich weiß, dass du nicht an übernatürliche Kräfte glaubst.«

Wenn Agnes nicht mitkam, würde sie allein fahren. Sie wollte weder die Oper noch ihre Kollegen in die Bredouille bringen, weil sie mit dem neuen Ensemble nicht zurechtkam, aber sie hatte das Gefühl, keine andere Wahl zu haben. Entweder Flucht oder emotionale Kernschmelze.

»Ich will sowieso noch mal darüber nachdenken«, sagte Agnes.

»Dann fahre ich allein«, sagte Gloria. »Ich hatte noch nie ein so starkes Bedürfnis, Stockholm zu verlassen.«

»Könntest du nicht ein paar Tage warten, bis ich weiß, ob ich Freizeitausgleich geltend machen kann?«

Gloria schüttelte den Kopf. »Ich muss heute los, das spüre ich.«

»Warum so eilig?«

»Morgen gehen wir das gesamte Libretto durch, am Montag beginnen die Proben, aber ich will nicht dabei sein. Außerdem bin ich krankgeschrieben.«

»Aber du bist doch gar nicht mehr krank, und du willst doch länger wegbleiben, als deine Krankschreibung andauert. Weißt du wirklich, was du tust, Gloria?«

»Ich nehme mal an, dass ich gerade meinen Rausschmiss in die Wege leite.«

Sie wandte sich wieder an den Mann. »Ich möchte ein Zimmer mit Meerblick in Playa del Inglés, und Vollpension wäre wahrscheinlich gut. Ich möchte zwei Wochen weg, und ich möchte noch heute Abend los. Geht das?«

Als sie mit einer Packliste in der Hand auf dem Bett saß, musste sie lachen. Wenn sie schon Hals über Kopf das Land verließ, hätte man annehmen können, sie wäre auch sonst ein bisschen wild und crazy und würde einfach ein paar Klamotten in eine Reisetasche werfen, aber nichts da. Das Chaos auf ihrem Schreibtisch war ihr vollkommen egal, aber keinen Überblick über den Inhalt ihres Koffers zu haben kam nicht in Frage.

Also arbeitete sie einen Punkt nach dem anderen ab und legte alles, was sie mitnehmen wollte, aufs Bett. Strickjacken, Shorts und so weiter und dann ein Häkchen dahinter. Als Letztes packte sie die Liste mit Pass, Portemonnaie, Handy und Lese- und Sonnenbrille in ihre Handtasche.

Nachdem sie geduscht und sich die Beine rasiert hatte, warf sie einen Blick auf die Uhr. Ihr blieb noch eine halbe Stunde, bevor sie zum Auto gehen musste.

Eine dicke Jacke würde sie wohl nicht brauchen, dachte sie, als sie mit geputzten Zähnen und frisch getuschten Wimpern vor ihrer Garderobe stand. Stattdessen griff sie zu dem geschmeidigen Lederblouson, den sie seit Ende August nicht angehabt hatte. Sie hatte den perfekten Parkplatz direkt vorm Haus und zudem einen beheizten Garagenstellplatz zum Sonderpreis am Flughafen Arlanda gebucht, von dem man die Abflughalle erreichte, ohne noch einmal nach draußen zu müssen. Eine Übergangsjacke war also perfekt.

Obwohl es fast fünfzehn Grad minus waren, sprang der Ford Fiesta an, ohne zu murren, und als Gloria aus der Innenstadt hinausfuhr, ließ der Druck nach, den sie seit einiger Zeit auf der Brust verspürte. Auf der fünfzig Kilometer langen Fahrt zum Flughafen ertappte sie sich sogar dabei, dass sie die Musik auf P4 mitsummte. Es würde alles spitzenmäßig werden.

Beim Anblick der schneebedeckten Autos auf dem Langzeitparkplatz war sie froh, dass sie sich für die Tiefgarage entschieden hatte. Tausendfünfhundert Kronen für zwei Wochen waren zwar fünfhundert mehr, als ein Parkplatz unter freiem Himmel kostete, aber so musste sie wenigstens nicht befürchten, dass sie ihr Auto ausbuddeln musste, wenn sie zurückkam.

Falls sie zurückkam.

Vielleicht bekam sie ja einen Gig an der Playa del Sol und konnte bis in alle Ewigkeit in Playa del Inglés bleiben.

Das schlechte Gewissen, dieses lästige Ding!

Immer wieder schlug sie mit beiden Händen auf das Lenkrad.

Was soll denn das, du dumme pflichtbewusste Kuh? Jetzt mach schon, hau ab! Dies ist deine Chance, dir die Konfrontation mit dem Mann, der dir weh getan hat, zu ersparen! Beweg dich!

Es ging nicht. Sie konnte nicht aussteigen.

Sechstausendneunhundert Kronen und ihre Seelenruhe waren dahin.

Aus Pflichtgefühl.

Sollten nicht Lust und Leidenschaft die Triebkräfte ihrer Arbeit sein?

Es blieben noch einundfünfzig Tage bis zur Premiere, sie war nicht unersetzlich, die Solistinnen würden sich um diese Rolle prügeln. Also warum, wenn sie schon so nah dran war?

Warum?

Freitag, dreiundzwanzigster Januar

Mit einem beinahe feierlichen Gefühl betrat Dominic den Bühneneingang der Oper. Ab der kommenden Woche sollten die Proben in der großen Halle in Gäddviken in Nacka stattfinden, was neu für ihn war. Zu seiner Zeit hatten sie hier oder in der Rotunde über dem Opernkeller geprobt, und der einzige Grund, aus dem sie sich heute hier trafen, war der komplette Durchgang. Erst zwei Wochen vor der Premiere würden sie hierher zurückkehren.

Beim nächsten Mal würde er den Publikumseingang nehmen. Die Treppe hinaufschreiten. Durch das goldverzierte Foyer spazieren und den Büsten seiner Vorgänger huldigen. Vielleicht würde er damit auch warten, bis seine Mutter und er sich gemeinsam etwas anschauten. Das würde ihr gefallen.

Seine Mutter hatte ihn mit der klassischen Musik vertraut gemacht und ihn schon als Dreizehnjährigen mit hierhergenommen. Sie hatten Birgit Nilsson zusammen gesehen. In dem Alter in die Oper zu gehen war vielleicht nichts vollkommen Außergewöhnliches, aber die Wahl der Inszenierung erstaunte seine Umgebung. Sein Vater schüttelte nur den Kopf, als der Junge ausgerechnet *La Nilsson* hören wollte, aber Dominic lag seiner Mutter so lange in den Ohren, bis sie nachgab. Obwohl er kein Wort der dreistündigen Vorstellung in deutscher Sprache verstand, war er hingerissen.

Während seine Klassenkameraden Poster von Fußballern und Rockbands aufhängten, tapezierte er seine Zimmerwände mit Premierenplakaten der Stockholmer Oper. Eine gute Freundin seiner Mutter arbeitete dort als Regieassistentin und besorgte sie ihm.

Vor der Gesamtprobe hatte er noch Zeit, einen Kaffee im Futten zu trinken. Er war angespannt. Sie hatten sich seit zwanzig Jahren nicht gesehen, und er wusste nicht, wie er reagieren würde, wenn er Gloria wiedersah. Irgendwie hoffte er, er würde gar nichts empfinden, aber allein der Gedanke, sich mit ihr in einem Raum zu befinden, verriet ihm, dass es vermutlich nicht so wäre. Eher im Gegenteil.

Welche Gefühle hingegen Sebastian Bayard in ihm aus-
lösen würde, wusste er ganz genau, denn als er ihn in der
Tür stehen sah, hätte er ihm am liebsten eine reingehauen.
Zwanzig Jahre hatten seinen Zorn offenbar kein bisschen
gemildert.

Sebastian sah sich um. Tatsächlich, dahinten saß ganz allein der weltberühmte Tenor. Der piekfeine und überaus
von sich selbst eingenommene Mann galt aus irgendwel-
chen Gründen als der Beste seines Fachs.

Dummes Zeug.

Sebastian hielt gar nichts von ihm.

Gegen seine Stimme war zwar nichts einzuwenden, aber
alles andere an ihm war ein Ärgernis. Mit seinen breiten
Schultern sah er aus wie ein Grubenarbeiter, und diesen
aalglatten italienischen Look, dem gewisse Personen anscheinend verfallen waren, fand er geradezu geschmacklos.
Ein uncharmanter Kerl im zu engen Hemd. Man *sah*, dass
Dominic Krafttraining machte. In seinem Alter! War es
nicht an der Zeit, etwas kürzerzutreten?

Er zog kurz in Erwägung, sich zu ihm zu setzen und
ein wenig über ihren einzigen gemeinsamen Nenner zu
plaudern, aber bei näherer Überlegung hielt er es für eine
bessere Idee, ihn in Grund und Boden zu singen.

In sich hineinlächelnd, kaufte er sich eine Tasse Kaffee.

Er titulierte die Frau an der Kasse mit *mademoiselle* und
zwinkerte ihr zu. Errötend nahm sie seinen Zwanziger
entgegen. Er nutzte die Gelegenheit, mit dem Finger ihre
Hand zu streifen, und sie ließ ihn gewähren, wagte aber
nicht, ihm in die Augen zu sehen.

Du weißt, dass du das gewisse Etwas hast, du brauchst es
dir nicht von unschuldigen jungen Schwedinnen bestätigen

zu lassen, so reizvoll es dir auch erscheinen mag. Er zog seine Hand zurück und griff nach dem Kaffeebecher. »Merci.«

Er setzte sich an einen Tisch im hinteren Teil des Lokals. Soweit ihm bekannt war, wusste Gloria nicht, dass er auch engagiert worden war, dafür war alles zu schnell gegangen – er hatte sich, einen Tag nachdem er die Anfrage bekommen hatte, auf den Weg gemacht, und sie war seit einigen Tagen krankgeschrieben. Er fragte sich, wie sie reagieren würde.

Es war wichtig für ihn, dass sie sich darauf freute, wieder mit ihm zusammenzuarbeiten, aber da niemand sie erreichen konnte, blieb ihm wohl nichts anderes übrig, als abzuwarten.

Jeder wusste, dass man nach einer Halsentzündung nicht zu früh wieder mit dem Singen anfangen durfte, und wenn sie eine ganze Woche krankgeschrieben war, würde sie nicht vor der großen Besprechung am Montag erscheinen, an der alle Beteiligten teilnahmen. Heute waren nur die Sänger gekommen. Er kippelte mit dem Stuhl nach hinten, musterte grinsend Dominics Stiernacken und freute sich diebisch auf den Spaß, den er hier haben würde.

Wenn das Libretto zum ersten Mal komplett durchgesungen wurde, ging das normalerweise eher leise vor sich, aber nicht heute. Als Sebastian und Dominic ihr Duett anstimmten, legten sie sich ordentlich ins Zeug.

Erstaunt beobachtete Kit, wie die beiden Männer sich aufplusterten. Ihre Blicke und Gesten ließen keinen Zweifel daran, dass dies ein Kampf der Giganten war.

Die Säle hier waren bevölkert von überdimensionierten Egos, die mit viel Fingerspitzengefühl behandelt werden mussten. Sie selbst hingegen ließ sich dank ihrer angeborenen Anpassungsfähigkeit ihre wirklichen Gefühle und Ansichten nie anmerken.

In gewisser Hinsicht war es gut, dass sie und Gloria nicht mehr befreundet waren, denn Kit dachte ausnahmsweise nur an sich. Sie war glücklich mit Adrian, und wenn dieses Glück sie eine Freundin kostete, war es das vielleicht wert.

Sie wusste, dass Gloria Adrian mochte, aber mehr auch nicht. Ihrer Reaktion nach zu urteilen, hätte man annehmen können, er wäre die Liebe ihres Lebens gewesen, aber Beziehungen wurden ihr eigentlich erst wichtig, wenn der Mann sie nicht wollte. Gloria war es nicht gewohnt, verlassen zu werden, ihre zahlreichen Affären beendete sie selbst, und Adrians Rückzug hatte sie schlicht und einfach verwirrt.

Kit hatte das zwar durchschaut, aber nicht gewagt, es Gloria zu sagen. Stattdessen hatte sie dagestanden wie ein begossener Pudel, als Gloria ihr ins Gesicht schleuderte, sie würde ihr niemals verzeihen.

Was denn eigentlich?, fragte sie sich. Sie hatte ihr von der Sache erzählt, als es an der Zeit war. Wäre es ein One-Night-Stand gewesen, hätte sie Gloria nicht einzuweihen brauchen, solche Dinge gingen sie nichts an. Als sich herausstellte, dass sich mehr entwickelte, hatte sie ihrer Freundin die Wahrheit gesagt.

Obwohl Gloria ihre beste Freundin war, wurde Kit allmählich klar, dass ihre Freundschaft recht einseitig war. Entweder spielte man in Glorias Mannschaft, oder man durfte gar nicht mitspielen.

Seufzend betrachtete sie die beiden Männer, die um ihre Gunst buhlen würden. Der wortkarge Don José würde eifersüchtig mit ansehen müssen, wie ihm die Liebe seines Lebens entglitt, und der charismatische Torero würde ihr

Herz mit seinen Glanzleistungen in der Stierkampfarena im Sturm erobern. Dominic und Sebastian waren Stars und wurden von Opernbühnen rund um den Globus engagiert. Die Frauen im Ensemble hatten ihre Handykameras gezückt, sobald sie den Übungssaal betraten, und kurz darauf kursierten zahlreiche Fotos der Sänger im Netz.

Dominic, der den Don José spielte, traf als Erster ein, und es schien alles zu stimmen, was Kit über ihn gehört hatte. Gloria hatte viel von ihm erzählt, aber nur beiläufig erwähnt, dass sie vor vielen Jahren etwas miteinander gehabt hatten. Dass sie nicht ins Detail ging, machte Kit misstrauisch.

Da Gloria sonst auskunftsfreudig war, wenn es um Männer ging, vermutete Kit, dass sie für diesen Mann mehr empfunden hatte, als sie zugeben wollte. Als sie sich mit ihm in einem Raum befand, verstand Kit, wieso. Gloria und er verströmten die gleiche Art von Energie. Wenn Dominic einen Raum allein ausfüllte, konnte man sich leicht vorstellen, was passierte, wenn die beiden zusammen waren.

Nach ihm war Sebastian gekommen. Sein Auftreten ließ keinen Zweifel daran aufkommen, wer der größte Star in dieser Inszenierung war. Und wer am Ende Carmens Gunst gewinnen würde. Die Stimme des Franzosen war weich wie Samt, seine Darstellung die reinste Magie, und mit seinem Charme verdrängte er fast vollständig die verdichtete Atmosphäre, die Dominic erzeugt hatte.

Es würde ein Kampf werden, und Kit musste sich widerwillig eingestehen, dass sie sich der Stimmung nicht entziehen konnte. Sie empfand fast so etwas wie Mitleid mit Gloria. Wie sollte sie mit diesen beiden fertig werden?

Der erste Akt
Noch fünfzig Tage

Tag eins

Gloria schlief, wanderte rastlos in der Wohnung auf und ab, aß, hätte sich am liebsten übergeben, starrte das Telefon an, wollte ihre Schwester anrufen, versuchte zu lesen, ging in die Badewanne, schlief noch ein bisschen, betete, listete Ausreden auf, putzte sich die Nase, weinte, sortierte ihren Kleiderschrank, räusperte sich, putzte den Backofen, schlief und träumte, ihre Mutter würde sie verlieren.

Tag zwei

Gloria konnte nicht schlafen, nicht essen, musste sich übergeben, ging nicht ans Telefon, als ihre Schwester anrief, konnte nicht lesen, duschte, ging ins Bett, verfluchte Gott, konnte nicht weinen, räusperte sich grundlos, schlief schließlich ein und träumte, ihre Mutter würde sie *absichtlich* verlieren.

Tag drei

An der Ecke bei der Hamburger Börse blieb Gloria stehen. Von hier aus hatte sie den Bühneneingang im Blick. Die Gesamtprobe begann in genau vier Minuten, und noch hatte sie Dominic nicht kommen sehen. Vielleicht war er schon drin?

Gloria hatte sich heute schick angezogen, was bedeutete, dass sie die dicke rote Daunenjacke gegen den taillierten Wollmantel ausgetauscht hatte. Die Lederstiefel mit den hohen Absätzen und der knielange enge Rock wärmten überhaupt nicht, aber in Kombination mit den frisch frisierten Haaren und den stark geschminkten Augen verliehen sie ihr die äußere Selbstsicherheit, die sie jetzt so dringend brauchte. Ihre zitternden Knie und die schweißnassen Handflächen musste sie irgendwie ignorieren.

Sie war ein gefeierter Star und über fünfzig. Man hätte vielleicht vermutet, ihr reicher Erfahrungsschatz würde ihr Selbstvertrauen verleihen, aber als sie die Straße überquerte und auf den Eingang zuging, spürte sie nichts davon.

Sie war zwar kurz davor gewesen, aber sie konnte ihre Kollegen nicht im Stich lassen. Solange sie sich kein Bein, keinen Arm oder das Genick gebrochen hatte, musste sie dort reingehen und ihr Bestes geben. Egal, wie sie sich dabei fühlte.

Dieser Tag war bald vorbei. Darauf würde sie sich konzentrieren.

Bevor Gloria die Tür aufmachte, holte sie tief Luft. Es war an der Zeit, sich ihren Dämonen zu stellen.

Hundert Köpfe drehten sich zu ihr um, als sie die Bühne betrat, auf der ein mehrreihiger Halbkreis aus Stühlen stand. Hastig nahm sie ganz hinten zwischen den Chorsängern Platz. Hier fühlte sie sich einigermaßen sicher. Ob der Chor sich darüber wunderte, dass sie sich zu ihnen setzte, war schwer zu sagen. Sie starrte vor allem auf den Boden.

Die Letzte war sie jedoch nicht. Dominic traf kurz nach ihr ein. Ein Raunen ging durch die Menge, als er durch die Reihen schritt und natürlich ganz vorne Platz nahm. Gloria schnaubte leise. Typen wie er mischten sich nicht unters gewöhnliche Volk. Die Regisseurin Denise Williams stand auf und begrüßte ihn herzlich. Als auch die Intendantin sich erhob, begriff Gloria, dass dies ein wichtiges Ereignis war. Sie erschien nur zur ersten Probe, wenn Prominente im Haus waren, und sowohl sie als auch Denise schienen so beeindruckt von Dominic, dass Gloria sich fremdschämte.

Sie selbst war *bei weitem* nicht so feierlich empfangen worden, obwohl *sie* der Star dieser Aufführung war. Normalerweise wäre ihr das vollkommen egal gewesen. Sie gönnte es ihren Kolleginnen und Kollegen, im Rampenlicht zu stehen. Zu Beginn ihrer Karriere hatte Gloria es geliebt, wenn ältere Sängerinnen diese Demut ausstrahlten, und sie hatte sich bemüht, so zu werden wie sie.

Aber Dominic gegenüber?

Auf keinen Fall!

Wirklich nicht!

Sie senkte bewusst den Blick, während man ihn mit offenen Armen empfing, aber als sie aus dem Augenwinkel sah, dass er sich hingesetzt hatte, hob sie den Kopf wieder.

Kit hatte sie noch nicht entdeckt. Das lag wahrscheinlich daran, dass Gloria eingehend das Parkett studiert hatte, anstatt sich umzusehen. Die Inspizientin spielte eine Schlüsselrolle hinter den Kulissen, und diese Gelegenheit würde sich Kit mit Sicherheit nicht entgehen lassen.

Nachdem Gloria eingehend ihre Nägel betrachtet, ihre

Hände in alle Richtungen gedreht und nach neuen Alters-
flecken Ausschau gehalten hatte, trommelte sie eine Weile
mit den Fingerkuppen auf ihre Handtasche. Als die anderen ihr Blicke zuwarfen, holte sie einen kleinen Notizblick
aus ihrer Tasche und zeichnete Männchen. Traurige Männchen mit dicken Bäuchen.

»Hört mal her. Ich heiße alle willkommen. Wir haben
ein gewaltiges Projekt vor uns, und ich freue mich unheimlich auf die gemeinsame Arbeit.«

Gloria hatte sich lange gewünscht, mit Denise zusammenzuarbeiten. Die Inszenierungen der Engländerin waren legendär, und Gloria freute sich eigentlich nur auf sie.
Was Denise am Royal Opera House in London zustande
gebracht hatte, war reine Magie, sie hatte noch nie etwas
Besseres gesehen.

Dominic hatte keine Rolle gehabt, sonst hätte Gloria
die Vorstellung nicht gesehen. Sie hatte ihn seit zwanzig
Jahren nicht singen hören. Vielleicht war er in den vergangenen Jahren richtig mies geworden. Man konnte
nur hoffen, dass Denise nicht vor lauter Bewunderung
ihre Arbeit vernachlässigte, wenn sie nun endlich mal in
Stockholm war. So etwas war schon in den berühmtesten
Opernhäusern vorgekommen. Gerüchte machten in dieser
Branche schnell die Runde.

»Erlaubt mir, euch den Mann vorzustellen, der uns das
perfekte Bühnenbild gezaubert hat.«

Vereinzelter Applaus ertönte, als er aufstand und ver-
schiedene Modelle präsentierte.

Dann waren die Kostüme an der Reihe, und Gloria
stellte befriedigt fest, dass sie genauso aufreizend gekleidet
sein würde, wie sie es besprochen hatten. Für ihr Empfinden war es der Carmen angemessen.

Als sie die Rolle in jungen Jahren an der Opernhochschule gesungen hatte, war ihr Kostüm ähnlich freizügig gewesen, und damals hatte Dominic ihr ins Ohr geflüstert, sie treibe ihn in den Wahnsinn, und dann hatten sie sich in einer Abstellkammer auf einem Tisch geliebt, ohne sich auszuziehen.

Sie bohrte die Fingernägel in ihre Handfläche, um an etwas anderes als an seinen nackten Körper zu denken. Weder er noch sie sahen so aus wie damals.

Sie jedenfalls nicht.

Soweit sie erkennen konnte, war sein Haar immer noch pechschwarz, aber es war bestimmt gefärbt. So sorgte jedenfalls sie dafür, dass ihre Haare dunkel blieben. Die ersten grauen Strähnen hatte sie bereits mit fünfunddreißig bekommen, und mittlerweile wäre sie vermutlich komplett silbergrau, was ihr allerdings im Traum nicht einfiel.

Dominics Figur konnte sie von hier aus nicht erkennen, aber zu der Zeit, als sie noch jeden Quadratzentimeter seines Körpers in- und auswendig kannte, war sie göttlich gewesen. Breite Schultern, flacher Bauch und lange muskulöse Beine. Da er dazu noch ein phantastischer Sänger war, stand einer Ausnahmekarriere nichts im Weg. Wenige Tenöre waren so talentiert wie er.

Nun war es Zeit, die Künstler vorzustellen, und Denise ergriff wieder das Wort. Selbstverständlich musste Gloria als Erste aufstehen und Beifall entgegennehmen.

Sie lächelte den Menschen in ihrer nächsten Umgebung zu, weigerte sich aber, ihren Blick bis zu den vorderen Reihen schweifen zu lassen.

Sonst wäre sie vielleicht vorbereitet gewesen, als der zweite männliche Hauptdarsteller angekündigt wurde und *Sebastian Bayard* sich erhob.

Er wandte sich sofort an sie und warf ihr eine Kusshand zu.

»Du kannst dir nicht vorstellen, wie ich mich auf dieses Abenteuer freue, Chérie.«

Gloria blieb nichts anderes übrig, als seine Geste zu erwidern und zurückzuwinken. Sie hoffte, dass niemand gesehen hatte, wie sehr ihre Hand zitterte, und ließ sie schnell wieder in ihren Schoß sinken.

War das ein Komplott gegen sie? Hatte jemand eine Liste der Männer in die Finger bekommen, mit denen sie zusammen gewesen war – sie selbst hatte natürlich eine –, und die Sahnestückchen rausgepickt?

Warum hatte ihr niemand mitgeteilt, dass Sebastian als Torero eingesprungen war? Sie war zwar in der vergangenen Woche nicht ans Telefon gegangen, aber man hätte ihr ja wohl … *einen Brief schreiben* können.

Diese Neuigkeit war überhaupt nicht erfreulich, sondern eine Katastrophe.

Die Opernleitung begriff nicht, was sie mit dem Engagement des Franzosen angerichtet hatte. Gloria hätte ihnen sagen können, dass sie damit die ganze Vorstellung aufs Spiel setzten.

Natürlich hätte sie den wahren Grund verschwiegen, nämlich dass sich Sebastian und Dominic quasi *überlappt* hatten und Dominic deswegen sieben Teller, drei Champagnergläser und ein Fenster zum Hof kaputtgeschlagen hatte, als er es erfuhr.

Dass sie die Beziehung zu Sebastian nur aus Rache eingegangen war und ihn nicht mit dem Hintern angeguckt hätte, wenn Dominic nicht beschlossen hätte, in London zu arbeiten, ging niemanden etwas an.

Sie versank so tief in ihrem Stuhl, wie es eben ging.

Ihr Herz klopfte gewaltig. Die Ader an ihrer Schläfe pochte so heftig, dass sie befürchtete, ein Gefäß würde platzen und das gesamte Ensemble mit Blut bespritzen. Sie wusste nicht, was schlimmer – oder in diesem Fall vielleicht das Beste – war: eine Hirnblutung oder ein Herzstillstand.

Nun stand Dominic auf und sah seinen zukünftigen Bühnenrivalen an.

Dann drehte er sich zu Gloria um und fixierte sie. Sie wollte sich abwenden, aber es gelang ihr nicht. Sein Blick bohrte sich trotz der Entfernung direkt in ihr Herz. Ihr Brustkorb hob und senkte sich, und sie hörte ihre eigenen Atemzüge.

Es herrschte absolute Stille. Alle hingen an seinen Lippen.

Dominic war ein Weltstar.

Und nicht nur das, Dominic war *Gott*.

Gloria hatte aufgehört zu atmen. Sie war bereit zu sterben.

»Und wieder du und ich«, sagte er ruhig. Seine samtweiche dunkle Stimme füllte das gesamte Auditorium.

Nur er wusste, was er damit eigentlich meinte.

Die anderen auf der Bühne wussten von ihrer Affäre.

Dominic und Gloria wussten, dass es viel mehr als das gewesen war.

Wenn Sebastian sich nicht in Acht nahm, würde er diese Inszenierung nicht überleben.

Sie selbst womöglich auch nicht.

Tag vier

Agnes hatte Gloria angerufen und gefragt, ob sie zu der Wohnungsbesichtigung mitkommen wolle, aber die hatte abgelehnt und vorgeschlagen, sich anschließend bei Gloria zu Hause zu treffen. Agnes, die schon lange nicht mehr so fit wie früher war, nahm je zwei Treppenstufen auf einmal und kam mit brennenden Oberschenkeln im vierten Stock an. An der Tür musste sie einen Augenblick verschnaufen, bevor sie die blauen Überzieher über die Schuhe streifen konnte, die der Makler im Flur bereitgelegt hatte.

»Hallo und herzlich willkommen. Sie dürfen hier Ihren Namen und Ihre Telefonnummer eintragen«, sagte die elegant gekleidete Frau von der Firma Mäklerhuset. Agnes fühlte sich kritisch beäugt.

Vielleicht war es nicht gerade einer von Agnes' besten Tagen, sie wirkte vermutlich gestresst und nicht wohlhabend genug für diese feine Gegend im Stockholmer Stadtteil Södermalm, aber Äußerlichkeiten waren noch nie ihre Stärke gewesen, im Gegenteil. Alles, was über saubere und ordentliche Kleidung hinausging, war ihr immer vollkommen egal gewesen. Zu Mutter Carmens großer Sorge. Sie hatte mit allen Mitteln versucht, ihre Tochter zu einem etwas femininen Aussehen zu überreden, was bedeutete, dass sie ihr bei jeder Gelegenheit Kleider, hohe Absätze und aufwendige Frisuren empfahl. Und Schmuck, mit dem sich ihrer Ansicht nach selbst das alltäglichste Outfit aufmotzen ließ.

Im Unterschied zu ihrer großen Schwester, die ihrer Mutter glich, sah Agnes aus wie ihr Vater. Sie war groß und hatte zwar braune Augen, aber ihr Haar war strohblond. Ihrem Busen, der ohnehin nie über Körbchengröße

B hinausgewachsen war, war nach zwei gestillten Kindern so schnell die Luft ausgegangen, dass er nicht einmal mehr zwei A-Körbchen ausfüllte.

Agnes hatte das nicht die Bohne interessiert, aber ihre Mutter reagierte auf die flache Brust mit einem heftigen Kopfschütteln, das ihre eigene Oberweite in Schwingung versetzte.

Dass Agnes Kinder bekommen hatte und zudem jahrelang mit demselben Mann zusammenblieb, beeindruckte Carmen wenig. In ihren Augen schien es nebensächlich zu sein. Was ihrer Mutter wirklich wichtig war, hatte Agnes im Grunde nie begriffen. Sie tat wirklich alles, um von ihrer Mutter Anerkennung zu bekommen, aber da sie permanent mit ihrer großen Schwester verglichen wurde, gelang ihr das nie.

»Nimm dir ein Beispiel an Gloria«, sagte Carmen, aber dazu hatte Agnes überhaupt keine Lust. Einmal hatte sie ihren Vater darauf angesprochen, aber der wollte nicht über Carmens ungerechte Behandlung der beiden Töchter reden. »Sie gibt ihr Bestes«, hatte er nur gesagt. Damals.

Als die Schwestern erwachsen geworden waren, wurde es etwas besser, und als Anfang der Neunziger die Enkelkinder auf die Welt kamen, entwickelten ihre Eltern sich zu wunderbaren Großeltern. Das entschädigte Agnes ein wenig für die Eifersucht, die sie in ihrer Jugend empfunden hatte, als sie sich ständig nach mehr Aufmerksamkeit von ihrer Mutter gesehnt hatte. Stattdessen waren sie und ihr Papa ein gutes kleines Team geworden, und es war seinem Interesse am Fliegen zu verdanken, dass sie ihre ersten Flugstunden genommen hatte und schließlich Pilotin geworden war.

»Als das Badezimmer 2011 renoviert wurde, hat man

auch diese kleine Badewanne eingebaut, ist sie nicht entzückend?«, plapperte die Maklerin weiter, und zwanzig Augenpaare versuchten, einen Blick durch die Tür zu werfen.

Agnes ging daran vorbei und weiter bis ins einzige Schlafzimmer. Es war eine Zweizimmerwohnung, mehr Platz wollte sie gar nicht. Das Fenster ging auf den Innenhof hinaus, der offenbar nur als Fahrradstellplatz genutzt wurde. Das Schlimmste am Leben in der Stadt war die Kriminalität. Sie musste unbedingt nach einem Fahrradkeller fragen. Wenn man ihr italienisches Edelfahrrad klaute, würde sie sich die Augen aus dem Kopf heulen.

»Nun, sind Sie bereit, ein Angebot abzugeben?« Der Mann, der plötzlich hinter ihr stand, jagte ihr mit seiner dunklen Stimme einen Schreck ein.

Sie drehte sich lächelnd zu ihm um. »So weit bin ich noch nicht. Und Sie?« Er sah nett aus mit seinem freundlichen Lächeln. Schöne Zähne.

»Ich weiß nicht. Noch habe ich meine alte Wohnung nicht verkauft, und vorher werde ich es wohl nicht wagen, für eine neue zu bieten.«

Sie nickte. »Das ist bei mir genauso. Ich wohne im Moment in Sigtuna, will aber aus irgendeinem, mir selbst etwas schleierhaften Grund in die Innenstadt.« Sie zupfte eine kleine Feder von ihrem Pullover. So allmählich sollte sie sich wirklich eine neue Daunenjacke kaufen.

»Scheidung?«

»Ja, und Sie?«

»Auch. Nach fünfundzwanzig Jahren. Aber unsere Wohnung war hier in der Nähe. Ich mag Söder, die Nähe zum Wasser, und würde gern hier bleiben. Außerdem arbeite ich gleich um die Ecke, ich brauche also nur zwei Minuten zu Fuß.«

»Das Wasser werde ich an meinem Vorort vermissen, unser Haus liegt direkt am Mälarsee«, sagte Agnes. »Und die Nähe zu meiner Arbeit.«

»Wo arbeiten Sie denn?«

»Arlanda. Wenn ich morgens früh anfange, ist mein Wohnort perfekt, aber ich freue mich darauf, ins Kino und ins Theater zu gehen und anderen Freizeitbeschäftigungen nachzugehen, auf die man auf dem Land verzichten muss.« Sie lächelte. Das Gespräch stimmte sie überraschend froh.

»Vielleicht unternehmen wir ja mal was zusammen? Entschuldigung, ich habe mich noch gar nicht vorgestellt. Ich heiße Christer.« Er gab ihr die Hand.

»Hallo, Christer, ich heiße Agnes.« Sie erwiderte seinen Händedruck. »Meine Nummer steht im Telefonbuch. Mein Nachname ist Fossum. Ich glaube, außer mir heißt niemand so, zumindest nicht in Sigtuna.« Sie drehte sich zu den anderen Interessenten um, die nun in den Raum kamen. »Jetzt werfe ich einen Blick in die Küche.« Sie nickte in Richtung Tür. »Kommst du mit?«

Nach der Wohnungsbesichtigung schlug Christer einen Spaziergang vor, aber Agnes war bereits spät dran und eilte im Laufschritt zu Gloria in die Östgötagata.

Wieder drei Stockwerke hochrennen. Nachdem sie geklingelt hatte, stützte sie sich keuchend auf die Knie.

»Wer ist da?«, fragte ihre Schwester hinter der Tür.

Agnes richtete sich auf. »Ich natürlich. Mach auf.«

Die Tür wurde aufgerissen, und Gloria schloss sie in ihre Arme. »Herzlich willkommen. Wie war die Besichtigung? Nimmst du die Wohnung?« Plappernd ging sie in die Küche und nahm zwei Weingläser aus dem Schrank. »Ich habe uns vorhin einen Roten aufgemacht.«

»Hübsch.« Agnes deutete auf die Gläser und lehnte sich an die Arbeitsplatte, während Gloria einschenkte.

»Danke. Rotwein schmeckt aus den Dickbauchigen einfach viel besser. Deshalb habe ich gleich ein Dutzend gekauft, als ich diese bei Cervera entdeckt habe.«

»Hast du denn jemals so viele Gäste?« Agnes bekam ein Glas gereicht.

Gloria lachte. »Nein, nie. Aber ich bilde mir dauernd ein, dass ich nun mit den großen geselligen Abendeinladungen anfange, für die ich meiner Ansicht nach geschaffen bin. Albern, oder?«

»Überhaupt nicht. Aber was machst du mit dem ganzen Zeug? Du hast doch das komplette Service von Mama und Papa geerbt. Benutzt du das überhaupt?«

Agnes war enttäuscht gewesen, als ihre Eltern Gloria das Geschirr überlassen hatten, aber ihrer großen Schwester gegenüber hatte sie das nie erwähnt. Es war nicht ihre Schuld.

»Nein. Seit ich es besitze, verstaubt es da oben im Schrank«, antwortete sie. »Komm, setz dich zu mir. Ich will alles über die Wohnung wissen, die du dir angeschaut hast.«

»Ist nicht wahr! Du hast auf einer Wohnungsbesichtigung jemanden angebaggert? Bravo, Agnes! Du wirst sehen, bald hast du ihn in der Kiste.«

Agnes hustete. »Ich weiß gar nicht, was du meinst«, krächzte sie. »Vielleicht treffen wir uns mal, um zusammen ins Kino zu gehen. Wie kommst du darauf, dass er mit mir ins Bett will?« Sie schnitt sich noch ein Stück vom Hähnchen ab.

»Ganz einfach. Er hätte dich nicht gefragt, ob ihr euch wiederseht, wenn er daran kein Interesse hätte.« Gloria grinste breit. »Bis zu eurem Treffen bringe ich dir alles bei, was ich weiß.« Sie fuchtelte mit ihrer Gabel.

»Das kann ja nicht lange dauern.«

Gloria schnaubte.

»Was muss ich denn deiner Meinung nach lernen?«, fuhr Agnes fort. »Ich bin ja offenbar angebaggert worden, ohne einen Finger zu rühren. Vielleicht sind Wohnungs-besichtigungen genau mein Ding.«

»Ja, aber was machst du dann? Wie sieht es bei dir da unten aus, zum Beispiel. Bist du komplett rasiert, setzt du eher auf Landebahn, oder ist dir die Optik dieser Region völlig schnuppe?«

Agnes legte ihr Besteck ab.

»Wollen wir uns wirklich bei einem so guten Essen dar-über unterhalten?«

»Warum nicht? Da du seit ewigen Zeiten mit nieman-dem außer deinem Ehemann geschlafen hast, ist dir viel-leicht neu, dass man heutzutage zumindest die schlimmsten Auswüchse stutzt. Man schwitzt nicht so unterm Kostüm. Und das Ganze ist auch leichter zugänglich, falls jemand auf die Idee kommt …«

Agnes hob die Hand, um sie zu stoppen. Sie griff wie-der zu ihrer Gabel und stippte das Stück Hähnchen in die Knoblauchsoße.

»Sobald ich den Beschluss gefasst habe, wieder Sex zu haben, werde ich dir ausführlich darlegen, wie ich mit mei-nem Busch verfahre. Können wir jetzt das Thema wech-seln?« Sie schob sich das Essen in den Mund.

»Wenn du glaubst, du könntest dein Liebesleben auf diese Weise vorbereiten, bitte sehr. Ich habe auch die spontanen Varianten im Sinn. Du weißt schon. An einem Baum im Park oder im Kino.«

»Hör auf. Seit wann bin ich spontan?«

»Es ist noch nicht zu spät. Wenn dieser Christer nichts dagegen hat, solltest du die Chance nutzen. Das erste Mal ist selten gut, aber dann …«

Sie wirkt zufrieden, dachte Agnes. Als hätte sie endlich Gelegenheit, ihrer kleinen Schwester zu helfen.

Meistens war es umgekehrt gewesen, zumindest, seit sie erwachsen waren. Als Kind hatte die temperamentvolle Gloria jeden verscheucht, der Agnes auch nur ein Haar gekrümmt hatte, doch mittlerweile wandte sich Gloria an Agnes, wenn in ihrem Leben Chaos herrschte.

Und das war oft der Fall.

Zumindest in Glorias Kopf.

Sie dramatisierte fast alles, lamentierte lautstark und vergoss Unmengen von Tränen, aber am nächsten Tag war alles vergessen. So schien es jedenfalls. Agnes war es immer schwergefallen, diese Umschwünge nachzuvollziehen. Sie selbst empfand so selten ganz große Gefühle. Ihr emotionales Klima war durchgehend gemäßigt. Sie war immer nur *ein bisschen* traurig, *ein bisschen* glücklich oder *ein bisschen* wütend. Im Gegensatz zu Gloria, die gleich *wahnsinnig* traurig, *wahnsinnig* glücklich oder *wahnsinnig* wütend war.

Wie man an einem Tag so weinen konnte und schon am nächsten alles vergessen hatte, wäre ihr ein Rätsel geblieben, wenn sie es nicht von ihrer Mutter genauso gekannt hätte. »Jetzt reicht es«, hatte sie immer zu Gloria gesagt und ihr ein Taschentuch in die Hand gedrückt. »Putz dir die Nase, und lass den Kopf nicht hängen. Niemand soll sehen, wie traurig du bist. Das macht dich nur noch schwächer.«

Abgesehen von der phänomenalen Stimme hatte Gloria

den Erfolg vermutlich ihrem Talent für Dramen zu verdanken, dachte Agnes.

»Wollen wir nicht lieber über deine Begegnung mit Dominic sprechen? In meiner Erinnerung sieht er gefährlich gut aus. Ist das immer noch so? Kürzlich habe ich einen Film mit Hugh Jackman gesehen und musste an ihn denken. Die beiden ähneln sich, oder?«

Gloria zuckte mit den Schultern. »Soweit ich das sehen konnte, hat er sich kaum verändert. Ich saß ganz hinten und er vorne, und dann habe ich mich so schnell wie möglich hinausgeschlichen. Heute habe ich nur mit Klavierbegleitung geübt, aber ab morgen gibt es kein Entkommen mehr. Dann muss ich ihn begrüßen.«

»Du wirkst nervös.«

»Das bin ich auch, aber nur wegen der Inszenierung. Wenn Dominic in der Opernwelt einen Konkurrenten hat, dann Sebastian Bayard. Und der spielt jetzt auch mit.«

»Sebastian? Dieser charmante Blonde, mit dem du nach Dominic zusammen warst? Ist das wahr? Und du singst mit beiden?«

Agnes empfand beinahe Mitgefühl mit Gloria. Sogar sie begriff, dass an dieser Besetzung die gesamte Oper scheitern konnte. Das Ganze war zwar viele Jahre her, aber wenn es Gloria noch in Erinnerung war, hatten Dominic und Sebastian es sicher auch nicht vergessen.

Gloria nickte. »Wollen wir tauschen?«

»Niemals. Christer reicht mir.«

Tag fünf

Nach der Gesamtprobe hatte sich Gloria mit der Ausrede davongeschlichen, sie fühle sich nach der Erkältung noch immer nicht fit. Die anderen Solisten wollten im Futten zusammen Mittag essen.

Verschlafen und unkonzentriert füllte sie die Espressomaschine mit Kaffeepulver. Die unangenehmen Begegnungen hatte sie nur hinausgezögert, dachte sie, während sie auf den Startknopf drückte. Zischend und röchelnd presste die Maschine das Wasser durch den feingemahlenen Kaffee; Gloria wärmte die Milch auf. Mechanisch quirlte sie die Milch, um ein wenig Schaum zu erzeugen, und bemerkte zu spät, dass sie überkochte. Fluchend kippte sie alles in den Ausguss. Der Topf war angebrannt und wohl nicht mehr zu retten. Verärgert gab sie heißes Wasser und Spülmittel hinein. Sie machte sich nicht die Mühe, neue Milch zu erhitzen. Ein kräftiger Espresso war vielleicht genau das, was sie jetzt brauchte.

Dagens Nyheter lag ungelesen auf dem Küchentisch, heute reizten sie nicht einmal die Kulturseiten. Heutzutage berichteten sie ohnehin eher über modernes Zeug als über klassische Musik. Gloria war keineswegs weltfremd, aber mit dieser neuen Musik kannte sie sich einfach nicht aus, weil sie meistens ihr eigenes Genre hörte.

Sie wusste, dass die Zeitung vor der Premiere eine Reportage bringen wollte, das hatte die Intendantin ihr erzählt. Drei große Stars auf einer Bühne waren wirklich ein guter Stoff. Die zweitgrößte weibliche Rolle, die Ann-Charlotte spielen würde, war leider nicht so interessant. Schade. Über sie sollte man eigentlich schreiben. Gloria war überzeugt, dass sie es weit bringen würde. Diese Inszenierung würde vermutlich ihr großer Durchbruch werden, und es freute sie, das miterleben zu dürfen. Gloria und Ann-Charlotte hatten viele lange Gespräche geführt, und die jüngere Sängerin hatte Gloria als ihre Mentorin ausersehen. Gloria übernahm diese Rolle gern. Eine junge Kollegin zu unterstützen bereitete ihr großes Vergnügen.

Sie stocherte in ihrem Rührei und schob schließlich den Teller von sich. Ihr war übel. Im Badezimmer beugte sie sich übers Waschbecken und betrachtete ihr frischgewaschenes Gesicht im Spiegel. Sie tippte sich mit den Zeigefingern auf die Wangenknochen und zog die Haut nach hinten. Wurde es Zeit für ein Lifting? Machte man das heutzutage? Vielleicht sollte sie sich in einer entsprechenden Klinik beraten lassen.

Noch konnte sie die Spuren schlafloser Nächte notdürftig mit Make-up wegzaubern. Sie öffnete den Badezimmerschrank. Darin standen so viele Döschen, Tuben und Tiegel, dass sie überzeugt war, sie würde strahlen wie ein Weihnachtsstern, wenn sie in einer Stunde die Oper betrat.

Und das erschien ihr heute ungeheuer wichtig.

Die Stimmung im Raum brodelte. Vielleicht war es gut, dass Regisseurin Denise davon nichts bemerkte. Sie hat keine Ahnung, worauf sie sich eingelassen hat, dachte Gloria. Die beiden Streithähne nahmen rechts und links von Gloria Platz. Sie hatten sich zwar freundlich begrüßt, aber Gloria wusste, dass sie nur spielten. Die heutige Probe war zusätzlich angesetzt worden, weil sie beim kompletten Durchgang des Librettos nicht mitgesungen hatte und die anderen Solisten offenbar gar nicht begriffen, was los war. Außer der sehr viel feinfühligeren Ann-Charlotte, die unruhig auf ihrem Stuhl hin und her rutschte und sich nervös umsah. Gloria beobachtete unruhig von der Seite, wie sie mit den Handflächen über ihre Oberschenkel rieb, eine Haarsträhne um ihren Zeigefinger wickelte und sich am Kopf kratzte.

Sie würden sich wohl später unterhalten müssen. Ann-Charlotte hatte ein Recht darauf zu erfahren, dass es diese Konstellation schon einmal gegeben hatte. In einer Pause legte Gloria ihr beruhigend eine Hand auf den Arm, und Ann-Charlotte sah sie fragend an. Gloria schüttelte den Kopf, *nicht jetzt*.

Seltsamerweise hatte sich Glorias Nervosität recht schnell gelegt. Sie war zwar nicht völlig entspannt, aber sie hatte ihr Schicksal akzeptiert und würde das Beste aus der Situation machen.

Dominic war sich auch aus der Nähe betrachtet erschreckend ähnlich geblieben. Wie war das nach so vielen Jahren möglich? Er stand so nahe bei ihr, dass sie sein Parfum Cool Water wahrnahm. Das hatte er früher schon benutzt. Hoffentlich war ihm nicht aufgefallen, dass sie den Duft tief eingesogen hatte.

»Ich habe es ernst gemeint: Wieder du und ich.« Als er noch eine Kaffeetasse von dem Buffet an der Wand nahm, konnte Gloria ihren Blick nicht von seinen Händen losreißen. Er war wirklich von Kopf bis Fuß schön, und sie hatte das verdrängt.

»Da wir zusammen singen, hast du wohl recht«, sagte sie sanft. »Sei so lieb, und gib mir eine Tasse.« Sie wollte nicht, dass er das Zittern ihrer Hände sah.

»Hast du die Blumen bekommen?«

»Ja, danke, wie nett von dir. Erstaunlich, dass du noch weißt, wie sehr ich weiße Lilien liebe.«

Er reichte ihr eine Teetasse und legte die Lippen an ihr

Ohr. Seine Schulter berührte ihre. Sie spürte seinen warmen Atem im Nacken und erschauerte.

»Ich kann mich an alles erinnern«, sagte er leise. »Alles.«

Dann spürte sie, wie er erstarrte.

»*Ma chérie.*« Sebastian hatte sich auf der anderen Seite vor ihr aufgebaut. Kurz nickte er Dominic zu. »Wir haben uns viel zu lange nicht gesehen. Darf ich dich an einem der kommenden Abende zum Essen einladen, damit wir an unsere Bekanntschaft anknüpfen können?« Er legte ihr einen Arm um die Schulter. »Wir hatten es ja mal ganz nett zusammen.« Er lachte laut.

Dominic war nicht ganz so erfreut. Mit einem Knall stellte er seine Tasse auf den Tisch.

Sie selbst fand die Dramatik überraschend belebend. Wenn es ihnen gelang, diese aufgeladene Stimmung auf die Bühne zu übertragen, würde die Inszenierung in die Geschichte eingehen. Oder sie ging vollkommen den Bach hinunter, aber diese Alternative war bei weitem nicht so amüsant.

Nach dem Mittagessen gingen sie die Szenen der Reihe nach durch, und Gloria versank völlig in ihrer Arbeit. Sie blendete ihre Mitsänger aus und konzentrierte sich stattdessen auf ihre eigene Rolle.

Dies hier war ihr großes Finale. Wie war sie nur auf den Gedanken gekommen, es sich *wegen eines Mannes* entgehen zu lassen!

Dominic, der sie so schmählich im Stich gelassen hatte, würde sowohl auf der Bühne als auch hinter den Kulissen nach ihrer Pfeife tanzen, bildete sie sich in einem Anflug von Übermut ein. Und Sebastian würde sie auch den Kopf waschen.

Beide kamen hier nach zwanzig Jahren an und glaubten, sie würde ihnen wie eine reife Pflaume in den Schoß fallen.

Ihre Selbstüberschätzung war wirklich unübertroffen!

Sie wollte sich diese Gemütsverfassung erhalten, um sie auch an ihren verletzlicheren Tagen hervorholen zu können.

Aber das war natürlich zu viel verlangt.

»So, jetzt weißt du alles, jedenfalls in groben Zügen.« Sie lächelte Ann-Charlotte an. Sie spazierten in Richtung Slussen. Das eisige Wetter der letzten Tage war milderen Temperaturen gewichen, und es war angenehm, ein Weilchen an die frische Luft zu kommen, nachdem sie einen Großteil des Tages drinnen verbracht hatten.

»Beide? Oh, mein Gott. Kennst du Pjotr auch? Er sieht so männlich aus mit seinen pechschwarzen Augenbrauen und dem rasierten Schädel«, sagte Ann-Charlotte.

Der Dirigent war auch dabei gewesen, als sie das komplette Libretto durchsangen, und Gloria hatte sich gefreut, ihn zu sehen. Sie fand es süß, wie er sie seit Jahren umgarnte, aber trotz des neuen Stylings und seinem durchtrainierten Körper war er überhaupt nicht ihr Typ. Doch sie mochte ihn, und seine Kompetenz stand außer Frage.

»Ja, wir haben schon oft zusammengearbeitet. Er ist niedlich.«

»Niedlich? Auf mich wirkt er lebensgefährlich«, grinste Ann-Charlotte. »Ich hatte noch nie eine Affäre mit einem Kollegen. Kannst du Romanzen in der Oper empfehlen?«

»Nein, wirklich nicht. Im Gegenteil. Wenn du wüsstest, wie mir vor dieser Inszenierung gegraut hat. Ich habe Schreckliches durchgemacht, also hör auf den Rat einer alten Vogelscheuche: Lass die Finger von Männern, mit denen du zusammenarbeitest.« Strahlend schloss sie ihren Zögling in die Arme.

»Alte Vogelscheuche.« Ann-Charlotte lachte. »Du weißt doch, dass jede Frau in der Oper so sein möchte wie du.«

Gloria hatte schon öfter gehört, es wäre bestimmt wundervoll, sie zu sein. Nicht nur, weil sie sich hier in ihrem Heimatland die Rollen aussuchen konnte, sie hatte auch im Ausland Erfolg. Doch es war nicht nur deswegen. Offenbar glaubten alle, sie wäre eine Frau, die jeder Mann haben wollte.

Das stimmte zum Teil. Hatte sie sich in einen Mann verguckt, bekam sie ihn auch. Doch dann schienen ihre Gefühle abzuebben. Sie bekam die Männer satt. Nachdem sie ihre Lektion gelernt hatte, konzentrierte sie sich auf die Gastsänger. Die mussten ohnehin weiter zum nächsten Engagement, und sie war immer nur vorübergehend gebunden.

Mittlerweile war ihr ihre Freiheit wichtiger als alles andere, und wenn jemand Anstalten machte, ihr näherzukommen, als es ihr angenehm war, beendete sie die Beziehung auf der Stelle. Sie musste frei sein, und wer sie einzuschränken versuchte, passte nicht in ihr Leben. Ein einziges Mal hatte sie sich zähmen lassen und war dafür mit einem gebrochenen Herzen bestraft worden. Das durfte nie wieder passieren.

Um keinen Preis würde sie noch einmal in diese Falle tappen, denn die Wunde war nie richtig verheilt.

Inzwischen hielt sie selbst den Taktstock in der Hand. In den vergangenen Monaten, in denen sie so nervös wegen dieser Inszenierung gewesen war, hatte sie das offenbar vergessen.

So sehr zu beneiden war sie nun auch wieder nicht.

Sie ließ Ann-Charlotte los und zeigte auf die Bar im Hilton.

»Was meinst du? Sollen wir ein Glas Mineralwasser zusammen trinken und feiern, dass wir diesen Tag überstanden haben? Ich gebe einen aus.«

Ann-Charlotte schüttelte den Kopf. »Nein, ich muss nach Hause und Text lernen. Nächste Woche beginnen die Proben, und ich fühle mich noch gar nicht gut vorbereitet.«

»Mach das, meine Süße, ich sollte wahrscheinlich das Gleiche tun.«

Tag sechs

Wenn in den Proberäumen in Nacka gemeinsam mit dem Chor geprobt wurde, musste Kit auch vor Ort sein. Während sie das Tempo des Laufbands erhöhte, rechnete sie sich aus, dass dies in den kommenden vier Wochen achtmal der Fall sein würde. Dann wurde die gesamte Produktion ins Opernhaus verlegt, und in den letzten zwei Wochen würde sie ihre Arbeitszeit ausschließlich der Inszenierung widmen, was auch beinhaltete, Gloria Anweisungen zu geben.

Falls sie die Sängerin nicht vor Fallgruben auf der Bühne warnte, würde sie ihren Job verlieren, aber der Gedanke, sie in einer offenen Luke im Fußboden verschwinden zu sehen, war zweifellos verführerisch. Vielleicht würde sie sich ein Bein brechen.

Sie vermisste und sie hasste Gloria und konnte ihre Gefühle nur schwer auseinanderhalten, aber natürlich wusste sie, dass sie sich ihr im Grunde unterlegen fühlte. Das war das größte Problem.

In Gegenwart der berühmten Opernsängerin verschlug es nicht nur Männern die Sprache, sondern auch Kit, obwohl sie so gut befreundet waren. Gloria war eine Diva, und man hörte auf sie. Andererseits konnte sie auch fürsorglich und lieb sein, und Kit musste zugeben, dass ihr Gefühl, nie gut genug zu sein, nicht nur an Gloria lag. Mit anderen Menschen ging es ihr schließlich genauso.

Sie vertraute zum Beispiel Adrian nicht voll und ganz. Obwohl er sie mit Liebe überschüttete, bezweifelte sie, ob er es wirklich ernst meinte. Er hatte ja auch Gloria gehabt. Wie konnte er dann mit Kit vorliebnehmen? Mehrmals hatte sie ihm diese Frage gestellt. Gestern war er ärgerlich geworden. Hatte gezischt, mangelndes Selbstwertgefühl sei in ihrem Alter lächerlich.

Wahrscheinlich waren ihm solche Gefühle einfach fremd, und das machte ihr Angst. Wie sollten sie miteinander leben, wenn sie so verschieden waren? Adrian und Gloria passten eigentlich viel besser zusammen, und es tat weh, immer wieder zu diesem Schluss zu kommen.

Vor Anstrengung ging sie fast in die Knie. Kit beugte sich nach vorn zur Bedienfläche des Laufbands und griff, nachdem sie die Geschwindigkeit reduziert hatte, zu dem kleinen Handtuch, das sie über den Haltegriff gehängt hatte. Während das Laufband vollständig zum Stillstand kam, trocknete sie sich das Gesicht ab und stieg mit zitternden Beinen herunter. Sie war zehn Kilometer gerannt, völliger Irrsinn angesichts der Tatsache, dass sie noch nie zuvor mehr als fünf Kilometer gejoggt war.

Morgen würde sie keinen Schritt gehen können, aber das war vielleicht auch besser so.

Vielleicht sollte sie sich ein Bein brechen, das hätte denselben Effekt wie ein Beinbruch bei Gloria, sie würde mal darüber nachdenken.

Heute hatte Lena keinen Spätdienst, und das war schön, denn sie hatte sich bereit erklärt, ihre Enkelkinder zu hüten, und brauchte erst mal eine Tasse Kaffee in Ruhe. Anschließend war sie bereit, für ein paar Stunden die beste Oma der Welt zu sein, bis ihre Tochter kam und die Kinder abholte.

Als sie das alte Café in der Södermannagata betrat, läutete das Türglöckchen. Sie winkte dem Besitzer zu, den sie durch die Küchentür sah. Ihr Tisch war frei. Während sie sich dankbar auf ihren Platz sinken ließ, befreite sie sich von Jacke und Schal. Sie atmete aus. Ruhe und Frieden. Kein Krach. Niemand wollte was von ihr.

Lena liebte ihren Beruf, aber sie hatte auch gern frei, und ein paar Stunden mitten in der Woche, wenn alle anderen beschäftigt waren, gehörten nur ihr. Dann ging sie zum Friseur, zur Fußpflege und, so wie heute, allein ins Café.

»Kaffee? Kekse?« Der Besitzer grinste breit, denn er kannte Lenas Wünsche.

»Genau. Mir egal, welche Kekse. Zwei Stück, bitte.«

Eine Minute später standen eine Tasse Kaffee und zwei große Haferkekse vor ihr. Gott, hatten sie viel gebacken, als ihre Tochter klein war. Heutzutage machten sie das kaum noch.

»Die Kinder dürfen auf gar keinen Fall Weißmehl essen«, war ihr um die Ohren gehauen worden, als sie vorgeschlagen hatte, mit den Kindern zu backen, um die Zwei- und Dreijährigen mal von ihren Tablets wegzulocken. Das war kurz vor Weihnachten gewesen, und sie hatte es für eine gute Idee gehalten, mit ihren Enkelkindern Stutenkerle zu backen, aber Pustekuchen.

Lena begriff, dass die Zeiten sich geändert hatten, so alt war sie schließlich auch noch nicht, und natürlich stand es jedem frei, Weißmehl zu vermeiden, aber dass Kinder keine Stutenkerle und Luciakatzen aus Hefeteig backen und ein bisschen davon naschen durften, fand sie schade. Sie biss in den knusprigen Haferkeks, der auf der Zunge zerging. Wie kam man nur auf die Idee, so wie ihre Tochter freiwillig auf diesen Genuss zu verzichten. Das musste doch langweilig sein.

Also gab es kein Weihnachtsgebäck. Nur für sich allein zu backen machte keinen Spaß, und daher kaufte sich Lena am ersten Advent ihre Plätzchen bei Konsum. Und dazu Weihnachtsbrause. Weil da Zucker drin war, durften die Kinder sie natürlich nicht trinken, und so versteckte sie das Getränk, bis die Kinder gegangen waren, und trank die anderthalb Liter dann selbst, während sie sich »Ziemlich beste Freunde« ansah, den sie in der Videothek ausgeliehen hatte.

Sie lächelte, als er ihr Kaffee nachschenkte. Sie hatte die erste Tasse noch gar nicht ausgetrunken.

»Alles okay bei dir?«, fragte sie.

»Ja, danke. Uns geht es gut. Und dir?«

»Alles gut, danke. Habt ihr Weihnachten gefeiert? Ach, nein, blöde Frage. Das macht ihr nicht, oder?«

»Wir haben dieses Jahr gegen alle Regeln verstoßen und uns sogar einen Weihnachtsbaum besorgt, aber uns war nicht wohl dabei, einen Baum abzuhacken, ihn in die geheizte Wohnung zu schleifen und mit Schmuck zu behängen, nachdem wir ihn gerade erst umgebracht haben. Nächstes Jahr lassen wir Weihnachten wahrscheinlich wieder ausfallen, aber wir haben es wenigstens mal ausprobiert.« Er winkte einem Kunden, der gerade eingetreten war. »Möchtest du noch einen Keks?«, fragte er Lena, doch die schüttelte den Kopf.

»Nein danke, kümmre dich ruhig um deine Kundschaft.«

Sie wollte gemütlich ihren Kaffee austrinken und dann ihre kleinen Lieblinge abholen. Jetzt hatte sie Sehnsucht nach ihnen.

Zu Hause bei Lena herrschte Trubel. Da es keine Unterhaltungselektronik gab, spielten die Kinder ausnahmsweise. Lena versteckte sich und sprang hinter einer Tür hervor, sobald die Kinder sich genähert hatten, und obwohl sie wussten, dass ihre Oma dort stand, fanden sie es jedes Mal wieder spannend.

Bis die kleine Schwester mit der Stirn gegen den Türrahmen knallte und sich eine Schramme zuzog, die mit einem großen Kinderpflaster verdeckt werden musste.

»So, jetzt lesen wir lieber ein bisschen.« Lena setzte die Kinder aufs Sofa und holte das Buch, das ihnen so gut gefiel, »Ferien auf Saltkrokan«, und das sie selbst geschenkt bekommen hatte, als sie fünf Jahre alt war. Sie bewahrte ihre alten Schätze sorgfältig auf und hatte dieses Buch ins oberste Regalfach gestellt, damit die Kinder nicht drankamen.

Genau in dem Moment klingelte das Telefon.

»Hallo Kit, wie geht es dir?« Sie reichte den Kindern, die mit ausgestreckten Händen auf dem Sofa saßen, das Buch.

»Geht so. Ich brauche jemanden zum Reden«, sagte Kit am anderen Ende der Leitung.

»Dann komm her. Ich habe die Kinder, aber sie werden um sechs abgeholt. Wenn sie weg sind, muss ich was essen. Wollen wir ausgehen?«

»Ich bringe lieber was mit. Von meinem tollen Thailänder an der Ecke, du weißt schon.«

»Perfekt. Bis nachher.«

Sie setzte sich zwischen die Kinder. »Jetzt lese ich euch die Geschichte vom Seeräuber vor.«

Obwohl Stäbchen auf dem Tisch lagen, holte Lena Besteck und gab Kit Messer und Gabel.

»Wein?«

»Nein danke. Wasser reicht mir«, sagte Kit.

»Mir auch.«

Lena drehte den Hahn auf und ließ das Wasser laufen, während sie Gläser aus dem Schrank holte, prüfte die Temperatur, bevor sie einschenkte, und stellte die vollen Wassergläser auf den Tisch. Dann nahm sie Papierservietten mit Weihnachtsmännern aus der Schublade und hielt sie vor Kit.

»Du hast hoffentlich kein Problem damit, an Weihnachten erinnert zu werden.«

»Überhaupt nicht.«

Lena setzte sich ihr gegenüber und öffnete eine der Schachteln, die Kit mitgebracht hatte.

»Das da ist mit Hühnchen, und in der anderen Packung ist irgendwas mit Schwein. Ich habe einfach das Oberste auf der Karte genommen. Hier ist der Reis.« Kit zeigte auf den mit Folie verschweißten Karton. »Warte mal.« Sie wühlte in der Papiertüte. »Sojasoße.« Sie hielt zwei Beutelchen hoch. »Ohne ist der Reis ungenießbar.«

Schweigend füllten sie ihre Teller.

Lena war so hungrig, dass sie kein Wort sagen konnte, bevor sie etwas im Magen hatte. Nach drei Bissen legte sie ihr Besteck ab und sah Kit an.

»Jetzt bin ich bereit zuzuhören«, sagte sie.

»Gloria ist wieder da, und es ist nur eine Frage der Zeit, wann wir uns über den Weg laufen.«

»Du weißt, dass ich nicht mit dir über Gloria sprechen kann, sie ist, genau wie du, eine meiner besten Freundinnen. Könnt ihr eure Probleme nicht einfach lösen, damit wir wieder etwas zu dritt unternehmen können?«

»Gern, aber ich weiß nicht, wie ich mich verhalten soll. Ich habe versucht, sie anzurufen, aber sie geht nicht ans Telefon. Außerdem bezweifle ich allmählich, dass Adrian im Vollbesitz seiner geistigen Kräfte war, als er mich ihr vorgezogen hat.«

»Ja, er muss wahnsinnig gewesen sein.« Lena grinste breit.

»Ich finde das überhaupt nicht lustig.« Kit starrte finster vor sich hin, und Lena spürte, wie sehr sie sich verändert hatte. Irgendetwas an dieser Liebesgeschichte tat ihr nicht gut.

»Ich weiß, aber du solltest darüber lachen können. Es geht immer nur um andere, Kit. Was empfindest *du* für Adrian, was willst *du*?«

»Ich liebe ihn.«

»Na dann.«

»Aber was, wenn er mich verlässt?«

»Vielleicht tut er das. Oder du verlässt ihn.«

»Nie im Leben.«

»Das habe ich vor dem Altar auch gesagt, und sieh dir mich jetzt an.«

Lenas Ehe hatte gehalten, bis die Tochter sieben war, aber scheiden lassen hatten sie sich erst zwei Jahre später. Seitdem lebte sie allein, und obwohl sie nach der Trennung mit anderen Männern liiert gewesen war, hatte sie nie

wieder den Wunsch verspürt, mit jemandem zusammen-
zuziehen. Bei Kit, die immer allein gelebt hatte, war das
anders. Lena hatte wenigstens Enkelkinder, die mit ihren
Besuchen hin und wieder ihre Einsamkeit durchbrachen.

Als beide ihr Besteck abgelegt hatten, stand Lena auf,
räumte die Teller ab und holte eine Packung Vanilleeis aus
dem Kühlschrank.

»Haben deine Enkelkinder was übrig gelassen?«

»Gott bewahre. Meine Enkelkinder sind Clean Eaters,
in dieser Familie bin ich die Einzige, die eine Schwäche für
Eis hat. Möchtest du auch was?«

»Ja klar.«

Als Kits Telefon einen Ton von sich gab, beugte sie sich
hinunter und zog es aus der Handtasche.

»Von Adrian?« Lena schnitt eine dicke Scheibe von dem
Eis ab und legte sie Kit auf den Teller.

Kit schüttelte den Kopf.

»Nein, von Gloria. Sie will, dass wir uns treffen und
reden.«

Tag sieben

Gloria reckte sich, sie wollte noch nicht aufstehen. Das
musste sie auch nicht, wenn sie wollte, konnte sie den
ganzen Tag im Bett liegen und Dagens Nyheter lesen. Bar-
fuß tappte sie in den Flur, holte sich die Tageszeitung, die
durch den Briefschlitz geworfen worden war, und huschte
zurück ins warme Bett. Sie setzte die Lesebrille auf, ohne
die sie kein Wort entziffert hätte. »Selbstschädigendes Verhalten bei Mädchen nimmt zu«, stand auf der ersten Seite.

77

Sie blätterte bis zur entsprechenden Seite, las den Artikel über die junge Frau und legte die Zeitung nebst Brille wieder weg ab.

Die Lektüre war schmerzhaft. Sie erinnerte sich noch gut an das Gefühl, ausgeschlossen zu sein. Es hatte schon in der vierten Klasse angefangen, als ihr bewusst wurde, dass sie anders aussah als ihre sommersprossigen blonden Klassenkameradinnen. Gloria hasste damals ihr Aussehen. Sie war größer als ihre Freundinnen, hatte dunkle Haare und einen *Busen*. Die Brüste hatten sich bereits in der dritten Klasse entwickelt, als sie zum ersten Mal ihre Tage bekam. Es war grauenhaft.

Außerdem war sie entweder unsicher und traute sich nur, sich zu melden, wenn sie sich hundertprozentig sicher war, oder sie war wütend und wollte sich prügeln. *Nie* war sie so wie die anderen Mädchen. Während des Unterrichts schrieb sie Listen, auf denen sie festhielt, was sie tun wollte, wenn sie erwachsen war, denn das war mit Sicherheit viel besser, als ein Kind zu sein.

Im Laufe der sechsten Klasse holten die anderen entwicklungsmäßig auf, und in der siebten waren viele schon viel größer als Gloria, aber da war es zu spät. Sie hatte sich ein Alter Ego erschaffen, die rein schwedische Karin, nach der sich alle Jungs verzehrten, und sie wusste, dass ihr diese Kunstfigur, die damals nur vor dem Spiegel in Glorias Zimmer existierte, eines Tages große Dienste erweisen würde.

Das erste Mal außerhalb ihres Zimmers trat Karin im Club Bobadilla in Erscheinung. Jedenfalls, soweit sie sich erinnerte. Obwohl sie erst fünfzehn war, kam sie rein, dank des Make-ups, das sie ewig geübt hatte, wirkte sie älter. Der Siebzehnjährige, den sie damit beeindrucken wollte, hieß

Anders und kam aus Vasastan. »Ich heiße Karin«, piepste sie, und es dauerte eine Weile, bis sie sich in die Rolle hineingefunden hatte, aber dann war die unsichere Gloria wie weggeblasen.

Sie schüttelte ihr Haar und kaute Kaugummi, bis Anders fast von Sinnen war. Die Schlaghose saß hauteng, sie hatte eine halbe Stunde auf dem Bett gelegen, um den Reißverschluss zu schließen, und wenn sie Karin und nicht sie selbst war, war ihr auch bewusst, welche Wirkung sie auf die Jungs hatte. Nach Anders bezirzte sie Johnny, Peter und Begán, und dank dem Karincharakter wurde Gloria schließlich Meisterin darin, Aufmerksamkeit zu erregen.

Karin war selbstsicher und mutig, und schließlich wurde sie zu einem festen Bestandteil von Glorias Persönlichkeit. Sie brauchte nur Karin zu murmeln, schon reckte sie den Kopf hoch und hielt sich aufrecht.

In nächster Zeit würde sie Karins Namen oft vor sich hin murmeln müssen, davon war sie überzeugt.

Obwohl Gloria gern auch diesen Tag im Bett verbracht hätte, widerstand sie der Versuchung und zwang sich aufzustehen. Sie hatte nicht vor, den ganzen Freitag mit sinnlosen Grübeleien zu verschwenden.

In der Küche kochte sie sich Kaffee, bestrich getoastetes Brot mit einer dicken Schicht Marmelade und fühlte sich, während sie beim Frühstück die Dagens Nyheter von vorne bis hinten las, immer besser.

Noch munterer war sie, nachdem sie geduscht hatte und ihre Haare trockenrubbelte, während sie über die knarrenden Holzdielen zurück ins Schlafzimmer ging.

Das Telefon lag auf dem Nachttisch. Am Abend vorher hatte sie Kit spontan eine SMS geschickt und vorgeschlagen, sich zu treffen und zu reden. Die Antwort kam sofort. »Wann?«

Gloria hatte in einem Anflug von Reue beschlossen, noch eine Nacht darüber zu schlafen, aber nun war es an der Zeit zu antworten. Von der kommenden Woche an würden sie zusammenarbeiten, und in ihrem Leben herrschte im Augenblick zu viel Unordnung. Wenn sie wenigstens den Konflikt mit Kit lösen konnte, war schon viel gewonnen.

Doch sie fürchtete sich davor und wusste nicht, wo sie anfangen sollte.

Es war zweifelhaft, ob sie jemals zu ihrer Freundschaft zurückfinden würden, aber sie mussten wenigstens höflich miteinander umgehen. Damit die Zusammenarbeit funktionierte. Sie glaubte nicht, dass ihr Zerwürfnis Einfluss auf Kit hatte, was ihren Job als Inspizientin betraf, sie war erfahren und zuverlässig, aber man wusste nie. Die Liebe machte Menschen verrückt, so war es nun mal.

»Wie wäre es am Wochenende? Ich bin Samstag und Sonntag zu Hause, also sag, wann es dir passt.«

Wenn sie heute vor die Tür wollte, musste sie unbedingt ihre Haare föhnen. Um von allein zu trocknen, brauchte ihre dicke Mähne einen ganzen Tag. Mehr Aufwand würde sie allerdings nicht betreiben, denn sie wollte die Haare sowieso zu einem Pferdeschwanz zusammenbinden. Daher beugte sie einfach den Kopf nach vorne und pustete die Haare trocken. Als sie sich wieder aufrichtete, sah sie aus wie Diana Ross im Jahr 1973. Zum Glück gab es Mützen.

Für den Fall, dass jemand sie erkannte, fuhr sie sich einmal mit dem Mascarabürstchen über die Wimpern, bevor sie in eine lange Unterhose und Jeans schlüpfte. Das

Außenthermometer am Küchenfenster hatte fünf Minusgrade angezeigt. Im Innenhof. Dann war es draußen auf der Straße bestimmt noch kälter. Nach einigem Wühlen fand sie im Korb an der Tür die Stricksocken, die sich für ihre etwas zu großen Winterstiefel perfekt eigneten.

Sie brauchte Luft, und da sie nichts anderes vorhatte, spazierte sie in Richtung Götgata.

Sie bemühte sich, federnd zu gehen. Mit Spannkraft. Den Puls zu erhöhen. Sie versuchte, unauffällig zu hüpfen, aber das war gar nicht so einfach. Außerdem hatte sie den Eindruck, dass ihre Knie besorgniserregend knackten.

Carmen hatte vier Akte, und dafür brauchte sie eine gute Kondition, dachte sie, während sie die Knie beugte.

Da sie eigentlich vorgehabt hatte zu kneifen, hatte sie sich auch den Sport gespart. Das war ihr nicht schwergefallen. Sport war *entsetzlich* langweilig. Dennoch redete sie sich ein, sie würde dreimal in der Woche Sport betreiben. In Wahrheit zählte sie es zu ihrem Trainingsprogramm, wenn sie zu Fuß zum Ica-Supermarkt ging, der vielleicht fünfhundert Meter von ihrer Wohnungstür entfernt war. Und das war noch die intensivste Trainingseinheit.

In Björns Trädgård spielten lärmende Kinder, und wie üblich machte Gloria einen Umweg um den kleinen Park. Sie liebte die kleinen Rotznasen und würde ihnen kaum widerstehen können, wenn sie direkt an ihnen vorbeiging. Auf Kleinkinder würde sie eine Weile verzichten müssen. Leider. Aber so war das Leben eben, wenn man auf seine Gesundheit achten musste.

Falls Marcus mit seiner Familie zu Besuch kam, musste er ins Hotel gehen. Fabian war ein niedlicher Bengel, aber er hatte meistens Schnupfen. Es tat weh, dass alle, die sie mehr als das Leben liebte, in London wohnten, doch noch mehr schmerzte sie die Erkenntnis, dass sie mitten in einer Produktion immer der Arbeit den Vorrang gab.

Sie war sicherlich in vieler Hinsicht eine gute Mutter gewesen, wenige Kinder hatten so viel Liebe bekommen wie Marcus, aber er hatte sie sich mit der Bühne teilen müssen. Ohne die konnte sie nicht leben. Diese Sehnsucht nach Applaus sei doch seltsam, weil sie privat längst kein so großes Bedürfnis verspürte, gesehen zu werden, hatte sie neulich zu Agnes gesagt, aber die hatte sich minutenlang ausgeschüttet vor Lachen.

Agnes war manchmal richtig gemein, dachte Gloria und ging noch ein wenig tiefer in die Knie.

Geschäfte würde sie in nächster Zeit auch nicht aufsuchen. Lebensmittel musste sie natürlich besorgen, aber ansonsten brauchte sie nichts. Sie hatte ein Desinfektionsspray in der Handtasche und behielt bei Ica und Lidl immer die Handschuhe an. Plastiktüten ließen sich mit Lederhandschuhen sowieso viel leichter öffnen, man brauchte keine Angst zu haben, sich an einem heißen Grillhähnchen die Finger zu verbrennen, und war ausgezeichnet vor Bakterien geschützt.

Im Moment lagen die Fingerhandschuhe in ihrer Tasche, denn gegen diese Kälte halfen nur dicke Fäustlinge. Hinter Slussen ging sie durch den Tunnel zur Slottsbro und überquerte die Straße, um näher am Wasser zu sein.

Sie war dankbar für ihre dicke lange Jacke, die sie schon seit vielen Jahren begleitete. Kein anderes Kleidungsstück war so warm und gemütlich wie diese Jacke, und sie war nicht die Einzige, die so eingepackt war. Alle anderen trugen ähnliche voluminöse Jacken und Mäntel.

Alle außer Sebastian.

»Wie schön, dich hier zu treffen, *ma chérie*«, sagte er.

»Darf ich dich irgendwo zu einem Glühwein einladen? Es ist kalt in diesem Land.« Er blickte auf seine Halbschuhe hinunter.

Die dünne Jacke wirkte völlig unpassend, dachte Gloria, aber dafür war er weit und breit der Eleganteste, daran war nicht zu rütteln.

Hastig wog sie die Vor- und Nachteile ab. Wenn sie mit niemandem außer Sebastian sprach und einen Bogen um die Restauranttoilette machte, konnte sie es vielleicht riskieren.

Sie nickte. »Gern, das klingt nett. Wir könnten ins Le Rouge gehen.« Sie zeigte auf die Gassen in Gamla Stan.

Da Sebastians Sohlen überhaupt kein Profil hatten, musste er sich an ihr festhalten. Lachend stakste er an ihrer Seite übers Kopfsteinpflaster. Es machte ihr nichts aus. Ganz im Gegensatz zu Dominic mit seinem feurigen Temperament, hatte sie Sebastian heiter in Erinnerung. Nach der leidenschaftlichen Obsession, die sie mit Dominic verbunden hatte, war die Beziehung mit Sebastian die reinste Erholung gewesen. Sie hatten viel zusammen gelacht. Er half ihr zu vergessen. Er war ein Scherzbold, der anderen Streiche spielte. Und sein französischer Akzent, mit dem er Englisch sprach, war geradezu unwiderstehlich, das musste sie zugeben.

Seine ungenierten Flirts mit anderen Frauen konnte Gloria nur schwer akzeptieren. Nicht, weil sie ihn geliebt hätte, so weit war es beileibe nicht gekommen, aber sie zog es vor, sich nur eine Romanze zur selben Zeit zu gönnen, und das sah er offenbar anders.

»Endlich.« Er hielt ihr die Tür auf. Drinnen traten sie den Schnee von den Schuhen und lehnten das Angebot ab, sich die Garderobe abnehmen zu lassen. Erst als sie saßen, zog Gloria ihre Jacke aus und gab sie Sebastian. »Häng sie dir über die Schultern, dann wird dir wieder warm«, sagte sie.

Er lachte. »Sehe ich so verfroren aus?«

»Deine Lippen sind blau.«

Er zwinkerte ihr zu. »Es gibt so viele Arten, Lippen aufzuwärmen.«

»Ganz bestimmt, aber im Moment hast du nur diese Möglichkeit.« Sie lächelte zurück.

Als der Kellner kam, bestellte Sebastian den Glühwein und beugte sich dann über den Tisch. »Du bist immer noch wundervoll«, sagte er leise. »Wenn du nicht die *leading Lady* in dieser Inszenierung gewesen wärst, hätte ich abgesagt. Ursprünglich wollte ich den Rest des Winters auf Martinique verbringen. Es ist also deine Schuld, wenn ich hier sitze und mir den Hintern abfriere, anstatt Cocktails zu trinken und mir am heißen Sand die Füße zu verbrennen.«

»Diese Entscheidung kann ich nicht nachvollziehen«, sagte Gloria. »Ich würde viel lieber in der Sonne liegen, als zu singen.«

Er sah sie prüfend an. »Warum denn das? Mit dieser Oper werden wir Geschichte schreiben.«

»Genau das befürchte ich auch«, brummte Gloria auf Schwedisch, während Sebastian sich dem Kellner zuwandte und ihm die Getränke abnahm.

»Verzeihung, was hast du gesagt?« Er reichte ihr ein Glas und prostete ihr mit dem anderen zu.

»Nichts. Auf dein Wohl, Sebastian.«

Das Getränk war heiß, aber trinkbar.

»Sollen wir über ihn reden?«

»Über wen?« Sie sah ihn fragend an.

»Den großen Tenor.«

»Ah. Dominic? Nein. Wozu, wenn wir es gerade so nett haben?« Sie lächelte.

»Ihr habt keinen Kontakt?«

»Nicht den geringsten, wir haben uns seit zwanzig Jahren nicht gesehen.«

»Es ist neunzehneinhalb Jahre her, dass wir beide uns zuletzt gesehen haben.«

»Erstaunlich, wie die Zeit vergeht.« Sie hatte keine Lust auf dieses Thema. Aus den alten Zeiten gab es nichts mehr zu besprechen. Falls Sebastian ein Problem mit Dominic hatte, mussten die zwei das unter sich ausmachen. Sie wollte nicht in ihren Konflikt involviert werden.

»Aber ihr seid nicht zerstritten?«

»Wieso sollten wir? Ich kenne ihn kaum noch, und soweit ich weiß, haben wir keine Meinungsverschiedenheiten. Erzähl mir von Paris, ich war ewig nicht dort.«

»Paris hat sich nicht verändert. Du solltest mal kommen und mit mir unter den Dächern dort Liebe machen. Ich erinnere mich noch an deinen Duft.« Er grinste übers ganze Gesicht.

»Das glaube ich gern.« Sie lächelte. »Vielen Dank für die Einladung, aber ich nehme sie nicht an. Und ich möchte dich auf keinen Fall meinen Kolleginnen wegnehmen. Ich habe gestern gehört, dass sie sich nach dir verzehren.«

Er zuckte mit den Schultern. »Die sind mir völlig egal. Du bist diejenige, die ich nicht vergesse und noch immer will.«

Nun lächelte er nicht mehr, sondern war todernst.

Tag acht

Dominics Mutter Birgit öffnete die Tür und strahlte übers ganze Gesicht.

»Wie schön, dich zu sehen. Komm rein, komm rein. In der dicken Jacke bist du ja kaum zu erkennen. Gib her. Ui, ist die schwer, denk an deinen Rücken! Hast du denn nichts anderes zum Anziehen, diese Daunenjacken sehen doch ganz gut aus. Aber da stellt sich natürlich die Frage nach der Tierhaltung. Die armen Enten. Oder waren es Schwäne? Wie auch immer, ich glaube, Marineblau würde dir gut stehen.«

Er half ihr, seinen Wollmantel auf einen Kleiderbügel zu hängen. Sie war kleiner, als er sie in Erinnerung hatte. Dünner. Aber ansonsten hatte sie sich, Gott sei Dank, nicht verändert.

Er fingerte die Schachtel aus der Innentasche. »Bitte schön.«

»Für mich?«, fragte sie erstaunt, aber ihre Augen leuchteten.

Immer wenn sie sich sahen, brachte er ihr etwas mit, weil er wusste, wie gern sie Geschenke auspackte, und weil er es als Kind geliebt hatte, das Glitzern in ihren Augen zu sehen, wenn er ihr seine selbstgemalten Bilder überreichte. Sie hatte sich damals genauso gefreut wie heute über den Schmuck, den er ihr schenkte.

»Sei so lieb, und hilf mir mal, ich bekomme die Schnur nicht ab. Dass die aber auch immer so feste Knoten machen müssen.« Sie drückte ihm die Schachtel in die Hand.

»Machen dir deine Hände allmählich Schwierigkeiten?«

»Nicht mehr als sonst auch. Normalerweise nehme ich

eine Schere, dann ist es kein Problem, aber dieses hübsche Band möchte ich aufbewahren.«

Lächelnd fragte er sich, wie viele Geschenkbänder sie schon in ihren Schubladen haben mochte. Und was sie damit machte. Er löste den Knoten und gab ihr Schnur und Schachtel zurück. »Da.«

Sie nahm den Deckel ab, atmete juchzend ein und sah ihn an.

»Dominic, du sollst mir wirklich nicht …« Sie ließ das dünne Goldkettchen mit den kleinen Steinen über ihre Finger gleiten. »Wann soll ich so was Schönes denn tragen?«

»Jeden Tag«, sagte er. »Und ganz bestimmt zur Premiere.«

»Hilf mir mal.« Sie hielt ihm ihr schmales Handgelenk hin. Er hatte dem Juwelier gesagt, dass seine Mutter eine zierliche Frau war, und hoffte, dass das Armband nicht zu groß war.

Sie schüttelte die Hand, das Kettchen passte perfekt.

»Danke, du verwöhnst mich. Jetzt will ich wissen, wie es dir geht.« Sie ging voraus ins Wohnzimmer. »Darf ich dir einen Sherry anbieten?«

Er sah sich in dem Raum um, der noch genauso aussah wie vor fünfundvierzig Jahren. Das Sofa, das damals sämtliche Ersparnisse seiner Eltern verschlungen hatte, war immer noch ansehnlich, weil es von so guter Qualität war. Bequem fand er es nie, aber sie hatten auch nicht oft darauf gesessen. Seine Mutter hatte ihren Sessel, auf dem sie fernsah oder las, und Dominic machte es sich auf Vaters Ledersessel gemütlich, den man nach hinten kippen konnte.

Sie holte die feinen Kristallgläser aus der Vitrine und stellte sie auf den Teewagen, den seine Eltern mit Sherry

87

und Whisky in Karaffen bestückt hatten, seit er denken konnte. Er lächelte, als seine Mutter den hohen Glasstopfen aus einer der Flaschen zog. Der Whisky war seit dem Tod seines Vaters vor zehn Jahren nicht angerührt worden. Seine Mutter hatte nichts in der Wohnung verändert. Die Kleidung seines Vaters hing noch im Schlafzimmer im Schrank. Dominic hatte ihr angeboten, ihr beim Aussortieren zu helfen, aber sie wollte alles so lassen, wie es war.

»Bitte sehr.« Sie gab ihm ein Glas, stellte ihr eigenes auf den Tisch zwischen ihnen und setzte sich. »Meine Beine sind nicht mehr das, was sie mal waren«, sagte sie entschuldigend.

»Meine auch nicht.« Er lächelte.

Sie rümpfte die Nase. »Liebes Kind. Du weißt nicht, wovon du redest.«

Er blieb länger, als er vorgehabt hatte, widerstand aber der Versuchung, auf der Sankt Eriksgata in ein Taxi zu steigen. Er brauchte Bewegung, seine Beine waren tatsächlich nicht mehr die alten, aber das hatte er sich selbst zuzuschreiben. Sport war nötig, aber entsetzlich langweilig, und außerdem ging er lieber an der frischen Luft spazieren, als sich in ein Fitnessstudio zu begeben. In den vergangenen Monaten war er allerdings nicht einmal mehr zu Fuß gegangen, sondern hatte bei jeder Gelegenheit ein Taxi genommen.

Jetzt überquerte er in raschem Tempo die Straße. Drüben im Rålambshovspark gab es einen hübschen Spazierweg, der am Wasser entlangführte. Wenn er sich ein wenig beeilte, war er in einer halben Stunde im Hotel.

Am anderen Ufer des Mälarsees leuchteten Fenster unter dem dunklen Himmel. Er blieb stehen und zog seine Handschuhe aus der Manteltasche. Während er sie anzog,

blickte er nachdenklich übers Wasser zum Söder Mälar-
strand. Wollte er in der Nähe seiner Mutter leben, die auf
Kungsholmen wohnte, oder wollte er in seinen alten Stadtteil zurück? Bis zu seinem Umzug nach England hatte er
in Söder gewohnt, und er liebte das Viertel rund um den
Medborgarplatsen.

Als er noch kein etablierter Opernsänger, sondern noch
in der Ausbildung war, hatten sie an den Wochenenden
immer in den Kneipen dort gesessen. Gloria hatte jedes
zweite Wochenende als Zigarettenverkäuferin gearbeitet,
um sich und auch Marcus, wenn er bei ihr war, ernähren zu können, während er mit seinen Freunden von der
Opernhochschule Bier trank. Das war in der Zeit, bevor
der Ernst des Lebens begann und ihre Beziehung den Bach
hinunterging.

Dominic wusste, dass er egozentrisch war, in seiner
Jugend war es noch schlimmer gewesen als heute, aber
das Leben hatte ihm inzwischen genügend Faustschläge
versetzt, um ihn zurück unter die Normalsterblichen zu
holen. Doch damals war er hochmütig gewesen. Er hatte
geglaubt, dass alles nach seinen Vorstellungen laufen würde und dass er sich dafür weder anstrengen noch aufopfern
musste. Gloria konnte nicht mit ihm nach England ziehen,
weil sie ein Kind hatte, aber er war trotzdem gegangen. Er
hatte geglaubt, dass sie auf ihn wartete, während er Karriere machte, obwohl sie eigentlich talentierter war als er.

Doch stattdessen fing sie etwas mit diesem französischen
Sänger an, und wenn Dominic ganz ehrlich war, konnte er
Sebastian noch immer nicht ertragen.

Er hatte nichts gegen ihre Beziehung machen können,
und es war seine eigene Schuld gewesen, dass er nach England gezogen war, aber er rächte sich auf andere Weise. Do-

minic war in der Position, Bedingungen stellen zu können, wenn man ihn engagierte, und es wäre ihm im Leben nicht eingefallen, mit dem Franzosen zusammenzuarbeiten. Sebastian wusste das.

Er stellte den Mantelkragen auf. Sein Atem hinterließ Spuren in der eiskalten Luft. Scheiße, war das kalt! Er schob die Hände in die Taschen und beschleunigte seine Schritte. Diesmal würde er den Kerl in Grund und Boden singen, und deshalb musste er nun so schnell wie möglich ins Hotel, um ihr Duett ein weiteres Mal zu üben, bevor er ein bescheidenes Abendessen auf sein Zimmer kommen lassen würde. Bis zur Probe am Montag wollte er keine Menschenseele sehen.

»Dominic.«

Pjotr fuchtelte mit den Armen, als hätte er das ganze Orchester vor sich. Dominic seufzte innerlich. Seinen Dirigenten konnte er natürlich nicht ignorieren, er musste zumindest ein paar Worte mit ihm wechseln. Er streifte die Handschuhe ab und knöpfte seinen Mantel auf, während er auf die Bar zuging.

»Pjotr.« Er nickte. »Wie geht es dir?«

»Wunderbar, danke. Ich bin hier mit Sebastian verabredet, der sich unbedingt an der Bar mit mir treffen wollte, bevor wir irgendwo essen gehen. Möchtest du vielleicht mitkommen?«

»Danke, das ist freundlich, aber ich esse in meinem Zimmer. Einige Passagen muss ich noch üben.«

Pjotr lachte. »Obwohl du den Part schon so oft gesungen hast?«

»Wer hat was?«

Sebastian hatte sich von hinten angeschlichen, und

Dominic musste sich beherrschen, um nicht auf Höhe eines empfindlichen Wangenknochens einen Ellbogen auszufahren.

Wieso hatte er der Intendantin nicht gesagt, dass er unter keinen Umständen mit diesem Menschen im selben Ensemble singen würde? Sie hätten ihn doch ihm zuliebe sofort aussortiert. Dominic konnte nachvollziehen, dass das Haus begeistert war, zwei so hochkarätige Namen an Land gezogen zu haben, aber er bereute trotzdem, es nicht gesagt zu haben. Das Arbeitsklima wäre sehr viel angenehmer, wenn dieser Franzose nach Paris zurückkehren würde.

Doch nun war er hier, und Dominic musste sich zwingen, ruhig zu bleiben und sich so zivilisiert wie möglich verhalten.

Dass Sebastian so kurzfristig verfügbar gewesen war, bedeutete natürlich, dass er momentan kein anderes Engagement hatte. Vermutlich trat er, genau wie Dominic, mittlerweile kürzer und machte sich bereits Gedanken über das, was unweigerlich näher rückte.

Die Pensionierung.

Dominic nahm immer weniger Rollen an. Er hatte nicht mehr so viel Ausdauer wie früher, und auch wenn sich noch niemand über die Qualität seiner Stimme beschwert hatte, merkte er selbst, dass das Alter nicht spurlos an ihr vorübergegangen war. Jede Inszenierung zehrte an seinen Kräften.

Doch vor allem spürte er, dass sein Hunger nicht mehr da war. Es gab keine Herausforderungen mehr, er hatte alles schon erlebt.

Als ihm diese Rolle angeboten worden war, hatte er gejubelt. Das war ihm lange nicht passiert. Und obwohl Sebastians Anwesenheit seine Freude ein wenig trübte, hielt sie noch an. Wenn er einen Weg fand, mit diesem Mann umzugehen, wäre viel gewonnen, denn wenn erst die Probenzeit begann, konnte er ihn nicht mehr ignorieren.

»Ich wünsche dir einen angenehmen Abend«, sagte Dominic zu Pjotr, ohne Bayard auch nur zu grüßen, verließ die Bar und ging auf die Fahrstühle neben der Rezeption zu.

Er brauchte sich nur ins Gedächtnis zu rufen, dass er bald mit Gloria singen würde, und schon verschwand dieser Franzose aus seinem Bewusstsein.

Dominic wusste, dass Gloria und er zusammen ein ganzes Silvesterfeuerwerk entfachen konnten. Das hatten sie vor seinem Wegzug nach London viele Male bewiesen.

Soweit er das beurteilen konnte, stand einer Wiederholung nicht viel im Weg, und es gab keinen einzigen Schweden, der sie beide nicht gern gemeinsam auf der Bühne sah – ganz unabhängig davon, ob man eine Vorliebe für die Oper hatte oder nicht.

Auf einmal war es ein phantastisches Gefühl, in Stockholm zu sein. Sie hatte seine Einladung zum Abendessen nicht angenommen, aber dieses kleine Hindernis würde er überwinden.

Gloria war seine Frau. Damals, heute und für immer.

Jedenfalls auf dem Papier.

Tag neun

Gloria lief im Flur auf und ab und ließ die Wanduhr nicht aus den Augen. Kit kam bestimmt schon die Treppe herauf, sie war immer pünktlich.

Im Geist ging sie ihre Rede durch. »Bitte verzeih mir, was ich gesagt habe und dass ich so aufbrausend war. Ich war geschockt und traurig, weil ich das Gefühl hatte, ich wäre hintergangen worden, aber nun bin ich darüber hinweg und hoffe, dass wir uns von nun an wie zivilisierte Menschen benehmen können.«

So schwer konnte es ja wohl nicht sein, das zu sagen.

Als es an ihrer Wohnungstür klingelte, fühlte sie sich gut vorbereitet. Mit den besten Absichten machte sie auf.

Bis sie Adrian die Treppe hinunterrennen sah.

Wie oft hatte sie hier im Türrahmen gestanden und ihm hinterhergeschaut, wenn er nach einer heißen Nacht ihre Wohnung verließ? Damals hatte er sich noch einmal umgedreht und ihr eine Kusshand zugeworfen, aber darauf verzichtete er diesmal natürlich.

»Das war eine vollkommen bescheuerte Idee!« Gloria knallte Kit die Tür vor der Nase zu.

Ihr Herz klopfte so wild, dass sie Angst bekam und sich im Wohnzimmer aufs Sofa setzen musste.

Sie hatte sich darauf eingestellt, einen Schritt auf Kit zuzugehen, aber nicht darauf, ihren ehemaligen Liebhaber die Treppe in *ihrem* Haus hinunterlaufen zu sehen. Er hatte hier nichts verloren. Wieso war Kit nicht selbst darauf gekommen? Kapierte sie denn gar nichts? In einem Neubeginn ihrer Freundschaft war Adrian *nicht* inbegriffen. Er war zum letzten Mal Glorias Treppe hinuntergerannt.

Das Klopfen an der Tür überhörte Gloria. Kit hatte diese Gelegenheit versaut, so war es nun mal.

Als es im Hausflur still wurde, erhob sie sich. Sie musste sich irgendwie beschäftigen, um nicht verrückt zu werden. Sollte sie vielleicht etwas stricken? Sie hatte doch darüber geklagt, dass sie kein Hobby hatte, also vielleicht eine

Mütze? Auf einer Rundstricknadel? Bei ihrem letzten Versuch hatte sie Angorawolle verwendet. In Himmelblau, wenn sie nicht alles täuschte.

Ein Stirnband war herausgekommen.

Ungeduld war Glorias Markenzeichen.

Nur wenn sie ihre Rollen einstudierte, kam ihr die Ungeduld nicht in die Quere. Dann arbeitete sie gewissenhaft und in Ruhe, brachte alles zu Ende, was sie sich vorgenommen hatte, und ging systematisch und mit langem Atem vor, auch wenn es zäh wurde.

Doch für alle anderen Bereiche des Lebens galt das nicht.

Wenn ihr ein Buch nicht gefiel, legte sie es nach dreißig Seiten für immer weg. Filmen gab sie zwanzig Minuten, mehr nicht.

Mit Menschen hatte sie noch weniger Geduld, und wahrscheinlich fühlte sie sich deswegen so wohl, wenn sie allein war. Ein paar richtig gute Freunde waren ihr lieber als Hunderte von Bekannten.

Eine ihrer besten Freundinnen hatte sie nun verloren, und das tat weh, aber offenbar machte es Gloria mehr zu schaffen als Kit. Wäre sie sonst so blöd gewesen, Adrian die Treppe mit hinaufzunehmen?

Wäre er etwas weiter unten geblieben, hätte Gloria ihn gar nicht gesehen, es war ihr also ein Rätsel, warum er bis oben mitgekommen war.

Je länger Gloria darüber nachdachte, desto stärker hatte sie das Gefühl, das Ganze wäre geplant gewesen. Aber von wem? Von Adrian oder von Kit? Machte ihm die Freundschaft zwischen Kit und ihr Angst? Vielleicht war es das, dachte sie. Möglicherweise glaubte er, Gloria würde schlecht über ihn reden. Diese Sorge konnte sie verstehen.

Hatte man mit zwei besten Freundinnen geschlafen, bestand ja durchaus die Gefahr, dass sie darüber redeten.

Allerdings hatte Gloria nicht die geringste Lust, jemals wieder über Adrian zu reden, und Kit zog wahrscheinlich auch andere Gesprächsthemen vor, er konnte also ganz unbesorgt sein.

Falls Kit ihn mitgeschleift hatte ... tja, dann hatte sich Gloria womöglich in ihr getäuscht. Sie hatte Kit während ihrer Freundschaft immer für zuverlässig und einfühlsam gehalten, aber vielleicht konnte man solche Eigenschaften auch verlieren?

Gloria hatte nicht genügend Zeit gehabt, Kit in die Augen zu schauen, bevor sie die Tür zuschlug, und das war schade, denn ihr Blick hätte natürlich einiges verraten. Wenn Adrian auf eigene Initiative mitgekommen war, konnte sie Kit eventuell verzeihen. Er war ein Mann mit einem starken Willen, und wenn er sich etwas in den Kopf gesetzt hatte, konnte Kit ihm wahrscheinlich nicht viel entgegensetzen.

Tja, wieder ein Tag vorbei.

»Scheiße.« Sie fluchte laut.

Sie waren keinen Schritt weitergekommen, sondern wieder auf demselben Stand wie gestern, zurück auf Los. Zum Glück hatte sie mit Sebastian ein Gläschen getrunken. Er war ihr wohlgesonnen, das spürte sie. Dass er immer noch mit ihr ins Bett wollte, betrachtete sie als Kompliment, mehr nicht. Sie gestand sich ein, dass sie sich nicht im Geringsten zu ihm hingezogen fühlte, aber gegen seinen männlichen Charme, der ihr ohnehin nicht gefährlich werden konnte, hatte sie auch nichts einzuwenden.

Nachdem sie in ihrer genau fünfundsiebzig Quadratmeter großen Wohnung drei Runden gegangen war, blieb sie vor den Bücherborden über der Schlafzimmertür stehen. Sie stellte sich auf die Zehenspitzen, um an Dominics Autobiographie heranzukommen. Sie hatte sie gleich gekauft, als sie erschienen war, kurz bevor sie erfahren hatte, dass sie mit ihm auf der Bühne stehen würde. Sie hatte das Buch noch kein einziges Mal aufgeschlagen, und vielleicht war es keine gute Idee, es jetzt zu lesen. In den kommenden Monaten würde sie mit ihm zu tun haben, ob sie wollte oder nicht, und was, wenn in dem Buch etwas stand, das sie nicht ertragen konnte?

Doch was sollte das sein, sagte sie sich, während sie die erste Seite aufschlug. Sie war in jeder Hinsicht fertig mit ihm, und trotz allem, was er heute zu ihr gesagt hatte, wusste sie, dass er auch fertig mit ihr war. Das war er bereits 1995 gewesen. Nun ging es nur noch um einen Machtkampf mit Sebastian, sonst nichts.

Für Laura. Danke für alles.

Sie schleuderte das Buch aufs Bett.

Dann kam sie zur Besinnung und schüttelte über ihre eigene Eitelkeit den Kopf. Sie wollte doch gar nichts mit ihm zu tun haben, aber dass er das Buch einer anderen gewidmet hatte, gefiel ihr offenbar auch nicht.

Am liebsten hätte sie sich geohrfeigt wegen ihrer Enttäuschung darüber, dass die Welt sich nun einmal nicht um sie drehte. Oft funktionierte das, manchmal nutzte es nichts. Ihre spontanen Reaktionen waren immer noch kindisch, aber sie musste sich trotzdem dafür loben, dass sie relativ schnell zur Vernunft kam. Sie hätte sich nur gewünscht, ihr Verstand würde sich mal vorher melden.

Gloria hob das Buch auf und unterdrückte den Impuls, es wieder ins Regal zu stellen. Stattdessen klemmte sie es sich unter den Arm. Sie würde sich einen Becher Tee kochen und sich damit in die Fensternische im Wohnzimmer setzen. Dann würde sie ein bisschen darin lesen. So schwer war das doch gar nicht.

In der Küche blieb sie vor ihrem Vorratsschrank stehen. Was wollte sie zum Tee essen? Einen Butterkeks? Auf gar keinen Fall, beschloss sie, als ihr Blick auf die mit Schokolade gefüllten Ballerinakekse fiel. In Anbetracht der Lektüre, die sie sich zu Gemüte führen würde, brauchte sie dringend Schokolade. Sozusagen als Gegenmittel. Falls er über sie schrieb, würden Ballerinakekse sie trösten. Butterkekse hatten nicht die vergleichbare Wirkung.

Schlagartig wurde ihr bewusst, dass sie sich mit Dominic von dem ungelösten Konflikt mit Kit ablenkte, und es war geradezu albern, dass sie sich weiter in Widersprüche vergraben wollte, anstatt sie hinter sich zu lassen. Nicht zum ersten Mal wünschte sie sich, mehr wie ihre Schwester zu sein. Agnes hätte alles in Ordnung gebracht und dann *einen* Keks gegessen. Einen Butterkeks.

Gloria wusste, dass sie gar nicht erst zu versuchen brauchte, irgendetwas in Ordnung zu bringen, bevor sie nicht die ganze Rolle mit den Schokokeksen vernichtet hatte.

Dominic schrieb gut, falls er das Buch selbst geschrieben hatte. Man wurde in seine Geschichte hineingezogen, und obwohl sie viel über ihn wusste, war ihr manches neu.

Dass sein Vater Engländer war, war ihr natürlich bekannt. Dominic hatte Glorias Eltern seine Eltern vor langer Zeit einmal vorgestellt, aber die Begegnung war ganz und gar nicht wie erhofft verlaufen. Carmen hatte hinterher ausgespuckt und gezischt, diese Leute hätten sie nicht akzeptiert, sie könne aber niemals erzählen, warum. So war es oft. Aus irgendeinem Grund fühlte sich Carmen ausgestoßen, obwohl außer ihr niemand in der Familie es so sah. Wirklich wohl fühlte sie sich mit anderen Menschen nur in ihrem Friseursalon, in den die Leute wegen ihres Könnens kamen.

Da Carmen heißblütiger war als der Vesuv, schlug Gloria keine weiteren Treffen vor. Und wenn man bedachte, wie die Beziehung mit Dominic geendet hatte, war das ja auch gut so.

Gloria nahm die obere Hälfte von dem Keks und nagte mit den Vorderzähnen die cremige Nougatschicht ab, bevor sie sich den Ring in den Mund steckte. Sie aß diese Kekse seit ihrer Kindheit auf diese Weise. Agnes hatte immer davon abgebissen.

Gloria glaubte fest, dass die drei Schichten, aus denen ein Ballerinakeks aufgebaut war, ein Marketingtrick waren. Es gab zahllose Möglichkeiten, ihn zu essen, doch der Methode von Agnes mangelte es gänzlich an Phantasie und Raffinesse. Wann machte sie eigentlich mal etwas mit Genuss? Sie war immer so schnell. Während Gloria ausgiebig badete, duschte Agnes. Wenn Gloria sich in ihrer Jugend ins Bett gekuschelt und ein klassisches Stück gehört hatte, strampelte Agnes auf dem Heimtrainer. Wie konnte man sich das zu den *Ungarischen Tänzen* von Brahms antun? Gloria hatte die Respektlosigkeit, mit der Agnes bei den schönsten Stellen schnaufte, verrückt gemacht.

Sie hatten sich ein Zimmer geteilt, und Agnes hatte immer darauf beharrt, das gleiche Recht zu haben, ihren Interessen nachzugehen, wie Gloria, die ständig ihre langweilige Musik hörte. Oft war ihre Mutter hereingekommen, um die Streitigkeiten zu beenden. Und meistens hatte sie sich auf Glorias Seite gestellt. Sie würde Sängerin werden und musste natürlich ungestört Musik hören. Ihre Mutter war tatsächlich ungerecht gewesen, da musste sie Agnes mittlerweile zustimmen, aber damals war Gloria in erster Linie froh gewesen, ihren Willen durchsetzen zu können. Ihr war völlig egal, dass ihre kleine Schwester traurig war. Wie traurig, hatte sie erst Jahre später erfahren.

Sie steckte den braunen Keksboden in den Mund, trank einen Schluck Tee und lehnte sich mit dem aufgeschlagenen Buch zurück. So schlimm war es gar nicht, dachte sie. Jedenfalls bis jetzt nicht.

Als sie zu dem Kapitel mit der Überschrift Opernhochschule kam, legte sie es weg. Sie wagte jetzt nicht, es zu lesen. Bis jetzt hatte er chronologisch von seiner Kindheit, von Jugenderinnerungen und seinen Eltern erzählt und hatte nichts erwähnt, was nach seinem fünfundzwanzigsten Geburtstag stattgefunden hatte. Obwohl seine und Glorias Beziehung viele Jahre zurücklag, war sie in der Öffentlichkeit bekannt. Ihre Trennung hatte die ersten Seiten der Klatschblätter gefüllt. »Opernstars gehen getrennte Wege. Dominic Evans zieht nach London.«

Er konnte diese Phase seines Lebens nicht einfach auslassen, aber sie war noch nicht bereit für seine Version, sagte sie sich, während sie aufstand und ins Schlafzimmer hinüberging. Als sie an der Kommode im Flur vorbeikam, drückte sie auf ihr Handy, das sie leise geschaltet hatte, als Kit nicht lockerlassen wollte. Dreizehn neue Textnachrichten. Zehn von Kit. Zwei von Adrian. Eine von Dominic.

Gloria las keine einzige.

Es war neun Uhr, und sie hatte trotz der Kekse Hunger. Nach dem Essen wollte sie ein so heißes Bad nehmen, dass ihre Haut sich auflöste, sich die Beine rasieren, an denen man bald Zöpfchen flechten konnte, die Haarkur einwirken lassen, die ihre Friseurin sogar mehrmals in der Woche empfahl, eine Gesichtsmaske auflegen, die ihre Haut angeblich zart und unheimlich jung machen würde, und sich zuletzt die Nägel lackieren.

Blutrot.

Falls sie in den kommenden Tagen die Krallen ausfahren müsste, würde sie es mit Stil tun.

Das Taxi war für Viertel vor elf am Vormittag bestellt, die Proben sollten um elf beginnen. Bis zur Premiere würde sie, wie alle anderen, nur am Wochenende freihaben.

Normalerweise liebte sie die Probenzeit. Mitzuerleben, wie unter der Leitung eines guten Regisseurs die Inszenierung entstand, kam ihr manchmal wie der Sinn des Lebens vor. Aber vier Wochen lang jeden Werktag von elf bis vier und dann noch mal von sieben bis neun Uhr mit Sebastian und Dominic zu verbringen erschien ihr alles andere als verlockend. Außerdem würde Kit auch dabei sein, zumindest wenn sie mit dem Chor probten. Die riesigen Probesäle in Nacka wirkten plötzlich eng.

Sie hielt einen Finger ins Badewasser, um zu prüfen, ob es heiß genug war, und nahm ihre verschiedenen Badezusätze in Augenschein. Sie musste fünf Flaschen aufschrauben, bevor sie das Passende gefunden hatte; einen Schaum von Armani, den sie von einem Fan, der keine ihrer Premieren ausließ, geschenkt bekommen hatte. Dafür, dass sie sich gar nicht persönlich kannten, war es zwar ein ziemlich persönliches Geschenk, aber heute war sie dankbar für die großzügige Geste.

Der Schaum roch nach Frau.

Nach einer reifen Frau, die ganz bei sich angekommen war.

Nicht nach einer Frau am Rande des Nervenzusammenbruchs.

Tag zehn

Pjotr hatte sich bereits vor langer Zeit damit abgefunden, dass sich sein Haarwuchs auf dem Kopf verabschiedet hatte, um sich kurz darauf am Rücken zurückzumelden. Es war über Nacht passiert, als er um die vierzig war, und seitdem rasierte er die wenigen Strähnen, die ihm geblieben waren, ab. An den Rücken kam er leider nicht heran.

Mit einem Haarkranz hätte er wahrscheinlich mehr wie ein Dirigent ausgesehen, denn mit seinem kahlen Schädel erinnerte er eher an einen Anwalt mit zweifelhafter Klientel, doch das hatte sich als Vorteil erwiesen. Frauen, die ihn früher übersehen hatten, bekamen nun feuchte Augen, wenn er an ihnen vorüberging. Dagegen hatte er überhaupt nichts. Es gab Zeiten, in denen er sich keine Gelegenheit entgehen ließ, und Phasen der Enthaltsamkeit, die eine geradezu wundersame Wirkung auf seine Lust ausübten und ihn, wenn er sich nach vorübergehendem Zölibat wieder in die freie Wildbahn stürzte, zu einem besseren Liebhaber denn je machten. Die Frauen baten um Zugaben, ein größeres Lob gab es nicht.

Nun hatte er seit fünf Monaten keinen Sex gehabt. Stattdessen hatte er sich auf sein Fitnesstraining konzentriert, um in Bestform zu kommen. Die übrige Energie hatte er sich für das Stockholmer Orchester aufgespart. Und für Gloria.

Gerüchten zufolge war sie vor Jahren nicht nur mit Dominic, sondern auch mit Sebastian zusammen gewesen, aber Pjotr wusste, dass sein einzigartiger Körperbau nicht zu toppen war.

Noch nie im Leben war er so fit und muskulös gewesen. Als er Dominic und Sebastian an der Bar des Grand getroffen hatte, war ihm sofort klargeworden, dass die beiden sich nicht ausstehen konnten. Das passte ihm gut in den Kram. Während die beiden sich stritten, würde er sich an Gloria heranmachen. Er wusste genau, wie man eine Frau dieses Formats behandeln musste – er hatte Übung. Ganz behutsam würde er den Taktstock unter ihren Rock schieben.

Beim Gedanken daran, wie die letzte Frau darauf reagiert hatte, bekam er beinahe einen Steifen. Eine der Sängerinnen in Wien war fast verrückt geworden vor Lust, und nun wollte er versuchen, Gloria damit zu erobern.

Lächelnd stieg er ins Taxi und forderte den Fahrer auf, ihn zu den Übungsräumen in Gäddviken in Nacka zu bringen.

Dominic war so gut vorbereitet wie selten.

Dies würde sein letzter großer Auftritt sein, vielleicht sein größter. Er hatte den Don José in London in der Metropolitan und im Royal Opera House gesungen, aber den bleibendsten Eindruck hatte dennoch die Inszenierung aus seiner Ausbildungszeit hinterlassen, als er mit Gloria auf der Bühne gestanden hatte, die schon damals eine einzigartige Carmen abgegeben hatte. Keine seiner späteren Partnerinnen konnte es jemals in puncto Präsenz und Charisma mit ihr aufnehmen.

In vieler Hinsicht *war* Gloria Carmen. Ihre Lebensgeschichte, ihr Hunger nach Freiheit, ihre zahlreichen Männer …

Dominic gefiel der Gedanke, einer von vielen zu sein, überhaupt nicht, aber es entsprach mit Sicherheit der Wahrheit. Als er ihr mitteilte, er würde für ein halbes Jahr nach England gehen, hatte sie den Kopf in den Nacken geworfen, ihm in die Augen gesehen und ihm viel Glück gewünscht. Kaum hatte sie die Wohnung verlassen, hatte sie sich diesem Sebastian Bayard in die Arme geworfen.

Dominics Körper bebte vor Zorn, wenn er daran dachte. Wie konnte sie nur?

Zwanzig Jahre später tat es immer noch unfassbar weh.

Er hatte sich tausendmal gefragt, ob er diese Rolle nur angenommen hatte, um sich zu rächen, um ihr zu beweisen, dass sie damals die falsche Wahl getroffen hatte, aber erst als sich das gesamte Ensemble in der Oper versammelt hatte, war ihm die Antwort klargeworden. Er hatte *gespürt*, wo sie saß, und als sie vorgestellt wurde, hatte sein ganzer Körper reagiert.

Nichts hatte sich verändert, alles war genau wie damals gewesen, und das musste er ihr vermitteln.

Am Tag darauf hatte er so dicht neben ihr gestanden, dass er ihr Parfum riechen konnte. Im Lauf der Jahre war ihm dieser Duft immer sofort aufgefallen, aber an keiner Frau wieder hatte er so gut geduftet wie an ihr.

Shalimar.

Die erste Flasche hatte er ihr geschenkt. Freudestrahlend hatte sie sich in seine Arme geworfen und gesagt, sie hätte noch nie ein so schönes Geschenk bekommen. Zu der Zeit, Marcus war noch klein, hatte Gloria sehr wenig Geld und freute sich unheimlich über jedes Geschenk.

Sie trafen sich meistens bei ihr, er zog mehr oder weniger bei ihr ein und verstand sich auf Anhieb gut mit Marcus. Schon bald hatten die beiden, unabhängig von Gloria, eine eigene Beziehung zueinander aufgebaut.

Dominic hatte geglaubt, sie würden auch ein gemeinsames Kind bekommen und Marcus ein Geschwisterchen, aber es kam anders.

Als er sich entschied, in England zu arbeiten, entschied er sich offenbar gegen ein Familienlieben mit Gloria, obwohl er das niemals beabsichtigt hatte.

Sebastian hatte sich im schicken Kaufhaus NK eine dicke Jacke, eine Mütze und warme Stiefel gekauft. Das war wirklich nötig gewesen, dachte er, während er an Slussen entlangging und in Richtung Nacka abbog. Die Schweden hatten in ihrem Bemühen, den Kontakt mit Bakterien zu vermeiden, geradezu etwas Lächerliches an sich, er selbst war da längst nicht so etepetete. Er ging in die Kneipe, rauchte hin und wieder und hatte keine Angst, dass Kälte seiner Stimme schaden könnte, im Gegenteil. Ein Spaziergang an der frischen Luft war die reinste Vitaminspritze, davon war er überzeugt.

Mit schnellem Schritt marschierte er am Vikingterminal vorbei und blickte zum Restaurant Fåfängan hinauf. Dort war er mal verabredet gewesen, zu einem amourösen Tête-à-tête, glaubte er, aber er wusste nicht mehr, mit wem. Auf jeden Fall nicht mit Gloria, denn daran hätte er sich erinnert. In Stockholm hatte es zu der Zeit nur so von willigen Frauen gewimmelt, diesen wunderschönen Wesen, die sich mit Leichtigkeit zu allem Möglichen verführen ließen. Er verstand die Leute nicht, die die Schweden für kühl hielten, seiner Erfahrung nach hatten sie einen Vogel, waren aber verdammt hot.

Er zog sich die Mütze tiefer in die Stirn und musste ein wenig schneller gehen, um nicht zu frieren. Stehen bleiben war keine gute Idee. Er nahm Kurs auf die Brücke. Dahinter musste er rechts abbiegen, nahm er an.

Endlich würden sie mit der richtigen Arbeit beginnen. Lange Tage und ein sehr kompetentes Ensemble. Pjotr war einer der berühmtesten Dirigenten der Welt, es war eine Ehre, mit ihm zu arbeiten, und Denise – von der er schon unzählige Inszenierungen gesehen hatte – war eine der allerbesten Regisseurinnen überhaupt. Sie war weithin bekannt für ihre Methode, das Beste aus ihren Sängern und Sängerinnen herauszuholen. Sie war so etwas wie ein Ingmar Bergman der Opernwelt. Sie sah ihre Stars, umfing sie liebevoll, als wären es ihre Kinder, und leitete sie perfekt an, bis sie das gewünschte Ergebnis erzielt hatte.

Er musste zugeben, dass er sich sogar auf die Zusammenarbeit mit Dominic freute, dem großen Meister unter den lebenden Tenören. Er selbst war ein Bariton und hatte nie mit Dominic um Rollen konkurrieren müssen. Aber er freute sich darauf, den Respekt des Tenors zu gewinnen. Es war an der Zeit, dass er endlich Sebastians Können erkannte.

Gloria schloss sowohl die Gittertür als auch die Wohnungstür sorgfältig ab, um ganz sicherzugehen, dass niemand in ihre Wohnung eindrang, während sie auf der Probe in Nacka war. Eigentlich albern. Die Menschen, mit denen sie es heute zu tun haben würde, waren weitaus gefährlicher als jeder Einbrecher.

Das Taxi wartete schon vor der Tür und hielt genau zehn Minuten später vor den großen Probensälen in Gäddviken.

Lächelnd nickte sie dem Korrepetitor zu, der gleichzeitig eintraf.

»Du und dein Flügel müsst euch also in den nächsten Wochen mit uns herumschlagen?« Gloria wusste, dass ihm ein ordentliches Stück Arbeit bevorstand. Ein ganzes Orchester zu ersetzen konnte keine leichte Aufgabe sein.

»Ja, aber wir sind ja zu zweit.« Er grinste. »Es wird schon

gehen. Ich freue mich unheimlich darauf, dich singen zu hören.« Er hielt ihr die Tür auf. »Diese Rolle ist dir ja auf den Leib geschnitten.«

Gloria erstarrte.

»Also, niemand …«, er räusperte sich, »singt so wie du, das wollte ich sagen.«

Sie entspannte sich. Er hatte es nicht böse gemeint.

»Ja.« Sie tätschelte seine Wange. »Da stimme ich dir hundertprozentig zu.«

Er lief knallrot an.

»Ja, ich meinte nur …«, stammelte er.

Sie war selbst schuld. Sie hatte mit ihm geflirtet, was vollkommen überflüssig gewesen war, weil sie nicht das geringste Interesse an ihm hatte. Für junge Männer hatte sie noch nie etwas übrig gehabt, aber sie hatte sie natürlich benutzt, um sich Bestätigung zu holen, genau wie jetzt.

Weil sie Angst vor der Begegnung mit ihren Bühnenpartnern hatte und ihr Selbstbewusstsein ein wenig aufpeppen musste? Vermutlich. Mein Gott, sie verhielt sich lächerlicher als je zuvor.

»Du meintest gar nichts damit, ich weiß. Komm, Kleiner, lass uns reingehen und die anderen begrüßen. Ich brauche unbedingt Koffein, bevor es losgeht.«

Gloria merkte gleich, dass an Kaffee nicht zu denken war. Auf der Bühne hatten alle eine Traube gebildet, in deren Mitte vermutlich Denise stand. Als Ann-Charlotte Gloria entdeckte, winkte sie. Die Gruppe zerstreute sich, und Gloria sah zu ihrem Erstaunen, dass Dominic der Mittelpunkt gewesen war.

Er leuchtete von innen. Mist. In schwarzem Hemd und schwarzer Hose sah er so blendend aus, dass sie ein schmerzhaftes Ziehen im Zwerchfell verspürte. Es war doch nicht normal, dass es weh tat, einen anderen Menschen anzuschauen.

Als er sich von der Gruppe löste und langsam auf sie zukam, musste sie den Impuls unterdrücken wegzulaufen. Stolz musst du sein, bewahre dir deinen Stolz, ging ihr durch den Kopf, und während er sich näherte, richtete sie sich auf und machte sich so groß wie möglich. Als er vor ihr stand, warf sie den Kopf in den Nacken.

»Ich wollte nicht stören«, sagte sie.

»Du störst überhaupt nicht«, sagte er ruhig.

Er hielt ihr die Hand am ausgestreckten Arm hin, als wäre es schon der Premierenabend und sie als Stars müssten zum wiederholten Mal auf die Bühne, um den tosenden Applaus entgegenzunehmen.

Sie übersah seine Hand geflissentlich und rauschte an ihm vorbei auf das Grüppchen zu, das sich bereits zu ihnen umgedreht hatte.

Sie zog ihren langen Mantel mit dem Pelzbesatz aus und warf ihn über eine Stuhllehne. Dann traf sie Denises amüsierter Blick.

Gloria tat, als hätte sie ihn nicht bemerkt. »Ich bin jetzt da, wir können anfangen.«

Tag elf

Agnes blinzelte müde zum Telefon. Es konnte doch unmöglich schon acht sein. Sie war zu müde, um auch nur einen Seufzer von sich zu geben. Wie lange hatte sie eigentlich geschlafen? Fünf Stunden?

Da Stefan schon um sieben zur Arbeit in Uppsala fuhr, lief er ihr Gott sei Dank nicht über den Weg.

Gestern hatte sie einen Augenblick lang überlegt, ob sie sich geschlagen geben und krankschreiben lassen sollte, aber sie wusste, dass die Schlappheit und die Müdigkeit wie weggeblasen sein würden, sobald sie den Crewraum in Arlanda betrat.

Der Stopp in New York war zwar kurz, aber sie freute sich trotzdem jedes Mal auf diese Stadt. Obwohl die Besatzung in New Jersey übernachtete, machten sie immer einen Ausflug nach Manhattan. Die meisten zum Shoppen, doch Agnes ging spazieren. Oder bei schönem Wetter joggen.

Da es laut Wetterbericht dort jetzt kalt war, packte sie die Laufsachen wieder aus dem Koffer, der immer im Flur bereitstand. Es war ihr letzter Flug vor dem Besichtigungstermin. Sie und Stefan hatten sich beide eine Woche Urlaub genommen, um das Haus auf Vordermann zu bringen, aber sie konnte wirklich nicht behaupten, dass sie sich auf diese Woche freute.

Was für beide zunächst eine Erleichterung gewesen war, hatte sich mittlerweile in Schweigen verwandelt, und nach New York würden sie gemeinsam Ordnung schaffen, damit sie das Haus den Interessenten präsentieren konnten. Gestern Abend hatte sie mit Gloria telefoniert, die in Nacka auf ihre Abendprobe gewartet hatte.

»Ich habe keine Zeit zu reden«, hatte sie gesagt, »ich will nur schnell sagen, dass du natürlich zu mir ziehst. So geht das bei euch ja nicht weiter. Du kannst doch tagsüber zum Aufräumen hinfahren und abends, wenn ihr fertig seid, zurück zu mir nach Söder kommen. Ich bin sowieso nicht vor elf zu Hause, du kannst also bis dahin in meiner Wohnung machen, was du willst. Außerdem brauche ich jemanden zum Reden, es wäre also super, wenn du den Tee schon fertig hättest, wenn ich nach Hause komme.«

Während sich Agnes schlaftrunken aus dem Bett wälzte und ins Badezimmer wankte, wurde ihr klar, dass sie das machen würde. Sie wollte eine Woche bei Gloria wohnen und sich Gedanken über die Zukunft machen.

Sie schaltete den Trockenschrank an und hängte ihr Handtuch hinein, damit es warm war, wenn sie geduscht hatte. Das Badezimmer mit dem Whirlpool für acht Personen, der großen Sauna und dem momentan abgedeckten Außenswimmingpool war eine richtige Badelandschaft. In den ersten Jahren hatten sie den Außenpool ganzjährig beheizt, aber das war in der Zeit gewesen, als Stefan und sie ihn noch gern zusammen genutzt hatten. Seufzend zog sie den Bademantel aus und hängte ihn neben das Handtuch.

Die Trennung war ihr so leicht erschienen. Sie waren sich schließlich einig. Agnes hatte es zwar als Erste ausgesprochen, aber Stefan hatte zustimmend genickt. Er hatte sich sogar bei ihr dafür bedankt, dass sie den Schritt gewagt hatte, über den er selbst schon so lange nachdachte. In dem Moment hatte sie das Gefühl gehabt, sie könnten beste Freunde werden. Dann war das Gespräch zwischen ihnen verstummt, und Kälte war an seine Stelle getreten. Nahezu unmerklich hatte sie sich eingeschlichen.

Sie öffnete die Tür zur Duschkabine. Zwei Monate später kam ihr das alles gar nicht mehr so einfach vor. Sie stieg in die Kabine und nahm den Brausekopf aus der Halterung. Dann hielt sie den Strahl in die andere Richtung und wartete, bis das Wasser warm genug war. Erst dann stellte sie sich darunter.

Im Moment wusste sie gar nicht, mit wem sie so lange zusammen gewesen war, und das machte ihr Angst. Hoffentlich ging der Verkauf des Hauses gut und schnell über die Bühne!

Wenn sie irgendwas an diesem Haus nach ihrem Umzug nach Stockholm wirklich vermissen würde, war es die beheizte Garage, dachte sie, während sie den Volvo hinausfuhr. Es war neun Uhr. Sie hatte sich einen Becher Kaffee mitgenommen und in die Halterung am Fahrersitz geklemmt. Die Sonne schien herauskommen zu wollen. Sie kramte ihre Sonnenbrille aus dem Fach zwischen den Sitzen. Bis jetzt sah es nach gutem Flugwetter aus.

Eine Viertelstunde später fuhr sie auf den Parkplatz am Flughafen. Wie oft war sie diese Strecke im Lauf der Jahre gefahren? Während sie die hintere Tür aufmachte und ihren kleinen Übernachtungskoffer von der Rückbank hievte, rechnete sie kurz nach: Gut zwanzig Jahre je vierzig Wochen dreimal in der Woche … machte … sie schlug die Tür zu und schloss das Auto ab … ungefähr zweitausendfünfhundert Fahrten. Immer dieselbe Strecke.

Von Stockholm war es doppelt so weit nach Arlanda. Was, wenn sie zudem noch ihr Auto von Eis und Schnee befreien musste? Wie leicht bekam man in Söder einen Stellplatz in einer Tiefgarage? Falls sie überhaupt etwas in diesem Stadtteil fand, die Wohnungen dort waren angeblich unerschwinglich.

Sie setzte ihre Pilotenmütze auf, knöpfte den Mantel zu und klappte den Kragen hoch. Der Effekt der heißen Dusche war verflogen, und die Kälte kroch ihr sogar unter die warme Winterkleidung. Sie winkte einem Kollegen, der gleichzeitig angekommen war und im Laufschritt versuchte, sie einzuholen.

»New York?«

Agnes nickte.

Der Kollege grinste. »Denke, das wird mit Sicherheit ein angenehmer Flug.«

Schweigend gingen sie zur Crew Base, wo sie die restlichen Kollegen treffen würden. Agnes gähnte hinter vorgehaltener Hand. Ein Becher Kaffee war einfach zu wenig. Doch als sie die Tür zur Base öffneten, spürte sie, wie sich ihre Sinne schärften. Müde durfte sie nach der Landung in Newark sein. Jetzt war sie für alle an Bord verantwortlich, und da durfte man nicht gähnen.

»Kaffee, Agnes?«, fragte Kenneth, ihr Kopilot heute.

Sie nickte. »Danke, das wäre toll.« Sie schaltete ihr iPad ein, um Informationen über das Wetter, die Flugroute und anderes einzuholen, die sie vor dem Start brauchten.

Es sah nach einem schönen Flug aus. Eine Viertelstunde später gab sie alles weiter, was die Besatzung wissen musste, um den Passagieren den Flug so angenehm wie möglich zu machen.

Zwanzig Minuten später waren sie und der Kopilot an Bord. Beide wussten, was sie zu tun hatten, und waren, während die Fluggäste einstiegen, vollauf mit Berechnungen und Checklisten beschäftigt.

»Check.«

Agnes legte das Flugbuch beiseite und lächelte Kenneth an. »Du sagtest etwas von einer Stelle als Flugkapitän?«

»Es scheint eine in Reichweite zu kommen. Wie lange hat es denn bei dir gedauert?«

»Achtzehn Jahre.«

»Ich bin erst seit fünfzehn dabei, aber da im Moment viele in Rente gehen, gibt es mehr Stellen.«

»Manchmal wünschte ich, ich würde auch zu denen gehören, die jetzt schon in den Ruhestand gehen dürfen«, sagte Agnes, »aber ich muss noch vier Jahre warten. Mindestens.«

Als der Kabinenchef »Cabin Clear« meldete, wurde Agnes noch einen Tick wacher. Sie hatte es gewusst. Die Müdigkeit, die sie zu Hause verspürt hatte, war bei der Arbeit sofort weg. Sie freute sich auf den Flug.

»Was möchtest du lieber? Hähnchen oder Fleischbällchen?«, fragte Agnes Kenneth.

»Das kannst du dir aussuchen, ich bin Allesfresser«, sagte er.

»Dann nehme ich die Fleischbällchen, die habe ich lange nicht gegessen.« Sie lächelte den Steward an, der alle nach ihren Wünschen fragte. Sie nahmen selten das gleiche Gericht, weil zumindest einer in der Lage sein musste, das Flugzeug zu landen, falls der andere sich den Magen verdorben hatte. In den fünfundzwanzig Jahren, die Agnes schon in der Luft verbracht hatte, war das noch nie passiert, und das war ein Glück, denn sonst hätten sie so schnell wie möglich runtergemusst.

»Irgendwelche Pläne für die siebenundzwanzig Stunden in der großen Stadt?«, fragte Kenneth.

»Nein, jedenfalls keine neuen. Ich mache es wie immer. Wenn das Wetter schön ist, jogge ich durch den Central Park, genau wie alle anderen, die gern laufen und gerade in der Stadt sind, und wenn es so kalt ist wie jetzt, gehe ich so viel wie möglich spazieren. Ich nehme mir jedes Mal eine andere Avenue vor. An New York sieht man sich ja nie satt.«

»Ich weiß. Joggen ist nicht mein Ding, aber auf einem Spaziergang würde ich dich sehr gern begleiten, falls du nichts gegen Gesellschaft hast.«

»Ganz und gar nicht, ich würde mich freuen.«

Sie meinte es ernst. Es gab auch Quasselstrippen, auf die sie gern verzichtete, aber Kenneth gehörte nicht zu ihnen.

Da sie es ohnehin vergessen konnte, sich auf die amerikanische Zeit einzustellen, versuchte sie, so lange wie möglich wach zu bleiben. Erst um zehn Uhr abends kehrten sie ins Hotel zurück. Da war es in Schweden bereits vier Uhr morgens, und Agnes tränten vor Müdigkeit die Augen.

Als sie das Licht ausknipste, dachte sie daran, dass sie bald getrennt wäre und in einer kleinen Wohnung in Söder wohnen würde.

Sie konnte es kaum erwarten.

Tag zwölf

Gloria hatte das große Talent, während der Arbeit von allem, was sie belastete, abschalten zu können. Das Problem war nur, dass sie das nicht weiterbrachte.

Heute sollten Kit und der Chor zur Probe kommen, und Gloria hatte das erfolgreich verdrängt, bis Kit in der Tür stand.

Diesmal ohne Adrian.

Da Gloria wütend wurde, sobald sie daran dachte, wendete sie sich von ihrer ehemals besten Freundin ab und unterhielt sich stattdessen mit Sebastian. Der Franzose war ein Ausbund an Freundlichkeit, und Gloria nutzte jede Gelegenheit, in ihren Genuss zu kommen. Auf Wunsch wurde sie mit Tee, Sandwiches und lauwarmem Wasser versorgt.

Als ihr jemand auf den Rücken klopfte, drehte sie sich seufzend um.

»Können wir reden?«, fragte Kit. Sie war kreidebleich. Beinahe krank sah sie aus, dachte Gloria.

Sie zuckte mit den Schultern, als wäre es ihr gleichgültig. »Klar, wenn es nicht lange dauert.«

Kit zeigte auf das andere Ende des Probensaals, wo sie unter vier Augen sprechen konnten. »Sollen wir da hinübergehen?«

Gloria antwortete nicht, da sie es nicht als ihre Aufgabe betrachtete, sich zu äußern, ging aber mit, weil es sie trotzdem interessierte, was Kit zu sagen hatte.

Kit knetete ihre Hände. »Was gestern passiert ist, tut mir leid«, sagte sie. Sie wich ihrem Blick nicht aus, was sie ehrte, aber ihre Augen wirkten traurig. Obwohl Gloria sich davon nicht im Geringsten berühren lassen wollte, versetzte ihr der Anblick einen kleinen Stich.

»Wolltest du Adrian etwa mit in meine Wohnung bringen?«

Kit schüttelte heftig den Kopf. »Nein, nein, er ist nur mitgekommen und sollte unten im Hauseingang warten. Ich wollte gar nicht, dass er mit hochkommt. Entschuldige bitte.«

»Dann sollte er dich um Entschuldigung bitten.« Gloria war erleichtert, dass es nicht Kits Idee gewesen war. »Vielen Dank, ich bin froh, dass du ihn nicht mitgeschleift hast. Es war fürchterlich, ihn da zu sehen.«

»Das verstehe ich, und ich weiß auch gar nicht, was in ihn gefahren ist. Als ich ihn fragte …«

Gloria hob die Hand. »Weißt du was, ich scheiße auf die Details. Seine Argumente sind mir vollkommen egal. Ich will wissen, was *du* denkst.«

»Über dich und mich?«

Gloria nickte.

»Ich will, dass wir Freundinnen sind. Dass alles wieder so ist wie früher.«

»Ich glaube, das ist noch nicht möglich«, sagte Gloria. »Aber ich würde dich gern für alles, was ich dir an den Kopf geworfen habe, als du mir erzählt hast, dass ihr jetzt zusammen seid, um Verzeihung bitten. Ich habe etwas überreagiert, und das tut mir leid.«

»Können wir denn nicht wenigstens versuchen, wieder Freundinnen zu sein?«, flehte Kit. Sie sah aus, als würde sie jeden Augenblick anfangen zu weinen.

»Wir müssen ja zusammenarbeiten, und ich habe nicht vor, mich mit dir zu streiten, solange du deinen Mann von unserem Arbeitsplatz fernhältst, aber privat müssen wir mal abwarten, Kit. Können wir das ein andermal besprechen?«

»Aber was ist, wenn wir beide zu Lena nach Hause eingeladen werden?«

»Wie gesagt, warten wir es ab. Aber ich weiß sehr zu schätzen, dass du dich heute entschuldigt hast. Wirklich.«

»Carmen, wir brauchen Carmen«, rief der Regieassistent, und Gloria winkte. »Ich komme.« Sie lächelte Kit an. »Wir reden später weiter.«

Es war der dritte Probentag, und bis jetzt lief alles reibungslos. Allerdings war es auch noch zu keinem näheren Kontakt zwischen Gloria und Dominic gekommen. Das würde nicht so bleiben. Denise wollte eine Inszenierung mit mehr Körpereinsatz, als es auf anderen Bühnen weltweit üblich war.

»Ich hoffe, ihr habt kein Problem damit«, hatte sie gesagt, woraufhin die männlichen Hauptdarsteller Dominic und Sebastian nachdrücklich den Kopf geschüttelt hatten. Gloria hatte keine Antwort gegeben. Sie würde ja sehen, wie viel Körperkontakt sie vertragen würde, dazu konnte sie wirklich nichts sagen, bevor sie zu den entsprechenden Stellen der Oper gekommen waren.

In der Mittagspause kam Dominic zu ihr und umfasste ihren Ellbogen. »Komm mal eben mit«, flüsterte er und zog sie zur Seite. Sie schüttelte seine Hand ab. »Was willst du?«, fragte sie und strich ihren Blusenärmel glatt.

»Musst du mich das wirklich fragen, Gloria?« Er stellte sich vor sie. Er hatte die Hände in die Hosentaschen gesteckt. Sie hätte ihm entwischen können. Er hielt sie nur mit dem Blick fest.

Dieser Blick, der sie seit Jahren verfolgte. Der sie dazu getrieben hatte, mit anderen Männern zu schlafen, weil sie nicht wusste, wie sie ihn sonst aus ihrem Kopf bekommen hätte. Er ist ein Arschloch, rief sie sich ins Gedächtnis. Er hat mich im Stich gelassen. Er ist ein Mann, der Frauen verlässt. Jedenfalls hat er mich verlassen. Vielleicht war er ja bei dieser Laura geblieben.

»Ja, das muss ich. Ich habe nämlich keine Ahnung, wovon du redest. Wir haben seit dem vergangenen Jahrhundert keinen Kontakt gehabt, und glaub mir, ich bin tatsächlich der Meinung, dass es für uns beide das Beste ist, wenn wir außerhalb der Bühne nicht miteinander reden.«

»Du kannst aufhören, den Kopf in den Nacken zu werfen«, sagte er trocken. »Es bringt überhaupt nichts. Ich bin zurückgekommen, um zu bleiben, und ich habe die Absicht, unsere Beziehung in jeder Hinsicht, und ich meine es so, wie ich es sage, wieder aufleben zu lassen. Du weißt, was uns verbunden hat.«

Sie wich einen Schritt zurück, doch da stand eine Kulisse im Weg. Weiter kam sie nicht. Und als hätte Dominic begriffen, dass sie abhauen wollte, stützte er rechts und links von ihr die Hände an die Wand. Jetzt war sie gefangen, eingesperrt zwischen seinen Armen. Sein Duft schlängelte sich verführerisch in ihre Nase. War er immer so groß und breitschultrig gewesen?

»Nimm die Hände weg, Dominic, ich fühle mich unwohl.«

»Immer frei sein, oder? Keine festen Bindungen, Verpflichtungen oder andere Zugeständnisse, die dich auch nur im mindesten in deiner Freiheit einschränken würden? Immer noch? Wirklich?« Seine Augen glühten plötzlich.

Sie knuffte ihn, aber genauso gut hätte sie einen Berg anstupsen können.

»Es besteht ein himmelweiter Unterschied zwischen einem freiwilligen Schritt und einem, zu dem man gezwungen wird, das müsstest du eigentlich wissen.«

»Was bedeutet das?«, fragte er.

»Nichts«, sagte sie müde. »Gar nichts.«

Er würde nie verstehen, wie sie sich gefühlt hatte. Dass sie sich vor langer Zeit einmal gezwungen hatte, über ihn hinwegzukommen, und ihr das nie wieder passieren sollte. Damals war sie jung gewesen, aber jetzt hatte sie keine Kraft mehr für Liebeskummer. Sie war fertig damit.

Sie war ja nicht verrückt, sondern wusste ganz genau, wie leicht er sie verletzen konnte. Jede Zelle ihres Körpers hatte Alarm geschlagen, als sie erfuhr, dass er nach Schweden zurückkehren würde. Der einzige Mann, den sie jemals wirklich gewollt hatte. Auf alle anderen hätte sie auch verzichten können, aber es widerstrebte ihr zutiefst, sich das einzugestehen.

Er ließ die Arme sinken.

»Ich will mich nicht mit dir streiten. Können wir nicht einfach zusammen essen gehen, wie alte Freunde? Ich verspreche dir, deine Grenzen zu respektieren. Wir haben uns seit vielen Jahren nicht gesehen, und ich will wissen, wie es dir geht. Marcus geht es gut, so viel weiß ich immerhin schon.« Er lächelte mit einer Wärme, die auch die Augen mit einbezog.

»Woher?« Sie runzelte die Stirn.

»Wir leben in derselben Stadt und sehen uns hin und wieder. Trinken ein Bier zusammen. Unterhalten uns.«

»Bullshit. Das stimmt nicht.«

Er nickte. »Doch, das stimmt, aber wir sind uns einig, dass dich unser Verhältnis nichts angeht.« Er grinste.

»Na gut, dann beweise es mir. Wie heißt seine Frau?«

»Du meinst wohl sein Mann. Bill. Fabian habe ich auch kennengelernt. Niedlicher Junge. Ein bisschen wie du. Der gleiche Dickschädel und ein fürchterliches Temperament.«

Hinter ihrem Rücken!

Darüber würde sie mit Marcus sprechen. Sie so zu hintergehen! Sie hatte ja nichts dagegen, dass sie sich ab und zu trafen, aber hätte er ihr nicht davon erzählen können?

»Ich kann deine Gedanken lesen, aber bitte schimpf deswegen nicht mit ihm. Ich war derjenige, der befürchtete, du hättest vielleicht Einwände, und deswegen habe ich ihn gebeten, Stillschweigen zu wahren. Wir haben all die Jahre Kontakt gehalten, auch, als er noch jünger war, aber damals lief es über seinen Vater, der das vollkommen okay fand.«

»Wieso sollte ich Einwände haben? So was Dummes habe ich ja noch nie gehört.«

»*Nimm nie wieder Kontakt zu uns auf, und halte so großen Abstand wie möglich.* Kommt dir das bekannt vor? Es ist zwar ein Zitat aus dem Jahr 1995, aber manches vergisst man nicht so leicht.«

Sie seufzte. Natürlich hatte sie das gesagt, aber dass es

nicht für immer und ewig galt, hätte auch er begreifen müssen. Jedenfalls, was Marcus betraf.

»Ich habe immer sorgfältig darauf geachtet, mit was für Menschen mein Sohn in Berührung gekommen ist, und dass du ihn zu dir und deinen Frauen eingeladen hast, finde ich geschmacklos«, zischte sie.

»Wovon redest du?«

»Ich habe Gerüchte gehört.«

»Das glaube ich gern, aber ich kann dir garantieren, dass an ihnen nichts dran ist.«

»Du bist in London also nicht mit einer Opernsängerin zusammengezogen?«

»Nein. Ich habe in all den Jahren vielleicht nicht wie ein Mönch gelebt, aber deinen Sohn habe ich immer nur allein getroffen, und mit jemandem zusammengelebt habe ich nicht seit … Na, was sagst du? Könntest du dir vorstellen, dich von mir zum Essen einladen zu lassen?«

Sie seufzte erneut. »Okay.«

»Okay?« Er strahlte übers ganze Gesicht.

»Ja, aber nur unter der Bedingung, dass es beim Abendessen bleibt und wir uns nur über die Inszenierung und vielleicht ein bisschen über mein süßes Enkelkind unterhalten.«

Bevor sie sich wegducken konnte, beugte er sich nach vorn und küsste sie auf die Wange. Seine Lippen schmiegten sich einen Hauch zu lange an ihre Haut.

Um halb elf machte sie die Wohnungstür hinter sich zu und schloss sie und das Sicherheitsgitter ab. Sie setzte sich auf die Bank im Flur und zog den Reißverschluss ihrer Winterstiefel hinunter. Dann warf sie den Schal auf die Ablage, stellte die Stiefel auf eine alte Zeitung, zog ihre

Jacke aus und hängte sie an den Haken. Immer dieselbe Reihenfolge. Sie ging ins Schlafzimmer und zog sich aus. Nackt ging sie ins Badezimmer und drehte den Hahn an der Badewanne auf. Während heißes Wasser einlief, schlüpfte sie in ihren Bademantel und trank in der Küche ein großes Glas Wasser.

Sie ging wieder ins Badezimmer, ließ einen Schaumbadball in den Wasserstrahl plumpsen, überprüfte mit den Fingern die Temperatur und holte schnell ihren Computer aus dem Schlafzimmer.

In der Badewanne wollte sie eine Folge »Modern Family« schauen. Während sich dieser anstrengende Tag aus ihrem Körper verflüchtigte, sollten die witzigen Charaktere sie unterhalten.

Als ob es nicht gereicht hätte, auf Dominic und Kit zu treffen, hatte anscheinend auch Pjotr den Verstand verloren. Was hatte er sich bloß dabei gedacht, als er mit dem Taktstock über ihr Bein strich und unter ihr Kleid fuhr?

»Was machst du da?«, hatte sie gezischt und nach ihm geschlagen. Der Arme hatte vollkommen perplex ausgesehen. Wie ein Kind in einem durchtrainierten Riesenkörper. »Wir zwei sind Freunde. Wir kennen uns seit ewigen Zeiten, also sei so lieb, und schlag dir alles andere aus dem Kopf. Ich brauche dich, um gut arbeiten zu können, also sei bitte professionell. Danke.«

Sie konzentrierte sich voll und ganz darauf, die beste Carmen zu geben, die die Welt je gesehen hatte, und dafür musste er auf dem Dirigentenpodest sein Bestes geben und nicht in ihrem Bett. Fast eine Stunde lang hatte er sich entschuldigt, und daher hoffte sie, dass sie seinen unfassbar albernen Vorstoß bald vergessen konnte.

Sie würde mit niemandem ins Bett gehen. Wenn sie Be-

stätigung suchte, brauchte sie sich nur auf der Bühne umzusehen; Dominic zog sie geradezu aus mit seinem Blick,
und das war nicht nur erregend, sondern verhieß auch im
Hinblick auf das Abendessen am kommenden Wochenende, das sie ihm versprochen hatte, nichts Gutes. Aber
mit ihm schlafen? Nie wieder.

Sie drehte den Hahn zu. Der Schaum ging ihr bis zum
Hals. Sie öffnete Netflix und stellte den Laptop auf den
kleinen Wagen neben der Wanne. Während sie sich vorsichtig in das heiße Wasser gleiten ließ, schwappte Schaum
auf den Fußboden. Es war ein schönes Gefühl, als sich die
Muskulatur lockerte. Die Anspannung im Rücken löste
sich sofort, und sie wurde schläfrig. Sie lehnte sich zurück
und ließ die Gedanken zur Inszenierung wandern.

Am nächsten Tag würden sie zum ersten Mal die Szene
proben, in der Carmen Don José bezirzte. Denises Ideen
ließen wenig Spielraum für Interpretationen.

»Ich will deinen vollen Körpereinsatz. Komm Dominic
so nah, dass du seinen Atem spürst. Stell dich zur Schau.
Mach ihn so heiß, dass er nie wieder eine andere Frau will.«

Falls sie untergehen wollte, war das eine gute Gelegenheit.

Tag dreizehn

Agnes war müde von dem langen Flug nach New York und
zurück, aber da sie ihren Rhythmus nicht umgestellt hatte,
kam sie trotzdem über die Runden. Stefan war bei der Arbeit, und sie konnte in Ruhe ihren Koffer für eine Über-
nachtung bei Gloria in der Stadt umpacken. Es reichte

ihr, in der kommenden Woche gemeinsam das Haus auf Vordermann bringen zu müssen. Normalerweise hätte sie ihm aus New York eine SMS geschickt und gefragt, ob zu Hause alles in Ordnung sei, und er hätte geantwortet, ja, alles okay. Doch diesmal hatte sie darauf gepfiffen. Wenn er noch nicht mal mit ihr reden wollte, wenn sie sich im selben Raum befanden, brauchte sie auch keine Textnachrichten aus den USA zu senden.

Nachdem sie rückwärts aus der Einfahrt gefahren war, warf sie einen Blick aufs Haus, bevor sie den ersten Gang einlegte und sich auf den Weg nach Söder machte. Nein, sie würde es nicht vermissen. Sie und das gelbe Haus am Mälarsee waren fertig miteinander. Ein neues Leben wartete auf sie, und es konnte gar nicht schnell genug anfangen.

Ob es aber wirklich Söder sein musste, stand auf einem anderen Blatt. Nach zwanzig Minuten hatte Agnes noch immer keinen Parkplatz gefunden, und als sie drei Häuserblocks von Glorias Wohnung entfernt endlich eine Lücke entdeckte, war sie verschwitzt und sauer. War das hier immer so? Auf der anderen Seite brauchte sie hier ja kein Auto. Sie konnte den Arlanda Express nehmen, und falls der Zug ausnahmsweise mal nicht zur passenden Zeit fuhr, bezahlte ihr SAS auch ein Taxi. Irgendwie würde es schon gehen.

Sie stellte ihren Koffer bei Gloria ab, bevor sie einen Spaziergang machte. Sie wollte einen Kaffee trinken gehen und dann ein bisschen schlafen, bevor Gloria von der Arbeit nach Hause kam.

Als Gloria gegen zehn Uhr abends zurückkehrte, hatte Agnes die Füße auf den Wohnzimmertisch gelegt.

»Der Tee ist fertig.« Sie stand auf und ging in den Flur, wo Gloria gerade ihre Stiefel auszog.

»Danke. Ich brauche einen ganzen Liter, glaube ich. Wie war New York?« Sie öffnete den Reißverschluss ihrer Daunenjacke.

»Schwer zu sagen, da ich nur einen Tag dort war, aber soweit ich es beurteilen kann, unverändert.«

Gloria nahm ihren Schal ab und legte ihn auf die Hutablage. »Ich müsste mal mitkommen.«

»Gern. Aber dann sollten wir länger als vierundzwanzig Stunden blieben. Oder wir machen da Urlaub. Wann hast du Zeit? »

»Frühestens nächsten Sommer.« Sie griff nach einem Kleiderbügel.

»So schlimm?«

»Schlimmer. Morgen soll ich Dominic bezirzen. Das hätte ich eigentlich heute schon tun sollen, aber stattdessen wurde glücklicherweise kurzfristig eine Chorprobe angesetzt. Weißt du, wie unbeschreiblich erniedrigend es sein wird, vor seinen Augen mit dem Hintern zu wackeln?«

Agnes ging in die Küche, und nachdem Gloria ihre Jacke aufgehängt hatte, folgte sie ihr und setzte sich an den Tisch.

»Soll ich das Deckenlicht anmachen?«

»Nein, ich brauche Kerzenschein.« Gloria griff nach einer Streichholzschachtel und zündete die Kerzen im Leuchter an.

»Ich frage mich, was Mama dazu gesagt hätte, dass du Carmen spielst. Keine Oper hat sie so berührt.«

»Ich weiß. Manchmal vermisse ich Mama so sehr, dass es weh tut. Du auch?«

»Nein.« Agnes goss heißes Wasser auf die Teebeutel und stellte die Becher auf den Tisch. »Du hattest immer eine engere Bindung zu ihr.«

»Das stimmt doch gar nicht.«

»Hör auf, Gloria, das weißt du ganz genau. Du warst Mamas Liebling. Du und der Salon habt ihr am meisten bedeutet, Papa und ich mussten ohne sie klarkommen.«

»Das empfindest du so, weil Erland dein Vater ist und nicht meiner.«

»Aber er war doch auch dein Papa.«

»Ja, er war unheimlich lieb zu mir, das bestreite ich gar nicht, aber er war dein Vater und mein Stiefvater. Das ist ein Unterschied. Wärst du so lieb, die Milch aus dem Kühlschrank zu holen?«

Agnes antwortete nicht. Sie kannte die ganze Geschichte, aber sie musste damals schwören, über das, was vor so vielen Jahren geschehen war, niemals ein Wort zu Gloria zu sagen.

Es war nicht besonders leicht, dieses Geheimnis mit sich herumzuschleppen, aber bis jetzt hatte sie es geschafft. Die Frage war, wie lange sie Gloria noch vor der Wahrheit beschützen musste. Ihre Schwester war eine erwachsene Frau, ihre Eltern waren tot, und hatte Gloria nicht das Recht zu erfahren, wie es wirklich gewesen war?

»Lass uns über was anderes reden. Wir haben vollkommen unterschiedliche Bilder der Vergangenheit im Kopf.« Agnes war klargeworden, dass dies nicht der richtige Zeitpunkt war, um darüber zu sprechen.

Sie öffnete den Kühlschrank und stellte die Milch auf den Tisch. »Erzähl mal von Dominic.«

»Ich habe ihm versprochen, mit ihm essen zu gehen.« Gloria zog eine Grimasse.

Agnes lachte auf. »Tu ruhig so, als würdest du dich nicht darauf freuen. Wann, wo und wie?«

»Am Sonntag, mehr weiß ich nicht.« Sie gab einen

Schuss Milch in ihre Tasse und hielt Agnes die Packung hin, doch die schüttelte den Kopf.

»Was ziehst du an?«, fragte Agnes.

Gloria sah ihre kleine Schwester an.

»Tja, mich interessiert es zwar nicht, wie du aussiehst, aber dich, und ich bin mir hundertprozentig sicher, dass du schon was überlegt hast. Also raus mit der Sprache. Ein Kleid? Mit tiefem Ausschnitt?«

»Ja und ja. Aber das liegt vor allem daran, dass ich gar nichts anderes im Schrank habe. Und etwas Neues hat er wirklich nicht verdient.« Sie trank einen Schluck Tee. »Ich kann mir ja ein Tuch umlegen, dann kriecht er mir nicht in den Ausschnitt.«

»Ich habe ihn ja nicht gesehen, seit ihr kein Paar mehr seid, aber er war nie der Typ, der Frauen angeglotzt hat. Dafür hatte er viel zu viel Stil. Ich hatte den Eindruck, dass er ein Gentleman war.«

Gloria winkte ab.

»Ein Gentleman mit Stil? Möglicherweise, als wir uns kennenlernten, aber dann ist es mit ihm bergab gegangen.«

»Ach, komm. Du bist immer noch verbittert, das ist alles.«

Agnes erinnerte sich gut an Glorias Verliebtheit. Und an ihre Verzweiflung, als Dominic nach England zog.

Sie wusste, dass sich hinter Glorias Zorn, ihrem Rachedurst und den neuen Männern nur Traurigkeit verbarg.

Gloria hatte die Überzeugung ihrer Mutter, sich die eigene Verletzlichkeit anmerken zu lassen wäre gefährlich, verinnerlicht, aber Agnes war es nie gelungen, den Kopf so hoch zu tragen wie ihre große Schwester. Jedenfalls nicht auf diese stolze, scheinbar ungerührte Art.

Wenn Agnes traurig war, weinte sie und wollte darüber reden. Gloria warf den Kopf in den Nacken und litt stumm.

Gloria gähnte. Die langen Probentage zehrten wirklich an den Kräften. Es war herrlich, ihre Schwester zu Besuch zu haben, aber als Gloria feststellte, dass es schon eins war, schlug sie vor, ins Bett zu gehen. Während Agnes sich die Zähne putzte, machte Gloria ihr auf dem Sofa ein Bett. Dort schliefen alle Gäste, und wenn Marcus mit seiner kleinen Familie zu Besuch kam, bekam er ihr Schlafzimmer, und sie übernachtete auf dem Sofa. Sie breitete das frisch gemangelte Laken auf dem zwei Meter breiten Sitzpolster aus, das heute Nacht als Matratze diente. Bestimmt schlief Agnes hier wie eine Prinzessin.

»Brauchst du sonst noch was?«, rief Gloria in Richtung Bad. »Ansonsten sage ich gute Nacht.«

Agnes wischte sich gerade mit einem kleinen Gästehandtuch den Mund ab, als sie aus der Tür herausschaute. »Nein danke, ich bin fertig. Wann stehst du morgen auf?«

»Um neun. Soll ich dich wecken?«

»Nein, dann bin ich bestimmt schon weg. Drück mir die Daumen, dass die Aufräumaktion mit Stefan gut klappt. Du könntest mal zu uns rauskommen und mir mit den Kartons von Mama und Papa helfen. Wir müssen ihre Sachen unter uns aufteilen, denn wenn ich in eine Zweizimmerwohnung ziehe, habe ich keinen Platz mehr dafür.«

»Natürlich, das mach ich unheimlich gern. Und mit Stefan klappt bestimmt alles super. Ihr müsst euch eben ein bisschen zusammenreißen.«

Agnes lachte. »Ja, wenn es nur das wäre … Gute Nacht. Und danke, dass ich bei dir übernachten darf.«

»Ich freue mich, dass du hier bist«, sagte Gloria.

Dominics Buch lag auf dem Nachttisch. Lies mich, schien es zu flehen. Gloria verstaute es in der Schublade und griff stattdessen zu einem Krimi. Anne Holt. Sie war eine ihrer Lieblingsautorinnen, aber offenbar nicht heute Abend. Es war unmöglich, sich auf den Text zu konzentrieren, wenn ihr Kopf so voll war. Sie war so nervös, dass ihre Haut am ganzen Körper kribbelte, und schließlich warf sie das Buch zur Seite und setzte sich auf.

Gut, dann würde sie also nachdenken. Worüber? Die Oper? Keine Lust. An die Sänger wollte sie eigentlich auch nicht denken. Sebastian gab sich wirklich Mühe, und natürlich würde sie mit ihm essen gehen, alles andere war ja auch ausgeschlossen. Sie hatte nicht vor, Dominic nur den geringsten Vorteil zu verschaffen.

Ihre Gedanken wanderten zu dem Gespräch mit Agnes. Zu ihrer Mutter, die eine Vorliebe für ihre ältere Tochter gehabt haben sollte. In gewisser Hinsicht stimmte das, aber deswegen hatte sie noch lange nicht eine von ihnen mehr geliebt. Es war nur so, dass Mama die ruhige Agnes, die so klug und tüchtig und gänzlich uninteressiert an ihrem Aussehen war, nie verstanden hatte.

Gloria fand, dass Agnes immer gut aussah, egal, was sie anzog. Mit ihrer schlanken Figur konnte sie fast alles tragen. Auch Jeans, die Mama hasste.

Agnes hatte immer Rückhalt von Papa bekommen. Von *ihrem* Papa. Wer Glorias biologischer Vater war, hatte Mama ihr nie erzählt. Gloria hatte natürlich gefragt, aber Carmen ließ die Frage einfach unbeantwortet. Als ob sie nicht von Bedeutung wäre. Dabei war es wichtig. Agnes hatte eine Mutter und einen Vater, Gloria hatte eine Mutter. Das war ungerecht, da konnte Agnes sagen, was sie wollte.

Am schlimmsten war es gewesen, bevor sie ihr Alter Ego erfunden hatte. Karin war über all diese Dinge erhaben. Als Karin akzeptierte man die Wirklichkeit so, wie sie war, lebte weiter, ohne sich noch einmal umzudrehen, und je öfter Gloria diese Methode anwandte, desto leichter wurde es.

Heute machte sie sich keine Gedanken mehr darüber, wer ihr richtiger Vater war. Er hatte sich offensichtlich gegen sie entschieden, und vielleicht sollte sie dankbar dafür sein, denn da Mama ihn nie erwähnte, war er möglicherweise ein Verrückter.

Papa Erland hatte für Agnes *und* Gloria ausgereicht, denn rein praktisch hatte er nie einen Unterschied zwischen ihnen gemacht. Sie konnte einfach keine echte Bindung zu ihm aufbauen, nicht einmal, als er es auf seine linkische Art ernsthaft versuchte, nur weil sie *wusste*, dass er nicht ihr biologischer Vater war.

Gloria stopfte sich noch mehr Kissen in den Rücken, zog die Bettdecke hoch bis zur Brust und faltete die Hände vor ihrem Bauch. Diesem schönen runden Bauch, den sie schon mit so vielen Diäten bekämpft hatte. Sie hatte Frieden mit ihm geschlossen, als eine ihrer Kolleginnen Darmkrebs bekam. Inzwischen war ihr Körper ihr Freund. Es war phantastisch, dass er gesund blieb.

Es klopfte leise an der Tür.

»Komm rein, ich bin wach. Ich brauche dringend jemanden, der mich aus meinen Gedanken reißt.«

Ihre kleine Schwester schaute herein. »Sicher?« Als Gloria einladend winkte, tippelte sie auf Zehenspitzen herein, als ob sie fror, was bei diesem Schlafanzug unmöglich war.

Sie setzte sich auf die Bettkante.

Gloria starrte sie an.

»Ist das dein Ernst? Hattest du das etwa an, als du mit Stefan in einem Bett geschlafen hast?«

»Äh, ja. Wieso?«

Gloria schlug ihre Decke zur Seite, und Agnes hielt sich die Augen zu. »Schluss, aus, ich hab's kapiert. Deck dich wieder zu.« Sie schüttelte sich.

»Wenn du bei diesem Mann, den du während der Wohnungsbesichtigung kennengelernt hast, eine Chance haben willst, musst du dir etwas überlegen.« Gloria kuschelte sich wieder in ihre Daunendecke.

»Kann ich zu dir ins Bett kommen?«, fragte Agnes. »Mir ist wirklich kalt.«

»Bitte sehr.« Gloria lächelte. Sie erinnerte sich noch genau. Mama brachte sie in ihren eigenen Zimmern ins Bett, aber morgens lagen sie doch meistens in einem. Gloria hielt ihre kleine Schwester umschlungen, weil Agnes immer kalt war.

Agnes kroch unter die Decke. Dann legte sie sich auf die Seite und sah ihre große Schwester an.

»Ich war unfassbar eifersüchtig auf dich, als ich klein war.«

Gloria erwiderte ihren Blick.

»Wirklich? Weil ich Mamas Mädchen war?«

»Das auch, aber vor allem wegen deines Aussehens. Ich hätte so gern deinen olivenfarbenen Teint gehabt. Und dein schwarzes Haar.«

»Ich wollte so aussehen wie du.« Gloria lächelte. »Und ich hätte gern deinen Kopf gehabt. Hattest du jemals eine schlechtere Note als eine Zwei?«

»Ich hatte nie eine schlechtere als eine Eins.« Agnes gähnte.

»Nee, oder?«

129

»Doch, das ist wahr. Aber du siehst doch selbst, wie unwichtig es ist, wenn nicht einmal du dich daran erinnerst.«

»Ich weiß noch, wie schlau du warst, nur an deine Zeugnisse kann ich mich nicht erinnern. Ich glaube, ich hatte am Ende der Neunten im Durchschnitt eine Vier.«

»Aber du hast gesungen wie eine Göttin und konntest dich bewegen wie eine Dame.« Agnes zog die Decke bis unter die Nase. »Hast du wirklich alle Fenster zugemacht?«

Gloria grinste. »Natürlich nicht. Das kleine ganz oben ist offen. Ich brauche nachts frische Luft. Möchtest du noch eine Decke?«

»Nein, mir wird bestimmt bald warm. Erzähl mir lieber, wie du morgen Dominic einheizen willst.«

»Sehr witzig. Nein, darüber möchte ich nicht reden. Ich habe morgen Bühnenprobe, das reicht. Apropos, wir müssen jetzt wirklich schlafen. Und dass wir die ganze Nacht durchquatschen, darf nicht zur Gewohnheit werden.« Sie sah ihre kleine Schwester streng an.

»Okay«, sagte Agnes. »Machst du das Licht aus?«

Er wurde still. Gloria hörte, dass Agnes immer ruhiger atmete.

»Du, Agnes?«

»Hm, was?«

»Falls es mit dem Typen von der Wohnungsbesichtigung nichts wird, hätte ich einen feurigen Franzosen und einen niedlichen Dirigenten anzubieten.« Sie lächelte im Dunkeln.

»Danke, supernett von dir. Ich meine, etwas Besseres als ein Mann, der von meiner Schwester getestet und angelernt wurde, kann mir ja gar nicht passieren.«

»Ich dachte mir doch, dass du das Angebot zu schätzen weißt. Gute Nacht, schlaf gut.«

Tag vierzehn

»Gloria, ich möchte, dass du Dominic noch näher an dich heranlässt, er muss dich riechen und von deinem Duft, deiner Weiblichkeit verführt werden. Im Moment willst du ihn unbedingt haben, nicht umgekehrt. Also los, ich weiß, du kannst es«, sagte Denise. »Stürz dich auf ihn.« Sie lächelte.

Sie winkte dem Korrepetitor zu. »Noch einmal.«

Dieser unverschämte Blick. Gloria kochte innerlich. Er wusste genau, was er tat, und sie war überzeugt davon, dass er absichtlich dieses Aftershave aufgelegt hatte, weil er sich daran erinnerte, dass sie nicht genug davon bekommen konnte. Wie sie in seinen Armen gelegen und die Nase in seine Halsgrube gebohrt hatte.

»Komm näher, Süße«, sagte er leise. Sie sah das Lächeln, das seine Mundwinkel umspielte. »Komm so nah, wie du willst.«

In der Szene bezirzte Gloria, also Carmen, José, der mit einer anderen Frau verlobt war, Michaela, gespielt von Ann-Charlotte. Der verführerischen Carmen war das natürlich egal. Sie reizte und lockte alle Männer ringsherum, bis José auf sie aufmerksam wurde. Und dann zog sie die Schlinge langsam zu.

Während Gloria zwischen den Männern auf der Bühne herumschwebte und »L'amour« sang, sollte Dominic ungerührt und still in der Ecke stehen und seine Waffe reinigen.

Das klappte nicht so gut.

Er ließ sie nicht aus den Augen.

»Stopp.« Denise fuchtelte mit den Händen. »Wenn du genug geglotzt hast, können wir vielleicht wieder dazu übergehen, dass du sie überhaupt nicht beachtest. Das ist nämlich der Witz an der ganzen Szene«, sagte sie trocken.

Gloria versuchte, sich das Lachen zu verkneifen. Es geschah ihm recht. Sollte er ruhig gucken, sie hielt sich nur an die Regieanweisungen.

Beim nächsten Mal streifte sie ihn im Vorbeigehen, presste sich an ihn und fuhr ihm mit den Fingern durchs Haar. Seine dunklen Augen glühten. Sie forderte ihr Schicksal wirklich heraus, dachte sie, als er sie packte und an sich zog. »Pass bloß auf«, flüsterte er. »Was du hier anfängst, setzen wir bald fort!«

In der nächsten Szene traten nur Dominic und Ann-Charlotte auf, und Gloria nutzte die Gelegenheit, um etwas Heißes zu trinken.

Im Pausenraum saß Sebastian allein am Tisch.

»Wie läuft es?«, fragte er.

»Gut, danke. Was machst du denn hier?« Sie füllte einen Becher mit heißem Wasser, legte eine Scheibe Zitrone hinein und setzte sich zu ihm.

Lächelnd lehnte er sich zurück. »Ich schöpfe Kraft für den zweiten Akt. Da bringe ich dich nämlich zu Fall, und darauf freue ich mich schon. Wie ist es denn dem großen Tenor ergangen, konnte er sich im Zaum halten?«

»Ich weiß nicht, was du meinst«, sagte sie.

Sebastian stand auf. »Oh, please. Wenn er nicht an dir rumgefummelt hat, betatscht er wahrscheinlich gerade Ann-Charlotte. Ich glaube nicht, dass sie etwas dagegen hätte. Das will ich sehen, kommst du mit?«

Man konnte Dominic einiges vorwerfen, aber sie hatte noch nie erlebt oder gehört, dass er Frauen verführte, mit denen er zusammenarbeitete. Sie war sich nicht einmal sicher, ob er und sie ein Paar geworden wären, wenn sie sich auf der Bühne kennengelernt hätten.

Und die schüchterne kleine Ann-Charlotte würde niemals … Gloria stand hastig vom Stuhl auf. Sie konnte es sich ja mal anschauen, nicht zuletzt, um ihrer jüngeren Kollegin Beifall zu spenden.

Sie kamen in dem Moment, als die Kollegin sich in Dominics Arm schmiegte und ihre Liebe zu ihm besang. Er sah sie, genau wie die Regieanweisung es verlangte, schmachtend an. Er hatte noch nicht ganz begriffen, wen er eigentlich liebte, und wenn man mit der Geschichte nicht vertraut war, konnte man den Eindruck gewinnen, Ann-Charlotte würde den Kampf um José gewinnen. So war es natürlich nicht. In der nächsten Szene stieß Gloria dazu und riss das Ruder herum. Ann-Charlottes Michaela hatte dann nicht mehr viel zu melden.

Pjotr, der hereingekommen war und sich neben den Souffleur und die Regieassistentin an die Wand gesetzt hatte, lächelte Gloria an und wirkte ungeheuer verlegen. Sie hatte ihm seinen Annäherungsversuch verziehen und würde ihm das später sagen. Schließlich arbeiteten sie zusammen, und daher musste sie den Vorfall aus der Welt schaffen. Aber in Zukunft würde sie vorsichtiger sein. Genau wie viel zu viele Männer nahm er sich das Recht heraus, Grenzen zu übertreten, die man eigentlich für selbstverständlich halten sollte.

»Bravo.« Als sie fertig war, klatschte die Regisseurin in die Hände. »Gute Arbeit. Genau so will ich es haben. Vielen Dank, wir machen jetzt Pause und sehen uns in drei Stunden wieder. Geht irgendjemand essen?«

Gloria stellte sich an. Weiter vorn in der Schlange wurde mit Tellern und Besteck geklappert.

»Gut gemacht heute, Gloria.« Denise klopfte ihr auf die Schulter. »Ich denke, du wusstest die ganze Zeit, was ich meinte, aber es ist offenbar nicht so einfach mit ihm als Partner.«

Gloria sah ihr in die offenbar belustigten Augen.

»Wieso habe ich das Gefühl, dass du das ganz wunderbar findest?«

Denise lachte auf. »Merkt man mir das an? Ehrlich gesagt, seid ihr beide mein Traumpaar. Ihr seid beide supersexy, und zusammen veranstaltet ihr auf der Bühne das reinste Feuerwerk. Ich weiß aber, dass ihr eine gemeinsame Geschichte habt, und ich will euch helfen, darüber hinwegzukommen.«

»Darüber sind wir längst hinweg, meine Liebe. Seit ewigen Zeiten.« Gloria unterstützte diese Behauptung mit einer wegwerfenden Handbewegung, um zu demonstrieren, wie weit sie diese alte Geschichte bereits hinter sich gelassen hatte.

»Schön, wenn du es so siehst, dann wird es dir ja auch nicht schwerfallen, ihn beinahe in den Wahnsinn zu treiben. Denn genau das will ich.« Denise zeigte auf die Tabletts. »Hol dir was zu essen, wir setzen uns zu deinem Bühnenpartner.«

Eine Kartoffel, eine Kelle Gulasch und Tomaten. Ein großes Glas lauwarmes Wasser. Gloria wartete, bis Denise fertig war, dann gingen sie gemeinsam zu dem Tisch, an dem bereits Sebastian und Ann-Charlotte saßen.

»Richtig guter Auftritt«, sagte Gloria, als sie saß.

»Findest du wirklich?«, fragte Ann-Charlotte nervös. »Ich weiß ja nicht so genau.«

134

»Ja, ehrlich. Du und Dominic, ihr wart beide hervorragend.« Sie spießte ein Stück Fleisch auf die Gabel und
merkte plötzlich, wie hungrig sie war. Die nächste Szene
würde ihr noch mehr abverlangen. Das erste Duett mit
Dominic seit zwanzig Jahren. Es war vermutlich besser,
wenn sie sich dieser Herausforderung nicht mit knurren-
dem Magen stellte.

Als es klingelte, war sie im Ruheraum eingeschlafen. Mechanisch tastete sie in ihrer Handtasche nach dem Handy.
Wie lange war sie weg gewesen?

Marcus. Sofort war sie hellwach.

»Wie schön, von dir zu hören, Darling. Wie geht es
euch?« Sie räusperte sich und setzte sich auf.

»Uns geht es gut, tut mir leid, dass ich nicht zurückgeru-
fen habe, aber wir waren mit Proben, der neuen schwedischen Nanny und Bills Job beschäftigt. Wie geht es dir?
Hast du Dominic getroffen?« Er lachte. »Er hat mich angerufen, um mir zu erzählen, dass er dir unser Geheimnis
gestanden hat.«

»Ich kann nicht leugnen, dass ich ein wenig verwundert
und auch ein bisschen sauer war, weil du mir nie was davon
gesagt hast. Aber ich will unter keinen Umständen über ihn
reden, und schimpfen werde ich mit dir am Telefon auch
nicht. Wie geht es Fabian? Hat er Sehnsucht nach seiner
Oma?«

»Da bin ich mir ganz sicher, auch wenn er es nicht erwähnt. Aber ich vermisse dich. Reicht das nicht?«

»Nein, das reicht nicht mehr.« Sie lächelte. »Wie ist die
Nanny?«

»Gut. Etwas lahmarschig, aber Fabian scheint sie zu
mögen. Wenn sie morgens kommt, strahlt er.«

»Schön. Findet sie auch, dass er Ähnlichkeit mit mir hat?«

»Gibt es denn jemanden, der das so sieht?«

»Davon bin ich überzeugt.«

»Biologisch gesehen hat er nichts von dir.«

»Nebensächlich.«

»Da hast du natürlich recht.«

Als sie ihn lächeln hörte, legte sie die Hand auf ihre Brust. Sie vermisste ihre Familie so sehr, dass es körperlich weh tat. Es war überhaupt nicht witzig, dass die drei in England lebten. Sie wollte sie in Söder haben, nah bei sich. So sahen sie sich vielleicht viermal im Jahr, und das war viel zu selten. Aber Bill würde sich wahrscheinlich niemals bereit erklären, in Stockholm zu wohnen, und Fabian hatte seine Mütter in London. Die Frage war also eher, ob Gloria zu ihnen zog.

»Mein Herz, ich muss Schluss machen, wir proben gerade. Telefonieren wir wie üblich am Wochenende?«

Alle an der Inszenierung Beteiligten standen vor der Bühne und waren ganz offensichtlich gespannt auf Glorias und Dominics Duett.

Sie würde mit auf den Rücken gefesselten Händen dasitzen und musste ihn mit ihrem Charme dazu bringen, sie zu befreien. José würde in diesem Moment begreifen, dass er Carmen liebte.

Was sie jetzt lieferten, war kein Vergleich zum gesamten Durchlauf. Jetzt spielten sie wirklich miteinander und hielten nicht mehr die Partitur in den Händen.

Einen Augenblick lang hatte sie das Gefühl, sie würde über ihnen schweben und zuhören, während sie selbst sang. Ihre Stimmen klangen so symbiotisch, als wären sie nie getrennt gewesen, und sie konnte den Glücksrausch, der sie überkam, nicht mehr unterdrücken. So schuf man Inszenierungen für die Ewigkeit, und das wussten auch diejenigen, die nur danebenstanden und zuhörten.

Als die letzten Töne verklungen waren, blieben sie voreinander stehen und konnten gar nicht aufhören, sich tief in die Augen zu schauen, bis alle Umstehenden applaudierten und begeistert pfiffen.

Denise begann, mit erhobenen Armen zu tanzen.

»Verdammt, seid ihr gut! Genau das will ich haben! Wenn ihr das bei jeder Vorstellung so hinkriegt, können wir uns schon mal darauf einstellen, noch eine Spielzeit zu singen. Mindestens.«

Das holte Gloria in die Wirklichkeit zurück.

Sie würde dieses Gefühl niemals öfter als zwanzig Mal aushalten, bereits die zwanzig geplanten Vorstellungen brachten sie an ihre Grenzen. In diesem Moment trennte sie nichts. Sie waren wieder auf der Hochschule, wo er und sie eins gewesen waren und keiner von ihnen gewusst hatte, wo der eine anfing und der andere aufhörte.

Ein Körper, ein Blutkreislauf, ein Herz.

Dominic lehnte sich an sie. »Ich weiß nicht, was du mit mir machst, aber ich weiß ganz genau, dass mir eine Spielzeit nicht reichen wird. Ich will viel mehr. Du bist einzigartig, und ich …«

Er verstummte, als Gloria zurückwich. Sie musste sein Magnetfeld verlassen, wenn sie an diesem Abend noch in der Lage sein wollte, etwas zu sagen. Andererseits wäre es schön gewesen, einfach zu schweigen. Die Probe war beendet, und sie würde nach Hause zu ihrer Schwester fahren, die es verstehen würde, wenn sie ihre Ruhe brauchte. Was immer Dominic zu sagen hatte, sie wollte es nicht hören.

Sie musste eine Strategie entwickeln, um irgendwie um dieses Abendessen mit ihm herumzukommen. Einfach abzusagen würde nichts nützen. Er würde nicht nachgeben.

Gloria fühlte sich gefangen, und es gab wahrscheinlich nichts, was ihr mehr Angst machte.

Tag fünfzehn

Da Agnes es genoss, ein bisschen Zeit für sich zu haben, bevor sie Stefan traf, machte ihr der dichte Verkehr von Söder in Richtung Norden nach Uppsala nichts aus.

Sie fädelte sich auf der rechten Spur ein und würde dort bleiben, sie hatte keine Eile. Sie musste ihren Akku aufladen, denn obwohl sie im Doppelbett ihrer Schwester gut geschlafen hatte, war sie ziemlich alle. Der Verkehrsfunk auf P4 meldete Stau, aber auf der E20 nach Södertälje schien größeres Chaos als hier zu herrschen. Vermutlich würde sie genau die gute Stunde brauchen, die sie einkalkuliert hatte, als sie bei Gloria losgefahren war.

Die Familie hatte fünfundzwanzig Jahre in dem Haus gewohnt, das so groß war, dass nie die Notwendigkeit bestanden hatte, etwas wegzuwerfen. Stattdessen hatten sie im Keller *und* im Vorratsraum unendlich viel Mist angehäuft, das war ihnen klargeworden, als sie mit dem Aufräumen begannen. Und sie hatten noch viel zu viel zu tun.

Als die Maklerin durchs Haus gegangen war, hatte sie ihnen ausführlich erklärt, dass sie einen höheren Preis erzielen könnten, je mehr Krempel sie vor der Besichtigung beseitigten.

»Man möchte sich vorstellen können, wie die Räume mit den eigenen Möbeln und Bildern aussehen, deswegen müssen Sie so viel Platz wie möglich schaffen. Hängen Sie alle Kinderbilder ab, und räumen Sie das Badezimmer leer. Die Arbeitsflächen in der Küche müssen aussehen wie im Krankenhaus, und im Schlafzimmer stellen Sie sich bitte ein Hotel vor. Minus Bibel.« Sie lachte laut über ihren eigenen Scherz, aber Agnes und Stefan verzogen keine Miene. In dem gelben Einfamilienhaus am Mälarsee hatte sich bereits Schweigen ausgebreitet.

Agnes hatte versucht, es zu brechen, indem sie über die Kinder sprach, sich nach Stefans Erfolg bei der Wohnungssuche erkundigte und ihm Nebensächlichkeiten erzählte, wie dass sie neue Joggingschuhe brauchte, aber außer einem undeutlichen Brummen hatte sie selten eine Antwort bekommen. Er wirkte nicht unfreundlich, sondern eher verschlossen, als hätte er mit ihr abgeschlossen. Sie kam sich jedes Mal dumm vor.

Wahrscheinlich hatte er andere Dinge im Kopf, plante bereits sein neues Leben, an dem sie nicht teilhaben würde, aber eigentlich hatten sie es anders machen wollen. Sie wollten doch als richtig gute Freunde auseinandergehen. *Happily divorced.* Wie erwachsene Menschen eben, die sich weiterhin gegenseitig unterstützten und beglückwünschten, wenn einer von beiden einen neuen Partner fand. Das wurde doch jetzt überall propagiert.

Niemand erwähnte heutzutage noch, dass eine Trennung die Hölle war. Zivilisierte Menschen glitten angeblich mühelos von einer Beziehung in die nächste. Geschmeidig und mit einem Achselzucken. So hatte sich Agnes das auch vorgestellt.

Wie konnte man mit fünfzig so naiv sein?

Sie waren noch nicht einmal ausgezogen, und schon war ihr Umgangston eisig. Agnes verstand nicht, warum, und als sie Stefan vorsichtig danach fragte, hatte er sie nur mit großen Augen angesehen. Bei der Mitteilung, sie würde bis zur Besichtigung bei Gloria wohnen, nickte er bloß.

Als das Schild mit der Aufschrift Uppsala vor ihr auftauchte, seufzte sie tief. Es wurde Zeit, ihr Alltagsgesicht wieder aufzusetzen.

»Hallo!«, rief sie, als sie Stefans Architekturbüro am Stadtrand betrat. Er musste auch am Samstag arbeiten, und Agnes hatte keine Lust gehabt, mit ihm darüber zu diskutieren. Es war sein Leben. Sie hatten vereinbart, dass sie ihn abholte und sie dann gemeinsam zu IKEA fuhren, um Umzugskartons zu kaufen. Nicht gerade eine Unternehmung, auf die sie sich freute, aber es musste erledigt werden.

Während sie durch den leeren Flur bis zu seinem Zimmer ging, rief sie noch einmal.

»Stefan«, rief sie, als sie die Tür zu seinem Büro geöffnet hatte. »Aufstehen …« Sie verstummte. Er saß im Sessel und hielt sich mit beiden Händen die Brust.

»Ich glaube, ich habe einen Herzinfarkt.« Er sah sie mit weit aufgerissenen Augen an. Schweiß tropfte ihm von der Stirn ins kreidebleiche Gesicht. »Ich habe einen Krankenwagen gerufen, der Notarzt müsste jeden Moment hier sein, aber ich kann nicht aufstehen und meine Jacke anziehen. Hilf mir, Agnes, hilf mir.« Seine Stimme überschlug sich, aber Agnes war bereits bei ihm. Sie fiel vor ihm auf die Knie und nahm sein Gesicht in die Hände. Sah in seine angsterfüllten Augen. Versuchte, sich ihre Besorgnis nicht anmerken zu lassen.

»Stefan, hör mir zu. Es wird alles gut, das weiß ich. Alles wird gut. Versuch bitte, ganz ruhig zu atmen, ich bin für dich da.«

Hastig stand sie auf, zog ihr Handy aus der Tasche und stöpselte sich das Headset ins Ohr, während sie aus dem Zimmer rannte und seine Jacke und die Schuhe aus dem Flur holte. Sie wählte 112 und hockte sich, während sie wartete, dass jemand dranging, vor Stefan hin und zog ihm seine Schuhe an. Wie bei einem kleinen Kind. Er konnte die Füße nicht einmal aus eigener Kraft anheben.

Sie stand auf, nahm die Jacke, die sie auf den Schreibtisch geworfen hatte, und legte sie ihm um. Er hatte die Hände auf den Brustkorb gelegt, als wollte er sein Herz festhalten, und sie … Als sich am anderen Ende endlich die Rettungsstelle meldete, wurde sie aus ihren Gedanken gerissen.

»Ja, Hallo, mein Name ist Agnes Fossum. Ich bin hier bei meinem Ehemann Stefan Petré, der einen Krankenwagen gerufen hat, und möchte wissen, wie weit der schon gekommen ist.«

Sie fuhr im Volvo hinterher und war froh, dass jahrelanges Notfalltraining sie gelehrt hatte, die Ruhe zu bewahren und sich zumindest korrekt zu verhalten, obwohl die Sorge um Stefan sie zu überwältigen drohte. Während sie mit einhundertzwanzig Stundenkilometern zum Akademiska Krankenhaus fuhr, rief sie Erik an, ihren jüngsten Sohn, doch der hatte sein Telefon ausgeschaltet. Sie sagte ihm das Gleiche, was sie seinem großen Bruder Edwin sagen würde: Papa sei auf dem Weg ins Krankenhaus, und es werde bestimmt alles gutgehen, aber sie sollten sich melden, sobald sie die Nachricht abgehört hatten.

Mehr konnte sie im Moment nicht tun. Es war Samstag, und die beiden waren bestimmt lange unterwegs gewesen, um zu feiern, und schliefen aus. Sie würden zurückrufen, sobald sie ihre Telefone einschalteten.

Wie war das möglich? Stefan lebte doch so gesund. Er ernährte sich vernünftig, machte genauso viel Sport wie sie und schlief, soweit sie es beurteilen konnte, auch relativ gut. Aber er setzte sich natürlich selbst unter Druck. Wollte immer noch mehr arbeiten. Dass er, wie heute, auch samstags ins Büro ging, war keine Seltenheit.

Ein Infarkt bedeutete nicht, dass man nicht überlebte, und im Krankenwagen wurde er natürlich wunderbar versorgt, aber so ein Vorfall verhieß nichts Gutes.

Stefans Vater war mit 67 an einem Herzinfarkt gestorben, und das war einer der Gründe, warum Stefan auf seine Gesundheit achtete. Sein Vater hatte das nicht getan, im Gegenteil. Er war Kettenraucher gewesen, hatte meistens vor dem Fernseher gesessen und keinen Spaziergang mehr gemacht, seit er irgendwann Mitte der Achtziger Knieschmerzen bekommen hatte.

Waren die Herzprobleme trotzdem vererbt? Spielte es gar keine Rolle, dass Stefan so gesundheitsbewusst war? Agnes musste mit den Fachleuten im Krankenhaus sprechen, um weitere Informationen zu bekommen. Was hätte er denn noch tun können? Er hatte mal erwähnt, er habe das Gefühl, sein Herz würde rasen, hatte das etwas damit zu tun? Hätte er damals schon zum Arzt gehen sollen? Es war doch schnell wieder vorbei gewesen.

Den Besichtigungstermin musste sie natürlich absagen. Vielleicht musste sie sich auch krankmelden, damit sie sich um ihn kümmern konnte. Noch lebten sie zusammen, und es war selbstverständlich für sie, jetzt für ihn da zu sein, aber das hätte sie wohl auch nach der räumlichen Trennung getan. Er war schließlich der Vater ihrer Kinder.

Sie überlegte, wie lange er im Krankenhaus bleiben würde. Sicherlich ein paar Tage. Während er dort gut aufgehoben war, konnte sie das Haus aufräumen. Sie musste die Jungs fragen, ob sie ihr helfen würden. Der Gedanke, dass er nicht durchkommen würde, war ausgeschlossen. Stefan war stark.

Sie rief Gloria an.

»Mein Gott, wie furchtbar, Agnes. Er wird doch wohl durchkommen?«

»Ja, er wird wieder gesund werden. Das muss er ja.« Agnes sprach in fast flehentlichem Ton, während sie auf die Hupe drückte, weil sich der Fahrer vor ihr trotz der grünen Ampel nicht in Bewegung setzte.

»Wie geht es dir? Kann ich was für dich tun?«

»Im Moment nicht, aber wenn du mir nächstes Wochenende beim Aufräumen helfen könntest, wäre das toll.«

»Ich kann dir morgen helfen.«

»Morgen hast du ein Date.«

»Dates kann man verschieben, sie halten mich nicht davon ab, dir zu helfen. Ruf mich an, sobald du mehr weißt.« Der Krankenwagen war jetzt ein Stück vorausgefahren, und es wäre einfach lächerlich gewesen, ihn einholen zu wollen. Außerdem musste sie sowieso erst einen Parkplatz finden, und das konnte dauern. Sie schlängelte sich durch den Verkehr, so schnell es ging. Jetzt den Führerschein zu riskieren war keine gute Idee.

Als sie auf den Parkplatz am Krankenhaus fuhr, klingelte das Telefon. Erik. Der Arme. Die Nachricht musste ihm einen Schock versetzt haben.

»Hallo, Liebling, warte mal, ich muss nur schnell mein

Headset einstöpseln … so. Ich brauche beide Hände. Tja, du hast die Nachricht bestimmt gehört.« Sie hielt Ausschau nach einer Lücke.

»Wie geht es ihm denn? Bist du schon im Krankenhaus?«

»Ich suche gerade einen Parkplatz.« In dem Moment entdeckte sie einen. »Bislang weiß ich vom Notarzt nur, dass er einen Herzinfarkt hatte, mehr konnten die mir nicht sagen.« Sie stieg aus. »Ich ziehe einen Parkschein, und dann renne ich rein. Du hast nicht zufällig mit Edwin gesprochen?«

»Nein, ich habe zuerst dich angerufen. Ich fahre gleich zu ihm und wecke ihn. Sollen wir kommen?«

»Ja, das würde ihn bestimmt freuen. Nehmt ein Taxi, ich bezahle es, wenn ihr hier seid.«

Agnes schlug auf den Parkautomaten ein. Mann, dauerte das lange, ihre Kreditkarte einzulesen. Als das Ding endlich ihren Parkschein ausgespuckt hatte, steckte sie die Karte wieder ein und telefonierte, während sie zum Auto raste, weiter mit Erik. Sie öffnete die Fahrertür, legte den Zettel hinter die Frontscheibe und schnappte sich ihre Handtasche vom Beifahrersitz. »Ich rase jetzt ins Krankenhaus, mein Herz. Ruft an, wenn ihr da seid.«

Sie hängte sich ihre Tasche über die Schulter und eilte im Laufschritt zur Notaufnahme. Zu Gloria und Erik hatte sie gesagt, es würde alles gut werden, aber sie hatte keine Ahnung, ob das stimmte. Was, wenn Stefan noch einen heftigen Infarkt erlitt, genau wie sein Vater?

Es musste alles gut werden, so war es einfach.

»Stefan Petré, er ist vor zehn Minuten im Krankenwagen hier eingetroffen. Ich heiße Agnes und bin seine Frau.«

Realistisch betrachtet, war sie nicht mehr seine Frau, aber das war jetzt nebensächlich.

»Warten Sie bitte da drüben, es kommt so schnell wie möglich jemand zu Ihnen«, sagte die Frau am Empfangstresen und zeigte auf den Warteraum.

Agnes ging zu dem Raum. Sie öffnete ihre Handtasche und wollte gerade ihr Portemonnaie herausholen, als sie sah, dass auf Stefans Handy ein Anruf einging. Es hatte auf seinem Schreibtisch gelegen, und sie hatte es kurzerhand an sich genommen, bevor sie zum Auto rannte.

»Hallo, hier spricht Agnes.«

»Ich heiße Kerstin und würde gern Stefan sprechen.«

»Der ist gerade nicht da. Kann ich ihm was ausrichten?« Agnes hatte keine Ahnung, wer die Frau war.

»Sagen Sie ihm bitte, dass ich angerufen habe.«

»Das mache ich.«

Hatte Stefan jemanden kennengelernt? Agnes horchte in sich hinein, um herauszufinden, ob es ihr etwas ausmachte oder nicht, aber im Moment überdeckte die Sorge um Stefan jedes andere Gefühl.

Sie stand auf und wanderte im Wartezimmer auf und ab. Fragte sich, was wohl hinter dieser Wand vor sich ging und ob er überhaupt noch dort war. Sie bekam leichte Kopfschmerzen und sah auf die Wanduhr. Halb elf. Normalerweise hatte sie um diese Zeit bereits drei Tassen Kaffee getrunken.

Ein Mann im weißen Kittel kam zu ihr und legte ihr seine Hand auf die Schulter. »Agnes?«

Sie nickte.

»Würden Sie bitte mitkommen?« Er klang ernst.

Tag sechzehn

Dominic war guter Dinge. Das traf es ziemlich genau. Er konnte sich nicht erinnern, wann er sich zuletzt so gut gefühlt hatte. Am Vortag war er endlich vom Grand in seine eigene Wohnung umgezogen.

Sie hatte sich im Lauf der Jahre als sinnvolle Investition erwiesen. Eine Einzimmerwohnung im Zentrum von Stockholm brachte mittlerweile um die drei Millionen ein. Für seine Wohnung in London hatte er eine extrem hohe Miete gezahlt, die im ersten Jahr sein gesamtes Einkommen aufgefressen hatte. Nach seinem Durchbruch bekam er so hohe Gagen, dass er sich eigentlich etwas Eigenes hätte kaufen können, aber er hatte immer das Gefühl gehabt, dass er irgendwann nach Stockholm zurückkehren würde. Zwanzig Jahre in London zu verbringen, hatte er wirklich weder geplant noch beabsichtigt.

Er war gerade von einem Einkauf bei Ica zurückgekehrt und ging pfeifend in die kleine Küche, um die Lebensmittel auszupacken. Mittelstark gerösteter Kaffee, schwedischer Käse, Kalles Kaviarpaste, die Biomilch im grünen Tetrapak und ein Skogaholmbrot. Wie hatte er sich nach seinem Lieblingsfrühstück gesehnt. Zumindest ein paar Tage würde er sich diesen Luxus gönnen. Dann würde er wieder etwas Gesünderes essen müssen, denn in diesem Alter bekam man nichts geschenkt.

Da er Sport verabscheute, musste er sich stattdessen Gedanken über seine Ernährung machen. Er machte zwar etwa dreißig Liegestütze am Tag, und auch fünfzig Sit-ups gehörten seit seiner Jugend zum täglichen Programm, aber sofern er kein Engagement hatte, das ihm mehr abverlangte, beließ er es auch dabei. Nun musste er sich schon lange nicht mehr auf irgendwelche Balkons hinaufschwingen. Solche Rollen wurden ihm zwar immer noch angeboten, aber er lehnte sie ab.

Die SMS von Gloria kam kurz nach acht, er hatte gerade seine vierte Scheibe Brot gegessen und war allmählich satt. Er trank den letzten Schluck aus der Tasse und rief sie an. An Textnachrichten würde er sich nie gewöhnen.

»Das tut mir leid«, sagte er, als Gloria sich meldete. »Wie geht es Agnes?«

»Verhältnismäßig gut, meine Schwester ist eine pragmatische Frau, und seit sie weiß, dass es mit Stefan bergauf geht, hat sie einfach umdisponiert. Sie wollen sich trennen und das Haus verkaufen, und deswegen muss dort gründlich aufgeräumt werden. Das muss sie jetzt also ganz allein machen, wenn ihre Söhne keine Zeit haben.«

»Und du hilfst ihr heute?« Es rauschte in der Leitung, als ob sie draußen wäre.

»Ja, und deswegen wäre es toll, wenn wir unser Abendessen noch ein bisschen verschieben könnten.«

Sie klang fast froh, als sie das sagte, und das störte ihn. Freute sie sich denn gar nicht darauf, allein mit ihm reden zu können, ohne dass dieser Franzose, die Regisseurin und die Chorsänger sie auf Schritt und Tritt beobachteten?

Er hörte, wie sie eine Autotür öffnete.

»Ich muss los«, sagte Gloria. »Wir sehen uns am Montag.«

Eigentlich hätte Dominic gern einen eigenen Wagen gehabt, aber dafür musste er erst mal wissen, wo er in Zukunft wohnen würde. Falls er sich eine Wohnung in der Innenstadt kaufte, war es natürlich Wahnsinn, sich ein Auto zuzulegen, aber er fuhr einfach liebend gern Auto, und am nötigen Geld mangelte es ihm schließlich auch nicht.

Nur anderthalb Stunden nach dem Telefonat mit Gloria stieg er in einen kleinen Transporter, den er sich am Ericsson Globe ausgeliehen hatte. Er brauchte ein paar neue Sachen für seine Einzimmerwohnung, und nach dem herrlichen Frühstück am Morgen würde er das Thema Durchschnittsschwede fortsetzen, indem er zu IKEA fuhr.

Er war seit zwanzig Jahren nicht in Schweden Auto gefahren, und der Rechtsverkehr war anfangs ungewohnt, aber nach kurzer Zeit genoss er die Fahrt zum riesigen Einkaufszentrum Kungens kurva. Es war so angenehm, körperlich zu arbeiten. Wenn er ehrlich war, hatte er in London keinen Finger gerührt. Er war ein erfolgsverwöhnter Sänger am berühmtesten Opernhaus der Welt und hatte sowohl einen Chauffeur als auch einen persönlichen Assistenten.

Daher fand er es einfach nur erfrischend, ein Auto zu mieten und zu IKEA zu fahren. Natürlich würde er sich nach exklusiveren Möbeln umsehen, wenn er erst eine größere Wohnung hatte, und in einem Shurgard-Lagerraum standen auch noch diverse Sachen, die ein halbes Vermögen gekostet hatten, aber im Moment konnte er die alle nicht gebrauchen.

Bis er sich eine neue Wohnung gekauft hatte, würde er sein kleines Apartment als ein äußerst angenehmes Hotelzimmer betrachten. Er würde dort in den kommenden Wochen ohnehin nur sehr wenig Zeit verbringen, und daher war das Bett am wichtigsten. Und das wollte er bei IKEA kaufen.

Seit seinem letzten Besuch hatten sie umgebaut.

Nachdem er im dritten Stock des Kaufhauses eine Runde gedreht hatte, begriff er, dass er in diesem Tempo Stunden brauchen würde. Falls er an diesem Tag noch irgendwas erledigen wollte, musste er direkt in die Bettenabteilung gehen.

Er war unglaublich froh, dass er sich für IKEA entschieden hatte. In anderen Möbelhäusern hätte er wochenlang warten müssen, hier wurde die Ware noch am selben Abend zwischen sieben und zehn geliefert. Da das Abendessen mit Gloria verschoben worden war, passte das perfekt.

Um kurz nach zwei fuhr Dominic mit zwei Cheeseburgern, einer großen Portion Pommes frites und einer Cola light neben sich auf dem Beifahrersitz bei McDonald's im Nynäsväg los. Das alte Sofa hatte er bereits auf den Recyclinghof in Östberga gebracht.

Er musste daran denken, seinem Nachbarn, der ihm beim Tragen geholfen hatte, Opernkarten zu besorgen. »Kein Problem«, hatte der gesagt, als Dominic klingelte und gefragt hatte, ob er das Sofa mit ihm hinunterschleppen würde. Solche Nachbarn waren Gold wert. Vielleicht sollte er ihm lieber eine Flasche Whisky mitbringen?

Bislang war es ein richtig guter Tag, obwohl Gloria für heute Abend abgesagt hatte, fand er. Auch, dass er den gemieteten Wagen erst morgen früh abgeben konnte, bevor er zur Probe nach Nacka fuhr, war perfektes Timing, denn so konnte er heute Nachmittag noch einiges erledigen.

Er steckte sich mehr Pommes frites in den Mund.

Obwohl er so lange nicht hier gewesen war, fand Dominic den Weg. Sehr zufrieden mit sich selbst fuhr er durch das offene Tor. Die Einfahrt war so groß, dass der Transporter problemlos neben die beiden Autos passte, die bereits da standen.

So hätte er auch gern gewohnt. Mit Garten. Er sah zwar bereits vor sich, wie er sich einmal wöchentlich mit dem Rasenmäher herumschlug, aber das war keine unangenehme Vorstellung. Es war mit Sicherheit besser als eine Mitgliedschaft im Fitnessstudio. Auf der anderen Seite mähte man den Rasen nicht mehr so wie früher. Einige seiner Freunde überließen die Arbeit einem Roboter, aber das erschien ihm ein wenig albern.

Er hatte keine Ahnung, wobei er helfen konnte, aber irgendetwas würde es schon für ihn zu tun geben, sagte er sich, nachdem er geklingelt hatte. Die Tür wurde von einer jugendlichen Kopie von Stefan geöffnet. Er hatte Agnes' Söhne seit ihrer frühesten Kindheit nicht mehr gesehen, und nun stand ein junger Mann vor ihm.

»Edwin?« Es war einen Versuch wert. »Ich heiße Dominic und habe dich seit zwanzig Jahren nicht gesehen.« Er lächelte. »Sind deine Mutter oder deine Tante zu Hause?«

»Nicht Edwin, Erik.« Lächelnd drehte er sich um. »Mama, hier fragt jemand nach dir!« Er trat einen Schritt zur Seite und bat Dominic mit einer einladenden Handbewegung herein.

Die Treppenstufen knarrten, und als Dominic den Blick nach oben wandte, sah er in Agnes' erstaunte Augen.

»Meine Güte, Dominic«, rief sie aus und eilte die Treppe hinunter. »Was machst du denn hier?« Sie lief ihm direkt in die offenen Arme.

»Gloria hat mir das von Stefan erzählt, und da ich nichts anderes zu tun, aber heute einen Transporter zur Verfügung habe, dachte ich mir, ich könnte mich vielleicht nützlich machen.«

Sie sah ihn an und schüttelte den Kopf. »Du bist zwar nicht ganz bei Trost, aber herzlich willkommen.« Sie strahlte. »Gloria, komm mal runter«, rief sie nach oben. »Hier ist jemand, der uns helfen will.«

»Was machst du hier?«, zischte Gloria, nachdem Agnes die beiden in den Keller geschickt hatte, wo ein Raum leer geräumt und der Krempel in einen anderen Raum verfrachtet werden sollte.

»Ich hatte eben nichts zu tun, weil ich mich ja eigentlich mit dir treffen wollte. Findest du es denn nicht praktisch, wenn zwei zusätzliche Hände mit anpacken?«

»Doch, aber ich werde das Gefühl nicht los, dass du das nicht ohne Hintergedanken tust. Die kannst du dir sofort abschminken.«

Er sah sie an, etwas anderes wäre auch gar nicht möglich gewesen. Sie hatte ihr dunkles Haar zu einem Dutt hochgesteckt, ihr Gesicht war rosig, und der Trainingsanzug, den sie trug, gehörte zu den hässlichsten, die er jemals gesehen hatte. Sein Herz machte einen kleinen Sprung vor Zärtlichkeit.

»Okay«, sagte er.

»Was soll das heißen, okay?«

»Ich schminke mir ab, dass du die … tja, jetzt weiß ich gar nicht mehr, was ich im Kopf hatte. Es hatte jedenfalls nichts damit zu tun, dass du immer noch genauso attraktiv wie damals bist.« Er hob einen Karton von einem Regal. »Schön weiterarbeiten, meine Liebe, ich habe den Eindruck, du stehst nur rum.«

Sie rümpfte die Nase. »Stefans Zustand so auszunutzen ist doch niederträchtig«, sagte sie. »Ich hatte eine bessere Meinung von dir.«

151

»Nein, hattest du nicht.«

Er nahm noch einen Karton aus dem Regal und stöhnte laut, als er merkte, wie schwer er war. Vorsichtig schleppte er ihn in den Lagerraum hinüber.

Eine solche Ordnung hätte er sich auch gewünscht, dachte er. Agnes hatte zwar alles, was im Keller aufbewahrt wurde, als Mist bezeichnet, aber zumindest war der Kram in Kartons verpackt. Gloria schaute ihm mit verschränkten Armen zu, aber das machte ihm nichts aus. Sie hatte den Keller nicht verlassen, und das deutete er als Zeichen, dass sie seine Gesellschaft zu schätzen wusste, obwohl sie versuchte, den gegenteiligen Eindruck zu erwecken.

»Kommt ihr da unten voran?«, rief Agnes.

»Prima, danke. Ich sorge dafür, dass er was tut.«

»Auf dich kann man sich wirklich verlassen, wie schön. Wenn ihr fertig seid, könnt ihr hochkommen und ein Glas Limonade trinken.«

»Wann kommt Stefan nach Hause?«, fragte Dominic Agnes, als sie sich ihm gegenüber an den Küchentisch setzte. Er schenkte ihr ein Glas Saft ein.

»Danke, dass du fragst«, sagte sie. »In drei, vier Tagen, haben sie gesagt, als ich wegfuhr. Und dann wird er wohl für einige Wochen krankgeschrieben sein.«

»Wie ist das für dich?«

»Nicht so einfach.« Sie schaute sich um, bevor sie im Flüsterton weitersprach: »Wir wollen uns ja trennen und reden im Moment nicht miteinander, das macht die Situation so merkwürdig. Ich nehme an, dass Erik und Edwin glauben, ich würde mich um Stefan kümmern, aber ich bin mir gar nicht so sicher, ob ich das will. Ich muss versuchen, morgen mit ihm zu reden. Eigentlich soll diese

Woche das Haus fotografiert werden, deshalb räumen wir auf, aber vielleicht ist es Wahnsinn, Besichtigungstermine zu planen, solange er krank ist.«

»Worüber redet ihr?« Gloria kam in die Küche.

»Über dich«, antwortete Agnes. »Wir erzählen uns gerade, wie dick, hässlich und alt du geworden bist, seit Dominic dich zuletzt gesehen hat. Er hat gerade gesagt, er sei total geschockt und plane, so schnell wie möglich nach England zurückzukehren.«

Dominic mochte Agnes. Sie war für Gloria immer wichtig gewesen. Sie hatten nicht viel miteinander zu tun gehabt, aber hin und wieder hatten sie Stefan und sie getroffen, und das war immer nett gewesen. Sie war intelligent, schlagfertig und, ganz im Gegensatz zu ihrer hitzigen Schwester, gelassen. Die beiden ergänzten sich ausgezeichnet.

»Das käme mir sehr gelegen. Geh du ruhig ins Exil.« Gloria setzte sich. »Kann ich auch ein Glas haben?«

Während Dominic ihr Saft einschenkte, tat sie, als würde sie sich Schweiß von der Stirn wischen, und dann leerte sie das Glas in einem Zug.

»So, was soll ich als Nächstes machen, nachdem ich den ganzen Keller aufgeräumt habe?«, sagte sie. »Hast du irgendwo eine Liste?«

Dominic lachte. »Bist du immer noch so abhängig von deinen Listen?«

»Wenn man mit einer Liste arbeitet, vergisst man nichts«, sagte sie.

Sie verdrehte die Augen und wendete sich Agnes zu. »Habe ich dir erzählt, dass wir morgen beginnen, den zweiten Akt zu proben? Ich freue mich schon so darauf, Sebastian endlich singen zu hören.«

Der zweite Akt
Noch dreiunddreißig Tage

Tag siebzehn

Sebastian wollte Gloria zeigen, was in ihm steckte.

Am Wochenende hatte er nichts anderes getan, als sich mental vorzubereiten. Die Stimme war da, auf sie konnte er sich verlassen, nun musste er sich nur noch in die Figur Escamillo hineinfinden. Den stattlichen Torero, der Carmen unbedingt haben wollte.

Er sollte ihr buchstäblich das Höschen hinuntersingen, und in dieser Hinsicht war die Rolle dankbar. Im Gegensatz zu Dominics duckmäuserischem Charakter war Escamillo ein stolzer Verführer.

Sebastian wusste, dass Dominic vermutlich verrückt werden würde, falls er so dumm war, sich die heutige Probe anzusehen, aber im Grunde hoffte er, dass der Tenor kommen würde. Dies war nur die erste von vielen Gelegenheiten, bei denen Dominic von Sebastian geblendet sein würde.

Während er sich Wachs ins blonde Haar knetete, lächelte er sein Spiegelbild an. Die Wahrscheinlichkeit, dass Gloria sich für ihn entscheiden würde, war hoch. Im Theater flirteten sie, und Sebastian wartete geduldig auf den richtigen Moment. Er würde auf keinen Fall vorpreschen, sondern, ganz im Gegenteil, den Genuss hinauszögern. Wenn sie dann endlich in seinen Armen lag, dann, weil sie sich selbst danach sehnte, wieder mit ihm vereint zu sein, und wenn er richtiges Glück hatte, würde Dominic ohnmächtig zuschauen.

Sebastian spürte, wie sich sein Puls beschleunigte und Adrenalin durch seinen Körper schoss. Dass sie den Engländer vorziehen würde, war in seinen Augen nahezu ausgeschlossen. Was hatte der denn zu bieten? Natürlich hatte er sich als Sänger mehr Ansehen erworben, aber als Liebhaber war Sebastian unschlagbar, das wusste er ganz genau.

Und Gloria wusste es auch.

Er konnte ihr Freiheit und Genuss zugleich schenken, und das konnte Dominic nicht, denn er wollte sie besitzen.

Er zwinkerte sich zu und strich noch einmal sein Haar glatt.

Es wurde Zeit.

»Aufhören!« Denise stellte sich mitten auf die Bühne.

Ihre weite Kleidung flatterte um sie herum, als sie anschaulich und mit vollem Körpereinsatz beschrieb, wie sie sich die Szene vorstellte. Ein Großteil des Chors sollte schon an seinem Platz stehen, wenn eine Gruppe von Männern mit dem Torero, dem berühmten Stierkämpfer Escamillo, hereinkam. Der Chor würde dem Meister zujubeln, und dann würde Sebastian die Stimme erheben und *die Bühne in Besitz nehmen*, wie Denise es ausdrückte. Der Gesang handelte davon, wie er in der Arena gegen den Stier kämpfte, und seine andächtigen Zuhörer liebten den Kampf zwischen Mensch und Tier.

Dominic war nicht da, jedenfalls noch nicht, und Sebastian fühlte sich getäuscht. Er selbst war, ob er nun gebraucht wurde oder nicht, bei allen Proben dabei. Es bestand immer die Möglichkeit, sich mit den Kollegen zu unterhalten, und das wollte er auch, denn als Gastsänger aus einem anderen Land fühlte er sich recht einsam. Außerdem wollte er wissen, was die Kollegen redeten. In Klatsch und Tratsch steckte immer ein Fünkchen Wahrheit, und das konnte man sich zunutze machen.

In gewisser Weise hatten Pjotr und er sich gesucht und gefunden, jedenfalls hatten sie bereits einige Male zusammen Mittag gegessen. Ansonsten traf er nicht viele Leute. Am Wochenende war er ganz allein gewesen, und am Samstag hatte er einen Moment überlegt, ob er jemanden aus dem Ensemble anrufen sollte, aber falls jemand daraus die falschen Schlüsse zog, hätte das womöglich seine Absichten in Bezug auf Gloria durchkreuzt.

»Bist du bereit, Sebastian? Dann fangen wir an.«

Gloria saß schon auf der Bühne. Der Chor schwirrte um sie herum. Er sollte in ausgelassener und festlicher Stimmung auf den Torero warten. Der Souffleur war auch da und konnte jederzeit Hilfestellung geben.

Als Sebastian hereinkam, spürte er die Anspannung im Raum, die seine Konzentration noch einen Tick erhöhte. Er fing an zu singen, und seine Stimme hatte so viel Kraft und Fülle, dass Gloria beeindruckt war, das spürte er, auch wenn sich ihre Carmen bislang nichts davon anmerken ließ. Seine dunkle Stimme hatte sie von Anfang an erregt, und deswegen hatte er sie immer gut gepflegt.

Als er ihr in die Augen sah, bemerkte er es. Das Funkeln. Ihr unausgesprochenes Interesse, das Pfeile auf ihn abschoss, während sie ihn verstohlen beobachtete. Langsam ging er auf sie zu, liebkoste sie mit seiner Stimme, und obwohl sie eigentlich auf einem Stuhl sitzen sollte, stand sie auf.

Im Augenwinkel sah Sebastian Dominic hereinkommen, auf dem Absatz kehrtmachen und wieder gehen. Dieser arrogante Tenor, dachte er, während er sang und sich gleichzeitig in den Hüften wiegte. Bald habe ich deine Frau wieder für mich, und es wird mir ein Vergnügen sein, sie meinen Namen wimmern zu hören und nicht deinen.

Seine Stimme war wie Samt. Warm, dunkel und unbeschreiblich angenehm. Sie empfand sie noch genauso anziehend wie früher. Denise hatte ihr die Regieanweisung gegeben, sitzen zu bleiben, aber Gloria fand es besser, wenn Carmen Escamillo stehend begegnete. Im Moment musste sie ihn von oben herab behandeln, und das war im Sitzen schwierig.

Sie verschränkte die Arme vor der Brust, senkte den Blick und sah erst auf, als er direkt vor ihr stand. Als sie aufschaute, bemerkte sie seine hochgezogenen Augenbrauen und das kleine schiefe Grinsen, bevor er sich mit stolzgeschwellter Brust umdrehte und sich tänzelnd von ihr entfernte.

Falls es Sebastians Absicht war, seinen Escamillo sexy anzulegen, war ihm das gelungen, dachte sie und holte tief Luft.

An Sebastian Bayard hatte sie kein Interesse. Nicht das geringste. Aber der Torero gefiel ihr.

Klatsch … klatsch … klatsch.

Dominic hatte sich wieder hereingeschlichen, und sein extrem schleppender Applaus setzte in dem Moment ein, in dem Sebastians letzter Ton verklungen war.

»Ich hoffe, das kannst du besser«, rief er. Gloria versuchte, sich ihr Grinsen nicht anmerken zu lassen. Sie hatte ganz vergessen, was für ein Idiot er sein konnte.

»Sei still, Dominic, das war sehr gut, Sebastian. Der

158

Chor ist herumgeflattert wie ein verwirrter Hühnerhaufen, deswegen machen wir es noch mal. Klavierbegleitung? Bitte sehr.«

Sebastian *konnte* es besser, und diesmal blieb er vor Gloria stehen, bis er sie fast mit seinem Blick verschlungen hatte. Er zog sie magnetisch an, und schließlich trennten sie nur noch zehn Zentimeter. Denise kam auf die Bühne und schob sie auseinander, ohne sie zu unterbrechen. Sebastian forderte sie mit einer Geste auf, sich mehr zu bewegen. Sie ließ die Arme kreisen, um ihm zu verdeutlichen, dass er die ganze Bühne nutzen und nicht nur um Gloria herumscharwenzeln sollte.

Hinterher lachte die Regisseurin. »Die Chemie zwischen euch ist großartig, aber ihr dürft euch nicht ganz so nah kommen.« Sie grinste übers ganze Gesicht. »Danke, jetzt machen wir eine Pause.«

Als Gloria auf dem Weg zur Loge war, kam Kit zu ihr.

»Hallo, wie geht es dir?«

»Danke, mir geht es gut. Und dir?« Gloria hatte beinahe Mitleid mit Kit, weil sie so ängstlich aussah.

»Prima, ganz prima. Ich wollte dich fragen, ob wir uns mal abends sehen. Vielleicht mit Lena? Es wäre so schön, wenn wir uns mal wieder zu dritt treffen könnten.«

»Ja, vielleicht. Aber dann möchte ich Agnes mitbringen, sie muss auch mal unter Leute.«

Kit nickte eifrig. »Ja, natürlich, sie ist jederzeit willkommen. Wo wollen wir uns treffen? Bei mir?«

Gloria zuckte mit den Achseln. »Klar, wieso nicht. Oder bei mir.«

»Mal sehen, was Lena meint. Passt es dir am Wochenende?«

»Eventuell lieber am übernächsten.« Gloria war sich nicht sicher, ob ihre kleine Schwester Stefan schon so bald allein lassen konnte. »Ich frage Agnes.«

Möglicherweise konnten die Jungs beim Vater bleiben. Es würde Agnes sicher guttun, mal rauszukommen.

Gloria verstand, dass Agnes sich Sorgen machte. Mit dieser Situation hatte niemand gerechnet. Was, wenn Stefan nicht mehr in der Lage war, eine Trennung zu verkraften? Das wäre ja auch kein Wunder gewesen, aber was sollte Agnes dann tun?

»Gehst du was essen?«, fragte Kit.

»Ja, ich habe einen Riesenhunger. Weißt du, was es heute gibt?«

»Keine Ahnung. Wollen wir zusammen essen?«

Wieder diese Unsicherheit. Falls sie wieder befreundet sein wollten, musste Kit sich ein wenig am Riemen reißen.

»Buh!«, machte Gloria, und Kit zuckte zusammen, als hätte sie einen Stromstoß bekommen.

Gloria lachte. »Bin ich wirklich so gefährlich?«

Kit zwang sich zu einem Lächeln. »Ein bisschen Angst habe ich schon.«

»Hör bitte sofort damit auf. Du kennst mich doch, ich bin lammfromm.«

Jetzt musste Kit lachen. »Du bist vieles, Gloria, aber fromm bist du wirklich nicht.«

Da der Chor schon in der Kantine war, musste man für Lachs und Kartoffeln anstehen. Sebastian saß allein an einem Tisch und winkte, Dominic starrte auf seinen Teller.

»Willst du dich zu Sebastian setzen?«, fragte Kit und stellte ein Wasserglas auf ihr Tablett.

»Nein danke. Da drüben ist noch was frei.« Gloria deutete mit dem Kopf auf einen Tisch am anderen Ende des Raums.

Sie tat, als würde sie Sebastian, der immer noch wild gestikulierte, gar nicht bemerken. Er wollte sicher ein Feedback und von ihr hören, was sie während der Toreroszene empfunden hatte, aber das konnte sie nicht. Er würde sie nicht verstehen. Der leichte Anflug von Begehren, den sie empfunden hatte, als er sang, betraf nur seine Rolle und war jetzt verschwunden.

»Wie ist es, mit ihnen auf der Bühne zu stehen?«, fragte Kit leise, als sie sich in gehörigem Abstand zu beiden gesetzt hatten.

»Danke der Nachfrage. Herr Tenor dringt einfach in meine Familie ein und verhält sich, als stünde ihm das zu, und Herr Bariton flirtet.« Sie schob ein Stück Lachs auf ihre Gabel. »Ansonsten macht es Spaß, mit ihnen zu singen, sie sind ja beide so gut wie ihr Ruf.« Sie steckte das Stück Fisch in den Mund.

»Die Inszenierung wird der Wahnsinn«, sagte Kit. »Angeblich lief der Vorverkauf noch nie so gut.«

»Das ist wunderbar. Sie haben gesagt, wir müssen uns schon mal Gedanken über den Herbst machen.«

»Die Zauberflöte läuft auch schon seit drei Jahren.«

»Ich weiß. Ein entsetzlicher Gedanke.«

Gloria warf einen Blick in Sebastians und Dominics Richtung.

»Ich glaube, die beiden hassen sich. Und trotzdem beflügeln sie sich gegenseitig«, sagte sie nachdenklich.

»Sie sehen so aus, als würden sie sich am liebsten an die Gurgel gehen«, sagte Kit.

»Keine Sorge. Sie werden den Konflikt auf der Bühne austragen«, erwiderte Gloria entschieden.

Tag achtzehn

Gloria merkte, wie angespannt sie war, aber sie musste einfach wissen, was Dominic über sie beide geschrieben hatte. Er hatte sie gefragt, ob sie das Buch schon gelesen hatte. »Von welchem Buch redest du?« Sie hatte so getan, als würde sie seine Autobiographie nicht die Bohne interessieren.

Als die Klasse sich versammelte, sah ich sie als Erste, und ich bezweifle, dass ich mir in der ersten Woche irgendeinen Namen außer ihrem merkte. Noch nie hat ein Mensch einen so tiefen Eindruck auf mich gemacht. Vor ihr war ich irgendjemand, einer unter vielen. In ihrer Gegenwart wurde ich ein Mann.

Nach kurzer Zeit waren Gloria Moreno und ich ein Paar.

Sie hatte gar keine Chance, meinem Werben zu entkommen. Ich tat alles: schickte Blumen, schenkte ihr Pralinen und lud sie zum Essen ein. Als wir zum ersten Mal zusammen ausgingen, erzählte sie mir von Marcus, ihrem Sohn.

Sie war bei seiner Geburt erst zwanzig gewesen, und als wir unsere Ausbildung an der Opernhochschule begannen, war er sieben. Ihr Sohn und ich wurden bald Freunde. Als wir zusammengezogen waren, blieb ich abends bei Marcus, wenn Gloria arbeiten musste.

Es störte mich überhaupt nicht, dass sie Mutter war. In meinen Augen machte es sie noch attraktiver, dass ihr Körper ein Kind ausgetragen hatte.

Ihre Ausstrahlung haute einen um, aber ich glaube, ihr war gar nicht bewusst, wie viel Aufmerksamkeit sie auf sich zog. Erst später, im richtigen Arbeitsleben, begriff sie, dass Männer alles taten, um in ihrer Nähe zu sein. Doch sie reagierte auf diesen Umstand mit ebenso viel Desinteresse wie Verachtung.

Die Konkurrenz immer vor Augen zu haben schmerzte das junge Herz. Ich war darauf nicht vorbereitet gewesen. Heute würde man wohl von einem zu schwachen Selbstwertgefühl sprechen, aber dieses Wort war damals noch nicht erfunden. Man war einfach eifersüchtig, und das war nicht schön.

Gloria litt darunter genauso wie ich, und ich spielte mit ihren Gefühlen, weil mir ihre Eifersuchtsanfälle das Gefühl gaben, geliebt zu werden. Natürlich war das ein Spiel mit dem Feuer, wir tanzten die ganze Zeit am Rande des Vulkans. Wir kamen schon mit blauen Flecken an der Stockholmer Oper an, wo wir beide gleich nach der Ausbildung eine Anstellung bekamen, und keiner von uns wollte mit der Wahrheit herausrücken.

Wir liebten und wir stritten uns (Letzteres nur tagsüber, wenn Marcus in der Schule war, vor ihm waren wir immer ein Herz und eine Seele), und manchmal zerkratzte sie mir mit den Fingernägeln den Rücken, um zu markieren, wo ich hingehörte, und ich kniff sie, bis sie blaue Flecke hatte, die erst nach drei Wochen verblassten.

Vollkommen unnötig, weil keiner von uns beiden jemand anderen traf.

Wir hatten beide keine Lust auf jemand anderen.

Ich hatte immer geglaubt, sie würde mir überallhin folgen. Mit Marcus, den ich im Herzen nach einer Weile als meinen Sohn betrachtete, obwohl er einen tollen Vater hatte.

Es kam anders. Nach ein paar Jahren an der Stockholmer Oper wurde ich gefragt, ob ich nach London kommen wolle, man bot mir ein phantastisches Engagement an.

Zuerst nahm ich das Angebot an und kam gar nicht auf den Gedanken, Gloria könnte nicht mitkommen wollen. Sie war doch meine Familie. Sie und Marcus. In meinen Augen

*war es selbstverständlich, dass sie mit mir in London leben
würden. Gloria hätte das dortige Publikum im Sturm erobert,
und Marcus wäre natürlich, sooft er wollte, nach Hause zu
seinem Papa gefahren.*

*Ich brauchte viele Jahre, um ihre Entscheidung, mich zu
verlassen, zu verstehen.*

Ein ganzer Mensch wurde ich nie wieder.

Gloria hatte Tränen in den Augen, sie konnte nicht weiterlesen.

Sie nahm die Lesebrille ab, legte sie neben sich und
lehnte sich in die Kissen.

Als er nach England ging, war ihr heißes pulsierendes
Herz auf einen Schlag in tausend Teile zersprungen.

Genau wie er hatte sie geglaubt, sie könnten sich gar
nicht trennen. Natürlich stritten sie viel, aber sie waren
beide temperamentvolle Menschen mit Hang zum Drama,
und schließlich versöhnten sie sich jedes Mal. Nicht mehr
ein Teil von Dominic zu sein tat so weh, dass sie glaubte,
sterben zu müssen. Das Einzige, was ihr aus der Düsternis
des Ungeliebtseins heraushalf, war ein anderer Mann. Und
den suchte sie sich.

Wenige Stunden vor seiner Abreise nach London erzählte sie Dominic in ihrer gemeinsamen Küche von Sebastian.

»Wie konntest du nur?«, hatte er sie angebrüllt und die
Teller vom Abtropfgestell auf den Boden geknallt. »Wie
kannst du mir das antun?«

»Ich dir?«, schrie sie zurück. »Was ist mit dir? Du lässt
deine Familie im Stich. Was bist du für ein Mensch?«

»Ich lasse euch nicht im Stich. Ich wünsche mir doch
nichts sehnlicher, als dass ihr mitkommt.«

»Aber dir ist doch klar, dass das nicht geht. Marcus hat sein Leben hier. Es geht nicht nur um dich und mich.«

Sie erinnerte sich ganz genau und wusste noch, wie sie ein letztes Mal die Tür zugeschlagen hatte.

Seitdem hatten sie sich nicht mehr gesehen. Ihre Affäre mit Sebastian hatte sie noch einige Monate fortgesetzt. Wie es Dominic ging, verdrängte sie, und wenn sie jemandem begegnete, der ihn getroffen hatte, signalisierte sie deutlich, dass sie nicht interessiert war. »Wer, hast du gesagt? Dominic? Ach, der hat doch eine Zeitlang hier gearbeitet. Nee, was der macht, interessiert mich wirklich nicht.«

Es war jedoch unmöglich, das Gerede zu ignorieren. Irgendwer war immer schadenfroh und gab genüsslich Neuigkeiten zum Besten, ob man sie hören wollte oder nicht.

An jedem Arbeitsplatz gab es eine Tratschtante, und die in der Stockholmer Oper hieß Magdalena von Knopf. Sie wusste einfach alles über jeden. Wie man so interessiert an den traurigen Schicksalen anderer Menschen sein konnte, war schwer nachzuvollziehen. Zumindest für Gloria, die jede Form von übler Nachrede verabscheute.

Dass Dominic angeblich eine Anna hatte, hatte Knopf, wie sie genannt wurde, berichtet, als sie aus London zurückkam, wo sie den Othello mit Dominic in der Hauptrolle gesehen und ihn anschließend besucht hatte.

»Tosender Applaus, großartige Vorstellung. Und Dominic war so unglaublich gut, dass mir die Worte fehlen.«

Es war im Futten, und Knopf sprach so laut, dass man gar nicht anders konnte, als ihr zuzuhören. Und die Worte sprudelten nur so aus ihr heraus.

»Eine neue Frau hat er auch. Anna Poparova heißt sie.

Ich habe sie in der Loge getroffen. Sehr sympathisch. Russin. Sie ist ein Glücksfall für ihn.« Sie sah nicht in Glorias Richtung, weil es nicht nötig war. Sie wusste, dass jedes Wort ankam.

Ein Glücksfall.

Anna, Dominic und Knopf konnten sie alle mal gernhaben.

Noch höher erhobenen Hauptes als sonst verließ Gloria die Kantine. Knopf würdigte sie keines Blickes. Neunzehn Jahre später behandelte sie die Chorsängerin noch immer wie Luft, und wenn sie zusammen sangen, sah Gloria nur mit leerem Blick in ihre Richtung.

Sie setzte sich auf und suchte nach dem Wasserglas, das immer auf dem Nachttisch stand. Seufzend stellte sie fest, dass sie es heute vergessen hatte. Es blieb ihr nichts anderes übrig, als aus dem Bett zu steigen und sich den Bademantel überzuwerfen.

Es war schon eins, sah sie, als sie an ihrem Handy, das im Flur am Ladekabel hing, den Wecker stellte. Es war wirklich höchste Zeit zu schlafen. Aber wie? Wie sollte man einschlafen, wenn das Gehirn keinen Gedanken zu Ende denken konnte, bevor ein neuer auftauchte?

Wenn sie alles aufschrieb, was sie im Kopf hatte, konnte sie vielleicht am Wochenende in Ruhe über alles nachdenken, anstatt nachts zu grübeln. Morgen früh bei der Probe musste sie ausgeschlafen sein.

Sie drehte den Wasserhahn auf, tappte, während das Wasser lief, auf bloßen Füßen ins Wohnzimmer und holte alles, was sie zum Schreiben brauchte.

Das volle Wasserglas, das Notizbuch und den Bleistift nahm sie mit ins Schlafzimmer und breitete alles auf dem Nachttisch aus. Dann hängte sie ihren Bademantel über den Schreibtischstuhl, kroch nackt unter die Bettdecke, schüttelte die Kissen in ihrem Rücken auf und griff zu Papier und Stift.

Gedanken, die mich momentan irritieren:
- Dominics Memoiren. Hat er noch mehr über uns geschrieben?
- Sein Leben muss mir scheißegal sein. Ich hatte selbst Liebhaber, sogar ziemlich viele, wenn wir mal ehrlich sind, und da kann es ja wohl jetzt kein Problem für mich sein, wenn er all die Jahre um Anna herumscharwenzelt ist. Es ist die Vergangenheit, die mir im Kopf herumspukt, und damit werde ich mich am Samstag oder Sonntag beschäftigen.
- Ich muss Schwesterchen simsen und sie fragen, ob sie nächstes Wochenende Zeit hat. Mache ich morgen früh.
- Kit: kein so großes Problem mehr, nichts, womit ich jetzt meine Zeit verschwenden müsste. Sie ist okay, ich bin okay, basta.
- Schwesterchen und Stefan. Kann ich noch etwas tun? Lieber morgen früh anrufen, anstatt eine SMS zu schicken.

Als sie eine Dreiviertelstunde später die Nachttischlampe ausknipste, hatte sie ein gutes Gefühl. Worüber sie nachdenken musste, würde sie nicht vergessen, und nun nahm sie bewusst wahr, wie sie allmählich und ganz gemütlich in den Schlaf hinüberglitt.

Zwei Stunden später wachte sie auf und machte mit einer ruckartigen Bewegung das Licht an. Keuchend setzte sie sich auf. Verdammt, was für ein Traum! Sie war ein kleines Kind gewesen, zusammen mit ihrer Mutter und verlorengegangen. Ihr hing eine Art Schild um den Hals, aber

167

niemand konnte lesen, was darauf stand, weil sie im Regen aufgefunden worden war.

Sie spürte, wie ihr ein Schweißtropfen über die Stirn rann, und griff nach dem Wasserglas.

Normalerweise träumte sie gern von ihrer Mutter, aber diesmal nicht.

Tag neunzehn

Als das Telefon klingelte, saß Agnes in ihrem kleinen Arbeitszimmer. Sie wollte Rechnungen bezahlen, bevor sie Stefan im Krankenhaus besuchte.

Zerstreut meldete sie sich mit »Agnes«, während sie eine unfassbar komplizierte Belegnummer eingab.

»Hallo, Agnes, hier ist Christer. Wir haben uns neulich bei einer Wohnungsbesichtigung kennengelernt.«

»Oh, hallo!«, sagte sie erstaunt. Sie nahm die Lesebrille ab und legte sie auf den Schreibtisch. »Du hast also meine Telefonnummer herausgekriegt«, sagte sie grinsend, merkte aber im selben Moment, dass sie knallrot anlief. Mein Gott, wie dämlich!

»Ja, da du die einzige Schwedin mit diesem Namen bist, war das nicht besonders schwierig. Ich rufe aus einem bestimmten Grund an. Du hast doch gesagt, dass du gern ins Kino oder Theater gehst, und nun habe ich zwei Karten für das Stadttheater am Samstagabend. Hättest du Lust, da hinzugehen?«

»Ui, das klingt ja toll. Ich war schon seit Ewigkeiten nicht mehr im Theater.«

»Willst du nicht erst wissen, was gespielt wird?« Er lachte.

»Nein, ich möchte mich überraschen lassen. Ich muss nur noch ein paar Sachen organisieren. Unter welcher Nummer kann ich dich erreichen? Kann ich dir heute Abend Bescheid geben?«

Agnes war dankbar für das milde Wetter, weil sie dann nicht Schnee schippen musste. Da Stefan sein kleines Schneeräumfahrzeug liebte, übernahm er diese Aufgabe meistens. In der nächsten Zeit war daran natürlich nicht zu denken. Agnes hatte zwar noch nicht mit einem Arzt gesprochen, aber es lag ja auf der Hand, dass er körperliche Anstrengung zumindest vorerst vermeiden sollte.

Den Fototermin hatte sie abgesagt. Im Haus war es dank Dominic und Gloria wunderbar aufgeräumt, aber sie musste mit Stefan besprechen, wie sie nun vorgehen sollten. Agnes hatte ein schrecklich schlechtes Gewissen, weil sie am liebsten wegwollte, und gleichzeitig panische Angst, dass er sich nun an sie klammern würde.

Bis jetzt waren immer die Jungs dabei gewesen, wenn sie ihn im Krankenhaus besucht hatte, und heute würde sie ihn zum ersten Mal allein besuchen. Sie war nervös, weil sie keine Ahnung hatte, wie sie mit ihm reden sollte.

Sie fuhr den Volvo aus der Garage und holte tief Luft, bevor sie in die Straße einbog. Sie freute sich nicht auf den Krankenhausbesuch. Anschließend würde sie direkt nach Stockholm fahren und bei Gloria übernachten.

»Immerhin etwas Erfreuliches«, brummte Agnes und stellte fest, dass heute nicht ihr Tag war. Das kam hin und wieder vor. Dann ließ sie Milchkartons fallen und spürte ein Jucken am ganzen Körper, wenn ihr jemand zu nah kam. Sie glaubte nicht, dass sie dann unfreundlich war, aber sie verspürte eine enorme Lust dazu.

Sie hatte immer über eine gute Selbstbeherrschung verfügt. Bei zwei Temperamentsbolzen in der Familie, Gloria und ihrer Mutter, war kein Platz für noch mehr Drama. Agnes und Erland zogen sich zurück, wenn es zu Hause zu hoch herging. Carmen und Gloria liebten sich, aber das hieß nicht, dass zwischen ihnen nicht jeden Tag Krieg geherrscht hätte.

Wenn Agnes von Carmen angeschrien wurde, ging sie traurig in ihr Zimmer. Das fiel Gloria nicht im Traum ein. Sie schrie zurück, bis sich die beiden erschöpft in die Arme fielen. Der einzige Mensch, dem gegenüber Gloria nie die Stimme erhoben hatte, war Marcus, jedenfalls hatte Agnes es nie mitbekommen.

Sie selbst hatte bei ihren Söhnen Erik und Edwin auch nicht laut werden müssen, und es war fraglich, ob sie geschrien hätte, selbst wenn es nötig gewesen wäre. So wütend wurde sie einfach nicht, und es schien, als trüge sie diesen Zorn gar nicht in sich.

Während sie sich dem Akademiska Krankenhaus näherte, versuchte sie, sich zu erinnern, wann sie zuletzt wütend geworden war. Wütend, nicht ärgerlich. Über Inkompetenz hatte sie sich immer geärgert, oder über Selbstgerechtigkeit, wie der Autofahrer, der sich das Blinken sparte, sie ausstrahlte. Aber wütend? Nein.

Leider, musste sie sagen. Manchmal hatte sie gedacht, es müsste herrlich sein, laut zu schreien. Aber wozu? Ihr Leben war ohne größere Zwischenfälle verlaufen. Bislang war sie einigermaßen zufrieden gewesen. Bis zum Auszug der Jungs sogar sehr zufrieden. Zuerst Erik und nur ein Jahr später Edwin. In der Zeit hatte sie begonnen, ihre und Stefans Beziehung in Frage zu stellen: Wie ging es ihnen eigentlich zusammen, würden sie bis ans Ende ihrer Tage zusammenbleiben, worüber sollten sie reden? Er spielte Golf, las viel, wollte in Sigtuna bleiben, und gemeinsame Interessen hatten sie eigentlich nicht.

An der roten Ampel blieb sie stehen und setzte den rechten Blinker. Dieser Parkplatz war am besten, wusste sie nach drei Tagen. Sie musste ein Stück zu Fuß gehen, war aber froh über ein bisschen frische Luft, bevor sie sich sahen.

Sie waren nicht mehr die Allerjüngsten, und auch wenn fünfzig noch kein hohes Alter war, ging es wahrscheinlich jetzt los. Mit den Zipperlein. Solange es, wie in Glorias Fall, bei steifen Knien blieb, war es ja erträglich, aber ein Herzinfarkt war ein ganz anderes Kaliber.

Ansonsten waren sie eigentlich von allem verschont geblieben. Bei den Nachbarn war das Haus abgebrannt, Freunde von ihnen hatten durch einen Fahrradunfall ein Kind verloren, ein alter Freund war innerhalb von kürzester Zeit an einem Krebs gestorben, der sich mit rasender Geschwindigkeit ausbreitete, ein anderer Freund hatte nach einem Autounfall im Koma gelegen, der Sohn einer Freundin hatte Selbstmord begangen.

Wenn Agnes darüber nachdachte, kam es ihr fast so vor, als würde sie zu viel verlangen. Vielleicht sollte sie einfach dankbar sein, weil das Leben es mit ihr und ihren Liebsten so gut gemeint hatte. Jetzt durfte sie nicht noch mehr Wünsche äußern, denn sonst wendete sich vielleicht ihr bislang so glückliches Blatt.

»Hallo, hier bin ich«, sagte sie fröhlich, als sie die Tür zu dem Zimmer öffnete, das Stefan mit drei anderen Männern im selben Alter teilte. Stefan legte sein Buch weg und lächelte sie an.

»Wie strahlend du aussiehst«, sagte er.

»Wirklich? Dann ist ja gut, denn irgendwie läuft heute alles schief, heute Morgen habe ich schon wieder einen Liter Milch auf dem Boden ausgeschüttet.« Agnes war dankbar, dass Stefan so entspannt und zugänglich wirkte, und wedelte mit der Zeitschrift, die sie im Kiosk gekauft hatte. »Hier, Schokolade darfst du nicht essen, glaube ich.« Sie setzte sich auf den Besucherstuhl. Sollte sie ihn umarmen? Es war ein ungeheuer seltsames Gefühl, nicht mehr zu wissen, was richtig und was falsch war. »Sie haben ja alle Schläuche entfernt«, sagte sie, anstatt ihm zu erzählen, woran sie dachte.

»Ja, bei der Visite haben sie gesagt, es sehe alles gut aus und ich könne morgen wie geplant nach Hause.«

»Das ist gut.« Sie merkte, dass sie es wirklich so meinte. Wenn Stefan gute Laune hatte, war es um einiges angenehmer, mit ihm in einem Raum zu sein. »Was haben sie denn für eine Prognose abgegeben? Wie lange wirst du krankgeschrieben?«

»Einen Monat lang Vollzeit, meint der Oberarzt, dann müssen wir sehen, wie es mir geht.«

»Aber das heißt wirklich Vollzeit, Stefan, also auch nicht ein kleines bisschen arbeiten und auch keine Mails beantworten.«

»Ich weiß. Diese Sache hat mir einen ziemlichen Schrecken eingejagt. Ich verspreche dir, dass ich es von nun an langsamer angehen werde.«

»Hast du schon mit der Firma telefoniert?«

Sie hatte das Architekturbüro am Montag angerufen, aber seitdem hatten sie keinen Kontakt gehabt. Die Kollegen waren natürlich geschockt gewesen. Genau wie alle anderen.

»Ja, habe ich, und sie werden mich im kommenden

Monat garantiert nicht auf dem Laufenden halten.« Er
lächelte. »Sie haben Kontakt zu allen meinen Kunden aufgenommen und ihnen mitgeteilt, dass Kollegen meine
Aufträge übernehmen werden.«

»Das freut mich.«

Er fragte weder nach dem Haus noch nach der Aufräumaktion und dem Fototermin und allem anderen, was
damit zusammenhing und in der letzten Zeit im Mittelpunkt ihrer Aufmerksamkeit gestanden hatte – und Agnes
wagte auch nicht, es zu erwähnen. Sie befürchtete, einen
neuen Infarkt auszulösen, und damit wollte sie ihr Gewissen nicht belasten. Vielleicht war es der Stress, den die
Trennung, der geplante Verkauf des Hauses und die Suche
nach einer neuen Unterkunft ausgelöst hatten, weswegen
er jetzt im Krankenhaus lag.

Als Agnes Glorias Wohnung betrat, schleuderte sie ihre
Schuhe von den Füßen und warf ihre Jacke auf die Bank
im Flur. Dann ging sie direkt ins Schlafzimmer, legte sich
aufs Bett und schlief sofort ein.

Nach zwei Stunden erwachte sie und wusste erst nicht,
wo sie war, aber dann freute sie sich. In den Genuss des
Hauses in Sigtuna würde sie in der kommenden Zeit noch
oft genug kommen. Sie hatte noch eine Woche Urlaub,
und ob sie danach wieder zur Arbeit gehen konnte, musste
sie abwarten. Das galt auch für Theaterbesuche. Momentan ging das nicht. Sie suchte nach Christers Nummer und
beschloss, ihm die Wahrheit zu sagen.

»Wenn meine Exfrau krank geworden wäre, hätte ich
bestimmt genauso reagiert«, sagte er, als sie ihm von ihrer Situation berichtete. »Wie läuft denn die Wohnungssuche?«

»Ehrlich gesagt, weiß ich das nicht so genau. Mal sehen. Ich glaube, ich muss das meiste in den kommenden Wochen ruhen lassen«, sagte sie. »Aber wenn sich alles normalisiert hat, können wir uns gern treffen. Falls du dann noch Lust hast, natürlich, ich weiß ja nicht, wie lange es dauert.«

»Ja, natürlich. Dies ist nicht die letzte Theatervorstellung.«

»Oder wollen wir mal zusammen einen Kaffee trinken?«, schlug sie vor.

»Gern, wann denn?«

»Heute?«

Es war ihr einfach herausgerutscht, aber warum nicht? Sie wollte nur mit jemandem einen Kaffee trinken. War es verboten, wenn es sich um einen Mann handelte? Auf gar keinen Fall, entschied sie.

»Bist du in Söder?«

»Ja, bei meiner Schwester. Komm doch vorbei. Sie hat immer Kekse da.«

»Sagst du mir die Adresse?«

Musste sie noch mal duschen? Sich schminken? Ach, was. Sie war auch sie selbst gewesen, als sie sich das letzte Mal gesehen hatten, und fühlte sich so am wohlsten. Sie würden ja nicht gleich miteinander ins Bett gehen.

Gott im Himmel, was hatte sie getan? Noch dazu in Glorias Bett!

Sie grinste übers ganze Gesicht, bis ihre Kiefer schmerzten.

Sie sah die Bilder genau vor sich. Wie er auf die Uhr geschaut und gesagt hatte, er müsse zurück ins Büro. Dass sie sich umarmt hatten, als er gehen wollte. Wie daraus

Küsse entstanden, zuerst zögerliche, die aber wie von selbst in lange und innige übergingen, und Agnes schier dahinschmolz. Wie ihr Körper glühend heiß wurde. Sie zerrte ihn förmlich ins Schlafzimmer, riss ihm die Kleider vom Leib und spreizte die Beine. Das Vorspiel sparten sie sich, und nach zehn Minuten in der Missionarsstellung war er einmal gekommen und Agnes zweimal.

»Das war irre«, sagte er. »Das müssen wir unbedingt wiederholen.« Seine warme Hand lag auf ihrer Hüfte. Seine Augen leuchteten. »Agnes Fossum, haben wir Mist gebaut?«

Agnes verzog ein wenig das Gesicht, hatte aber vermutlich das gleiche Glitzern in den Augen wie er. »Ja, wahrscheinlich. Aber im Moment ist mir das egal. Es gehört sich vielleicht nicht, das so zu sagen, aber es stimmt.«

»Als ich hierherkam, hatte ich nicht die Absicht, dich zu verführen«, sagte er.

»Nein, das glaube ich gern, und wer hier wen verführt hat, ist ja auch unstrittig.« Sie lächelte.

Agnes Fossum, 50 Jahre alt und Verführerin.

Wer hätte das von der vertrockneten alten Pilotin gedacht? Aber war sie untreu gewesen? Sie hatte Stefan gesagt, er könne tun und lassen, was er wollte, aber empfand er genauso?

Und wo zum Teufel hatte Gloria ihre saubere Bettwäsche?

Tag zwanzig

Als Gloria am nächsten Morgen die Neuigkeit erfuhr, sprang sie im Bett auf und hüpfte auf und ab.

»Meine Schwester Agnes ist eine Schlampe geworden, hurra!«, jubelte sie und riss die Arme hoch. Die sogenannte Schlampe sah ihre dreiundfünfzig Jahre alte große Schwester an.

»Das war nicht nett von dir«, sagte Agnes.

Gloria hielt erst inne, als sie merkte, dass sie keinen weiteren Luftsprung mehr schaffen würde. »Aber es ist wahr.« Sie ließ sich auf den Hintern plumpsen. »Nicht einmal ich habe in diesem Bett mit jemandem geschlafen. Es ist neu. Das alte habe ich nach Adrian ausrangiert«, sagte sie. »Jetzt ist es eingeweiht. Hat er es dir denn besorgt?«

Agnes starrte sie entgeistert an, doch das war Gloria egal. Was für unglaubliche Neuigkeiten! Ihre prüde, verklemmte Schwester hatte endlich ihre Zurückhaltung über Bord geworfen.

»Das Schlimmste wird sein, es Stefan zu erzählen«, seufzte Agnes und lehnte sich in die Kissen.

»Bist du verrückt? Natürlich wirst du ihm nicht davon erzählen«, sagte Gloria. »Was hättet ihr davon? Ihr wollt euch doch sowieso trennen, also hast du nichts Unrechtes getan.«

»Findest du? Wir wohnen immer noch unter einem Dach, und Stefan liegt mit einem Herzinfarkt im Krankenhaus, ich würde sagen, ich habe überhaupt nichts richtig gemacht.«

»Doch, weil es dir gutgetan hat. War es schön? Wusste er, was er zu tun hatte?«

»Gloria«, sagte Agnes in warnendem Ton.

»Langweilerin.« Gloria stand auf. »Ich brauche jetzt ein Brot mit Leberpastete und ein großes Glas Milch. Und du?«

Was so ein bisschen Vögeln ausmachte, dachte Gloria, als ihr Agnes kurze Zeit später am Küchentisch gegenübersaß. Niemand wusste so gut wie sie, dass Sex sofort erfrischte und entspannte. Bei ihr war es viel zu lange her. Monate! Es ärgerte sie, dass Adrian der Letzte gewesen war. Sie brauchte jemanden zwischen ihm und sich, nicht zuletzt, wenn Kit und sie wieder zueinander zurückfinden wollten.

An möglichen Kandidaten mangelte es ihr nicht. Pjotr stand ganz offensichtlich zur Verfügung, Sebastian auch. Vielleicht dieser ständig errötende Korrepetitor?

Gloria überlegte, wie Dominic auf eine Affäre reagieren würde. Falls sie mit Sebastian ins Bett ging, wäre er mit Sicherheit stinksauer, aber wenn sie sich einen anderen aussuchte?

Sie verstand noch immer nicht, worauf Dominic aus war. Er war längst nicht so aufdringlich wie Sebastian mit seinen ständigen Komplimenten, und seit ihrem ersten Duett hatte er auch nicht mehr gesagt, dass er und sie zusammengehörten. Er kam ihr nah und streifte sie mit seinem Körper, aber damit befolgte er die Regieanweisungen. Sein Blick verfolgte sie permanent, aber darüber hinausgehende Annäherungsversuche unternahm er nicht.

Agnes sah aus, als ob sie mit ihren Gedanken ganz woanders wäre. Gloria schnippte mit den Fingern.

»Hallo, hier Östgötagata. Wenn du noch ein bisschen hier sitzen und in Erinnerungen an gestern schwelgen möchtest, darf ich vielleicht vor dir duschen.« Lachend streckte sie die Hand über den Tisch und zerzauste ihrer Schwester das Haar. Dann trank sie den letzten Schluck Milch und stand auf.

Sie musste dringend einkaufen und nahm, bevor sie die Küche verließ, die Liste vom Kühlschrank und legte sie auf die Bank im Flur. Nie im Leben wäre sie ohne Einkaufszettel zu Ica gegangen, und selbst wenn sie dafür noch einmal zurücklaufen und die drei Stockwerke hochsteigen musste, verzichtete sie nicht darauf, auch wenn der Gedanke nicht besonders verlockend war.

Da saß sie wieder, die Frau, die nicht besonders viele Worte von sich gab, aber den ausdruckvollsten Blick hatte, den Gloria je gesehen hatte. Sie konnte ein bisschen Schwedisch, aber bis jetzt hatten sie nur Grußformeln ausgetauscht. Sie sagte: »Hallo, schönen Tag noch«, wie fast alle Bettler in der Stadt. Wahrscheinlich bekamen auch sie diese Floskel ständig zu hören.

Sie trug den Fleecepulli, den Gloria ihr vor einigen Wochen geschenkt hatte. Wortlos hatte die Frau Glorias Hand genommen und geküsst, und irgendetwas daran hatte Gloria entsetzlich unangenehm berührt. Diese Untertänigkeit war für beide erniedrigend.

Das Schlimmste war jedoch gewesen, dass Gloria sich nach dem Kuss die Hände waschen wollte.

Sie hätte sich gewünscht, dieses Bedürfnis ausnahmsweise mal nicht zu verspüren, aber den Abdruck fremder feuchter Lippen auf ihrem Handrücken konnte sie nicht ertragen. In der Oper war ihr das oft passiert, und da musste sie sich fast übergeben, aber das Gefühl war okay gewesen, weil die Männer, die Handküsse verteilten, tatsächlich ekelhaft waren.

Doch hier war es anders gewesen. Diesmal hatte Gloria nicht an die Bakterien denken wollen, die ein fremder Mensch übertrug, und trotzdem hatte sie ihre Hand zu

Hause mit der Nagelbürste geschrubbt. Jetzt lächelte sie die Frau an und steckte ihr, ohne die Fäustlinge auszuziehen, einen Hunderter zu.

Um diese Zeit waren gerade alle Lebensmittelstände frisch aufgefüllt worden. Wenn man wusste, was für ein Gedränge hier in wenigen Stunden herrschte, tat man gut daran, am Vormittag zu kommen. Man konnte sich das schönste Gemüse aussuchen, ohne dass jemand störte. Wegen der verbreiteten Unart, Früchte prüfend in die Hand zu nehmen und wieder zurückzulegen, kaufte sie nur eingeschweißtes Obst und Gemüse. Das war vielleicht nicht gut für die Umwelt, aber besser für ihr seelisches Gleichgewicht.

Zwei Packungen kleine Strauchtomaten, eine Gurke, vier Avocados, eine geräucherte Makrele, eine Tüte Studentenfutter und zwei Packungen Sauce béarnaise. Mechanisch füllte sie den Einkaufswagen mit den gleichen Waren, die sie immer kaufte, seit sie vor einigen Jahren aufgehört hatte, Nudeln, Brot und Kartoffeln zu essen. Hin und wieder machte sie Ausnahmen, zum Beispiel für ihre Kekse und die eine oder andere Zimtschnecke, es war eben niemand perfekt.

Ein Kilo Hähnchenfilet, zwei Dosen Gulaschsuppe und drei Rollen Ballerinakekse. Milch, Saft, Eier. Sie hielt inne. Hatte sie auch nichts vergessen? Rasch überflog sie ihre Einkaufsliste und nickte zufrieden, bevor sie ihren Wagen an die Kasse schob, wo außer ihr nur zwei Personen standen. Man konnte ihr nicht vorwerfen, viel Abwechslung zu brauchen. Ihre Runde durch den Supermarkt hätte sie mit verbundenen Augen geschafft.

Es war ein Glück, dass sie in der Nähe des Ladens wohnte, dachte sie, während sie ihre Lebensmittel in Plastiktüten einpackte. Der Gedanke kam ihr jedes Mal, wenn sie einkaufte.

Die Treppen hinauf zu ihrer Wohnung brachten sie allerdings jedes Mal fast um, aber glücklicherweise vergaß sie das immer sofort. Falls sie jemals Probleme mit den Gelenken bekam, würde sie nicht hier wohnen bleiben können. Es war eine traurige Vorstellung, aber sie musste sich damit beschäftigen, beschloss sie, als sie ächzend die letzten Stufen erklomm.

Sie konnte sich noch gut erinnern, wie sie dynamisch zwei Stufen auf einmal genommen und oben angekommen war, ohne aus der Puste zu sein. Es war furchtbar, dass der Körper sich in nur zehn Jahren so verändern konnte. So wild, wie ihr Herz klopfte, war sie offenbar in schlechterer Form, als sie angenommen hatte.

Als sie die Wohnungstür öffnete, hörte sie Agnes im Flur hantieren.

»Machst du dich auf den Weg?«, fragte Gloria und ließ die Tüten fallen.

Agnes nickte, während sie vor dem großen Spiegel ihren Schal zurechtzupfte. »Ja. Nach der Visite gegen zwölf darf Stefan nach Hause, und deswegen bin ich lieber pünktlich dort.«

Während Gloria sich im Badezimmer die Hände wusch, nahm Agnes ihre Jacke vom Haken. »Wie oft hast du dir heute eigentlich schon die Hände gewaschen? Du bist der reinlichste Mensch, den ich kenne.«

»Das kommt darauf an, was ich mache, aber wenn *du* dir nicht die Hände wäschst, wenn du von draußen reinkommst, darfst du hier nie mehr übernachten«, rief Gloria durch die halboffene Badezimmertür. Sie war immer die Reinlichere von beiden gewesen, wusste aber nicht, woran

180

das lag. Wahrscheinlich hatte sie sich das von ihrer Mutter abgeschaut. Mit dem Frotteetuch in den Händen machte sie die Tür ganz auf, um ihre kleine Schwester streng anzuschauen.

»Ich verspreche, mich zu waschen bis zum Gehtnichtmehr.« Agnes schlüpfte in ihre Jacke. »Im Übrigen kann ich dir mitteilen, dass ich mich nicht gerade darauf freue, Stefan zu sehen.« Sie beugte sich hinunter und stieg in ihre Winterstiefel. »Ein scheußliches Gefühl.« Sie stand auf. »Ist es kalt draußen?«

»Nein, nicht besonders. Null Grad ungefähr. Du kannst mich ja nachher anrufen, zwischen vier und sieben habe ich frei. Und versprich mir, dass du nichts von Christer sagst.«

»Das kann ich nicht versprechen. Aber ich werde versuchen, mich aus Rücksicht auf Stefans Herz zurückzuhalten. Das ist vorerst meine Entschuldigung. Lügen ist nicht mein Ding.«

»Du lügst doch nicht, du behältst es nur für dich.«

»So kann man es natürlich auch sehen«, erwiderte Agnes trocken und lächelte gequält. »Bis später.«

Die Proben liefen ungewöhnlich reibungslos ab. Dominic war freundlich, und Sebastian wirkte müde, denn er saß auf einem Stuhl an der Seite und verschlief eine ganze Stunde Gesang, an dem er nicht beteiligt war.

Bald würden sie den Teil der Oper erreichen, in dem Carmen Don José abwies. Er würde betteln und flehen, aber sie würde ihm voller Verachtung eine Abfuhr erteilen. Er war ein Schwächling, und sie wollte den Torero.

Wenn alle Tage so verlaufen würden, wäre die Arbeit ein Kinderspiel, dachte Gloria, die mit ihrem Sandwich auf die Galerie gehen wollte, die einmal um den Probensaal herumlief. Von dort oben hatte sie die Bühne im Blick und konnte in Ruhe mit Agnes telefonieren.

Ihre Schwester rief um Punkt vier an, als Gloria gerade die Treppe hinaufging.

»Bitte, liebe Gloria, kannst du nicht am Wochenende hierherkommen? Ich halte es hier draußen nicht aus allein.«

»So schlimm?«

»Schlimmer«, sagte sie. Es klang, als würde sie schluchzen. »Viel, viel schlimmer.«

»Aber was ist denn passiert? Du machst mir Angst, wenn du so was sagst.«

»Er will den Verkauf des Hauses und die Trennung nicht mehr, weil ihm eingefallen ist, dass er den Rest seines Lebens mit mir verbringen will.«

Tag einundzwanzig

Gloria hatte sich angewöhnt, mit dem Auto zur Arbeit zu fahren. Das war besser, als wenn es nur rumstand und Geld kostete, fand sie. Agnes hatte gesagt, sie wolle einen Garagenstellplatz haben, wenn sie in die Stadt zog, und vielleicht brauchte Gloria auch einen, denn sie wollte ihr Auto so gern behalten.

Nach der Premiere in einem Monat würde sie ein paar Tage in der Woche freihaben, und dann wollte sie nicht in der Stadt festsitzen. Lächelnd klopfte sie auf das Dach ihres Wagens, bevor sie einstieg. Nachdem sie den Motor gestartet und sich angeschnallt hatte, fuhr sie vom Parkplatz auf die Tjärhovsgata und langsam in Richtung Renstiernasgata.

Um diese Tageszeit waren die Kinder unterwegs zur Katarina skola, die Marcus in den ersten Schuljahren auch besucht hatte. Sie war viel zu groß gewesen, dachte sie, zumindest für einen kleinen Jungen, der lieber tanzte, als sich zu prügeln oder Fußball zu spielen. Vielleicht hatte es auch gar nichts mit der Größe der Schule zu tun, und sie nutzte diese nur als Vorwand, um nicht daran denken zu müssen, dass erwachsene Menschen manchmal Schweine waren.

Verfluchter Mist, was hatte sie sich mit dieser Schule angelegt! Widerlich. Kalte Schauer liefen ihr über den Rücken, wenn sie sich daran erinnerte, wie verständnislos diese Menschen damals einem Kind gegenübergestanden hatten, das nicht in ihre Norm passte. Sie hoffte, dass es mittlerweile besser geworden war, schließlich hatte Marcus diese Schule ja schon vor fünfundzwanzig Jahren verlassen.

Als sie die Folkungagata kreuzte, blinkte sie nach links. Sie war früh dran und kein bisschen gestresst wie früher manchmal. In früheren Spielzeiten hatte immer eine neue Oper auf dem Programm gestanden, aber nun würde sie nicht noch einmal eine neue einstudieren müssen.

Dies war Glorias letzter Akt als Sängerin an der Stockholmer Oper. Irgendwann würde sie vielleicht in kleineren Inszenierungen auftreten, aber bislang gab es diesbezüglich keine konkreten Pläne. Sie wollte die Carmen erst abschließen und danach ein Jahr lang ihren Ruhestand genießen, bevor sie den Rest ihres Lebens plante. Vermutlich würde sie freiberuflich arbeiten können, so viel sie wollte, sogar an der Oper, falls ihr der Sinn danach stand.

Die Liste, die sie vor ein paar Wochen erstellt hatte, war gar nicht so blöd gewesen. Den Punkt, der ihr am wichtigsten gewesen war, konnte sie bereits abhaken. Sie hatte mehr Zeit mit Agnes verbringen wollen. Gloria mochte ihre Schwester wirklich. Sie war immer so aufrichtig gewesen. Zuverlässig und aufmerksam. Nie war sie ungerecht.

Gloria wollte Agnes fragen, ob sie auch manchmal träumte, zurückgelassen zu werden. Dieser verfluchte, immer wiederkehrende Traum, der Gloria nun schon seit so vielen Jahren verfolgte. Es war merkwürdig, dass immer ihre Mutter diejenige war, die sie verließ, denn sie und ihre Mutter hatten sich doch immer so nahegestanden. Die Furcht, Agnes könnte möglicherweise etwas Abwertendes über ihre Mutter sagen, hatte Gloria bislang davon abgehalten, ihr von dem Traum zu erzählen, aber nun hatte sich ihr Gefühl verändert. Diesmal wollte sie wissen, was ihre kleine Schwester dazu sagte.

Agnes und Stefan standen schwierige Zeiten bevor. Wie wunderbar es war, ein unabhängiges Singleleben zu führen, dachte Gloria, als sie bei Gäddviken abbog. Keine Liebe hatte sie jemals zu etwas gezwungen, und das würde auch in Zukunft nicht passieren. Falls sie je wieder etwas für einen Mann empfinden würde, dürfte ihr dieser keine Fesseln anlegen. Sie war einmal gefangen gewesen, und das hatte mit Heulen und Zähneklappern geendet.

Ann-Charlotte traf gleichzeitig ein. »Warum stehen hier so viele Autos?«, fragte sie, als sie an Glorias Seite auf den Eingang zuging.

»Keine Ahnung«, antwortete Gloria. Sie tippte den Code ein und öffnete die Tür. »Ich brauche Kaffee. Aus irgendeinem mir rätselhaften Grund habe ich zum Frühstück Milch getrunken. Willst du auch einen?«

»Bringst du mir einen mit? Gern. Schwarz, bitte.«

»Hier, nimm meine Tasche.« Gloria drückte der Kollegin das tonnenschwere Ding in die Hand und ging hinauf in die Cafeteria.

Dort waren Massen von Leuten, die sie nicht kannte.

Sie machte sich so unsichtbar wie möglich und schlich unauffällig zur Kaffeemaschine, um das Grüppchen nicht zu stören, das sich im Stehen unterhielt.

»Künstlerische Leitung«, hörte sie. Sie wusste, dass an der Spitze der Oper Veränderungen anstanden. Da dies ihre letzte Inszenierung war, interessierte sie nicht die Bohne, wer was leitete. Bislang war Geschäftsführerin Marianne Sandén auch die künstlerische Leitung gewesen. Es beeindruckte Gloria sehr, dass eine ehemalige Sängerin, die ja kreativ gearbeitet hatte, ein Opernhaus leiten konnte, was beinhaltete, dass man sich mit Regeln, Verordnungen und knappen Budgets herumschlagen musste. Marianne hätte sich als Diva zur Ruhe setzen und hin und wieder eine Gastrolle übernehmen können, aber stattdessen entschied sie sich für diesen verantwortungsvollen Posten.

Viele von Glorias Kollegen interessierten sich unheimlich für alles, was in der Oper passierte, aber sie selbst hatte dafür nie Zeit gehabt. Als alleinerziehende Mutter musste sie andere Prioritäten setzen. Und im Übrigen hätten sie diese Dinge vielleicht auch dann nicht interessiert, wenn sie Zeit gehabt hätte. Mit so was kannten sich andere wirklich so viel besser aus. Sie steckte ihre ganze Energie und ihre Seele in ihre Rollen, das musste reichen.

In der Pause gesellte sich Dominic zu ihr. Lässig kam er angeschlendert. In seinem Alter müssten so bewegliche Hüften eigentlich ein Ding der Unmöglichkeit sein, dachte sie neidisch. Sie wäre froh gewesen, wenn er zumindest ein gewisses Maß an Alterungserscheinungen ausgestrahlt hätte. Ein leichtes Hinken, einen Bauchansatz oder einen flacheren Hintern, der verraten hätte, dass sein Körper nicht mehr im selben Zustand wie früher war.

Aber davon konnte nicht die Rede sein.

Alle Menschen hatten Schwächen, sagte sie sich, während er auf sie zukam, also musste auch er welche haben, auch wenn er sie geschickt kaschierte. Sie hatte seinen Körper als makellos in Erinnerung, aber trotzdem. Zwanzig Jahre später hatte bestimmt auch er Krampfadern. Oder er war impotent. Sie musste grinsen, als er direkt vor ihr stand. Der letzte Gedanke heiterte sie auf.

»Wie geht es Stefan?«, fragte er.

»Ganz okay, scheint es. Agnes hat ihn gestern abgeholt.«

»Und was machst du am Wochenende? Bist du bei ihnen zu Hause, oder können wir uns vielleicht treffen?«

»Ich habe Agnes versprochen zu kommen.«

»Braucht ihr einen Umzugshelfer? Wie du weißt, bin ich unheimlich stark.« Er lächelte. Oh, dieses Lächeln. Es war warmherzig und sexy zugleich. Sie hatte noch nie einen Menschen mit einem solchen Lächeln gesehen.

Einer der Männer löste sich aus der Besuchergruppe, winkte ihnen und kam mit ausgestreckter Hand auf sie zu.

»Max. Max Anderson. Ich bin der neue Künstlerische Leiter.« Er schüttelte Dominic kräftig die Hand. »Toll, dass Sie beide die Hauptrollen singen.« Er strahlte. »Die ganze Spielzeit ist ausverkauft, und wir werden die Inszenierung im Herbst noch mal ins Programm aufnehmen. Wenn ich es richtig verstanden habe, hat keiner von Ihnen für diesen Zeitraum ein anderes Engagement.«

Dominic legte Gloria seinen Arm um die Schulter. »Das werden wir noch sehen. Möglicherweise haben Gloria und ich andere Pläne.« Er lachte. »Aber wir werden natürlich darüber nachdenken, oder was meinst du, Darling?« Er drückte sie fest, und sie wollte vor dem neuen Leiter keinen Streit anfangen. Aber was zum Teufel war bloß in Dominic gefahren?

»Unbedingt. Das überlegen wir in Ruhe.« Sie nickte und lächelte steif. Dann versuchte sie, ein Stück von ihm abzurücken, aber er hielt sie wie in einem Schraubstock.

»Sie werden verstehen, dass meine Frau und ich einiges nachzuholen haben«, sagte Dominic, »und wir wollen beide nicht zu lange warten, bis wir unser neues Leben anfangen.« Er drückte ihr einen Kuss aufs Haar, und Gloria war unfähig, sich zu bewegen. Das würde sie ihm heimzahlen! Was verbreitete er denn hier für Lügen? Ihm musste doch klar sein, dass es purer Wahnsinn war, so etwas einem Chef auf die Nase zu binden, der sich nach medialer Aufmerksamkeit geradezu die Finger leckte. Einem Chef, der jetzt ein Gesicht machte, als hätte man ihm Hummer serviert, obwohl er nur Makrele in Tomatensoße bestellt hatte.

»Wie schön, das wusste ich gar nicht. Jetzt ist mir alles klar. Natürlich können wir noch eine Woche warten, aber dann hätte ich gern Bescheid.«

Dominic ließ Gloria nicht los, sie musste sich aus seinem Arm winden.

»Meine Frau und ich?«, zischte sie, sobald der neue Leiter außer Hörweite war.

»Ja.«

»Hast du sie nicht mehr alle? Wir sind nicht verheiratet, und es ist vollkommen überflüssig, so etwas zu einem Mann zu sagen, der mit der Presse in Kontakt steht.«

»Natürlich sind wir verheiratet, Darling.«

»Was meinst du damit?«

»Dass wir uns nie haben scheiden lassen.«

»Quatsch«, zischte sie und sah sich um. »Reiß dich mal zusammen. Natürlich sind wir geschieden. Aber weder das noch die Tatsache, dass wir mal verheiratet waren, wollten wir hinausposaunen, oder? War das nicht der einzige Punkt, in dem wir uns einig waren, als wir getrennte Wege gingen?«

»Sorry, aber wir sind nicht geschieden. Ich brauchte eine neue Identifikationsnummer von der schwedischen Steuerbehörde, und da habe ich es bemerkt. Du hast vor zwanzig Jahren vergessen, das Dokument einzureichen.«

»So einen Unsinn habe ich noch nie gehört«, sagte Gloria verärgert. »Das stimmt natürlich nicht.«

»Doch. Ruf doch an, und frag sie selbst. Du warst diejenige, die sich scheiden lassen wollte, nicht ich. Nach einem halben Jahr hättest du einen neuen Scheidungsantrag stellen müssen, aber das hast du offenbar nie getan. Und deswegen gibt es keine Scheidung.« Er strahlte. »Da wir so arm waren, haben wir auch keinen Ehevertrag aufgesetzt, und deshalb ist alles, was dir gehört, auch immer noch meins. Ich überlege übrigens, ob ich nicht in meine halbe Wohnung in der Östgötagata einziehen sollte.« Er strich ihr über den Arm, den sie sofort wegzog.

»Du machst Witze.«

»Nein, mein Liebling. Ich habe doch gesagt, du und ich, wieder vereint.«

»Gloria und Dominic auf die Bühne, bitte!« Denise winkte.

»Komm, wir sind dran, meine Süße«, flüsterte er ihr ins Ohr.

Gloria schüttelte den Kopf. Sie wusste nicht mal mehr, was sie jetzt singen sollte. Und es war Freitagabend. Sie musste das ganze Wochenende abwarten, bis sie bei der Steuerbehörde anrufen und sich erkundigen konnte, ob das wirklich stimmte.

Sie hatte das Dokument doch bestimmt abgeschickt, oder?

Wenn sie verheiratet wäre, müsste sie das doch wissen, oder?

»Gloria, Dominic, los jetzt«, rief Denise streng.

Gloria holte tief Luft und sah Dominic an. »Es bleibt uns wohl nichts anderes übrig.«

Er hatte das Thema eigentlich nicht auf diese Weise zur Sprache bringen wollen, aber dieser neue Leiter hatte Gloria mit seinen Augen förmlich verschlungen, und Dominic konnte damit nun mal nicht umgehen.

Schließlich *war* sie seine Frau, und andere Männer hatten kein Recht, sie anzustarren. Wie lange diese Ehe hielt, nachdem sie es nun wusste, würde sich zeigen.

Er musste ihr ins Gedächtnis rufen, wie es zwischen ihnen gewesen war, bevor er nach England ging. Doch wie sollte er das anstellen?

Tag zweiundzwanzig

»Ich sage Stefan guten Tag, wenn wir wieder da sind«, sagte Gloria zu Agnes, die ihr bis zum Auto entgegengekommen war. Sie wollten einen Spaziergang machen, um sich in aller Ruhe zu unterhalten.

Es war bitterkalt, und Gloria hatte sich dick eingemummelt. Die eisige Kälte konnte ihrer Luftröhre schweren

Schaden zufügen, wenn sie zu lange draußen blieb, aber eine Weile würde sie es schon aushalten.

»Er schläft sowieso. Gott sei Dank kommt Edwin heute Nachmittag. Dann können sie zusammen Schach spielen, oder so«, sagte Agnes. »Wollen wir zur Strandpromenade?«

»Gern.«

Sie schwiegen. Gloria hatte keine Lust, über ihr eigenes Elend zu reden. Nun wollte sie sich darauf konzentrieren, Agnes bei der Lösung ihrer Probleme zu unterstützen. Am Wochenende konnte sie sowieso nichts unternehmen. Wenn sie tatsächlich noch mit Dominic verheiratet war, würde sie die Scheidungspapiere eben einfach in der kommenden Woche einreichen.

Da er die ganze Angelegenheit auf die leichte Schulter zu nehmen schien, brauchte sie sich auch nicht verrückt zu machen. Falls er recht hatte, handelte es sich lediglich um eine Formalie. Unnötig, viel Wind darum zu machen.

»Also, was macht ihr jetzt?«, fragte sie Agnes.

»Das weiß ich nicht. Meine Gedanken drehen sich immer nur im Kreis, glaube ich.« Agnes trat gegen einen Stein auf dem Bürgersteig.

Der Schnee war vollständig geschmolzen, aber für die nächste Woche war bereits neuer angekündigt.

Gloria konnte den Winter ertragen, aber mehr nicht. Agnes dagegen, diese Sportskanone, lief auf Langlaufskiern den Vasalauf, stürzte sich auf Alpinskiern rote Pisten hinunter und träumte davon, den Mount Everest zu besteigen.

»Was will Stefan?«

»Er scheint frisch verliebt in das Haus und mich zu sein. Ich habe keine Ahnung, was los ist. Er hatte ein Nahtoderlebnis, sagt er, und jetzt will er, dass alle genauso empfinden wie er.«

»Und was empfindest du? Christer, komm und nimm mich?« Gloria lachte.

Agnes blieb ruckartig stehen. »Das war nicht sehr einfühlsam. Diese Situation ist unglaublich belastend für mich, und wenn du nicht zuhören oder mich ernst nehmen willst, kannst du wieder nach Hause fahren. Ich kann deine Frotzeleien im Moment nicht ertragen.«

»Entschuldige, das war dumm von mir. Ich möchte wirklich wissen, was du fühlst. Okay?«

»Ich will diese Beziehung nicht mehr«, sagte Agnes.

»Hast du dich getraut, ihm das zu sagen?«

»Nein, noch nicht. Aber ich muss, weil mich allein schon der Gedanke erstickt. Ich mag nicht mal mehr mein Haus. Und dabei habe ich es vor wenigen Jahren noch geliebt.« Sie schaute aufs Wasser. »Warum bin ich nur so unzufrieden? Ich schäme mich so, Gloria, ich habe doch eigentlich alles.«

»Aber wenn du nicht glücklich bist …«

»Was macht mich denn glücklich? Was fehlt mir? Ich kenne mich selbst nicht mehr, und das ist beunruhigend. Es liegt nicht an Stefan, du kennst ihn ja, er ist toll. Es liegt an mir.«

»Wir sollten vielleicht nicht vergessen, dass ihr euch vor weniger als einer Woche noch in fast allen Punkten einig wart. Das hat sich nur geändert, weil er krank geworden ist. Er sieht jetzt alles anders.«

»Ginge es mir genauso, wenn ich einen Herzinfarkt bekommen hätte?«

»Vielleicht solltest du einfach deinen Gefühlen vertrauen, anstatt dir darüber den Kopf zu zerbrechen. Ich glaube nicht ans Denken. Fühlen und machen, das ist meine Devise.«

»Ja, aber nicht meine.« Agnes lächelte unsicher.

»Vielleicht sollten wir uns beide eine Scheibe von der anderen abschneiden. Ich weiß jedenfalls, auch wenn ich manchmal das Gegenteil behaupte, ganz genau, dass ich ein Stückchen von deinem gesunden Menschenverstand gut gebrauchen könnte. Und ich glaube wirklich, dass es dir guttun würde, ein bisschen mehr auf deine Gefühle zu hören.«

»Ich habe doch gesagt, dass ich das Gefühl habe, hier nicht bleiben zu können.«

»Ja, aber jetzt hör auf, dich zu fragen, warum das so ist. Du bist eben einfach fertig mit diesem Leben hier. Ist das so verwunderlich?«

»Heiße Schokolade?« Agnes deutete auf das Café.

»Hm, lecker.«

Kurze Zeit später aß Gloria eine Heißwecke direkt aus der Hand, während ihre Schwester artig einen Löffel benutzte und damit einen Großteil der süßen Vanillesahne abkratzte.

»Bist du eigentlich immer auf Diät?«, fragte Gloria interessiert.

»Nein, nie, aber für Sahne habe ich nicht viel übrig. Hatte ich schon als Kind nicht, oder?«

»Ich weiß nicht.« Gloria lächelte. »Wenn ich ehrlich sein soll, kann ich mich daran kaum erinnern. Du?« Sie nahm sich mit ihrem eigenen Löffel einen großen Klecks Sahne von Agnes' Teller.

»Ja, ziemlich gut sogar.«

»Weißt du noch mehr, als dass Mama ungerecht war?«

»Also, dass du Mamas Liebling warst, wird selbst dir nicht entfallen sein. Ich erinnere mich aber auch an die Schule, meine Freunde und so Sachen.«

»Ich nicht. Lena und ich sind schon seit unserer Kindheit befreundet, aber ansonsten sind diese Jahre eher verschwommen. Aus welchem Alter stammen deine ersten Erinnerungen? Ich kann mich frühestens ab sieben oder acht erinnern.«

»Ich war ungefähr drei, als meine früheste Erinnerung stattfand. In dem Alter warst du gerade nach Schweden gekommen.«

»Nein, ich war knapp ein Jahr alt.«

»Nein.« Agnes schüttelte den Kopf. »Es war kurz vor deinem dritten Geburtstag.«

»Woher willst du das wissen, wenn selbst ich mich nicht erinnern kann. Und du warst noch nicht mal geplant.«

»Papa hat es mir erzählt.« Agnes starrte auf ihren Teller.

»Mir nicht. Was hat er noch gesagt, schieß los.« Gloria zog Agnes' Teller, auf dem nur noch ein kleiner Streifen Sahne übrig war, zu sich herüber.

Agnes schien sich unwohl zu fühlen. »Wollen wir nicht lieber wieder über meine Ehe reden?«

Wie merkwürdig. Agnes versuchte sonst nie, sich aus Situationen herauszuwinden. Aber jetzt schon.

»Hör auf. Was hat er über die Zeit, als wir herkamen, gesagt? Mir hat er nie davon erzählt. Ich weiß, dass sie sich in Spanien kennengelernt und ineinander verliebt haben. Mama hatte mich, und einen Vater gab es nicht mal auf dem Papier. Sie mussten ein bisschen tricksen, um uns außer Landes zu bringen, und Mamas Eltern waren nicht begeistert, aber schließlich haben wir es geschafft, und dann bist du gekommen. Simsalabim, und schon waren wir eine Familie.«

»Hm. Natürlich. So war es. Aber jetzt will ich, dass wir über mich reden. Was soll ich tun?«

Gloria sah sie forschend an. Ihre Schwester hatte etwas zu verbergen, das war offensichtlich, aber Gloria beschloss, die Sache auf sich beruhen zu lassen. Agnes wollte sich auf die Lösung ihrer eigenen Probleme konzentrieren, und das war mehr als verständlich.

»Wie kannst du überlegen zu bleiben, wenn du dich innerlich bereits entschieden hast zu gehen? Du musst dir ein Herz fassen und mit Stefan reden.«

»Er soll Stress vermeiden«, antwortete sie kaum hörbar. »Das wird eine Katastrophe.«

Als später Agnes' Schwager und ihre Schwägerin zu Besuch kamen, fuhr Gloria wieder zurück nach Stockholm. Falls sie jemanden zum Reden brauchte, konnte Agnes ja anrufen.

Gloria stand der Sinn nicht nach netter Konversation. Sie sehnte sich nach der Stille zu Hause und würde am nächsten Tag kein Wort sagen, sofern es nicht absolut nötig war. Sie musste Dominics Biographie lesen. Was, wenn darin stand, dass sie verheiratet gewesen waren? Sie hatten eigentlich beschlossen, dass es ihr Geheimnis bleiben sollte, und nicht einmal ihre Familien wussten davon. Sie hatten es so gewollt, aber Gloria war natürlich klar, dass man heutzutage mit einem Knopfdruck ihren Personenstand ermitteln konnte. Falls es stimmte, was Dominic sagte, und sie tatsächlich noch verheiratet waren.

Er hatte sich geweigert, die Papiere zu unterschreiben, das wusste sie noch. Aber ihre Bestätigung, dass sie weiterhin die Scheidung wollte, hatte sie doch abgeschickt. Oder etwa nicht? Sie wusste noch, dass es wichtig gewesen war, das Dokument genau sechs Monate später einzusenden, aber im Moment konnte sie sich beim besten Willen nicht erinnern, ob sie es getan hatte oder nicht.

Auch wenn es nicht ihre größte Stärke war, blieb ihr nichts anderes übrig, als abzuwarten. Sie musste sowohl putzen als auch Wäsche waschen, und das würde sie zumindest für ein paar Stunden ablenken. Es war Samstagabend, und der Waschkeller war natürlich frei. Das wunderte sie nicht im Geringsten, als sie sich für den späten Termin zwischen sieben und zehn eintrug. Normale Menschen hatten am Wochenende ein Leben.

Drei Stunden später war sie fertig, und als sie mit der sauberen Wäsche in die Wohnung kam, beschloss sie, auch gleich mit dem Einräumen zu beginnen, denn sonst lagen die Sachen doch nur auf dem Bett herum. Als sie den Kleiderschrank öffnete, fiel ihr auf, dass sie seit Ewigkeiten keine alten Kleider aussortiert hatte und dass auch das eine hervorragende Beschäftigung war, wenn man sich ablenken wollte.

Ein Teil nach dem anderen landete auf dem Fußboden.

Wann hatte sie das zuletzt gemacht? Dieses Kleid zum Beispiel hatte sie doch schon seit fünf Jahren nicht angehabt! Und warum, in Gottes Namen, hob sie diesen giftgrünen Pullover noch auf? Wieso hatte sie ihn überhaupt gekauft? Sie wühlte sich immer tiefer in den Schrank hinein, während der Haufen, den sie zu irgendeiner Sammelstelle bringen wollte, immer größer wurde. Ganz hinten hingen eine kleine Jeans und ein winziges Hemd.

Lächelnd setzte sie sich mit den beiden Kleidungsstücken aufs Bett. Da Marcus mittlerweile dreiunddreißig Jahre alt war, hatten sie ein paar Jährchen auf dem Buckel. Er hatte die Sachen von ihren Eltern bekommen.

Ansonsten hatte er nicht oft neue Sachen getragen, das konnte Gloria sich gar nicht leisten. Erst mit dem festen Engagement an der Stockholmer Oper verbesserte sich ihre finanzielle Situation. Bis dahin hatten Mama und Papa ihr immer geholfen, wenn sie merkten, dass das Geld knapp war. Sie hatte nie um Unterstützung gebeten, lieber fastete sie einen Tag lang. Aber wenn die beiden Marcus Geld schenken wollten, hatte sie nicht nein gesagt.

Diese verdammten Tränen. Oft konnte sie gut mit der Vergangenheit umgehen, aber diese Verwundbarkeit, die ihre kleine Familie damals umgeben hatte, tat immer noch weh.

Sie wusste eigentlich gar nicht, inwieweit ihm bekannt war, dass es nicht immer einfach gewesen war. Er hatte seinen Vater gehabt, bei dem er oft war, aber sie erinnerte sich noch genau daran, wie traurig er gewesen war, als Dominic nach England zog.

Marcus, der damals dreizehn Jahre alt gewesen war, war der Einzige gewesen, dem sie nichts vormachen konnte. Sie erzählte ihm zwar nicht, warum sie traurig war, und bemühte sich wirklich, mit dem Weinen aufzuhören, wenn er ins Zimmer kam, aber natürlich begriff er, was los war. Wenn sie sagte, sie habe nur ein bisschen Bauchschmerzen, lächelte er gequält. »Ich weiß Bescheid, Mama.« Und dann kuschelte er sich auf dem Sofa an sie.

Er sollte seine Mutter nie wieder so niedergeschlagen sehen müssen wie damals, und andere Männer hatte sie ihm auch nicht vorgestellt. Das war eine sehr gute Entscheidung gewesen.

Sie ersparte sich von da an den Liebeskummer, und Marcus hatte eine fröhliche Mutter.

Gloria stand vom Bett auf. Die restlichen Sachen, die sie aus Marcus' Kindheit aufbewahrt hatte, waren in einem Karton im großen Wandschrank im Flur, aber diese beiden Kleidungsstücke wollte sie ab und zu anschauen, auch wenn sie sie vielleicht vor allem daran erinnerten, dass sie immer älter wurde. Lächelnd hängte sie Jeans und Hemd zurück in den Schrank.

Bei ihrem Telefongespräch am Morgen hatte Marcus zugesagt, dass er und Bill am Tag vor der Premiere kommen würden. Sein Theater hatte ihm einen Tag freigegeben, und er war vollkommen aus dem Häuschen, weil er sie und Dominic wieder zusammen erleben würde. Gloria freute sich darauf, ihren Sohn endlich in die Arme zu schließen.

Sie schloss den Schrank. Wie spät war es? Sie hatte Agnes versprochen, sie anzurufen. Verdammter Mist, jetzt war sie vielleicht schon im Bett, dachte sie, während sie zu der Kommode im Flur eilte, auf der ihr Handy lag.

Als sie es in die Hand nahm, fiel ihr auf, dass sie es am Vormittag in Sigtuna lautlos gestellt hatte. Sie hatte mehrere Textnachrichten bekommen. Keine von Agnes, aber von Dominic und von Sebastian.

Es war anscheinend Valentinstag.

Tag dreiundzwanzig

Froh über ihr eigenes Schlafzimmer, wälzte sich Agnes aus dem Bett. Ihre Arbeitszeiten passten oft nicht mit den Tagesrhythmen der restlichen Familie überein, und daher brauchte sie ein eigenes Zimmer, wenn alle gut schlafen wollten. Als sie beschlossen, sich zu trennen, war sie endgültig hier eingezogen. Jetzt war es sieben, und sie hoffte, dass Stefan und ihre Söhne noch schliefen. Sie wollte gern ein bisschen Zeit für sich allein in der Küche haben, bevor sie diesen Sonntag anging.

197

Am Abend zuvor hatte Christer angerufen, aber Agnes hatte den Anruf weggedrückt, bevor Stefan das Klingeln bemerkte. Die Schamesröte brannte noch immer auf ihren Wangen. Sie war zu niemandem mehr ehrlich.

Sie wollte im Lauf des Vormittags zurückrufen und alles erklären. Es bestand kein Grund zu lügen, und so, wie es im Moment aussah, konnte sie ihn ganz bestimmt nicht wiedersehen.

Zuerst musste sie Stefans Rekonvaleszenz überstehen.

Und sich vor seinem neuerwachten Interesse an Zärtlichkeiten in Acht nehmen.

Seitdem er vor vier Tagen aus dem Krankenhaus entlassen worden war, wollte er ihr nah sein. Er wollte sie küssen, in den Arm nehmen und berühren. Ungefähr so wie in der ersten Verliebtheitsphase, nur ohne Sex. Der war ihm, Gott sei Dank, noch untersagt. Keine körperliche Anstrengung. Kein Stress. Agnes ging seinen Berührungen aus dem Weg. Sagte, sie wäre nicht bereit für so was. Zum Glück schien er zu verstehen, dass ihr das alles viel zu schnell ging.

Agnes sehnte sich nach ihrer Arbeit. Da zu Hause nichts so lief, wie sie es sich vorgestellt hatte, brauchte sie offenbar die Routine an Bord. Die Checklisten. Die Kollegen in ihren Uniformen.

Wenn sie von Dienstag bis Donnerstag arbeitete, würden die Jungs ein paar Tage bei Stefan bleiben, danach musste sie neu überlegen, was sie machen wollte. Stefan allein zu lassen, war nicht möglich. Zum einen hatten die Ärzte gesagt, es müsse immer jemand zu Hause sein, und zum anderen wünschte er Gesellschaft. Allein fühlte er sich unwohl, und das konnte sie gut verstehen.

Aber was war mit ihr?

An diesem Wochenende hätte sie eigentlich einen Besichtigungstermin gehabt. Sie wollte sich in Söder nach Wohnungen umschauen, und darauf freute sie sich unheimlich. Sie sehnte sich nun schon so lange nach einem neuen Leben, dass sie gar nicht in der Lage war, diese Tür wieder zu schließen.

Im Moment hatte sie keine andere Wahl, aber wenn Stefan wieder zur Arbeit ging, würde sie dort weitermachen, wo sie aufgehört hatte. Bis dahin musste sie durchhalten. Sie konnte sich zwar nicht zwingen, seine körperliche Nähe zu ertragen, aber sie würde noch eine Weile in Sigtuna ausharren.

Agnes schaute aus dem Küchenfenster. Es wurde früher hell. Auf dem Rasen lag zwar noch der eine oder andere kleine Schneehaufen, aber einen Großteil des Schnees, der in der vergangenen Woche gefallen war, hatte der Regen weggespült. Das Wetter wechselte wirklich von Tag zu Tag. Ob Stefan jemals wieder den Rasen mähen würde? Es spielte keine Rolle, denn im Sommer hätten sie das Haus schließlich verkauft. Oder?

Noch drei Monate bis Mai. Sein Arzt meinte, eine dreiwöchige komplette Krankschreibung würde reichen, danach könnte er zumindest wieder in Teilzeit arbeiten. Im Mai war er vermutlich vollkommen wiederhergestellt.

»Agnes«, hörte sie es von oben rufen. »Agneees.«

»Ich komme.«

Sie stand auf und ging langsam zur Spüle. Sie stellte ihre Tasse ab und räumte das saubere Geschirr aus der Spülmaschine. Der Kaffee, den sie gekocht hatte, war noch heiß. Stefan trank ihn mit Milch, daher schüttete sie ein bisschen Milch in den Becher, bevor sie ihn mit Kaffee füllte. Wenn er etwas zu essen wollte, sollte er in die Küche kommen, es tat ihm gut, mal aufzustehen, hatten die Ärzte gesagt.

»Guten Morgen«, sagte sie, nachdem sie die Tür weit geöffnet hatte. Ganz zu war sie nicht gewesen, seit er wieder zu Hause war. Vorher war sie einen Monat lang mehr oder weniger abgeschlossen gewesen. So war es ihr jedenfalls vorgekommen.

»Danke.« Er setzte sich auf. »Ich habe mich schon auf Kaffee gefreut. Und auf dich.« Er lächelte. »Ich weiß, dass du das nicht magst, aber ich kann nicht anders.«

Agnes stellte die Kaffeetasse auf seinen Nachttisch und setzte sich auf die Bettkante.

»Ja, es fühlt sich wirklich anders an. Daran musste ich eben denken, als ich ins Zimmer kam.«

»Was hast du gedacht?«

»Dass diese Tür vor einer Woche noch geschlossen war. Du warst dahinter und hattest aufgehört zu reden.«

»Ich weiß. Die Leute sagen ja immer, dass man alles in einem anderen Licht sieht, wenn man krank wird, und es ist wirklich wahr.«

»Unser Problem ist, dass nur du krank warst. Ich bin noch dieselbe wie vor einer Woche.«

Er trank einen Schluck aus seinem Becher, bevor er ihn wieder wegstellte. »Was heißt das? Willst du unsere Trennungspläne immer noch in die Tat umsetzen?«

Agnes biss sich auf die Zunge, denn sonst hätte sie laut geschrien: Ja, das will ich!

»Ich bin verwirrt«, sagte sie stattdessen. Das war an sich nicht gelogen. Von seiner neuen Art, mit ihr umzugehen, wurde ihr ganz schwindlig, obwohl sie eigentlich wusste, was sie wollte.

»In gewisser Hinsicht bin ich das auch«, sagte er. »Ich

habe mich selbst nie als besonders gefühlvoll empfunden, aber jetzt spüre ich plötzlich so viel, das mir vorher gar nicht bewusst war.«

Sie waren tatsächlich mal verliebt gewesen, aber keiner von beiden hatte viele Worte darüber verloren. Stattdessen trafen sie sich oft, zogen ziemlich schnell zusammen, und schon nach einem Jahr machte Stefan ihr einen Antrag. Dass es dann nie zu der Hochzeit gekommen war, hatte praktische Gründe, unter anderem finanzieller Natur. Außerdem brauchten sie keine Urkunde für ihre Liebe, in dem Punkt waren sie sich vollkommen einig. Mit dem Kinderkriegen warteten sie, bis beide ihr Studium abgeschlossen hatten, aber als Agnes dann ein paar Jahre fest bei SAS angestellt war, machten sie Nägel mit Köpfen. Fast alles in ihrem Leben war ihnen im wahrsten Sinne des Wortes in den Schoß gefallen. Zuerst kam Edwin und dann, exakt zum geplanten Zeitpunkt, Erik. So war Agnes' Leben bisher verlaufen. Es war alles einfach gewesen. Praktisch. Und sie hatte gedacht, dass die Trennung genauso ablaufen würde.

»Was du jetzt alles empfindest, macht mir Angst«, sagte sie langsam.

»Mir auch«, sagte Stefan. »Und ich verlange nicht von dir, dass du das Gleiche fühlst, aber ich bitte dich, mir eine Chance zu geben. Wenn du dich trennen möchtest, machen wir das natürlich, aber denk bitte noch einmal nach, bevor wir unser schönes Haus verkaufen.«

»Mama! Papa!«

»Wir sind hier, in Papas Zimmer.«

Kurz darauf stand Edwin in der Tür.

»Hi, wie geht's?«, fragte er Stefan.

»Gut, danke. Wollen wir zusammen frühstücken?« Nachdem Agnes aufgestanden war, erhob sich auch Stefan, streckte die Arme zur Decke und nahm dann seinen zum Schlafanzug passenden Bademantel vom Kleiderhaken.

»Weck doch bitte Erik auf, dann decke ich schon mal den Tisch.« Agnes war froh, etwas zu tun zu haben. Gloria hatte recht gehabt. Schlafanzüge hatten wirklich eine verheerende Wirkung auf die Erotik.

Nach dem Frühstück machte sie einen Spaziergang. Als sie außer Sichtweite war, zog sie ihr Handy aus der Tasche. Dies war kein Anruf, auf den sie sich freute.

»Hallo Christer, hier ist Agnes.«

Als sie eine Stunde später zurückkam, war es still im Haus. Wahrscheinlich waren alle wieder ins Bett gegangen. So hatten sie es jedenfalls immer gemacht, als die Jungs noch zu Hause wohnten. Agnes hatte sie früh geweckt, damit sie zusammen frühstücken konnten, und dann hatten sich alle wieder zurückgezogen. Agnes und Stefan, um gemütlich im Bett Kreuzworträtsel zu lösen, und ihre Söhne, um noch eine Runde zu schlafen.

Auf Zehenspitzen schlich sie nach oben. Als sie an Stefans Schlafzimmer vorbeikam, war die Tür geschlossen. Dahinter hörte sie ihn leise reden. Sie blieb stehen.

»Nein, tut mir leid, ich kann nicht mehr, Kerstin.« Obwohl er flüsterte, verstand Agnes jedes Wort. »Wir müssen jetzt einfach Schluss machen. Im Moment möchte ich mich auf Agnes und mich konzentrieren.«

Nein, wollte sie schreien. Nimm Kerstin!

Was, wenn sie nicht als Einzige fremdgegangen war? Wieso wollte er nicht mit Kerstin zusammen sein? Das hätte doch alle Probleme gelöst.

Agnes stöhnte innerlich.

Sie selbst wollte Christer gern wiedersehen. Wenn sie an ihn dachte, fühlte sie sich ganz fiebrig. Noch war es ein rein körperlicher Zustand, aber war das nicht am Anfang immer so? Dass man sich nah sein wollte? Sich anfassen. Schmusen. Agnes hätte gar nicht gedacht, dass sie zu so heftigen Gefühlen fähig war, aber in ihrer Jugend war es nicht anders gewesen, wenn sie sich verliebt hatte. Allerdings lebte sie seit dreißig Jahren in einer festen Beziehung, und aus der kam sie nicht ohne weiteres heraus, auch wenn sie sich gewünscht hätte, sie könnte zaubern.

»Meine Frau und ich sind uns vollkommen einig. Wenn du nicht weißt, was du willst, respektiere ich das, aber ich möchte unter diesen Umständen einen gewissen Abstand halten. Du kannst gern anrufen, um dich mit mir zum Mittagessen zu verabreden, aber mehr nicht. Ich mag dich, Agnes.«

Christers dunkle Stimme war unheimlich anziehend. Sie erschauerte, wenn sie nur daran dachte.

Agnes hatte es nicht auf Stefan geschoben, sondern gesagt, seit seinem Herzinfarkt sei sie selbst unsicher geworden.

Aber stimmte das überhaupt?

Agnes hörte, dass Stefans Tür aufging, und kurz darauf klopfte er vorsichtig an ihre.

Sie tat, als hätte sie es nicht gehört.

Kerstin, komm und rette uns! Sie zog sich die Decke über den Kopf.

Tag vierundzwanzig

Verheiratet.

Sie war tatsächlich verheiratet!

Am vergangenen Abend war sie auf die Homepage der Steuerbehörde gegangen und hatte festgestellt, dass sie die Angaben über sich eigenhändig finden konnte, wenn sie ihre Identifikationsnummer eingab.

Sie konnte auch ein neues Scheidungsformular beantragen. Und sich einen aktuellen Nachweis ihres Personenstands zuschicken lassen. Alles kein Problem.

Nun musste Dominic nur noch die entsprechenden Dokumente abgeben, was sie ihm ins Ohr zischte, als sie kurz vor der Probe zufällig in der Cafeteria aufeinanderprallten.

»Ich will mich immer noch nicht scheiden lassen«, sagte er ruhig.

»Hör auf«, erwiderte sie müde. »Den Mist höre ich mir gar nicht an. Agnes macht gerade fast das Gleiche mit Stefan durch, und die beiden haben immerhin dreißig Jahre zusammengelebt, also spar dir deine Scherze. Sorg dafür, dass du die nötigen Dokumente bekommst. Meine müsste ich morgen im Briefkasten haben.«

»Fünf Dates«, sagte er.

»Fünf was?«

»Dates. Du und ich. Wenn du dich dann immer noch scheiden lassen willst, bin ich einverstanden.«

»Das ist Erpressung.«

»Könnte man so sehen. Ich betrachte es als hervorragende Gelegenheit, mich mit dir zu treffen.«

»Obwohl du weißt, dass ich nicht will?«

»Ja, denn ich glaube, dass du begreifen wirst, was mir

schon vor langer Zeit klargeworden ist. Wir beide gehören zusammen.«

Gloria überlegte kurz. Was zählte als Date? Ein Mittagessen? Dann hätten sie einfach die ganze Woche zusammen essen können, und die Qual wäre überstanden.

»Ich bestimme, was wir machen«, sagte er, als hätte er ihre Gedanken gelesen.

Sie stemmte die Hände in die Seiten. »Okay. Keine Tricks. Kein falsches Spiel. Fünf Dates und dann die Scheidung?«

»Ja, wenn du sie dann noch willst.«

»Bestimmt, du kannst schon mal die Papiere beantragen, dann brauchst du sie nur noch zu unterschreiben.« In diesem Moment betrat Sebastian die Cafeteria.

»Wollen wir nicht bald mal zusammen essen gehen? Ich warte schon so lange darauf, dass du mich mal abends ausführst.« Sie schenkte ihm ein bezauberndes Lächeln und wandte sich wieder Dominic zu.

»Ich kann auch Spielchen spielen«, sagte sie süßlich.

Sebastian verstand kein Wort Schwedisch, und aus seinem breiten Grinsen schloss Gloria, dass ihm nicht bewusst war, dass sie sein Interesse an ihr ausnutzte. Ein leichtes Schuldgefühl überkam sie, aber sie würde ja wirklich mit ihm essen gehen, das hatte sie sich fest vorgenommen.

»Aber natürlich, *ma chérie*. Komm, lass uns gleich die Details besprechen.« Sebastian warf Dominic einen triumphierenden Blick zu. Er bot ihr seinen Arm an, Gloria ergriff ihn, und dann rauschten sie gemeinsam ab.

Ihr Verstand sagte ihr, dass die Scheidung von Dominic viel schneller über die Bühne gehen würde, wenn sie sich auf diese fünf albernen Dates einließ. Nach der Premiere würde sich alles um seine Rückkehr nach Schweden drehen, und dann ging der mediale Zirkus erst richtig los.

Bis dahin durfte es auf keinen Fall mehr schriftliche Beweise dafür geben, dass sie rein rechtlich zusammengehörten.

In der letzten Probe dieser Woche sangen sie den zweiten Akt, und alle waren begeistert. Obwohl der Text bei allen saß, war der Souffleur so emsig wie immer, und Denise behauptete, sie hätte noch nie zwei Stimmen gehört, die sich so perfekt ergänzten.

»This is firework!«, schrie sie nach einem Duett.

Gloria konnte sie verstehen.

Sie spürte die aufgeladene Atmosphäre in ihren gemeinsamen Szenen selbst. Dominics Ausstrahlung war pure sexuelle Energie. Wenn Sebastian ein charmantes Jungpferd war, war Dominic ein wilder schwarzer Hengst.

Lebensgefährlich und nicht zu zügeln.

Fünf Dates würde sie überstehen, wenn sie sich die entsprechende Haltung zulegte, um ihn auf Distanz zu halten. Er selbst rechnete wahrscheinlich damit, jedes Mal ein Fünftel von ihr zu erobern, aber sie kannte seine Masche.

Ihn eifersüchtig zu machen war eine außerordentlich dumme Strategie gewesen, stellte sie fest, als sich auf der Bühne ihre Blicke trafen. Sie musste sich unbedingt einprägen, ihm nie wieder in die Augen zu schauen. Dieser glühende Blick brannte beinahe ein Loch in ihre Verteidigung, und wenn sie nicht aufpasste, würde sie bald *ihn* bitten, mit ihr ins Bett zu gehen. Nein, sie musste sich einfach auf andere Teile seines Gesichts konzentrieren, die Nase, die Ohren oder eine Wange.

Die Augen waren Sperrgebiet, wenn sie nicht in sein Magnetfeld geraten wollte.

Als Sebastian mit seinem Lunchtablett auf ihren Tisch zukam, seufzte sie innerlich. Eigentlich wollte sie ihre Ruhe
haben, aber dann hätte sie sich wahrscheinlich ein anderes
Lokal suchen müssen. Und ihre Ruhe hatte sie ja zu Hause
in ihrer Wohnung.

»Samstag, *chérie*. Dinieren wir im Grand?« Sebastian
setzte sich neben sie und presste seinen Oberschenkel an
ihren.

Gloria rückte von ihm ab. »Wir gehen essen, Sebastian,
sonst nichts.«

Er lächelte, als hätte er gar nicht begriffen, was sie gesagt
hatte. »Samstag. Du und ich. Das könnte eine lange Nacht
werden.«

Es hatte keinen Sinn, ihm zu widersprechen. Als sie
Ann-Charlotte sah, winkte sie der Kollegin und lud sie an
ihren Tisch ein.

Ann-Charlotte warf Sebastian ein schüchternes Lächeln
zu. »Ist das okay für dich?«

»Ja, natürlich, setz dich.« Er machte Platz für ihr Tablett.
Bald kamen auch die anderen Sänger mit den kleinen, aber
ebenfalls wichtigen Rollen dazu. In einer der nächsten
Szenen würde sich ein Lieutenant an Gloria heranmachen,
und Don José – der ein einfacher Soldat war – würde vor
Eifersucht fast verrückt werden.

Fast wie in echt, dachte Gloria. Sie hätte auch am liebsten die Frauen erwürgt, die ein Auge auf Dominic geworfen hatten, aber das war unheimlich lange her. Mittlerweile
hegte sie keine derartigen Gefühle mehr. Über Eifersucht
half Arbeit hinweg, dafür war sie selbst der beste Beweis.

Damals hatte sie es als Liebesbeweis betrachtet, wenn
er mit seinem feurigen Blick drohte, alle niederzustrecken,
die auch nur in ihre Richtung zu schauen wagten. Natür-

lich setzte er diese Drohungen nie in die Tat um, das war gar nicht nötig. Sie hatte nur Augen für ihn, und wenn er einen seiner Anfälle bekam, wurde sie so scharf, dass sie ihm mehr oder weniger die Kleider vom Leib riss.

Sie hatten wirklich im wahrsten Sinne des Wortes überall Sex gehabt. Draußen, wenn das Wetter es zuließ, und in der Oper, wenn sie eigene Logen hatten. Ihr Sex war härter, wenn sie sich gestritten hatten, und ungeheuer sanft, wenn sie sich versöhnten. Sie konnte ihm mit einem Nicken signalisieren, dass sie Lust hatte. Er verstand sofort.

»Was geht dir durch den Kopf, *chérie,* du scheinst mit deinen Gedanken ganz woanders zu sein«, sagte Sebastian.

Mit ihm zu schlafen, nachdem Dominic sich nach England abgesetzt hatte, war angenehm, weil vollkommen leidenschaftslos gewesen. Und das war ihr nur recht gewesen. Sie hatte genug von den großen, heftigen Gefühlen. Wenn sie Sebastian mit anderen Frauen erwischte, empfand sie nicht den Hauch von Eifersucht, und es war ein Leichtes, mit ihm Schluss zu machen. Sie hatte überhaupt nicht mehr an ihn gedacht, bevor er wieder aufgetaucht war.

Die Wahrheit war natürlich, dass nach Dominic nichts auch nur annähernd so intensiv gewesen war wie das, was sie beide verbunden hatte, und darüber war sie froh.

Anfangs fand sie es erregend, die Kontrolle über ihre Gefühle zu verlieren. Es war sogar spannend, nicht zu wissen, wie sich eine Beziehung entwickeln würde. Aber als die Liebe von ihr Besitz ergriff, war sie viel zu verwundbar geworden, hatte viel zu viel Angst gehabt, dass er sie nicht wirklich wollte, und all ihre Schwächen waren ihr plötzlich mit solcher Deutlichkeit zu Bewusstsein gekommen, dass die Befürchtung, sie wäre einfach zu anstrengend, geradezu bedrohlich wurde.

Bis jetzt hatte sie keinen Mann getroffen, der eine Frau verstand, die lieben *und* frei sein wollte.

Männer, auch die nach Dominic, wollten sie einschränken. Ihr vorschreiben, wie sie zu leben und was sie zu tun, zu sagen und zu denken hatte.

Nie wieder hatte sie die Zweisamkeit vermisst.

Aber ihn hatte sie vermisst.

»Ich bin da.« Sie lächelte Sebastian an. »Mir ist nur gerade die nächste Szene durch den Kopf gegangen.«

Als sie auf dem Heimweg war, rief er an.

»Wir frühstücken morgen zusammen«, stellte er fest. »Wie lautet der Sicherheitscode für deine Haustür?«

»Den werde ich dir bestimmt nicht verraten«, sagte sie. »Du musst klingeln.«

Frühstück war okay. Und vollkommen ungefährlich, weil beide um elf zur Probe mussten.

»Gut. Ich komme um acht.« Er legte auf.

Acht Uhr. Vielleicht ein wenig früh, aber dann hatte sie es wenigstens hinter sich. Sie würde noch eine Runde mit dem Staubsauger drehen müssen, aber das war die einzige Anstrengung, die sie unternehmen würde. Sie hatte Eier im Kühlschrank und Kaffee. Wenn er was anderes wollte, sollte er es selbst mitbringen.

Acht Uhr bedeutete, eine Stunde früher als sonst aufzustehen. Ungeschminkt und nackt würde sie ihm bestimmt nicht gegenübertreten. Sie brauchte ihre Rüstung und ihren Schlaf.

Nachdem sie kurz mit Agnes telefoniert hatte, die berichtete, dass in Sigtuna alles beim Alten war, zog Gloria sich die Decke über den Kopf und versuchte einzuschlafen.

Und das hätte sie bestimmt auch geschafft, wenn sie nicht von Gedanken bestürmt worden wäre.

Sie dachte an Marcus und Fabian. Und daran, wie toll ihr Sohn war. Erstaunlich, dass er ebenfalls Sänger geworden war. Und nicht nur das, er tanzte auch wie ein junger Gott. Sich in der Londoner Musicalszene durchzusetzen war nicht einfach, aber ihm war es wirklich gelungen.

Als er eine der Hauptrollen im *König der Löwen* bekam, waren sie und sein Vater zur Premiere angereist. Der Vater von Marcus war ein One-Night-Stand gewesen, nicht mehr und nicht weniger, und Gloria war unheimlich dankbar, dass er sich als ein so guter Vater erwiesen hatte. Sie hatten das Bett nicht geteilt, seit sie Marcus gezeugt hatten, waren aber all die Jahre gute Freunde geblieben. Als sie nebeneinander in der ersten Reihe saßen und ihren Sohn in seiner ersten Hauptrolle im West End sahen, mussten sie beide weinen. Marcus war großartig als Mufasa und bekam tosenden Applaus. Nun spielte er die Rolle schon im zweiten Jahr und hatte sie bisher nicht satt.

Sie hatte ihm schon früh ihre Freunde vorgestellt, erwachsene Menschen aus allen Teilen der Welt, die die Liebe zur Musik vereinte. Wer mit wem und warum ins Bett ging, war vollkommen uninteressant, und es war wahrscheinlich befreiend für ihn gewesen zu sehen, dass sein Leben ein wenig einfacher werden würde, wenn er erwachsen war. Als er an der Ballettakademie aufgenommen wurde, erwähnte niemand seine Hautfarbe und seine Sexualität. Niemand stellte Fragen, niemand interessierte sich dafür. Er hatte endlich einen Platz gefunden, wo er voll und ganz er selbst sein konnte.

Tag fünfundzwanzig

Erst um halb fünf wurden ihre Lider schwer, und ihr Gehirn schien sich endlich von ihrem Schlafbedürfnis übermannen zu lassen. Zu diesem Zeitpunkt hatte sie bereits seit einer Stunde überlegt, ob sie Dominic eine Nachricht schicken und ihn bitten sollte, das Frühstück zu verschieben, aber im letzten Augenblick hatte sie sich umentschieden. Frühstücken dauerte eine Stunde, und dann musste sie nur noch vier Dates überstehen, bis sie frei war. Mit ihrer Müdigkeit musste sie eben fertig werden.

Punkt acht klingelte es unten.

Punkt acht wurde Gloria davon wach.

Sie setzte sich im Bett auf, in ihrem Kopf drehte sich alles, und für einen Moment wusste sie nicht, wo sie war. Sie hatte von dem Hotel auf den Kanaren geträumt, für das sie bezahlt hatte, obwohl sie nie hingefahren war. Das Wetter war herrlich gewesen, und als sie in ihrem Bett aufwachte und nicht in einem Liegestuhl unter strahlender Sonne, war sie enttäuscht.

Als es klingelte, versuchte sie immer noch herauszufinden, welcher Tag heute war und ob sie vielleicht freihatte. Das Klingeln holte sie zurück in die Wirklichkeit. Dienstag, siebzehnter Februar. Sie befand sich im Stockholmer Stadtteil Söder. Auf den Straßen lag Schneematsch, und vor der Tür stand Dominic.

So eine verfluchte Scheiße.

Dann wurde es ihr schlagartig klar. Wenn er sie so sah, verschlafen und nicht zurechtgemacht, würde er sofort merken, dass sie alt geworden war und ihre hübschen Kurven eingebüßt hatte. Anstatt sich zu ärgern, weil sie noch nicht fertig war, stellte sie schwungvoll die Füße auf den

Boden, rief: »Ich komme«, schlüpfte in ihren grauen Morgenmantel aus Fleece und machte die Wohnungstür auf.

»Hoppla.« Er sah sie an.

»Ich habe verschlafen«, sagte sie. »Komm rein.«

»Schöne Wohnung.« Im Flur überreichte er ihr eine volle Einkaufstüte von Ica.

»Danke. Häng deine Jacke auf.« Sie ging mit den Lebensmitteln in die Küche. Vielleicht hätte sie wenigstens ein Höschen drunter anziehen sollen. Dieser Bademantel hatte die unangenehme Eigenschaft, dass er immer aufklappte. Sie zog die Kordel straffer.

»Da du ja unbedingt frühstücken wolltest, überlasse ich dir die Vorbereitungen und ziehe mir was an«, sagte Gloria.

»Unbedingt, auch wenn ich das natürlich bedauerlich finde.« In der Tür stießen sie beinahe zusammen. Sie verdrehte die Augen, ohne ihn anzuschauen.

Nachdem sie unter die Dusche gesprungen und ihr Haar zusammengebunden hatte, zog sie eine Jeans und ein bequemes weißes Hemd an.

Aus der Küche roch es himmlisch nach Kaffee und frisch gebackenem Brot. Dominic stand an der Arbeitsplatte und legte Aufschnitt auf einen Teller, als Gloria hereinkam.

»Hm, lecker.« Sie schnappte sich eine Scheibe Schinken. Erst jetzt merkte sie, dass sie einen Riesenhunger hatte.

»Setz dich«, sagte er. »Du magst dein Ei doch etwas weicher, oder?«

»Ja, gern.«

»Apfelsaft oder Orange?«

»Orangensaft. Oder nein, lieber beides.« Sie strahlte. So ein üppiges Frühstück bekam sie sonst nur in Hotels, und dort übernachtete sie mittlerweile so selten, dass sie jetzt lieber die Gelegenheit nutzte, wenn schon alles auf dem Tisch stand.

»Haferbrei?«

»Nein danke. Ich bin sehr zufrieden so.«

Sie ließ ihren Blick über den reich gedeckten Tisch schweifen: gekochter Schinken, geräucherter Schinken, schwedischer Haushaltskäse, Pfarrhofkäse, Weichkäse, Krabben in Marinade, Leberpastete, Salatgurke, saure Gurken, Tomaten, Kopfsalat …

»Vermisst du irgendwas?«, fragte er und stellte einen Brotkorb mit drei Brotsorten auf den Tisch.

»Wo hast du den Korb gefunden?« Sie wusste nicht einmal, dass sie so einen besaß.

»Da.« Er öffnete den Eckschrank und zeigte auf das oberste Fach.

»Da komme ich gar nicht ran, ohne auf einen Stuhl zu steigen«, sagte sie.

»Du hast da oben viele schöne Dinge«, sagte er. »Das hier zum Beispiel.«

Er nahm eine Kupferschale aus dem Regalfach und hielt sie ihr vor die Nase. Gloria starrte sie an, als hätte sie ein Gespenst gesehen.

»War die etwa da oben?«

Irgendetwas an dieser Schale kam ihr bekannt vor. Sie schüttelte den Kopf, weil ein unbehagliches Gefühl sie beschlich.

»Stell das Ding auf die Spüle, und setz dich, damit wir endlich essen können. Ich habe einen Bärenhunger.«

Sie warf einen Blick auf die Schale. Wahrscheinlich hatte sie es sich nur eingebildet. Wenn sie von der Arbeit nach Hause kam, würde sie das Ding wieder in dem Fach da oben verstauen. Es stammte bestimmt von einem der vielen Flohmärkte, die sie im Lauf der Jahre besucht hatte. Sie hatte dort viele Schätze entdeckt, aber an die Schale erinnerte sie sich eigentlich nicht. Da war nur dieses seltsame Gefühl …

»Kaffee oder Tee?« Er riss sie aus ihren Gedanken.

»Kaffee, bitte.«

Nachdem er beiden eingeschenkt hatte, konnte sie endlich anfangen zu essen. Gab es etwas Besseres als frisches Brot? Normalerweise verzichtete sie darauf, weil ihr Magen manchmal dagegen rebellierte, aber darauf pfiff sie jetzt.

»Wie findest du unser erstes Date bisher?«, fragte er.

»Sehr gut«, murmelte sie mit vollem Mund. »Wenn es bei den nächsten vier auch so viel zu essen gibt, können wir in Freundschaft auseinandergehen.«

»Oder als Liebende weitermachen.«

Sie legte den Kopf schief und betrachtete sein Ohr, während sie sich eine Scheibe Käse in den Mund steckte. »Ich glaube, das meinst du eigentlich gar nicht ernst.«

Der Trick, ihm nicht in die Augen zu schauen, funktionierte ausgezeichnet.

Sie fühlte sich wohl und sicher. Und satt. Wie viele Brote hatte sie wohl schon gegessen?

Während sie sich nach dem Frühstück am Küchentisch schminkte, beobachtete er sie heimlich. Er hatte sich hinter der Tageszeitung versteckt und betrachtete ihr Gesicht.

Ihr Blick hatte sich nicht verändert. Ihre Gesten waren auch gleich geblieben. Sie hatte beim Sprechen immer mit dem ganzen Körper gestikuliert, allerdings hatten ihre Bewegungen noch mehr Schwung, wenn sie glücklich war.

Sie war vielleicht nicht im gängigen Sinne schön, aber ihre Ausstrahlung war elektrisierend. In jeder Hinsicht.

Er war genauso bezaubert von ihr wie damals und musste sich beherrschen, um nicht die Hand auszustrecken und ihre Wange zu streicheln. Wahrscheinlich konnte er es sich nicht mehr lange verkneifen.

»Was ist der Plan für unser nächstes Date?« Als sie merkte, dass er sie beobachtete, ließ sie den Taschenspiegel sinken.

»Das sage ich nicht«, antwortete er. »Ausführlichere Informationen bekommst du später.« Er sah, dass sie versuchte, es sich nicht anmerken zu lassen, aber ihm machte sie nichts vor. Sie war neugierig. Gut, dachte er. Das war ein kleiner Schritt in die richtige Richtung.

»Nur damit du es weißt, am Samstag habe ich schon ein Date.« Sie hielt sich den Spiegel wieder vors Gesicht und bewegte den Kopf hin und her. Kratzte an einer unsichtbaren Stelle an der Wange. Tupfte mit dem Zeigefinger die Haut unter den Augen ab.

Ganz ruhig, beschwor er sich selbst. Sag jetzt nichts, was du hinterher bereust.

»Okay.«

Sie sah ihn an, als müsste sie sich erst vergewissern, ob sie sich nicht verhört hatte.

Gut, Dominic, lobte er sich. Genauso musst du dich verhalten, anstatt zu zeigen, wie weh das tut.

Er sah auf die Uhr. »Bist du bald fertig? Willst du mit dem Auto fahren, oder soll ich ein Taxi rufen?«

»Wir nehmen meinen Wagen.«

Falls es irgendjemandem aufgefallen war, dass sie zusammen gekommen waren, hatte er es zumindest nicht gesagt.

Und wer hätte das auch gewagt, dachte Dominic. Er zuckte mit den Schultern. Es war sehr viel wahrscheinlicher, dass im restlichen Ensemble hin und wieder heimlich über sie getuschelt wurde. Dagegen ließ sich nicht viel machen, es gehörte dazu, wenn man Erfolg hatte.

Er winkte Ann-Charlotte zu, seiner zweiten Frau in dieser Inszenierung. Sie war eine sehr begabte Sängerin und würde, wenn sie erst mehr Erfahrung gesammelt hatte, richtig gut werden. Sie verfügte nicht über Glorias Ausstrahlung und ihre Bühnenpräsenz, aber sie arbeitete hart, und ihre Stimme hatte einen phantastischen Klang und einen großen Umfang.

Sie kam zu ihnen. »Entschuldige bitte, aber ich muss Gloria etwas sagen, und du darfst nicht zuhören.« Sie lächelte Dominic an.

Er verbeugte sich ritterlich. »Da will ich nicht stören, wir sehen uns später.«

Sie würden noch ungefähr anderthalb Wochen in Nacka proben, bevor sie auf die große Bühne in der Oper wechselten. Er freute sich darauf. Wenn das Orchester dabei war, fühlte man sich als Sänger phantastisch. Bei Carmen war es ein bisschen anders, weil in der Oper gesprochen wurde, und sein Französisch war nicht das beste, aber im Kontext würde es schon funktionieren. Heute probten sie eine Szene, in der viel geredet wurde. Es ging um Gefühle. Noch war Carmen in Don José verliebt, obwohl ihr der Torero bereits Avancen machte.

Leider konnte er das Libretto nicht umschreiben. Er hätte es lieber so gesungen wie in der alten Fassung. Der dritte und der vierte Akt würden längst nicht so viel Spaß machen.

»Kit sitzt in der Cafeteria und ist traurig. Sie will mit niemandem außer dir reden«, sagte Ann-Charlotte.

»Was sagst du da? Dann muss ich sofort zu ihr. Richte Denise aus, dass ich gleich wiederkomme.« Gloria eilte im Laufschritt durch den Gang, durchquerte den Probensaal und fuhr mit dem Aufzug in den ersten Stock, wo Kit in sich zusammengesunken auf einem Stuhl saß und ihr Gesicht in den Händen vergraben hatte.

»Raus«, brüllte Gloria alle anderen im Raum an. Die Leute zerstreuten sich, als hätte sie eine Pistole auf sie gerichtet.

Sie stellte ihre Handtasche auf den Tisch. »Was ist passiert, Kit?« Sie setzte sich neben sie und legte ihr den Arm um die Schultern. »Erzähl.«

»Oh Gloria«, schluchzte Kit.

»Adrian?«

Sie nickte. »Ich bin so traurig, dass ich das Gefühl habe, ich gehe kaputt.« Sie klapperte mit den Zähnen. »Wie soll ich denn nur arbeiten?«

»Das schaffst du schon. Du musst eben gleichzeitig arbeiten und traurig sein«, sagte Gloria entschieden und stand auf. »In der Pause von vier bis sieben kannst du mir alles erzählen. Wir fahren irgendwohin, wo wir in Ruhe sitzen können. Aber bis dahin musst du seinen Namen vergessen, denn wir werden auf der Bühne erwartet.«

Natürlich hatte sie eigentlich keine Lust, sich ausgerechnet über Adrian herzzerreißende Geschichten anzuhören, aber sie konnte es nicht ertragen, ihre Freundin so traurig zu sehen. Und Herrn Lofti hätte sie am liebsten eigenhändig erwürgt. Wie konnte er Kit das antun? Was für ein Schwein! Davon war sie überzeugt, obwohl sie nicht die geringste Ahnung hatte, was passiert war.

Um Punkt vier stiegen sie in Glorias Auto und fuhren nach Hammarby Sjöstad.

»Ich werde keinen Bissen hinunterbekommen«, sagte Kit.

»Du kannst ein Stück von mir abhaben«, sagte Gloria. »Ich habe seit dem Frühstück nichts gegessen und sterbe vor Hunger. Ich werde die größte Pizza bestellen, die sie auf der Karte haben.« Sie lächelte. »So, jetzt mal von Anfang an, Kit. Wir haben drei Stunden Zeit.«

»Das ist ganz einfach. Er liebt mich nicht.«

»Hat er das gesagt?«

Sie nickte. »Ich glaube, er hat eine andere kennengelernt.«

»So läuft es ja meistens.« Gloria nickte.

»Weißt du, ich dachte, wenn man über fünfzig ist, wäre das mit dem Heulen wegen Männern Geschichte. Man würde sie in die Wüste schicken, wenn sie einen nicht so akzeptieren, wie man ist, und dann wäre man erleichtert, weil man seine Zeit nicht mit jemandem vergeudet, der einen sowieso nicht will. Ich wünschte, ich könnte es so sehen. Ich schäme mich, dass ich hier sitze und mir die Augen aus dem Kopf weine. Du würdest das nie machen. Du bist da eiskalt.«

Eiskalt? Wirklich? Die Bemerkung verwunderte Gloria, aber sie überhörte sie geflissentlich. Und zum Teil hatte Kit recht. Rumzusitzen und sich die Augen auszuheulen war wirklich nicht ihr Ding.

»Tja, es gibt immer so vieles, was man tun oder lassen sollte, aber man fühlt eben, wie man fühlt.« Gloria breitete die Arme aus und vergaß für einen Moment, dass sie am Steuer saß. »Ich kann mich nicht darüber aufregen, solange ich fahre. Wir reden weiter, wenn ich einen Parkplatz gefunden habe. Aber dann werde ich dir sagen, was ich von Adrian halte, und ich hoffe, du nimmst ihn nicht in Schutz, denn dann kannst du zu Fuß zurück nach Gäddviken laufen.« Entschlossen packte sie das Lenkrad.

Tag sechsundzwanzig

Normalerweise war Gloria diejenige, die mit ihren Problemen zu Agnes kam, nun war es plötzlich umgekehrt. Der Rollentausch war nicht besonders angenehm, und Agnes war froh, dass ihr ein paar Tage Arbeit bevorstanden, in denen sie die Chefin war und alles unter Kontrolle hatte. So fühlte sie sich am wohlsten. Sie konnte die Schwäche ihrer Schwester für Listen gut verstehen, denn sobald sie an Bord ihre Checklisten zur Hand nahm, war sie hochkonzentriert, und Nebensächlichkeiten wie kranke Ehemänner und unverkaufte Häuser wirkten im Vergleich zur Startgewichtberechnung, der Anzahl der Passagiere und Wettervorhersage unwichtig.

Der heutige Flug nach Gran Canaria war die reinste Luxusreise, weil sie über Nacht in Las Palmas blieben. Meistens flogen sie am selben Tag hin und zurück, und daher war es ein Traum, in einem bequemen Sommerkleid und Sandalen ins El Churrasco zu gehen, dort ein perfekt zubereitetes Stück Fleisch zu essen und anschließend im Hotel zu übernachten. Sie hatte am nächsten Morgen sogar noch Zeit für eine Laufrunde am Strand.

»Es gefällt mir nicht, dass du ein paar Tage weg bist«, sagte Stefan. »Ich mache mir keine Sorgen um mich, aber ich werde dich vermissen.«

219

»Ich bin morgen Abend wieder da.« Sie nahm das Kleid in Augenschein, um zu überprüfen, ob es gebügelt werden musste.

Gutes Aussehen war notwendig. In ihrem Beruf trug sie eine enorme Verantwortung für andere Menschen, und falls sie schon bei ihrem Äußeren schlampte, sendete sie keine vertrauenerweckenden Signale aus. Auch wenn sie ein paar Stunden freihatte, war sie bis morgen Abend im Dienst. Deshalb trank sie auch höchstens ein Glas Rotwein zu ihrem Steak. Wenn überhaupt. Irgendwie schmeckte ihr der Alkohol gar nicht so gut, wenn sie am nächsten Tag fliegen musste.

»Erik kommt zum Mittagessen und Edwin am Nachmittag.« Sie faltete das Kleid zusammen. »Im Kühlschrank steht Essen, das ihr in der Mikrowelle aufwärmen könnt. Ich glaube, ihr habt alles da, falls nicht, musst du die Jungs zu Ica schicken. Willst du dich nicht wieder hinlegen? Es ist erst halb fünf. Ich habe Angst, dass du dich überanstrengst.«

»Mach dir keine Sorgen, das wird alles wunderbar«, sagte er entspannt. »Du bist hübsch«, fügte er hinzu. »Ich habe dich, ehrlich gesagt, in den letzten Jahren nicht oft angeschaut, aber du bist wirklich hübsch, Agnes.«

»Danke.«

Man konnte ihm jedenfalls nicht vorwerfen, er würde sich keine Mühe geben, dachte sie. Das hatten sie beide schon lange nicht mehr. Und Agnes hatte auch jetzt keine Lust dazu, aber über das Kompliment freute sie sich trotzdem.

Sie würde weiterhin freundlich sein, denn es war natürlich nicht nur Stefans Schuld, dass ihre Beziehung eingeschlafen war. Mit ihrem schlechten Gewissen musste sie selbst klarkommen, und es war wirklich nicht gnädig mit ihr. Sie hatte für mildernde Umstände plädiert, aber es war nicht ihr Stil, keine Verantwortung für ihr Tun zu übernehmen.

Was sie getan hatte, war nicht in Ordnung.

Um halb eins landeten sie in Las Palmas. Sie hatte das Gefühl, bis zum Zubettgehen unendlich viel Zeit zu haben.

Sofia, ihre Kopilotin, drehte sich nach ihr um. »Stadtbummel oder Bikini?«

»Bikini. Ich will baden«, sagte Agnes.

»Machst du Witze? Igitt, viel zu kalt für mich«, sagte Sofia. »Aber ich lege mich gern ein bisschen in die Sonne. So schönes Wetter hatten wir lange nicht.«

Sie hatte recht. Der Februar war ein schwieriger Monat, wenn man sich nicht auf der Südseite der Insel aufhielt. Wären sie zwei Tage geblieben, hätten sie ein Auto mieten und nach Puerto Mogan fahren können, wo oft auch dann die Sonne schien, wenn es in Las Palmas regnete.

Eine halbe Stunde später checkten sie im Imperial ein, das direkt am fünf Kilometer langen Strand lag.

»Treffen wir uns in einer Viertelstunde?«, fragte Sofia, als sie im vierten Stock aus dem Fahrstuhl stiegen.

Agnes nickte.

In ihrem Zimmer packte sie rasch ihren kleinen Übernachtungskoffer aus und hängte die Uniform auf. Genau vierzehn Minuten später hatte sie sich ein Handtuch um den Hals gelegt und stand in Shorts und T-Shirt vor ihrer Tür.

»Fertig, Captain?«

Agnes grinste. »Yes. Ab an den Strand.«

Sie war froh, mit Sofia zusammenzuarbeiten, die beiden kannten sich seit Jahren. Wer einem zugeteilt wurde, war

Glückssache. Agnes hatte zwar keine wirklich unsympathischen Kollegen, aber mit manchen konnte sie sich besser entspannen als mit anderen.

»Liegestuhl oder Sand?«

»Liege.«

Sie gaben dem Vermieter das Geld und breiteten ihre Handtücher auf den Kunststoffpolstern aus.

»Hast du dich eingecremt?«

Agnes schüttelte den Kopf. »Nein, so lange halte ich es in der Sonne gar nicht aus.« Ihr war durchaus bewusst, dass mittlerweile empfohlen wurde, immer Sonnenschutz aufzutragen, egal, ob im eisigen Winter, der tiefschwarzen Nacht oder, wie hier, in der strahlenden Sonne, aber sie passte lieber auf, als sich mit dem klebrigen Zeug einzuschmieren. »Ich gehe gleich unter den Sonnenschirm. Aber zuerst will ich schwimmen.«

»Du weißt schon, dass du nahezu die Einzige bist?«

»Ja.« Agnes zupfte ihren Bikini zurecht. »Aber das liegt daran, dass außer mir alle Frostbeulen sind.«

Sofia hatte recht, es trauten sich nur wenige ins Wasser. Ein Elternpaar ließ sich mit einem Kleinkind die Füße von den Wellen umspülen, aber das war alles. Auf der anderen Seite waren sowieso nicht viele Leute hier. Nicht einmal die schwedischen Winterferien können diesen Strand füllen, dachte sie, während sie ihren großen Zeh in den Atlantik tunkte. Keine gute Idee, stellte sie fest, sie beeilte sich wohl lieber. Sie nahm Anlauf, rannte, bis ihr das Wasser bis zu den Oberschenkeln reichte, und machte eine Vollbremsung. Keinen Schritt weiter, es ging einfach nicht. Sie redete sich gut zu, aber es war unmöglich, sich noch weiter hinauszubewegen. Ihre Füße hatten sich in den Sand gebohrt und verweigerten den Dienst.

Was war mit ihr los? Diese Feigheit kannte sie gar nicht von sich. Wer war sie überhaupt, wenn sie nicht direkt, aufrichtig und mutig war? Enttäuscht kehrte sie zu ihrer Liege und Sofia zurück.

»Zu kalt?«, fragte Sofia, als wäre es ganz normal, nicht zu schwimmen, wenn das Wasser unangenehm kalt war.

Für Agnes war das anders. Sie forderte sich ständig heraus. Sie lief Marathon auf Zeit. Sie hatte sich an einem Triathlon versucht. Hatte am Vasalauf teilgenommen. Sie hatte mit Vergnügen einen Fallschirmsprung absolviert und in Australien selbstverständlich Bungee-Jumping ausprobiert. Übermäßigen Gefallen hatte sie nicht daran gefunden, und sie würde es auch nicht wieder machen, aber als Stefan sprang, hatte sie nicht gezögert. Das war damals gewesen.

Jetzt hatte sie den ganzen Winter nicht vernünftig trainiert, mit einem Wildfremden geschlafen und konnte sich nicht einmal überwinden, in achtzehn Grad kaltes Meerwasser einzutauchen.

Was war los mit ihr?

Sie seufzte laut. »Ehrlich gestanden, weiß ich gar nicht, warum ich nicht reingekommen bin.«

»Das ist manchmal so«, sagte Sofia.

Doch in diesem Punkt hatte sie unrecht. »Manchmal« gab es bei Agnes nicht. Sie war konsequent. Wenn sie beschlossen hatte, am Vasalauf teilzunehmen, trainierte sie mit den Langlaufskiern, bis sie fit genug war. Wenn sie beschlossen hatte zu schwimmen, schwamm sie.

Wenn sie sich trennen wollte, trennte sie sich.

Toll, sagte sie zu sich selbst. Jetzt vergleichst du schon ein Bad im Atlantik mit deiner Trennung von Stefan.

Später am Abend spazierten sie zu dem Restaurant. Agnes war froh, dass sie und Sofia nur zu zweit waren. Sie hatte zwar auch eine gesellige Seite, aber es war schön, sich eine Pause davon zu gönnen. Sofia wusste nur, dass Stefan krank war. Ob sie Agnes' Wortkargheit damit in Zusammenhang brachte, war schwer zu sagen. Sofia stellte keine Fragen, und Agnes war ihr dankbar dafür.

»Können wir da mal kurz reingehen?«, fragte Sofia, als sie am Kaufhaus Corte Inglés vorbeikamen. »Ich brauche einen neuen Lippenstift.«

Während Sofia nach dem Stand mit der richtigen Marke suchte, sah Agnes sich bei den Parfums um. Sie trug schon seit Jahrzehnten den gleichen Duft, vielleicht sollte sie mal wechseln? Der Gedanke war ihr noch nie gekommen, genau wie sie auch noch nie in Erwägung gezogen hatte, sich mit etwas anderem als der pH-neutralen Waschlotion Lactacyd zu waschen. Warum probierte sie nicht in regelmäßigen Abständen was Neues aus? Wenn sie nicht aufpasste, würde bald Moos auf ihr wachsen.

»Soll ich dir ein Parfum empfehlen?« Sofia stellte sich neben sie. »*I Love Love* von Moschino. Der Duft ist wirklich frisch. Riecht nach Orange. Super. Aber kauf ihn lieber am Flughafen, da gibt es oft zwei zum Preis von einem.«

»Okay. Vielleicht nehme ich dich beim Wort. Ich benutze schon seit ewigen Zeiten dasselbe Parfum. Ein japanisches, dessen Namen ich gar nicht mehr weiß, aber der Flacon sieht hübsch aus.« Sie lächelte. »Gehen wir?«

Entrecôte, Vanilleeis mit frischen Erdbeeren, ein halbes Glas Rotwein und drei Gläser Wasser. Den Kaffee lehnte sie ab, weil sie ihren Schlaf nicht beeinträchtigen wollte, den sie so dringend brauchte.

Es war ein lauer Abend. Nachdem sie Sofia gute Nacht gesagt hatte, wollte sie sich noch eine Weile auf den Balkon setzen. Am nächsten Morgen würde sie noch vor dem Frühstück joggen gehen.

Sie legte die Füße auf den Balkontisch. Zu Hause war alles in Ordnung, berichteten Erik und Stefan am Telefon. Die Gespräche dauerten nicht lange, und als sie aufgelegt hatte, blieb sie noch eine Weile sitzen, lauschte den Grillen und den Wellen, die um die Wette lärmten, und versuchte, sich die Klänge einzuprägen, um sie übermorgen im saukalten Sigtuna hervorholen zu können. Aber vielleicht war sie dann auch bei Gloria in Söder.

Sie schaute auf die Uhr an ihrem Handy. Halb zwölf. Als das Telefon klingelte, musste sie lächeln.

»Hallo«, meldete sich Agnes. »Ich habe gerade an dich gedacht.«

»Wie ist das Leben in Spanien so, hast du unsere Muttersprache geübt?«, fragte Gloria.

»Ein bisschen.«

»Macht es Spaß, wieder zu arbeiten?«

»Ja und nein. Eigentlich könnte ich selbst mal Urlaub gebrauchen, ich kenne mich selbst nicht wieder und würde gern herausfinden, woran das liegt.«

»Das sind die Wechseljahre«, sagte Gloria im Brustton der Überzeugung. »Der Hormonspiegel sinkt. Das macht einen wahnsinnig.«

»War es bei dir so?«

»Ich bin noch nicht so weit, aber Lena hat mir erzählt, dass sie fast verrückt geworden ist. Plötzlich war sie so launisch wie noch nie in ihrem Leben.«

»Oje. Ich habe panische Angst, so zu werden wie du.«

»Ich bin doch nicht launisch!«

Agnes lachte. »Doch, das bist du. Aber es könnten natürlich tatsächlich die Wechseljahre sein, auch wenn ich dafür eigentlich noch ein bisschen zu jung bin. Daran hatte ich gar nicht gedacht.«

»Ich habe heute einen Drohbrief bekommen«, sagte Gloria.

»Jemand droht dir? Was redest du da?«

»Die Nachricht lag in meinem Briefkasten. Auf Englisch.«

»Das kann doch nicht sein, wie unheimlich. Was stand drin? Hast du die Polizei informiert?«

»Nein, habe ich nicht. ›This is warning, bitch‹ steht da. Kein Absender. Ich habe keine Ahnung, wer mir so was schickt, und ich will es auch gar nicht wissen. Der Brief lag in meinem Briefkasten, ohne Briefmarke oder Poststempel. Jemand muss unten ins Haus reingekommen sein.«

»Du musst Anzeige erstatten, Gloria. Im Ernst. Dich scheint das völlig kaltzulassen.«

Nach dem Telefonat mit ihrer Schwester machte Agnes sich Sorgen.

Sie glaubte keine Sekunde, dass Gloria so gelassen war, wie sie tat.

Tag siebenundzwanzig

Wenn man erst um elf Uhr mit der Arbeit begann, hatte das den Vorteil, dass man vorher einiges erledigen konnte, und zu diesem Zweck war Gloria früh aufgestanden.

Die Reinigung und der Schuster machten um zehn auf.

Den Besichtigungstermin konnte sie auch online vereinbaren, und nach dem Frühstück wollte sie versuchen, Kit zu erreichen. Innerhalb weniger Stunden mühelos vier Punkte auf ihrer To-do-Liste abzuhaken gelang ihr nicht jeden Tag.

Heute Abend nach der Probe würde sie mit Dominic etwas trinken gehen. Date Nummer zwei. Spät durfte es nicht werden, weil sie am nächsten Tag zur üblichen Zeit in Nacka sein mussten. Daher hatte sie nichts gegen ein Treffen am Abend einzuwenden gehabt. An einem Freitag oder Samstag wäre sie eher auf der Hut gewesen. Date Nummer drei stand auch schon fest. Es würde am Samstag*morgen* stattfinden, und Gloria nahm an, dass Dominic damit erreichen wollte, dass sie ihn noch in frischer Erinnerung hatte, wenn sie sich am Abend mit Sebastian traf.

Sie selbst wollte die Dates und die Ehe nur noch hinter sich bringen und ließ sich deshalb auf fast alles ein. Mit zwei Männern an einem Tag verabredet zu sein, noch dazu zweien, nach denen sich andere Frauen die Finger geleckt hätten, amüsierte sie.

Der Franzose versprühte einen Charme, dem sich niemand entziehen konnte. Auch Gloria schmeichelten seine vielen Komplimente, aber mehr auch nicht. Er war ein Spieler und würde ihr niemals das Herz brechen. Und schlafen wollte sie mit ihm wirklich nie wieder.

Vor zwanzig Jahren hatten sie verspielten Sex und teilweise ziemlichen Spaß miteinander gehabt, zumindest, wenn es ihr gelang, nicht an Dominic zu denken. Sebastian hatte sie splitternackt durch die Wohnung gejagt, sie aufs Bett geworfen und sich mit seinem Ständer zwischen ihren Beinen lachend auf sie gelegt.

Mit Dominic war es beim Sex um Leben und Tod gegangen. Sie konnte sich nicht erinnern, dabei ein einziges Mal gelacht zu haben. Im Gegenteil, sie hatte geweint, geschrien und gekämpft, weil ihr Körper selbst dann nach mehr flehte, wenn sie bereits vollkommen erschöpft war. Sie hatte das Gefühl gehabt, sich ihm zu unterwerfen. Seine Männlichkeit hatte sie total dominiert.

Etwas so Heftiges hatte sie weder davor noch danach jemals erlebt, und sie wollte es auch nicht wieder erleben.

Das letzte Mal.

Sie erinnerte sich an jede Einzelheit. Er hatte sie so festgehalten, dass auf ihrem Rücken Abdrücke zurückblieben, und ihre Lippen waren hinterher geschwollen gewesen. Sie hatte jede Nuance seines Blicks wahrgenommen, ohne zu wissen, dass sie zum letzten Mal seine Liebe zu ihr darin sah.

Dann war er weggezogen, und sie hatte mit Sebastian gelacht, obwohl sie innerlich am Boden zerstört war.

Signor Bettinzoli rümpfte kopfschüttelnd die Nase über ihre Schuhe. »Rote Sohlen, was sind denn das für seltsame Ideen?«

Lächelnd knüllte sie die Plastiktüte zusammen, in der sie sie mitgebracht hatte. »Würden Sie die bitte wegschmeißen?«, fragte sie. »Und kann ich die Schuhe morgen abholen?«

»*Si, si.*« Während er sich abwendete, nickte er sich selbst zu. Er war kein besonders redseliger Schuster, aber er machte seine Arbeit gut, und nur das zählte.

Sie ging wieder hinaus auf die Östgötagata und dann in Richtung Folkungagata, wo die Reinigung lag. Eigentlich war es ja völlig verrückt, dass man ihre Kleider nicht in der Maschine waschen konnte, und wenn sie nicht so teuer gewesen wären, hätte sie es mit Sicherheit versucht, aber bei einem Preis von viertausend Kronen war es das nicht wert. Stattdessen machte sie es so, wie sie es von Camilla Thulin gelernt hatte; sie trug schützende Unterwäsche und lüftete die wertvollen Stücke, aber nun hatten sie ein paar Flecke, und an denen wollte sie sich nicht selbst versuchen.

Sie besaß so viele Kleider, dass sie dafür einen Extrakleiderschrank brauchte. Am Morgen hatte sie ihr grünweißes Kleid von Diane von Fürstenberg anziehen wollen, aber nicht gefunden. Obwohl sie gerade erst ausgemistet hatte, besaß sie immer noch zu viele Kleider.

Als sie, nachdem sie vor den Probensälen in Nacka geparkt hatte, ihren Autoschlüssel in der Handtasche verstaute, sah sie den Brief, den sie am Vortag bekommen hatte.

Im Gegensatz zu Agnes hatte Gloria nicht das Gefühl, sich unmittelbar Sorgen machen zu müssen. Unheimlich daran war nur, dass es jemand geschafft hatte, ins Haus zu kommen.

Es gab bestimmt viele Menschen, die sie nicht mochten, aber deswegen bestand ja kein Grund, ihr etwas anzutun.

Oder?

Sie verzog das Gesicht, als Max, der neue Chef, auf dem Parkplatz auf sie zukam.

»Hallo, Gloria.«

»Hallo. Ich bin etwas spät dran. Wolltest du was Bestimmtes besprechen?« Sie wusste genau, was er von ihr wollte, konnte aber noch keine klare Aussage machen.

»Ich möchte mit euch allen über den Herbst reden. Einige von euch haben da andere Engagements, und deshalb möchte ich zumindest Dominic und Sebastian schon mal unter Vertrag nehmen. Wenn ich das richtig sehe, hast du im Herbst sowieso noch keine anderen Pläne.«

»Aber ich habe ein Leben, und vielleicht will ich gar nicht auftreten.« Sie lächelte.

»Das kann natürlich sein. Wir müssen auch einen Ersatz für Ann-Charlotte finden, weil sie in einer anderen Vorstellung singt, aber ich habe eine phantastische Sängerin von der Londoner Oper an der Angel. Anna Poparova. Hast du von ihr gehört?«

»Nein, noch nie«, log Gloria. Ihre Laune sank augenblicklich auf den Tiefpunkt.

Als die Klatschtante Knopf gesagt hatte, Dominic wäre mit Poparova zusammen gewesen, hatte Gloria über ihre Kontakte in der Branche so viel wie möglich über sie in Erfahrung gebracht. Sie galt als manipulativer und männermordender Vamp und zudem als gute Sängerin. Gloria verabscheute die Frau, ohne ihr je begegnet zu sein.

Auf die Schnüffelei war sie nicht besonders stolz gewesen, aber jetzt war sie trotzdem froh über ihre Recherchen. Es gab immer mehr Gründe, sich schnellstmöglich scheiden zu lassen und nach den Vorstellungen im Frühjahr in den Ruhestand zu gehen, sagte sie sich.

Max lächelte. »Glaub mir, sie ist gut.« Er lächelte.

»Da bin ich mir sicher, aber nun möchte ich mich auf das Bevorstehende konzentrieren, und bislang singt ja Ann-Charlotte die Michaela.« Sie ging auf den Eingang zu, und er folgte ihr. »Können wir das Thema beenden?«

»Natürlich.«

»Danke.« Sie öffnete die Tür, bevor Max ihr zuvorkam.

»Gestattest du mir noch eine Bemerkung?«

Sie drehte sich zu ihm um. »Klar.«

»Ich bin einer deiner größten Fans.« Er winkte Denise zu, die weiter hinten im Flur nach ihm rief.

Kit stand draußen vor dem Probesaal und redete mit Sebastian. Sie war vollkommen ins Gespräch vertieft, als Gloria kam.

»Hallo.« Sie schien den beiden fast einen Schreck einzujagen.

»Ich muss gehen«, sagte Sebastian. »Denk an meine Worte.«

»Was hat er gesagt?«, fragte Gloria interessiert.

»Ach, nichts Besonderes. Ich brauchte einfach jemanden zum Reden, und er kam zufällig vorbei.«

»Komm.« Gloria zeigte auf die Treppe zur Galerie. »Wir setzen uns nach oben. Von dort aus sehen wir, wenn die anderen auf der Bühne sind.«

»Adrian hat seine Sachen geholt.«

»Wie schön, dann bist du den Mist los. Ein guter Anfang.«

»Vielleicht.«

»Glaub mir, der Krempel erinnert dich nur ständig an ihn.« Gloria bewahrte immer noch einen Karton, auf dem Dominics Name stand, in der Abstellkammer auf. Darin waren T-Shirts, Socken, ein paar dicke Strickpullis und Bücher. Jedenfalls, soweit sie sich erinnerte.

Nun hatte sie ihre Nase schon seit vielen Jahren nicht mehr in die Kiste gesteckt. Sie hatte sie mit Klebeband verschlossen, um nicht mehr in Versuchung zu geraten, aber sie hatte sich bisher nicht überwinden können, sie zum Sperrmüll zu stellen. Sie nahm sich vor, das morgen vor der Arbeit zu tun.

»Du hattest recht, die Arbeit tut mir gut. Zu Hause wandere ich nur auf und ab und heule. Ist das nicht albern?«

»Du bist schließlich traurig, da ist es kein Wunder, dass du weinst. Aber hat er das verdient? Wenn du meine

231

Schwester fragen würdest, die sich nach ihrem Verstand richtet und nicht nach ihren Gefühlen, sicher nicht. Und das wiederum bedeutet, du solltest nach vorn schauen, auch wenn es weh tut.«

»Würde sie sich etwa nicht hinsetzen und heulen wie ein Schlosshund?«

»Agnes?« Gloria lachte. »Heulen schon, aber hinsetzen würde sie sich nicht. Ich glaube, die Frau weiß gar nicht, wie man stillsitzt. Sie hat schon Wäsche gefaltet, während sie geheult hat. Allerdings hat sie noch nie an Bord eines Flugzeugs geweint, denn da darf man sich unter keinen Umständen von seinen Gefühlen überwältigen lassen. Natürlich wäre es toll, mehr wie sie zu sein und seltener die Kontrolle zu verlieren.«

Kit nickte. »Ich würde das unheimlich gern können. Meine Gefühle beiseitelassen, wenn ich wichtigere Dinge zu tun habe.«

»Du kannst es ja heute während der Probe gleich mal ausprobieren.« Gloria beugte sich über das Geländer und hielt Ausschau nach ihren Kollegen. »Sieht so aus, als ginge es gleich los.«

Anschließend fuhr Dominic mit ihr nach Söder, und sie wollte ihn eigentlich bitten, das Date zu verschieben, weil sie so müde war, aber gleichzeitig freute sie sich darauf, alles bald hinter sich zu haben.

»Was hältst du vom Eken?«, fragte er, nachdem sie einen Parkplatz vor ihrer Haustür gefunden hatte.

»Nein, lass uns lieber in eine der Kneipen hier in der Nähe gehen.«

»Gern, ich dachte nur, du stellst vielleicht höhere Ansprüche.« Er lächelte. »Hier zum Beispiel würde ich gern reingehen.« Er zeigte durch die Scheibe auf eine Kneipe an der Ecke zwischen Folkungagata und Östgötagata.

»Perfekt.«

Drinnen war es laut. Sogar mitten im Februar gingen donnerstags mittlerweile fast genauso viele Leute aus wie am Freitag, und trotz der Kälte und Dunkelheit war das Lokal gerammelt voll.

»Haben Sie einen Tisch für uns?«, fragte Dominic einen Kellner, der an ihnen vorbeiwirbelte.

»Zwei Personen? Gern, aber da müssen Sie ein wenig warten. Sie können sich schon mal an die Bar setzen.«

Es war anders, auf diese Weise mit ihm zu tun zu haben, dachte Gloria. Sie hatte Angst vor seiner Energie und seiner Ausstrahlung gehabt, aber es war kein Problem gewesen, mit ihm zu frühstücken, und es war auch kein Problem, ein Bier mit ihm zu trinken. Das hätte sie nicht gedacht. Sie vermied es noch immer, ihm in die Augen zu schauen, aber ansonsten fühlte es sich ganz okay an. Er war ruhig, vielleicht lag es daran. Er hatte gar nichts Albernes an sich, das war schon so gewesen, als er jung war.

»Bist du verrückt? Isst du die?« Sie erschauerte, als er sich eine Handvoll Erdnüsse aus der Schale auf der Theke nahm. Sie selbst hielt ihre Hände an Orten wie diesem so weit weg wie möglich von ihrem Mund, und in der Handtasche hatte sie für solche Fälle immer ein kleines Fläschchen Desinfektionsmittel. Diskret holte sie es unter der Theke heraus und massierte einen Spritzer der Flüssigkeit in ihre Hände ein. Sie nahm sich vor, Dominic nicht anzufassen. Das hätte sie natürlich sowieso nicht getan, aber jetzt standen seine Chancen noch schlechter.

»Hast du immer noch Angst vor Bakterien?« Lächelnd schüttete er sich die Nüsse in den Mund.

»Das hatte ich noch nie, ich habe nur Angst, krank zu werden.«

»Meiner Ehefrau nach diesem Abend einen Kuss zu geben, kann ich mir also aus dem Kopf schlagen?«

»Ganz bestimmt.« Sie zupfte ein unsichtbares Haar von ihrem Pullover.

»Sieh mich an, Gloria«, bat er.

Sie hob den Kopf und richtete den Blick auf seine Wange.

»Falls du auf deine alten Tage nicht angefangen hast zu schielen, guckst du in die falsche Richtung. Wie wäre es damit, mir mal in die Augen zu schauen?«

Sie antwortete nicht. Behutsam griff er nach ihrem Kinn.

Gloria starrte auf seine Nasenspitze. Natürlich hätte sie seine Hand wegnehmen müssen. Vor allem, als er einen Schritt auf sie zumachte und seine Finger über ihre Wange unter ihr Haar im Nacken wanderten. Hoffentlich merkt er nicht, dass mir ein Schauer über den Rücken läuft, dachte sie. Er war jetzt so nah, dass sie seinen ganzen Körper spürte. Sie zitterte. Sein Atem an ihrer Stirn. Sanft, aber fest packte er sie am Schopf und beugte ihren Kopf nach hinten, bis sie gar nicht mehr anders konnte, als ihm in die Augen zu sehen. Sie wusste, dass er sie küssen würde. Und dass sie machtlos dagegen war.

»Gloria, ich …«

»Verzeihung, Ihr Tisch ist jetzt frei.«

Sie huschte geradezu aus seiner Umklammerung. Puh, das war knapp gewesen.

Danke, lieber Gott, dass es Kellner gibt.

»Scheißkellner«, murmelte Dominic.

Tag achtundzwanzig

Als sie um kurz nach Mitternacht aus der Kneipe nach Hause kam, lag der Brief auf dem Fußboden hinter der Tür. Sie wollte ihn nicht aufheben, weil sie so zufrieden mit dem Date war. Obwohl Dominic seine Tricks angewendet hatte, war sie standhaft geblieben. In dieser glänzenden Stimmung dummes Zeug lesen zu müssen hätte sie nur deprimiert.

Der Umschlag war genauso groß wie beim letzten Mal, und da der Brief ja nicht mit der Post verschickt worden war, stand keine Adresse drauf.

»Stay away from him. Or else.«

Fernhalten? Was sollte das heißen? Von wem? Dominic? Und was würde sonst passieren?

Gloria ängstigte sich auch diesmal nicht, aber sie hatte das Gefühl, dass sich die Botschaft direkt an sie richtete. Sie hatte nichts zu befürchten, weil sie niemandem zu nah gekommen war, auch wenn es zwischen ihr und Dominic heute Abend durchaus geknistert hatte. Diese Person konnte sich ihre Drohungen sonst wohin stecken. Verrückte gab es genug, aber die wenigsten setzten ihre Drohungen in die Tat um, das wusste sie aus Erfahrung.

Sie hatte schon mal Drohbriefe bekommen, die allerdings in schwedischer Sprache verfasst waren und von einem weiblichen Fan stammten, mit dem Gloria nichts zu tun haben wollte. Sie war nett zu der Frau gewesen und hatte nach den Vorstellungen mit ihr geredet und jedes Mal das Programm signiert. Irgendwann jedoch hatte sie gemerkt, dass die Frau sie verfolgte, und schließlich hatte sie vor dem Bühneneingang auf Gloria gewartet. Da war es plötzlich ernst und beängstigend geworden, und Gloria sagte der Frau entschieden – aber freundlich –, sie solle aufhören, sie zu verfolgen.

Von da an kamen Briefe, deren Ton immer aggressiver wurde. Am Ende blieb ihr nichts anderes übrig, als Anzeige zu erstatten. Konnte sie es wieder sein? Hatte sie sich eine neue Taktik zugelegt? Wollte die Frau vielleicht was von Dominic?

Das einzige kleine Detail, das Gloria beunruhigte, war die Tatsache, dass die Frau den Brief direkt durch den Briefschlitz geworfen hatte. Sie musste dringend die Hausverwaltung anrufen und fragen, ob man den Sicherheitscode der Haustür neu programmieren könnte.

»Ich freue mich auf unseren Abend morgen.« Sebastian legte seinen Arm um ihre Schultern. Er zog sie an sich.

»Das wird nett.« Sie wand sich aus der Umarmung. »Aber wir gehen nur essen, mehr nicht.«

Seine Augen leuchteten. »Was du nicht sagst. Ich habe eben so oft an dich gedacht und solche Sehnsucht nach dir gehabt. Kann man es einem armen Teufel wie mir denn vorwerfen, dass er es wenigstens versucht?«

Sie konnte gar nicht anders, als zu lächeln. »Ja, ja, du kannst es ruhig versuchen. Ich muss zurück auf die Bühne, ich bin bald dran. Bis später.«

Es war eine schöne Szene, die letzte im zweiten Akt. Ein hoher Offizier machte Carmen seine Aufwartung, und Don José streckte ihn rasend vor Eifersucht nieder. Der Akt endete mit großem Pomp, der Chor trat auf, und Don José und Carmen fielen sich zärtlich in die Arme. Obwohl sie noch ohne Orchester probten, war es ziemlich eindrucksvoll.

In der Pause sollten sie und Dominic von einem Repor-

236

ter von Dagens Nyheter interviewt werden. Der Fotograf rannte auf der Bühne herum, um die besten Bilder zu bekommen, und wollte die drei Stars auch gemeinsam ablichten.

Als Dominic in der letzten Szene auf ihr lag und sie, zumindest dem äußeren Anschein nach, liebevoll in die Arme nahm, hielt er sie etwas zu lange fest, anstatt wieder aufzustehen. »Wollen wir diesem Zeitungsmann die Wahrheit sagen?«, flüsterte er ihr ins Ohr.

»Was meinst du damit?«

»Dass wir verheiratet sind.«

»Wag es ja nicht!«

»Doch«, sagte er. »Die Frage ist eher, wie es um deinen Wagemut bestellt ist.« Er stützte sich auf einen Ellbogen und ließ den Blick über ihr Gesicht schweifen.

»Hör auf.« Sie schloss die Augen und knuffte ihn, damit er von ihr runterging, aber er rührte sich nicht vom Fleck.

»Morgen früh um fünf hole ich dich ab.«

»An einem Samstag? Soll das ein Witz sein?«

»Geh sofort ins Bett, wenn du zu Hause bist. Ich hole dich um fünf ab. Du weißt, dass ich die Bedingungen stelle.«

»Ja, ja, jetzt steh endlich auf.« Sie hätte schwören können, dass er nach Erdbeere roch. Aber das konnte nicht sein.

»Was macht ihr da? Ist der Fußboden so bequem, dass ihr gleich liegen bleiben möchtet?« Die Regisseurin lachte.

»Im nächsten Akt wird sie mich nicht mehr so lieben«, sagte Dominic. »Daher durfte ich mir diese Gelegenheit nicht entgehen lassen.«

»Dominic, wie ist es für Sie, wieder an der Königlichen Oper zu sein?«

Die drei hatten sich in der Cafeteria aufgereiht, Gloria saß zwischen Dominic und Sebastian. Die Reporterin war eine Frau mittleren Alters mit vor Aufregung rosigen Wangen. Gloria überlegte, welcher der beiden Männer es ihr angetan haben mochte. Vermutlich beide.

»Vielen Dank für die Frage, ganz wunderbar. Wir werden dem Publikum eine spektakuläre Inszenierung bieten. Nicht nur die Sänger sind herausragend, auch das Bühnenbild ist perfekt. Wir werden uns wirklich im Sevilla von 1820 befinden.« Er strahlte übers ganze Gesicht, und die Journalistin atmete hörbar ein.

»Werden Sie jetzt für immer in Stockholm bleiben?«

»Es sieht ganz danach aus. Es gibt noch einiges zu klären, das für mich unverzichtbar ist, wenn ich bleiben will, aber ich bin auch bereit, alles dafür zu tun.«

»Das für Sie unverzichtbar ist?«

»Mehr kann ich dazu leider nicht sagen.«

»Und Gloria, wie gefällt es Ihnen, wieder mit Dominic Evans auf der Bühne zu stehen? Sie waren ja mal ein ganz leidenschaftliches Paar. Hat er noch dieselbe Ausstrahlung wie früher?«

»Tja.« Gloria schlug ein Bein über das andere, als Sebastian seinen Oberschenkel gegen ihren presste. »Was ist denn Ihre Meinung dazu?«

Die Journalistin wurde knallrot. »Äh.« Gloria sah, dass es ihr die Sprache verschlagen hatte. »Äh. Ja. Ja, auf jeden Fall. Ich finde Dominic natürlich immer noch phantastisch. Und Sie beide auch.«

Der Kuli fiel ihr aus der Hand, und während sie ihn aufhob, lehnte Dominic sich an Gloria. »Du kleines Biest«, flüsterte er. Sie brauchte ihn nicht anzusehen, um zu wissen, dass er über das ganze Gesicht grinste.

Gloria öffnete ihre Wohnungstür und sah auf den Fuß-boden, aber da lag nur Werbung, kein neuer Brief.

»Hallo, ich bin jetzt zu Hause«, sagte Gloria am Telefon zu Agnes, während sie ihre Jacke aufhängte. »Ich kann leider nicht lange reden, ich muss nämlich sofort ins Bett, weil ich morgen früh um fünf mit Dominic verabredet bin.«

»Hoppla, wie kommt denn das?«

»Frag mich nicht. Ich habe ihm versprochen, mich mit ihm zu treffen, und er wird irgendwas geplant haben. Abends bin ich mit Sebastian verabredet, also hoffentlich kommen Dominic und ich früh zurück, damit ich am Nachmittag ein Nickerchen machen kann.« Sie ging ins Badezimmer. »Ich werde mich jetzt abschminken und gleichzeitig telefonieren.« Sie öffnete den Badezimmer-schrank. »Ich schalte den Lautsprecher ein.«

»Okay.«

Es war angenehm, das Make-up loszuwerden, und als sie damit fertig war, schmierte sie sich ein sauteures Serum ins Gesicht, das ihrer Meinung nach mindestens drei Jahre wegzauberte. Dann trug sie eine Nachtcreme auf, putzte sich die Zähne und cremte ihre Hände ein.

Nachdem sie sich nackt ausgezogen hatte, warf sie alles, was sie angehabt hatte, in den Wäschekorb und schlüpfte in ihren Bademantel.

»Bist du noch da?«, rief Gloria ins Telefon.

»Du könntest mal fragen, wie es Stefan geht.«

»Wie geht es Stefan?«

»Gut, danke.«

»Okay. Und wie geht es dir?«

»Danke, gut.«

»Falls das die ausführlichste Antwort ist, die du mir heute Abend zu geben gedenkst, können wir vielleicht morgen nach meinem Treffen mit Dominic noch mal telefonieren.« Sie sah auf die Uhr. »Ich muss in vier Stunden aufstehen.«

Tag neunundzwanzig

Wenn sie mit Dominic unterwegs war, musste sie gut aussehen. Es war ja denkbar, dass sie im Lauf des Tages noch anderen Menschen begegnen würden, also ging sie um halb vier unter die Dusche und wusch sich die Haare. Schminkte sich. Zog eine schicke Jeans, eine Seidenbluse und darüber ihre knallrote Lieblingsstrickjacke an. Um Punkt fünf hatte sie ihre Jacke angezogen, die Wohnung abgeschlossen und war auf dem Weg die Treppe hinunter.

Er stand neben einem Taxi und hielt ihr die Tür auf, als er sie aus dem Haus kommen sah.

»Willkommen.« Er lächelte. »Bitte sehr.«

Nachdem er hinter ihr die Tür zugemacht hatte, ging er um das Auto herum und setzte sich neben sie. »Wir können los«, sagte er zum Taxifahrer.

»Wohin fahren wir?« Gloria gähnte. Sie streifte ihre Handschuhe ab und öffnete die Jacke. Es war warm und gemütlich im Wagen, und wenn sie nicht bald anhielten, würde sie sich zurücklehnen und ein Weilchen schlafen.

»Das ist eine Überraschung«, sagte er. »Kaffee?« Er griff nach der Thermoskanne, die zu seinen Füßen stand.

Gloria lachte. »Liebend gern.«

Sie fuhren nach Norden. An Solna, Sollentuna und Upplands Väsby vorbei.

Uppsala. Bestimmt fuhren sie dorthin. Er hat es nicht

vergessen, dachte sie. Sie auch nicht. Uppsala war etwas ganz Besonderes für sie beide.

Sie war so in ihre Erinnerungen an damals versunken, dass sie gar nicht stutzig wurde, als das Taxi nach Arlanda abbog, anstatt geradeaus weiterzufahren. Erst als sie sich dem Flughafen näherten, begriff sie, wohin sie unterwegs waren.

Sie sah ihn verwundert an. »Nicht Uppsala?«

Er schüttelte den Kopf.

»Wo fahren wir denn hin? Ich muss heute Nachmittag zurück sein.«

Wie hatte sie vergessen können, dass genau das typisch für ihn war. Als sie ein Paar gewesen waren, hatte er Überraschungen geliebt, manchmal hatte er sie monatelang geplant. Sie hatte nie protestiert, im Gegenteil, sie hatte das Gefühl, verwöhnt zu werden. Heute hätte sie ähnliche Einfälle bei einem anderen Mann nicht mehr toleriert, aber Dominic hatte mit seinen Ideen nie danebengelegen, und sie war sich sicher, dass ihm auch diesmal seine Überraschung gelang. Wo wollte er bloß mit ihr hin? Besonders viel Zeit hatten sie ja nicht. Würden sie einen Hubschrauberflug machen? Das wäre irre gewesen!

Es hatte keinen Sinn, ihn zu fragen. Als das Taxi vor Terminal 5 hielt, platzte sie fast vor Spannung.

»Jetzt sag mir bitte, wo wir hinwollen!«

Er holte einen kleinen Koffer aus dem Kofferraum. »Nope, du musst abwarten.«

Oslo, Kopenhagen, Helsinki? Weiter weg konnten sie nicht, denn sie hatte ihren Pass nicht dabei, und sie war sich nicht einmal sicher, ob sie mit ihrem Führerschein als einzigem Ausweis in diese Länder hereinlassen würde.

»Warte hier.« Er ging zu einem der Check-in-Automaten. Während sie nervös mit dem Fuß wippte, beobachtete er sie, und sie lief puterrot an. So ein Mist. Er wusste genau, wie er hinter ihre Fassade schauen konnte. Jetzt reiß dich mal zusammen, schimpfte sie mit sich und hob den Kopf. Geh nicht darauf ein!

Sie hätte natürlich gehen und ein Taxi nach Hause nehmen können, aber ihre Neugier war geweckt, und er wusste das ganz genau. Sie hatte seine verrückten Ideen immer geliebt, genau wie Marcus. Mit dem hatte er ebenso oft wie mit ihr Abenteuerliches unternommen.

»Wir können nicht weit weg«, sagte sie. »Ich habe nur meinen Führerschein dabei.«

Er steckte die Hand in seine Innentasche und zog zwei Pässe heraus. »Oh, doch, du kannst weit wegfahren«, sagte er. »Den hier habe ich in deiner roten Kommode im Flur gefunden, als ich bei dir zu Besuch war. Ich hoffe, du nimmst mir nicht übel, dass ich ihn gestohlen habe.«

Sie starrte ihn an. Ihr blieb nichts anderes übrig, als ihm in die Augen zu schauen, obwohl sie wusste, dass es lebensgefährlich war.

»Dominic, ich warne dich! Du weißt, dass ich heute Abend mit Sebastian verabredet bin.«

»Ja, das ist mir zu Ohren gekommen.« Er ging auf die Sicherheitskontrolle zu. »Wenn du ganz sichergehen willst, dass du diesen französischen Lackaffen nicht verpasst, kannst du unser Date jetzt platzen lassen. Oder du gibst die Kontrolle ab und kommst einfach mit.« Er redete im Gehen, ohne sich umzudrehen und nachzuschauen, ob sie ihm folgte.

Ha, ich soll die Kontrolle wohl an dich übergeben! Das habe ich schon mal gemacht, und das passiert mir nie wieder, dachte sie. Trotzdem dackelte sie hinter ihm her.

Die Kontrolle abzugeben, hatte sie zwar nicht vor, aber sie wollte jetzt unbedingt wissen, was er plante.

Amsterdam. Großartig! Dort war sie noch nie gewesen, und nachdem sie Sebastian eine SMS geschickt und ihm mitgeteilt hatte, dass sie den Restaurantbesuch verschieben müssten, war sie im Flugzeug entspannt eingeschlafen. Kurz vor der Landung wachte sie auf. Sie warf einen verstohlenen Seitenblick auf Dominic, der sich gerade anschnallte.

Wären sie zusammengeblieben, wenn er nicht weggegangen wäre? Die Frage war ihr schon mehr als einmal durch den Kopf gegangen, seitdem er wieder in Schweden war.

In London hatte er Anna Poparova kennengelernt, so viel wusste sie zumindest, und sie selbst hatte einen Mann nach dem anderen gehabt.

Geliebt hatte sie jedoch nie wieder, diese Fähigkeit hatte sie mit ihm verloren. Sie fragte sich, was er für die andere Frau empfunden haben mochte. Diese Frau, die im Herbst nach Stockholm kommen und Ann-Charlotte ersetzen würde.

Gloria war nicht eifersüchtig, aber mit ihr auf der Bühne zu stehen war ihr – auch wenn die beiden kein Paar mehr waren – unangenehm. Zumindest im Moment. Dass Dominic es ertrug, in derselben Inszenierung wie Sebastian aufzutreten, war bewundernswert. Er hatte zwar noch kein freundliches Wort zu dem Franzosen gesagt, seit sie sich wiedergesehen hatten, aber er hielt es immerhin mit ihm auf einer Bühne aus.

Zwischen Gloria und Anna gab es nicht einmal einen unausgesprochenen Konflikt, trotzdem tendierte sie dazu, das Engagement im Herbst abzulehnen. Sie würde noch

einmal gründlich darüber nachdenken. Zum Glück musste sie das ja nicht jetzt entscheiden.

Sie schaute aus dem Fenster. Kein Schnee. Wie schön.

Als Dominic seine Hand auf ihren Bauch legte, zuckte
sie zusammen.

»Ich wollte mich nur vergewissern, ob du angeschnallt
bist.« Er lächelte.

»Verdammt, mir fällt gerade ein, dass ich keine Wechsel-
wäsche dabei habe«, sagte sie. »Wir müssen in Amsterdam
unbedingt shoppen gehen.«

»Vielleicht, vielleicht auch nicht.«

»Was bedeutet das?«

»Frag nicht so viel. Wir landen gleich«, sagte er, als er
sah, dass das Kabinenpersonal seine Plätze einnahm.

In Schiphol herrschte zwar kein Chaos, aber großer
Trubel, doch Dominic schien sich auszukennen. Gloria
beschloss, ihm einfach hinterherzulaufen, und war froh,
dass sie wenigstens anständig angezogen war und nicht die
gemütliche Jogginghose trug, die ihr die frühe Morgen-
stunde zunächst nahegelegt hatte.

Sie eilten durch das Flughafengebäude, und sie war
gespannt, wo sie übernachten würden. Dass sie noch am
selben Tag zurück nach Stockholm fliegen würden, hielt
sie für unwahrscheinlich. Dominic hatte gründlich dafür
gesorgt, dass ihr Abend mit Sebastian ausfiel. Dumm war
er nicht, das musste sie zugeben.

»Müssen wir nicht dahin?« Sie zeigte auf das Schild in
Richtung Ausgang.

»Nein.« Er ging weiter. »Komm.«

Plötzlich kamen sie an neuen Gates vorbei, und erst als
sie abbogen zum Gate Nummer sieben, fiel bei Gloria der
Groschen.

»Du hast doch wohl nicht … Wir werden doch nicht …
Sag nicht, dass …«

Darauf hätte sie selbst kommen können.

»Komm jetzt, Liebling.« Er lächelte.

*Gloria. Heb das Kinn. Hoch damit. Guck nach oben, dann
laufen die Tränen nach innen.*

»Kann ich noch mal auf die Toilette?«

Er sah sie prüfend an. »Geht es dir gut?«, fragte er leise.

Sie nickte, aber auf der Toilette konnte sie sich nicht
mehr beherrschen, sosehr sie es auch versuchte.

Während des Flugs sprachen sie kein Wort. Sie lehnte das
Glas Sekt ab, weil sie Angst hatte, der Alkohol würde ihr
vollends die Beherrschung rauben. Sie hatte das Gefühl,
noch nie so dünnhäutig gewesen zu sein. Und er schien
ihre Empfindsamkeit zu verstehen, denn er nahm ihre
Hand, und dann saßen sie für den Rest der Reise so da. Er
stellte keine Fragen, sondern ließ sie in Ruhe.

»Ich habe ein Auto gemietet«, sagte er, als sie gelandet
waren. »Hoffentlich hat es ein Navi. Ich bezweifle, dass ich
ohne den Weg finden würde.« Er lächelte.

»Mich brauchst du gar nicht anzugucken«, sagte Gloria.
»Wie du weißt, kann ich nicht mal rechts und links unterscheiden.«

»Es fällt mir schwer, dich nicht anzugucken, Gloria. Ich
merke, dass ich ständig Gründe finde, es zu tun.« Er legte
sich die Hand aufs Herz. »Du hast vor vielen Jahren einen
festen Platz hierhin gefunden.«

Ihr Herz durchfuhr ein Schmerz.

»Geh schon«, sagte sie leise, als die anderen Fluggäste sich auf den Ausgang zubewegten. Sie hängte sich die
Handtasche über die Schulter.

245

Wie würde sie es bloß schaffen, heute nicht mit ihm zu schlafen?

»Erkennst du die Gegend wieder?« Sie fuhren zum Hotel.

Gloria schüttelte den Kopf. Sie betrachtete seine Hände auf dem Lenkrad, und in ihrem Innern tobten tausend widersprüchliche Gefühle.

Sie wusste, dass sie eine Frau war, die ganz hervorragend auf eigenen Füßen stand und niemanden zum Anlehnen brauchte. Selbstbestimmt, frei und unabhängig zu sein war ungeheuer wichtig für sie.

In Dominics Gegenwart jedoch fühlte sie sich verletzlich, und das umso mehr, wenn sie weit weg von zu Hause war. Hier hatte sie das Gefühl, auf ihn angewiesen zu sein. Und klein. Als könnte sie nicht überleben, wenn er nicht schützend die Arme um sie legte. Sie empfand eine so starke Sehnsucht nach seinen Händen, dass sie sich zusammenreißen musste, um ihn nicht zu bitten, sie anzufassen. Denn wohin hätte das geführt?

Sie war glücklich, und das fühlte sich gut an. Frei von Sorgen. Sie brauchte nur an sich selbst zu denken, und das war angenehm, einfach und unkompliziert. Ein Fehltritt mit ihm konnte ihr behagliches Dasein auf den Kopf stellen. Vielleicht verlangte er etwas von ihr, das sie ihm nicht mehr geben konnte. Die Tür zu diesem Teil ihres Lebens hatte sie zugemacht. Für diese Art von Gefühlen hatte sie keine Kraft mehr.

Sie musste sich einfach gegen die Erinnerungen wehren, die ebenfalls an die Oberfläche drängten: Sie waren auch glücklich zusammen gewesen. Jeden Morgen war sie in seinen Armen aufgewacht mit der Gewissheit, nie wieder woanders sein zu wollen.

Doch genau daran durfte sie nicht mehr denken.

Die Fahrt zum Hotel dauerte nur zehn Minuten. Als sie in den Innenhof fuhren, schnappte sie nach Luft. Sie spürte mehr, als dass sie es sah, wie Dominic sie beobachtete. Sie drehte sich weg, denn sie musste sich sammeln, bevor sie im Hotel eincheckten.

Zwei Angestellte liefen auf ihr Auto zu. Einer öffnete Glorias Tür und wollte ihr nicht existentes Gepäck hineintragen, der andere übernahm die Suche nach einem Parkplatz.

»Sorry, I travel light.« Sie lächelte, um zu zeigen, wie unheimlich leicht sie es nahm, dass sie nicht einmal ein sauberes Höschen zum Wechseln dabeihatte. Sie würde mit aufs Zimmer gehen, aber dann musste sie erst mal alles Notwendige besorgen: ein paar Kosmetika, darunter ein Deo, eine Zahnbürste und frische Unterwäsche.

»Welcome, Mr and Mrs Evans. Did you have a nice trip to Cork?«

Während das Auto weggefahren wurde, gingen sie auf den Haupteingang zu. Der Hotelpage trug Dominics Koffer und hielt ihnen die Tür auf.

Gloria sah sich in der vertrauten Lobby um. Erinnerungen überwältigten sie fast. Dort hatte der Flügel gestanden. An einem Abend hatten sie und Dominic vor einer jubelnden Gästeschar gesungen, bevor sie sich auf ihr Zimmer zurückgezogen hatten.

Langsam hatten sie sich geliebt. Er ließ sie keine Sekunde aus den Augen. Worte verloren sie nicht, es war nicht nötig. Sie waren eins.

Wenige Monate später waren sie hochgradig entzweit.

Das durfte sie nicht vergessen.

»Bitte sehr, hier ist Ihr Schlüssel. Erster Stock rechts.«

Gloria wachte auf.

»Und mein Schlüssel?«, fragte sie Dominic.

»Dies ist vielleicht das letzte Wochenende, an dem wir verheiratet sind, und deswegen werde ich nirgendwo anders schlafen als bei dir.«

»Dann hoffe ich, dass es ein Sofa in dem Zimmer gibt.« Sie reckte das Kinn in die Höhe. Er nahm vieles als selbstverständlich, und in diesem Fall war ihr das recht. Wenn sie sich ärgerte, war sie nicht so verwundbar.

»Wenn du willst, dass ich auf dem Sofa schlafe, füge ich mich.« Er ging die mit Teppich bespannte Treppe hinauf, die sich auf halber Höhe teilte.

»Sind wir nach rechts oder nach links gegangen, als wir zuletzt hier gewohnt haben?«, fragte er.

»Keine Ahnung«, sagte sie.

Das war natürlich eine Lüge. Sie erinnerte sich noch ganz genau, wie sie eng umschlungen denselben Weg gegangen waren wie jetzt. Das wusste er auch. Er gab sich gelassen, dabei war er genauso angespannt wie sie, das wusste Gloria.

Dominic war ein leidenschaftlicher Mann. Sie war überzeugt, dass er vor dem, was kommen würde, genauso viel Angst hatte wie sie.

Sie sah, wie seine Hand zitterte, als er die Schlüsselkarte an das Lesegerät des Zimmers hielt, in dem sie auf ihrer Hochzeitsreise übernachtet hatten.

Zur selben Zeit in Söder

Ein Mittagessen unter Freunden, hatte er gesagt. Agnes war einverstanden gewesen, mehr konnte ihr Gewissen momentan nicht verkraften.

Sie trafen sich bei Melanders in der Markthalle des Stadtteils.

»Ich weiß zwar, wie du nackt aussiehst, aber sonst weiß ich nichts über dich«, sagte er, als sie ihre Fischsuppe bestellt hatten. Er beugte sich zu ihr hinüber, und sie musste es sich verkneifen, ihn zu küssen.

Um sich nicht vollkommen lächerlich zu machen, nahm sie ihr Glas in die Hand und nippte an dem trockenen Wein. »Was willst du wissen?«

Er sah ihr in die Augen.

»Bei unserer letzten Begegnung hast du gesagt, dass du in Arlanda arbeitest. Was machst du da?«

»Ich fliege.«

»Bist du Stewardess?«

»Pilotin.«

»Hoppla.«

»Hoppla?«

Er senkte den Kopf. »Ich habe offenbar Vorurteile. Man sollte sich heutzutage vielleicht nicht mehr darüber wundern, dass auch Frauen Flugzeuge steuern.«

»Allerdings nicht. Bei SAS sind wir auf dem besten Weg zu fünfzig Prozent weiblichen Flugkapitänen.«

»Entschuldigung«, sagte er. »Kann ich meine Plumpheit irgendwie wiedergutmachen?«

Drei Stunden später hielt sie unter der Dusche die Arme über den Kopf, und er seifte sie am ganzen Körper ein, um ihr das Öl abzuwaschen, mit dem er sie eingerieben hatte.

Unter seinen Händen wurden ihre empfindlichen Brustwarzen wieder steif. Sie machte einen Schritt auf ihn zu und legte ihm die Arme um den Hals, während er seinen nassen Leib an ihren presste. »Küss mich«, wisperte sie.

Christer nahm ihr Gesicht in seine Hände und legte unendlich langsam seinen Mund auf ihren. Seine Zunge liebkoste sanft und behutsam ihre Lippe, bis sie danach schnappte. Sie spürte, dass er hart wurde, und bald ragte seine große Erektion zwischen ihnen in die Höhe. Er ließ ihr Gesicht los, umfasste ihre Pobacken und drückte sie an sich, während er ihr einen tiefen Zungenkuss gab.

»Nimm mich hart, Christer«, murmelte sie.

Hätte sie diesmal nicht noch größere Gewissensbisse haben müssen?

Wie kam es, dass sie überhaupt kein schlechtes Gewissen hatte? Sie bereute es überhaupt nicht, und das allein war schon beängstigend.

Was war aus ihr geworden?

Eine abgebrühte Seitensprungmaschine, die nur an sich selbst dachte? Eine furchtbare Frau, die reihenweise Männer verführte?

Letzteres traf natürlich nicht zu, es war ja nur ein Mann gewesen, aber immerhin. Sie war nach Söder gefahren, hatte mit ihm Mittag gegessen und anschließend vorgeschlagen, in Glorias Wohnung einen Kaffee zu trinken. Als er ja sagte, wusste sie schon, dass sie noch mal mit ihm schlafen würde.

Und offensichtlich noch mal.

Niemand hatte sie je so hart angefasst, und zudem hatte Christer es getan, weil sie ihn darum gebeten hatte. Hätte sie nicht hinterm Lenkrad gesessen, hätte sie vor Scham die

Hände vors Gesicht geschlagen. Er musste sich ja fragen, ob sie Masochistin oder so was war. Das war sie nicht, zumindest bisher nicht, aber irgendwas an dem etwas dominanteren Stil erregte sie. Ihre und Stefans Beziehung war bis ins letzte Detail gleichberechtigt gewesen, auch im Bett, wo sie abwechselnd oben gelegen hatten.

Seit sie Christer kannte, dachte sie beim Masturbieren an ihn. Und ihre Phantasien waren ganz und gar nicht gleichberechtigt. Im Gegenteil. Er riss ihr die Kleider vom Leib, befahl ihr, die Beine zu spreizen, küsste sie, bis ihre Lippen bluteten, packte sie so fest, dass sie das Gefühl hatte, über dem Boden zu schweben, und pumpte seine harten Stöße in sie, bis sie in seinen Armen kam.

Sie war nicht dumm, sondern begriff, dass sie nur deshalb das Gefühl hatte, endlich zu erwachen, weil sie in Wirklichkeit wagte loszulassen.

Sie war so jung gewesen, als sie Stefan kennenlernte. Sie konnte sich kaum noch erinnern, wie es am Anfang gewesen war, aber er hatte sie damals doch bestimmt viel öfter gewollt. Und war das überhaupt so wichtig? Wäre alles anders gekommen, wenn sie nicht nur routinemäßigen Beischlaf am Samstag gehabt hätten?

Wenn sie jetzt daran dachte, konnte sie sich plötzlich doch erinnern, und ihr fiel wieder ein, dass sie sehr viel experimentierfreudiger gewesen waren, bevor die Kinder kamen und alles so schrecklich ernst wurde. Einmal hatte er sie sich über die Schulter geworfen und sie ins Schlafzimmer geschleppt. Dabei hatte er gebrummt, er habe die Schnauze voll von dem ganzen Gerede, und sie war sofort Feuer und Flamme gewesen. Beim nächsten Mal hatte er sich einen Hexenschuss geholt, und danach hatte er sie nie wieder hochgehoben. Trotzdem war damals noch etwas

251

zwischen ihnen gewesen. Was war dann passiert? Waren sie bequem geworden? Betrachteten sie ihre Liebe als Selbstverständlichkeit?

Stefan hatte ihr vor kurzem ein Kompliment gemacht, das sie berührt hatte. Sie hatte sogar hinterher darüber nachgedacht. Wie viele Jahre hatte er so etwas schon nicht mehr zu ihr gesagt? Er hatte ihr schon sehr, sehr lange nicht mehr gesagt, dass er sie hübsch fand, und sie hatte gar nicht gemerkt, wie sehr ihr das gefehlt hatte. Die Komplimente waren zuerst ausgeblieben. Dann war es mit den alltäglichen Zärtlichkeiten den Bach hinuntergegangen, und zum Schluss hatte sie nicht einmal mehr das Gefühl gehabt, dass er sie mochte.

Stefan schmollte, seufzte oder ärgerte sich und war nur ganz selten der Mann, der ihr über die Wange strich. Vielleicht war es kein Wunder, dass seine neuerwachte Liebe zu ihr etwas seltsam auf sie wirkte.

Christer überschüttete sie geradezu mit Lobeshymnen und hatte gesagt, sie sei lecker. Agnes musste lachen. *Lecker.* Vielleicht übertrieb er ein wenig, aber darum ging es gar nicht. Das Wichtigste war, dass er sie begehrte, und das war wahnsinnig erregend.

Hätte ihre und Stefans Beziehung anders ausgesehen, wenn er sie mal aufs Sofa geworfen hätte, weil er keine Sekunde länger darauf warten konnte, sie nackt zu sehen?

Vielleicht. Sie wusste jedenfalls, welche Wirkung es auf sie hatte, dass Christer ein starkes sexuelles Interesse an ihr zeigte.

Sie kannte ihn immer noch nicht besser als vorher, aber das spielte keine Rolle. Sie hatte nicht das Gefühl, dass es notwendig wäre, ihn kennenzulernen, sie wollte seinen Körper.

Und somit war es offiziell.

Sie hatte sich in ein Sexmonster verwandelt.

»Bist du das, Liebling?«, rief er von oben.

»Ja«, rief sie zurück.

»Komm her, ich will dir was zeigen.«

Agnes seufzte. Es ging sicher um eine neue Fassadenfarbe. Oder einen Baum, den er pflanzen wollte.

»Ich komme.«

»Beeil dich.«

Mit ziemlich schweren Schritten ging sie die Treppe hinauf und rief sich ins Gedächtnis, dass sie seit Las Palmas nicht joggen gegangen war. Dort war sie zwar erst vorgestern gewesen, aber trotzdem. Eine Laufrunde am Nachmittag würde sie vielleicht auf andere Gedanken bringen.

»Hier drinnen.«

Sie öffnete die Badezimmertür.

Stefan saß in einem nagelneuen Whirlpool mit zwei Sitzen und sah so glücklich aus, wie Agnes ihn schon lange nicht mehr gesehen hatte.

»Du kommst genau im richtigen Moment, mein Herz.« Er drehte an dem Regler, der das Wasser blubbern ließ. »Komm, setz dich zu mir.«

»Nein danke.« Agnes merkte, dass sie einen Schritt zurückwich. Sie wollte Stefan nicht nackt sehen. Nicht heute, wo sie so erfüllt war vom nackten Körper eines anderen Mannes. »Ich gehe eine Runde laufen.«

Stefan sah sie enttäuscht an. »Ich versuche es wenigstens, Agnes, du solltest dir auch ein bisschen Mühe geben.«

»Es tut mir leid, Stefan, aber ich kann nicht.«

In ihren Kopfhörern lief ein Hörbuch, aber sie konnte sich nicht konzentrieren. Um nicht an ihre eigenen Probleme denken zu müssen, dachte sie stattdessen an ihre Schwester, die mit Dominic in Irland war. Er hatte ihr erzählt, dass er mit ihr dorthin fliegen wollte, und Agnes hatte ihm viel Glück gewünscht.

Es war von Herzen gekommen.

Mit einem einzigen Mann war Gloria glücklich gewesen, und das war er gewesen, auch wenn die Beziehung manchmal stürmisch verlaufen war und sie sich genauso heftig stritten, wie sie sich liebten.

Agnes selbst hatte nie so intensive Gefühle erlebt, und auch wenn sie die beiden jetzt, da sie älter wurde, besser verstand, waren sie und Gloria doch so verschieden, dass sie niemals hundertprozentig verstehen könnte, was ihre Schwester empfand. Vielleicht, weil sie so viel Ähnlichkeit mit Carmen hatte.

Ihre Mutter war mit ihren schwarzen Augen und den dramatischen Gesten immer ein wenig furchteinflößend gewesen, und Agnes hatte immer das Gefühl gehabt, sie müsste eine gute Flamencotänzerin abgeben. Zumindest hatte sie oft darüber geredet und ihren Töchtern sogar ihre Schuhe gezeigt, die so schön klapperten. Doch sosehr Agnes und Gloria bettelten und flehten, weigerte sie sich stets, ihnen etwas vorzutanzen. Agnes hatte Carmen hinterher durch den Türspalt des Schlafzimmers beobachtet und gesehen, wie traurig ihre Mutter aussah, als sie die Seidenschuhe wieder in den schützenden Stoffbeutel und anschließend in den Schuhkarton steckte.

Seit ihrem letzten Telefonat wusste Agnes, dass Gloria darauf bestehen würde, mehr zu erfahren, und vielleicht war es an der Zeit, ihr alles zu erzählen.

Sie hatte lange darüber nachgedacht und war zu dem Schluss gekommen, dass es nicht ihre Aufgabe war, Gloria weiterhin vor der Wahrheit zu schützen. Sie brauchte auf niemanden aufzupassen, außer auf sich selbst. In all den Jahren hatte sie enorm viel Zeit und Energie dafür aufgewendet, sich um andere zu kümmern. Immer hatte sie so getan, als ob alles gut wäre, obwohl das überhaupt nicht stimmte.

Mit ihrer und Stefans Beziehung ging es eigentlich schon seit zehn Jahren bergab. Sie verstand nicht, warum sie nicht schon früher gegangen war. Warum war sie geblieben? Wenn sie ehrlich war, schienen ihr im Moment nur die negativen Seiten einzufallen, aber tief im Innern wusste sie natürlich, dass sie ihn aufrichtig geliebt hatte. Nur weil das Feuer ihrer Liebe eher Wärme als heiße Leidenschaft ausgestrahlt hatte, war ihre Beziehung deshalb nicht weniger wert, wie sie sich jetzt manchmal einzureden versuchte.

In Gedanken war sie über die Gleichberechtigung in ihrer Beziehung hergezogen, obwohl auch sie zu ihrer Geborgenheit beitrug. Sie musste sich nie Sorgen machen, wenn sie beruflich unterwegs war, weil Stefan als Elternteil genauso kompetent war wie sie. Nie war sie in der Waschküche über Wäscheberge gestolpert, denn um die hatte er sich gekümmert. Er hatte sich nie negativ über ihre Arbeit geäußert, nie gestöhnt, weil meistens er zu Hause blieb, sondern sie vielmehr in ihrem Karrierestreben unterstützt.

Nicht die Gleichberechtigung hatte ihrer Ehe den Garaus gemacht, sie hatten ihre Beziehung einfach nicht gepflegt. Wie lange hatte sie Stefan schon nicht mehr so angesehen wie jetzt?

Sie nahm Anlauf und rannte dann wie eine Wahnsinnige einen kleinen Hügel hinauf. Oben war sie so am Ende, dass sie nicht wusste, wie sie es bis nach Hause schaffen sollte.

Als sie ins Haus kam, hörte Stefan Elvis Presley. Das machte er nur, wenn er traurig war. Elvis konnte seine Gefühle in Worte fassen, das war immer schon so gewesen.

Der Text berührte sie, und es war unmöglich, ihn unter den jetzigen Umständen nicht wörtlich zu verstehen.

»You don't have to say you love me, just be close at hand.

You don't have to stay forever, I will understand.

Believe me, believe me.

I can't help but love you.

But believe me.

I'll never tie you down.«

Er saß im Wohnzimmer und merkte nicht, dass sie in der Tür stand. Er strich sich mit der Hand über die Augen.

Ein brennender Schmerz durchfuhr sie. Leise trat sie von der Tür zurück und wusste gar nicht, wie sie diesen Schmerz in der Brust wieder loswerden sollte.

Abend in Cork

»Ich muss ein paar Sachen besorgen.« Gloria sah sich in dem Zimmer um, das sie bis heute nicht vergessen konnte.

Dominic stand am Bett und öffnete seinen Koffer.

»Wieso?«

»Tja, ich bin entführt worden und hatte keine Zeit zu packen.«

»Was hältst du davon?« Mit einem unfassbar zufriedenen Grinsen im Gesicht nahm er ihr verschwundenes grünweißes Kleid aus dem Koffer. »Und schau mal hier.« Er packte auch ein Paar Schuhe mit hohen Absätzen und

Höschen aus und legte eine Strumpfhose in der Packung aufs Bett. »Als du unter der Dusche warst, habe ich nicht nur deinen Pass eingesteckt.«

Als Gloria sah, welche Unterwäsche er eingepackt hatte, konnte sie sich das Lachen kaum verkneifen. Es war offensichtlich, dass er ihr eine gewisse Auswahl bieten wollte. Zwei der Unterhosen waren nahtlose Großmuttermodelle, die den Nabel bedeckten, zwei waren so klein, dass sie fast in den Körperfalten verschwanden.

»Dein Make-up hast du in der Handtasche, oder?«

»Ja, aber nicht das Zeug, mit dem man es entfernt.«

»Verdammt, daran habe ich nicht gedacht. Seife kann man wahrscheinlich nicht nehmen.«

»Nein, nur in extremen Notfällen. Da ich nicht weiß, wie lange die Geschäfte hier am Samstag geöffnet sind, machen wir uns lieber gleich auf den Weg. Oder möchtest du lieber hierbleiben? Ich kann auch allein gehen.«

Er zog seine Jacke an.

»Nie im Leben.«

Es war schön, aus der Suite herauszukommen. Je weniger Zeit sie dort zusammen verbrachten, desto besser.

In Cork waren noch alle Läden geöffnet, und nachdem Gloria alles Nötige eingekauft hatte, flanierten sie durch die Innenstadt. Da sie während ihrer Hochzeitsreise kaum das Hotelzimmer verlassen hatten, war die Stadt in gewisser Weise neu für sie.

»Wollen wir ein Bier trinken?«

»Gern.«

Sie mussten sich zu einem anderen Paar an den Tisch quetschen. Gloria rieb unter dem Tisch ihre Hände mit dem Desinfektionsmittel ein. Zum Glück enthielt die Flasche nur fünfundsiebzig Milliliter. Fünfundzwanzig mehr, und sie hätte es an der Sicherheitskontrolle wegwerfen müssen. Sie nahm sich vor, keine größere Flasche zu kaufen, wenn diese leer war, denn man wusste nie, wann man gezwungen wurde zu verreisen.

Sie tranken ein Bier, unterhielten sich ungezwungen über alles Mögliche, und Gloria merkte, wie sie sich allmählich entspannte. Vielleicht war dies ja trotz allem ein guter Abschluss.

»Willst du mir nie wieder in die Augen sehen?« Er leerte sein Bierglas.

»Wahrscheinlich nicht.«

»Warum?«

»Bist du fertig? Wollen wir gehen?«

Sie hatte keine Lust, ihm zu erzählen, welche Wirkung sein Blick auf sie hatte und dass sie mit dieser Methode am besten zurechtkam. So würde sie weitermachen, bis sie geschieden waren. Sie würde ihn freundlich behandeln, ohne ihm tief in die Augen zu schauen. Auf dem Flughafen in Amsterdam war sie für einen Moment schwach geworden, aber nun hatte sie wieder alles unter Kontrolle. Solange sie diese Technik anwandte, konnte er sie nicht aus dem Gleichgewicht bringen.

Als sie aufstanden, verschlang die Frau am selben Tisch Dominic mit ihren Augen.

Es war *wirklich nicht* Glorias Absicht, sie mit ihrem Blick zu durchbohren, aber die Art, wie sie ihn anstarrte, war so geschmacklos, dass sie es sich einfach nicht verkneifen konnte. Noch waren sie nicht geschieden.

Frühling lag in der Luft, und sie wäre gern noch einen Tag länger geblieben. Es lief gut, sie waren Freunde. Sie

plauderten über dies und das. Sie hatte sich bei ihm einge-
hängt und lachte über etwas, das er gesagt hatte, während
sie gemächlich zurück zum Hotel spazierten.

»Wo und wann essen wir denn?«, fragte Gloria.

»Um acht im Hotel.«

Sie warf einen Blick auf ihre Armbanduhr. »In zwei
Stunden.«

»Ich freue mich, dass du die Uhr trägst, die ich dir geschenkt habe.« Er lächelte.

»Es ist ja auch eine Rolex. Die halten offenbar ewig.«

»Die habe ich von meinem ersten Gehalt gekauft.«

»Ich weiß. In dem Monat habe ich die Miete bezahlt.«
Sie lächelte zurück. »Aber ich habe mich trotzdem über die
Uhr gefreut.«

»Hm. Ich weiß noch genau, wie du dich bedankt hast.«

»Oh, ich nicht.«

Doch sie erinnerte sich natürlich. Er hatte sich darüber
genauso gefreut wie sie über die Uhr, aber sie wollte jetzt
nicht daran denken. Solche Gedanken waren momentan
verboten. An einen nackten Dominic konnte sie zu Hause
denken. Aber heute auf keinen Fall.

»Mr Evans, can I have a word, please«, sagte der Rezep-
tionist, als sie die Lobby betraten, und warf Gloria einen
entschuldigenden Blick zu. »Ich gehe schon mal nach
oben«, sagte sie.

Es war himmlisch, sich auf dem großen Bett auszustrecken. Wenn sie allein gewesen wäre, hätte sie einen der
Bademäntel angezogen, die hinter der Tür hingen. So legte
sie sich ausnahmsweise in den Sachen hin, die sie auf der
Reise getragen hatte. Die Bluse, die sie sich für den Rück-
flug gekauft hatte, war noch in der Tüte auf dem Fußboden, sie würde sie später aufhängen. Es war einfach zu

259

angenehm, kurz zu liegen. Zwei Minuten später schlief sie tief und fest.

Dominic kam auf Zehenspitzen herein, er hatte sich schon gedacht, dass sie eingeschlafen war. Leise legte er sich aufs Sofa, nachdem er den Wecker gestellt hatte. Eine halbe Stunde konnten sie sich gönnen, aber dann brauchte Gloria bestimmt noch Zeit, um sich in Ruhe fertigzumachen. Jedenfalls war es früher so gewesen.

Er hatte es genossen, ihr zuzusehen, wenn sie sich für ihn schönmachte. Allerdings rechnete er nicht damit, dass es heute genauso wie früher sein würde, denn damals war sie leicht bekleidet vor ihm herumspaziert.

Er liebte sie. Gott im Himmel, wie sehr er sie liebte.

Aber er würde sein Versprechen halten. Wenn sie das dann immer noch wollte, würde er am Montag die Papiere unterschreiben. Er konnte sie nicht zwingen, nicht unter Druck setzen und nicht anflehen. Er wollte nur mit ihr zusammen sein, wenn sie sich genauso nach ihm sehnte wie er nach ihr.

Dominic hatte nach Gründen gesucht, warum sie nicht wieder zusammenkommen sollten, und davon gab es sicher Hunderte, aber sein Herz nannte ihm nur die Argumente, die dafür sprachen.

Ihre Liebe war einzigartig gewesen, jedenfalls für ihn. Er hatte zwar nicht vergessen, dass sie mit ihm Schluss gemacht hatte, aber er wusste auch, dass sie ihn damals geliebt hatte. Da war er sich ganz sicher.

Hatte sie für irgendeinen Mann nach ihm genauso empfunden?

Für Sebastian?

Ihm wurde schlecht, wenn er sich die beiden zusammen

vorstellte. Ein Schwein, ein schleimiger, affiger Ladykiller, der sich ein Opfer nach dem anderen suchte. Für seine Affären war er berühmter als für seine Fähigkeiten. Singen konnte er auch einigermaßen, aber Sebastian wurde nicht deshalb engagiert, sondern weil er ein junges weibliches Publikum anzog.

Als Gloria sich zu bewegen begann, setzte Dominic sich auf. Er hätte an sich müder sein müssen, aber da er wusste, dass dies möglicherweise das letzte Wochenende sein würde, das er mit ihr verbrachte, wollte er keine Sekunde verpassen. Nicht einmal, wenn sie schlief.

Wenn er sich vorstellte, dass sie einfach ohne ihn weiterlebte, bekam er Angst. Das tat sie zwar schon seit langem, und in gewisser Weise hatte er das ja auch getan, weil sie sich so lange nicht gesehen hatten, aber sie war seine Frau. Seine große, leidenschaftliche Liebe. Seine einzige, wenn er ehrlich war.

Die vielen Jahre in England hatten seine Gefühle gedämpft, aber kaum hatte er sie gesehen, war seine Liebe wieder aufgeflammt. Würde er es in Stockholm aushalten, wenn sie ihn nicht mehr sehen wollte?

»Wie spät ist es?«

»Viertel nach sieben.«

Sie setzte sich auf. »Dann muss ich mich ein bisschen beeilen.« Sie fuhr sich durchs Haar. »Hast du geschlafen?«

Er schüttelte den Kopf. »Nein. Wäre es okay für dich, wenn ich kurz dusche, bevor du ins Bad gehst? Dann hast du es ganz für dich allein, bis wir losmüssen.«

Als Gloria und Dominic den vollbesetzten Speisesaal betraten, kümmerte sich sofort ein Kellner um sie. »Mr and Mrs Evans, welcome. This way, please.« Er ging voran, und

Gloria hakte sich bei Dominic ein. Nächste Woche würden sie sich scheiden lassen, da konnte sie ja wenigstens für einen Abend seine Ehefrau spielen.

Erst kurz vorm Tisch sah sie es und schrie laut auf. Dann fing sie an zu weinen. Marcus und Bill saßen schon da, erhoben sich aber, als sie das Ehepaar Evans näher kommen sahen.

Gloria drehte sich zu Dominic um. »Hast du das organisiert?«

Er antwortete mit einem Lächeln, aber da hatte sie bereits ihren Sohn in die Arme geschlossen. »Mein geliebtes Kind, was bin ich froh, dich zu sehen«, sagte sie. »Lass dich mal anschauen.« Sie wich einen Schritt zurück. »Du siehst gesund und glücklich aus.« Sie nahm eine Stoffserviette vom Tisch und tupfte sich damit die Augen ab. »Das ist die tollste Überraschung der Welt. Und Bill, dich zu sehen freut mich auch wie verrückt.« Sie ging auf ihren Schwiegersohn zu. Sie sah Dominic an, schaute ihm zum ersten Mal auf dieser Reise in die Augen, und dann streckte sie eine Hand nach ihm aus, während sie Bill den anderen Arm um die Taille gelegt hatte.

»Du weißt, wie viel mir das hier bedeutet«, sagte sie. »Danke.«

Er küsste ihr die Hand. »Wollen wir uns setzen?«

»Euch beide habe ich nicht mehr zusammen gesehen, seit ich dreizehn war.« Marcus schob seiner Mutter einen Stuhl hin. »Ich freue mich, dass ihr wieder vereint seid.«

Gloria lachte. »Ja, aber nur für diese Inszenierung. Dominic gibt einen glänzenden Don José, aber das wisst ihr natürlich.«

Marcus lächelte. »Über eure Carmen spricht man sogar in London. Man erzählt sich, dass sich an der Stockholmer

Oper gerade etwas Großes tut. Ich bin wahnsinnig stolz, das könnt ihr euch denken.«

»Genug über uns geredet. Wie geht es meinem Enkelkind?«

»Ihm geht es gut, er ist bei seinen Müttern.« Marcus holte sein Handy hervor. »Er hat eine Nachricht für dich aufgenommen.«

Gloria ging das Herz auf, als sie den Kleinen in die Kamera winken und mit seinem Teddy herumfuchteln sah, während er singend über den Küchenfußboden tanzte.

»Schau mal, Dominic, ist er nicht süß?«

»Er ist unheimlich süß, ich habe ihn ja schon einige Male getroffen.«

»Kaum zu glauben, dass ihr all die Jahre Kontakt zueinander hattet, ohne dass ich davon wusste.«

»Das war Papas Verdienst«, sagte Marcus. »Er wusste, dass Dominic mir viel bedeutet, und hat mir ab und zu einen Flug nach London spendiert. Und hin und wieder warst du ja auch in Stockholm.« Er wandte sich an Dominic.

»Ja, mindestens viermal im Jahr war ich in all der Zeit bestimmt zu Hause«, sagte er. »Und ich glaube, wir haben uns jedes Mal gesehen.«

»Hinter meinem Rücken.« Gloria versuchte, ein wenig enttäuscht zu klingen, aber es klappte einfach nicht. Sie war viel zu froh über das, was Dominic für sie getan hatte. Dieses Geschenk würde sie niemals vergessen, was immer auch passierte.

Tag dreißig

Gloria wollte ihn bei sich im großen Bett haben; es hatte nichts damit zu tun, dass er ihren Sohn nach Cork hatte einfliegen lassen, sie verspürte einfach eine brennende Sehnsucht, ihm nah zu sein.

Ganz langsam hatten sie sich geliebt, als wollten sie den Akt beide in die Länge ziehen. Und nachdem sie eine Stunde geschlafen hatten, fingen sie noch einmal von vorn an.

»Verlass mich nicht, Gloria«, flüsterte er. »Verlass mich nicht.«

Als sie aufwachte, stand er am Fenster.

Er hatte den weißen Hotelbademantel aus Frottee übergezogen, und sie spürte ein Ziehen im Bauch, als sie ihn so sah. Er musste geduscht haben, denn seine Haare waren nass. Ein Handtuch hing ihm um den Hals.

»Guten Morgen.« Sie setzte sich auf.

Ein Strahlen breitete sich auf seinem Gesicht aus. »Guten Morgen, mein Liebling. Hast du gut geschlafen?«

Gähnend streckte sie die Arme zur Decke, bevor sie sie schlaff auf das dicke Federbett plumpsen ließ. »Danke, unheimlich gut. Und du?«

Er setzte sich zu ihr auf die Bettkante. »Phantastisch.« Er steckte die Hand unter die Decke und streichelte ihren Fuß. »Ich habe eine wundervolle Nacht hinter mir.« Er lächelte.

Gloria wurde rot. Wie albern, warum passierte ihr das? Sie hatten doch nichts gemacht, was sie nicht auch schon früher getan hatten. Keiner von ihnen war verklemmt, also woher kam plötzlich diese Schüchternheit?

Sie zog sich die Decke über die Brust und legte die Hände darauf. »Wollen wir frühstücken?«

Lachend zog er die Hand, die langsam vom Fuß bis zum Oberschenkel hinaufgewandert war, unter der Decke hervor. »Unbedingt. Auf dem Zimmer oder im Speisesaal?«

»Hier. Du kannst doch bestellen, während ich dusche. Hast du heute schon mit Marcus telefoniert?«

»Nein, aber als ich aufgewacht bin, hatte ich eine SMS von ihm bekommen. Sie sind heute früh gegen sieben abgereist.«

»Okay.«

»Sie warf die Decke zur Seite und stand auf. Irgendwie musste sie diese Schamesröte überwinden, und das tat sie am besten, indem sie gleich ihre ganze Herrlichkeit dem Tageslicht preisgab. Er hatte ja im Laufe der Nacht ohnehin alles zu sehen bekommen, und daher machte es eigentlich keinen Unterschied.

Dominic räusperte sich. »Wenn ich etwas essen soll, müsstest du dir einen Bademantel anziehen, wenn du aus der Dusche kommst. Er hängt hinter der Tür.«

Gloria lächelte verführerisch und tappte auf Zehenspitzen ins Badezimmer.

Nach dem Duschen betrachtete sie sich im Spiegel. Ihre leuchtenden Augen ließen keinen Zweifel daran, wie ihr die Nacht mit ihm gefallen hatte.

OH, MEIN GOTT.

Als sie daran dachte, hatte sie fast das Gefühl, es würde ihr noch einmal kommen.

Sie hörte ihn rufen.

»Fünf Minuten.«

»Was?« Sie grinste.

»Fünf Minuten.«

»Ich kann dich nicht verstehen.«

Als er die Badezimmertür öffnete, verkniff sie sich das Grinsen und cremte sich die Brüste mit Bodylotion ein.

»Was hast du gesagt?«

Er räusperte sich. »Dass das Frühstück in fünf Minuten kommt.«

»Schade«, sagte sie. »Sonst hätten wir vielleicht ...«

Gloria hatte keine Ahnung, wie es möglich war, noch einmal so scharf zu werden, aber ihr Körper schien einfach nicht genug zu bekommen. Ihre Haut hungerte nach seiner Berührung, sie hatte seine Hände zwanzig Jahre lang vermisst. Als das Zimmermädchen das Frühstück brachte, rief Dominic, sie solle das Tablett auf dem Tisch abstellen, und kaum war die Tür wieder zu, küsste er sie erneut, während sich ihre Körper weiter im gleichen Rhythmus bewegten.

Sie blieben im Zimmer, solange es ging, und als sie sich ins Auto setzten, um zu Flughafen zu fahren, wirkten beide gedämpft. Gloria war überall wund und hatte sicherlich blaue Flecken. In ihrem Innern brannte ein Feuer, das sie nur mit ihm erlebt hatte.

Als sie leise danke flüsterte, sah er sie fragend an. Dann streichelte er ihr über die Wange. »Für dich würde ich alles tun, Liebste.«

Sie waren nicht einmal zwei Tage weg gewesen, aber Gloria kam es vor wie eine ganze Woche. Im Anflug auf Arlanda zog sie ihren Sicherheitsgurt straff und schob ihre Hand in seine.

Er drehte sich lächelnd zu ihr um. Wie zärtlich du bist, dachte sie. Dass er Marcus und Bill eingeladen hatte, war ungeheuer lieb von ihm gewesen. Diese Seite von ihm hatte sie ganz vergessen, obwohl er ja damals, als sie ein Paar

waren, auch so gewesen war. Er hatte ihre und Marcus'
Bedürfnisse immer im Blick gehabt.

»Zu Hause«, sagte er, als sie landeten.

Sie nickte.

Was sollte nun werden? Er fuhr in seine Wohnung und
sie zu sich in die Östgötagata? Das wäre seltsam gewesen.

Hand in Hand stiegen sie aus dem Flugzeug und pas-
sierten den Zoll, und als sie durch den letzten Gang vor
der Ankunftshalle gingen, hielt er sie so fest, als befürchtete
er, sie würde sich losreißen, sobald sich die Schiebetüren
öffneten.

»Dominic, darling, there you are«, rief eine winkende
Frau.

Gloria begriff gar nicht, was los war, als Dominic ihre
Hand losließ, als hätte er sich verbrannt, und auf die Frau
zurannte. Jetzt sah sie, dass es Anna Poparova war.

Die Russin warf sich in seine Arme. »Darling«, sagte sie
laut. »My sweet sweet darling.«

Gloria glaubte, sich getäuscht zu haben, als sie den Blick
sah, den die russische Sängerin über Dominics Schulter
warf.

Sie sah siegesgewiss aus.

Auf einmal stand Sebastian vor Gloria. »So, du warst
also mit Dominic auf Reisen. Nach Irland, wie man hört.«
Sein freundliches Lächeln hatte sich verflüchtigt.

Gloria wäre am liebsten im Erdboden versunken, sie
fühlte sich so entsetzlich gedemütigt. Sie hatte das Gefühl,
splitternackt und völlig ungeschützt in der Ankunftshalle
zu stehen.

»Entschuldige, aber ich muss dringend auf die Toilette.«

Sie hörte, dass Dominic ihr hinterherrief, als sie zur
Rolltreppe raste und sie hinaufhastete, ohne sich umzu-

267

drehen. Dann rannte sie, so schnell sie konnte, durch das ganze Sky-City-Gebäude und die Treppe hinunter. Erst im Terminal für die Inlandsflüge wagte sie stehen zu bleiben. Sie war vollkommen am Ende. »Atmen, Gloria. Atmen«, sagte sie zu sich selbst. Dann warf sie rasch einen Blick hinter sich. Falls Dominic ihr gefolgt war, hatte sie es geschafft, ihn abzuschütteln. Nun musste sie nur noch ein Taxi ergattern, und dann konnte sie sich in ihre sichere Höhle zurückziehen.

In ihrer Wohnung lehnte sie sich von innen an die Tür und schloss ab. Das Herz schlug ihr immer noch bis zum Hals. Aber jetzt war sie zu Hause. Hier konnte ihr nichts passieren. Sicherheitshalber verriegelte sie auch das Gitter. Dann schleuderte sie die Schuhe von den Füßen, ging in die Küche, schaltete den Wasserkocher ein, um sich einen Tee zu machen, und hob die Zeitungen vom Boden auf. Da sah sie den Brief. Wieder keine Briefmarke. Sie öffnete den Umschlag. Die gleichen ausgeschnittenen Buchstaben auf DIN-A4-Papier.

Du spielst mit dem Feuer. Aber du wirst deine Strafe bekommen.

Gloria legte das Blatt auf die Arbeitsplatte. Sie hatte jetzt nicht die Nerven, sich näher damit zu beschäftigen. Und wer auch immer ihr solche Briefe schrieb, hatte ja recht. Sie hatte tatsächlich mit dem Feuer gespielt. Wie hatte sie nur so dumm sein können, mit ihm zu schlafen?

War das Teil seines Plans? Hatte er ihren Sohn hergezaubert, damit sie weich wurde und ihn vor Dankbarkeit in ihr Bett ließ, wo er sie mühelos verführen konnte? Er hatte es ihr so oft besorgt, dass sie kaum noch stehen konnte, und dann warf er sich dieser Anna Poparova in die Arme.

»Verlass mich nicht, Gloria.« Drecksack. Seine Worte hatten sie wirklich berührt. So ein verdammtes … Ekel.

Das Handy hatte sie abgeschaltet, sobald sie in der Wohnung war, denn sie wusste, dass er anrufen würde. Nüchtern betrachtet, hatte er nichts falsch gemacht, das wusste Gloria auch. Wenn er das wollte, durfte er Anna schließlich ein Begrüßungsküsschen geben. Gloria hätte ihr auch gern die Hand gegeben, wenn sie vorgestellt worden wäre.

Doch das »Darling«, das die Frau gehaucht hatte, und die Art, wie sie sich ihm an den Hals warf, waren mehr als eine Begrüßung unter Kollegen. Viel mehr als das. Er wollte sie in den Armen halten, sonst hätte er nicht Glorias Hand losgelassen, als hätte sie die Pest.

Sie war eifersüchtig. In ihrer Brust brannte es wie Feuer. Doch nicht ohne Grund.

Dies war eine Frau, mit der Dominic liiert gewesen war, und nun ärgerte sich Gloria über sich selbst, weil sie in seiner Autobiographie noch nicht weitergekommen war. Dann wüsste sie vielleicht schon mehr über seine große Liebe und wäre vorbereitet gewesen. So hatte sie sich überrumpeln lassen und kam sich unendlich blöd vor, was ein furchtbares Gefühl war.

Da Dominic nicht in der Nähe war, hatte sie Lust, auf irgendeinen Gegenstand einzudreschen. Sie ging ins Schlafzimmer und schnappte sich ein Kissen.

»Du verdammtes Arschloch, wie konntest du mir das nach unserem gemeinsamen Wochenende antun«, schrie sie, während sie das Kissen immer fester auf das Bett knallte. »Scheiße aber auch … du blödes Arschloch!« Sie schlug mit dem Kissen auf das Bett ein und sackte schließlich weinend darauf zusammen. Der Bettbezug wurde klitschnass von ihren Tränen, obwohl sie eigentlich eher wütend als traurig war. Vielleicht wollte sie aber auch nur wütend sein, denn damit konnte sie besser umgehen. Außerdem ließ Wut sich leichter in etwas Gutes verwandeln.

Morgen würde sie ihm die Unterlagen geben, die er unterschreiben musste, damit sie endlich frei war.

Der dritte Akt
Noch zwanzig Tage

Tag einunddreißig

Am nächsten Morgen rief Gloria sowohl Kit als auch Lena an. Sie musste mit jemandem reden, und ihre Freundinnen stellten sich zum Glück zur Verfügung. Sie trafen sich im Café Gunnarssons, und als beide schon in der Schlange vorm Tresen wissen wollten, was passiert war, zischte Gloria, sie würde alles erzählen, sobald sie am Tisch säßen. Sie hatte panische Angst, dass jemand anders sie hören könnte. Nicht, weil sie so bekannt war, sondern weil die ganze Geschichte so peinlich war.

Kaum hatte sie sich hingesetzt, ließ sie die Bombe platzen.

»Was, du bist verheiratet?« Lena starrte sie an, als traute sie ihren Ohren nicht.

»Pscht.« Gloria trug eine große dunkle Sonnenbrille. »Nicht so laut.« Sie sah sich um. »Aber ich bin bald geschieden. Wenn er endlich unterschreibt, aber das hat er mir versprochen.«

»Wie kannst du verheiratet sein, ohne davon zu wissen? Das verstehe ich nicht«, sagte Kit. »Du musst doch hin und wieder Dokumente bekommen, in denen es steht.«

»Nope. Für meine Steuer habe ich eine Steuerberaterin, und sie hat es noch nie mit einer einzigen Silbe erwähnt. Eigentlich merkwürdig, wenn ich es mir genau überlege. Aber sie arbeitet schon seit Ewigkeiten für mich, und deswegen hat sie wahrscheinlich gar nicht darüber nachgedacht. Wir haben noch nie über mein Privatleben gesprochen.«

»Und die Bank? Was ist mit dem Kredit, den du aufgenommen hast, um die Wohnung zu kaufen?«

»Abbezahlt, ich habe keinen Kredit mehr.« Sie zuckte mit den Schultern. »Glaubt mir, ich habe keine Ahnung. Ich denke mir das ja nicht aus.«

»Es ist nur so merkwürdig.«

»In der Metro stand was darüber«, sagte Lena. »Es ist gar nicht so ungewöhnlich. Meistens kommt es ans Licht, wenn man wieder heiraten will. Dann muss man nämlich eine beglaubigte Abschrift des Eheregisters beantragen. In dem Artikel stand, dass häufig einer von beiden vergisst, die Unterlagen einzusenden, wenn der andere den Scheidungsantrag gestellt hat.«

»Genauso war es bei uns auch.« Gloria schob sich die Sonnenbrille in die Haare.

»Und was passiert jetzt?«, fragte Lena.

»Er bekommt heute meine unterschriebenen Papiere.«

»Und wenn er sich wieder weigert, auch zu unterschreiben?«

»Das glaube ich nicht. Wenn er ein Versprechen gegeben hat, ist er ein Ehrenmann.«

»Woher willst du das nach so vielen Jahren wissen?«

»So was ist doch eine Frage des Charakters. Ich glaube nicht, dass man das verliert.«

»Aber vielleicht will er sich rächen.«

»Wofür denn? Ich habe ihm nichts getan.« Sie schob den

Teller mit dem halb aufgegessenen Schinkensandwich von sich. »Im Gegenteil. Ich habe zugestimmt, als er fünf Dates vorgeschlagen hat, und die haben wir nun hinter uns.«

Lena beugte sich über den Tisch zu Gloria. »Wie war der Sex mit ihm?«, flüsterte sie. Kit lehnte sich auch nach vorn, um sie besser zu verstehen.

Gloria seufzte laut.

»Müsst ihr euch denn scheiden lassen? Ich finde, dieses Seufzen klingt nach einer guten Basis, um zusammen- zubleiben.« Lena lächelte.

»Da er jetzt eventuell auch dieser Russin ein Stöhnen entlockt, verzichte ich. Von diesem Schock werde ich mich in Gesellschaft eines anderen Mannes erholen. Vielleicht mit einem Franzosen.«

»Sebastian?«, fragte Kit.

»Ich verstehe nicht, wo ihr immer all diese Männer her- nehmt«, sagte Lena. »In meiner Branche gibt es fast gar keine.«

Gloria lehnte sich wieder zurück, und Kit und Lena taten es ihr gleich.

»Komm an die Oper«, sagte Gloria. »Dort gibt es jede Menge willige Opfer, die sich mühelos verführen lassen.«

»Das klingt verbittert«, sagte Lena.

»Ich gebe Gloria recht«, sagte Kit. »Die Männer in unse- rer Branche sind die reinsten Schlampen.«

Lena und Gloria starrten sie verwundert an.

Aus Kits Mund klang eine solche Bemerkung so über- raschend, dass Lena und Gloria lauthals lachen mussten. Die anderen Gäste schauten neugierig in ihre Richtung.

»Bravo, Kit. Endlich hast du es kapiert. Also, was meinst du, Lena? Wenn du jemand abschleppen willst, brauchst du nur an unseren Arbeitsplatz zu kommen.«

Gloria warf den Frauen am Nachbartisch einen bösen Blick zu, worauf sie peinlich berührt wegsahen. Sie konnte sich ausmalen, was sie sich zuflüsterten. Die Frauen an Glorias Tisch hatten über Männer gesprochen, als wären sie eine Handelsware.

»Ich freue mich auf unser Treffen am Samstag.« Als sie eine Weile später in der Götgata standen, nahm Gloria Lena in den Arm. »Agnes kann auch, ich habe sie vorige Woche schon gefragt.«

»Wie ist es für dich, dass du Dominic heute sehen musst?«, fragte Kit auf dem Weg zum Auto. Sie musste heute auch nach Gäddviken und durfte bei Gloria mitfahren.

»Gut. Ich bin froh, es bald hinter mir zu haben. Wir haben noch fast drei Wochen zu proben und müssen uns jetzt auf die Inszenierung konzentrieren.«

»Willst du wirklich mit einem anderen ins Bett?« Kit klang besorgt.

»Sebastian, meinst du? Tja, entweder mit ihm oder mit einem anderen. Sebastian hat mir seine Dienste so oft angeboten, dass ich wahrscheinlich nur mit den Fingern zu schnippen brauche. Ich glaube, er ist mehr als reif.«

»Aber wie fühlst du dich dabei? Willst du denn nicht eigentlich mit Dominic zusammen sein?«

»Ich weiß es nicht. Aber ich möchte keinen Korb von ihm bekommen, das verkraftet mein Stolz nicht«, sagte sie ehrlich.

In Glorias Wunschvorstellung würden sie freundschaftlich auseinandergehen und sich hin und wieder ein wundervolles Rendezvous gönnen, aber in Wirklichkeit war sie ihm schon wieder so verfallen, dass sie eine Mauer zwischen sich und ihm brauchte, und daher kam ihr der Franzose gerade recht.

Sie hatte keine Lust, noch einmal großen Liebeskummer wegen Dominic zu haben, und daher war es gut, dass es zu Ende war, bevor es angefangen hatte. Das Wochenende war nur ein Patzer in einem ansonsten makellosen Protokoll.

Ihre Gefühle waren für einen Moment mit ihr durchgegangen, das würde ihr eine Lehre sein. Sie hatten sich seit zwanzig Jahren nicht gesehen, da war es ja wohl kein Wunder, dass sie vergessen hatte, welche Anziehungskraft er damals auf sie ausgeübt hatte.

»Ich habe dich noch gar nicht gefragt, wie es dir geht«, sagte Gloria.

Kit winkte ab. »Total beschissen. Ich will nicht darüber reden.« Sie senkte die Stimme. »Du solltest zu einer Wahrsagerin gehen.«

»Was?«

»Ich habe das schon öfter gemacht. Und wenn ich auf sie gehört hätte, wäre mir die Tragödie mit Adrian erspart geblieben.«

Gloria lachte. »Was hat sie denn gesagt?«

»Dass ich einen Mann liebe, der mich nicht haben will.«

»Das ist ja furchtbar.«

»Ja, aber sie hat nur meine eigenen Vermutungen bestätigt. Ich kann dir einen Termin besorgen.«

»Ja, ja, mach das ruhig.«

Als sie aus dem Auto stiegen, trennten sie sich. Gloria wollte ihren Ehemann suchen gehen und ihm den unterschriebenen Scheidungsantrag überreichen.

Sie sah sich um, aber es waren nur die Chorsänger da.

Die heutige Szene spielte an einem dunklen Ort weit weg von den Lichtern der Stadt. Das entsprechende Bühnenbild würde erst in der Oper aufgebaut werden, hier begnügte man sich damit, das Licht zu dämpfen, um die passende Stimmung zu erzeugen.

Trotz ihres, gelinde gesagt, komplizierten Privatlebens freute sie sich darauf, vor einem vollem Haus zu singen. Auf der Bühne konnte sie ihre Gefühle ausleben, das hatte sie früher auch so gemacht.

Kit kam angerannt und sah zum ersten Mal seit langer Zeit freudig erregt aus. »Sie kann morgen um neun«, keuchte sie. »Ich habe sie gleich angerufen.«

»Von wem sprichst du?«

»Von der Wahrsagerin. Anita Nilsson. Du fährst morgen früh zu ihr nach Bandhagen. Ich schicke dir die Adresse und ihre Telefonnummer. Ach ja, vergiss nicht, siebenhundert Kronen mitzunehmen.«

»Gott, ist das teuer.«

»Psychotherapeuten sind noch teurer.«

»Aber vermutlich ist das Geld bei ihnen besser angelegt.« Gloria zog die Augenbrauen hoch.

»Ganz bestimmt nicht.« Kit zog ihr Handy aus der Tasche und tippte darauf herum. »So, jetzt habe ich dir alle Infos geschickt.«

»Können wir kurz reden, Gloria?«

Er war hinter ihr aufgetaucht, ohne dass sie oder Kit ihn bemerkt hätten. Kit verschwand wie der Blitz, und Gloria schickte ein Stoßgebet zum Himmel, in dem sie Gott bat, ihrer inneren Karin die Führung zu übergeben. Eins, zwei, drei. Mit erhobenem Kopf drehte sie sich zu ihm um.

»Gut, dass du hier bist, Dominic«, sagte sie mit fester Stimme und öffnete ihre Handtasche. »Bitte sehr.« Sie reichte ihm die Papiere. »Brauchst du einen Stift?« Sie sah, dass Sebastian hinter ihm näher kam.

»Entschuldige.« Sie machte einen Schritt zur Seite und winkte. »Sebastian, wir müssen uns darüber unterhalten, wann endlich unser verschobenes Date stattfindet. Am besten fährst du heute Abend mit mir nach Hause«, zwitscherte sie, ohne Dominic noch einmal anzusehen.

Es war nicht nötig.

Sie spürte am ganzen Körper, dass er durchdrehte.

»Okay, wir sind alle bereit. Wo ist unser Dirigent?«

Sie warteten auf Pjotr, und Gloria spürte Dominics Atem im Nacken.

»Wir müssen reden.«

Als sie nicht antwortete, kam er ihr so nah, dass seine Lippen ihren Hals berührten. Ein Schauer durchfuhr sie, ohne dass sie es verhindern konnte.

»Ich habe dich ungefähr dreihundertmal auf dem Handy angerufen, seit du in Arlanda weggelaufen bist.«

Wenn er doch wenigstens gesagt hätte, es tue ihm leid, sie habe alles missverstanden, und Anna sei seine Schwester, die er aus den Augen verloren und nun endlich wiedergefunden habe, aber nichts davon kam aus seinem Mund.

Also tat Gloria, als würde sie ihn nicht hören. Sie würde sich bedanken, wenn er die Papiere unterschrieben hatte, sie würde mit ihm singen, weil sie ein Profi war, aber von diesem Akt an brauchte sie sich nicht mehr an ihn zu schmiegen. Im Gegenteil, sie würde ihn von sich stoßen, weil Carmen seine Eifersucht unerträglich fand.

Mit einem schuldbewussten Lächeln kam Pjotr auf die Bühne. »Ich muss Anna rasch ein paar Instruktionen geben«, sagte er. Erst jetzt sah Gloria, dass die Russin auch da war. Sie musste sich auf die Zunge beißen, um Dominic nicht zu fragen, was seine … Schnalle hier machte.

»Die meisten von euch kennen Anna Poparova natürlich«, sagte Denise, »und es ist eine große Ehre für uns, dass sie die Rolle der Michaela übernehmen wird. Herzlich willkommen. Deine wunderschöne Stimme werden wir zwar heute nicht hören, aber morgen kommt ja dein Solo dran. Ich freue mich unglaublich darauf, dich zu hören.«

Gloria klatschte in die Hände, weil ihr nichts anderes übrigblieb. Ihre Kollegen jubelten.

Warum war Ann-Charlotte nicht da?

»Ich bin völlig am Ende«, sagte Gloria, als sie sich mit Sebastian ins Auto setzte. »Ich hoffe, du verzeihst mir, dass ich heute Abend nichts mehr unternehmen möchte.«

»Du warst phantastisch heute, *chérie*. Und du bist ja praktisch in jeder Szene dabei. Der Chor klang auch gut heute, findest du nicht?«

»Ja, unglaublich gut. Die Inszenierung macht den Chorsängern bestimmt Spaß, weil sie fast immer dabei sind. Bist du einverstanden, wenn wir unser Treffen noch mal verschieben?«

»Ja, ja.« Er winkte ab. »Kein Problem. Ich verstehe das. Aber das mit Ann-Charlotte finde ich schade. Diese Glätte den ganzen Winter über ist aber auch furchtbar, ich glaube, ich werde mir auch solche Dinger kaufen, die man sich unter die Schuhe schnallen kann. Wir heißen die noch mal, Spikes?«

»Ja. Hast du schon mal mit Anna Poparova zusammengearbeitet?«

»Nein, aber Dominic. Hast du die Blicke gesehen, die sie sich zuwerfen? *Mon dieu*. Bei denen muss es heiß zugegangen sein. Auf dem Weg zum Flughafen hat sie so was angedeutet. Sie hat mich überredet, sie hinzubringen, und daher war ich gezwungenermaßen Zeuge ihrer Wiedervereinigung.« Sein Lächeln wirkte boshaft, aber vielleicht lag es auch an der Dunkelheit, dachte sie. Doch auf der anderen Seite hatte Gloria diese Seite von Sebastian mehr als einmal aufblitzen sehen, und sie hatte nichts mit dem Charme zu tun, den er meistens versprühte.

»Was hat sie denn gesagt?« Sie hätte kotzen können, weil sie diese Frage stellte.

»Nichts Besonderes, aber sie ist echt hot. Nicht so hot wie du«, fügte er rasch hinzu, »aber auf eine intellektuelle Art. Subtiler. Ich glaube, in ihrem Innern wohnt eine Tigerin«, brummte er, und nun wollte Gloria kein Wort mehr über Anna hören.

»Ich hoffe jedenfalls, dass Ann-Charlotte bald wieder auf den Beinen ist. Wenn der Gips ab ist, müsste sie ja eigentlich wieder arbeiten können. Soll ich dich an der Skeppsbron rauslassen? Dann kann ich beim Schloss wenden und nach Hause fahren.«

Tag zweiunddreißig

»Ich sehe Komplikationen.«

Die Wahrsagerin hatte sich über die Karten gebeugt und vermied es ganz offensichtlich, Gloria in die Augen zu sehen.

»Komplikationen. Ja, vielen Dank, das ist mir bekannt.«

Die Frau schüttelte den Kopf. »Ui, ui, ui. Sie müssen vorsichtig sein.«

»Ich bin vorsichtig. Deswegen bin ich ja hier.« Gloria lachte. »Was sehen Sie?«

»Männer, Komplikationen und Trauer. Jemand hat es auf Sie abgesehen. Sie müssen aufpassen.« Wieder schüttelte sie den Kopf.

»Was bedeutet das? Hören Sie bitte auf, in Rätseln zu sprechen. Und lassen Sie das Kopfschütteln.«

Die Wahrsagerin, die sagenumwobene Anita Nilsson, schaute Gloria an.

»Wollen Sie das wirklich wissen?«

»Ja, natürlich.«

»Es hat mit dem Tod zu tun.«

»Tod?«

»Ja, das sagen die Karten.«

»Geht es um meinen Tod?«

»Mehr weiß ich auch nicht.«

»Ach, kommen Sie.«

»Ich sage Ihnen, was die Karten mir verraten. Und ich habe Sie gewarnt. Mehr Informationen habe ich leider nicht für Sie.«

Siebenhundert Kronen, um zu erfahren, dass sie sterben würde, das hatte sich wirklich nicht gelohnt. Niemals wieder würde sie zu einer Wahrsagerin gehen. Sie war so verärgert, dass sie am Ericsson Globe den Tunnel verpasste und stattdessen die alte Straße über Gustavsberg nehmen musste.

Eigentlich hatte sie keine Eile. Sie hatte heute nicht viel zu tun, hauptsächlich musste Anna ihre Arie proben. Blöderweise war Gloria gespannt. Nicht auf die Sängerin, sie wusste, dass sie gut war. Gloria interessierte sich mehr für Dominics Reaktion. Sie hatte wirklich versucht, Sebastians

Bemerkungen zu vergessen, aber das war unmöglich. In Wahrheit hatten sie sie die ganze Nacht wach gehalten. *»Bei denen muss es heiß zugegangen sein. Sie hat so was angedeutet.«* Erstaunlich, dass einem von Gedanken übel werden konnte.

Gloria hatte es schon öfter erlebt, dass mitten in der Probenphase neue Sänger dazustießen, manchmal auch kurz vor der Premiere. Es war sogar schon zwei Tage nach der Premiere vorgekommen und war also an sich nicht ungewöhnlich. Wenn man jemanden fand, der die Rolle schon mal gesungen hatte, war es kein Problem. Regieanweisungen konnte man auch direkt vor Ort und während der Vorstellung geben.

Sie empfand es jedoch als ungerecht, dass bei ihrer allerletzten Inszenierung an der Oper so etwas passierte. Für eine weitere Saison stand sie nicht zur Verfügung, und das wollte sie dem Chef nachher sagen.

Außerdem hasste Gloria Dominic dafür, dass er Anna erzählt hatte, wo er war. Sie fühlte sich betrogen. Cork gehörte nur ihnen. Hatte er ihr auch verraten, dass sie verheiratet waren? Es hätte sie nicht gewundert.

Er kam ihr im Gang entgegen. »Hier.« Er gab ihr einen Umschlag. »Darin ist alles, was du brauchst, um mich loszuwerden.«

»Gut.« Sie wollte gerade weitergehen, als er sie am Arm packte.

»Sieh mir in die Augen und sag, dass dir Cork nichts bedeutet hat.« Er sprach mit leiser Stimme.

»Doch, hat es.« Sie schaute ihn an. »Der Sex war gut.« Sie riss sich los. »Und wag es nie wieder, mich anzufassen«, zischte sie, machte auf dem Absatz kehrt und ging in die Cafeteria.

Ihr Herz klopfte so wild, dass sie fürchtete, es wäre etwas damit nicht in Ordnung. Sie setzte sich auf einen Stuhl und sah offenbar gar nicht gesund aus, denn als Denise hereinkam, schickte sie sie nach Hause.

»Du kannst dir heute freinehmen. Wir haben ohnehin alle Hände voll damit zu tun, Anna in ihre Rolle einzuweisen«, sagte sie. »Komm morgen Vormittag wieder.«

»Sicher?« Auf einmal war sie froh, hier wegzudürfen. Dann bräuchte sie Dominics Blicke nicht mehr zu sehen. Es war vorbei. Er konnte machen, was er wollte und mit wem er wollte. Es würde sie überhaupt nicht jucken.

»Bist du zu Hause? Ich bin in Söder, wollen wir uns in einem Café treffen?«, fragte Agnes am Telefon, und zehn Minuten später stand Gloria schon an der Tür, als sie die Treppe herauffrannte.

»Komm rein«, schluchzte Gloria. Als sie ihre Schwester sah, konnte sie sich nicht mehr beherrschen.

»Was ist denn los?«

»Das ist eine lange Geschichte, aber du brauchst nur zu wissen, dass sie jetzt vorbei ist. Ich muss nur ein bisschen traurig sein dürfen.« Sie ging in die Küche.

»Ich glaube, das ist das einzige Gefühl, dem du in meiner Gegenwart noch nie Ausdruck verliehen hast«, rief Agnes aus dem Flur, während sie ihren Mantel aufhängte. »Soll ich dich in den Arm nehmen?«

»Auf keinen Fall.« Gloria riss ein Stück von der Küchenpapierrolle ab und schnäuzte sich. »Trotzdem vielen Dank, eines Tages werde ich vielleicht noch lernen, dass es hilft, in den Arm genommen zu werden.« Sie lächelte. »Mein Leben ist momentan ein einziges Chaos, und zu allem Überfluss war ich heute auch noch bei einer Wahrsagerin.«

»Machst du Witze? Warum das denn?« Agnes setzte sich an den Küchentisch.

»Weil ich ratlos und verwirrt bin.«

»Du weißt doch, dass du mit mir reden kannst. Aber was hat sie überhaupt gesagt?«

»Dass ich sterben werde.«

Agnes rümpfte die Nase. »Das müssen wir alle.«

»Ist das alles, was du dazu zu sagen hast? Macht dir das keine Angst?«

»Nein, eigentlich nicht. Ich glaube nicht an Übersinnliches.« Sie lächelte, aber dann wurde sie wieder ernst. »Diese Drohbriefe dagegen beunruhigen mich.«

»Ja! Stell dir vor, es besteht ein Zusammenhang zwischen den Karten und den Drohbriefen.«

»Quatsch. Das eine ist Unsinn, das andere muss man ernst nehmen.«

Sie waren so verschieden wie Tag und Nacht, und heute ging ihr das ungemein auf die Nerven. Agnes musste ja nicht an die Prophezeiung der Wahrsagerin glauben, aber es wäre ihr lieber gewesen, wenn ihre Schwester wenigstens ein bisschen Angst bekommen hätte. Über diese andere Geschichte wollte sie jetzt nicht nachdenken, geschweige denn reden.

»Lass uns das Thema wechseln. Wie geht es dir? Und wie geht es Stefan?«

»Mir geht es hervorragend. Hast du gemerkt, dass ich mir deine Wohnung noch mal ausgeliehen habe, während du in Irland warst? Christer und ich haben uns wiedergesehen.«

»In meiner Wohnung? Du musst dir wirklich bald eine eigene besorgen. Stell dir vor, euch überkommt die Lust, wenn ich zu Hause bin.«

»Ich weiß. Aber das wird nicht passieren, denn jetzt wollen wir uns wirklich nicht mehr treffen, solange ich nicht anständig getrennt bin.«

»Hast du schon mit Stefan darüber gesprochen?«

»Nein. Er ist traurig und sagt das auch. Vor dem Herzinfarkt hat er nie über so was geredet. Es ist ein bisschen, als hätte ich einen anderen Mann. Wir sind uns immer ziemlich ähnlich gewesen, aber jetzt nicht mehr. Jedenfalls ist er nicht mehr wie früher. Und ich bin es vielleicht auch nicht mehr, weil ich nämlich mit fremden Männern herumvögele, ohne ein schlechtes Gewissen zu haben.«

»Darf ich dich daran erinnern, dass es dir nach dem letzten Mal total schlechtging?«, fragte Gloria.

»Ja, beim letzten Mal. Mittlerweile bin ich eine abgebrühte Ehebrecherin, die mehr will.« Sie seufzte. »Und davon geht es einem auch nicht besser, kann ich dir verraten.«

»Agnes.« Gloria lächelte. »Was ich früher über dich gedacht habe, werde ich wohl vergessen müssen. Wir beide werden uns immer ähnlicher. Hast du Hunger? Ich wollte Omelett machen.«

»Gern.«

Gloria lachte. »So müsste Mama uns mal sehen. Es würde sie freuen, dass wir Ähnlichkeiten zwischen uns entdecken.«

»Du meinst, weil ich meinen Mann betrüge?«

»Nein, aber du hast dir die Haare gekämmt und wirkst ein wenig weiblicher. Und du wackelst mit dem Po.«

»Wie bitte? Ich weiß gar nicht, was du meinst. Ich wackle doch nicht mit dem Po.«

»Doch, ein bisschen. Du hast rosige Wangen, du trägst die Haare offen, anstatt sie zusammenzubinden, und du wirkst irgendwie verjüngt.«

»Mama hätte Papa niemals betrogen.«

»Woher willst du das wissen? Soweit ich mich erinnere, hatte sie ein enormes Bedürfnis nach Aufmerksamkeit.«

»Aber nicht von anderen Männern. Papa war ihr großer Held. Von dem Moment an, in dem sie schwedischen Boden betreten hatte, stand sie in seiner Schuld und war ihm zu ewigem Dank verpflichtet.«

»Warum? Du hast das schon einmal erwähnt, aber ich verstehe nicht ganz, was du damit meinst.«

»Gib mir zuerst ein Glas Wasser.« Agnes holte tief Luft. »Das ist eine lange Geschichte.«

Gloria schenkte ihr Wasser ein und holte dann die Zutaten fürs Omelett aus dem Kühlschrank. »Krabben oder Schinken?«

»Krabben, bitte.«

»Erzähl. Ich mach uns in der Zeit was zu essen.«

»Kannst du dich gar nicht an deine ersten drei Lebensjahre erinnern?«

»Nein. Können andere Menschen das? Mit drei ist man doch noch winzig. Woran sollte ich mich denn erinnern?«

»Daran, dass Papa, der dort zufällig im Urlaub war, dich in Sevilla auf der Straße gefunden hat. Du hattest ein Schild um den Hals hängen. Darauf stand in etwa: ›Bitte kümmern Sie sich um meine Tochter. Sie heißt Gloria und braucht etwas zu essen, ein Bett und jemanden, der ihr gibt, was ich ihr nicht geben kann.‹«

Gloria ließ den Pfannenheber fallen und drehte sich zu Agnes um.

»Du lügst«, sagte sie.

»Nein, ich lüge nicht. Papa hat es mir erzählt, aber ich musste schwören, es dir niemals zu sagen. Jetzt erzähle ich es dir trotzdem, weil es deine – und meine – Geschichte ist und ich sie mit jemandem teilen muss.«

Ohne Agnes aus den Augen zu lassen, ließ sich Gloria auf einen Stuhl sinken.

»Nimm erst mal die Pfanne vom Herd«, sagte ihre Schwester besonnen, und Gloria stand auf und gehorchte, bevor sie sich wieder setzte.

»Ich verstehe kein Wort. Warum durfte ich das nie erfahren? Das ist doch verrückt.«

»Weil Mama sich geschämt hat, glaube ich. Jedenfalls hat Papa das gesagt. Sie hat es sich nie verziehen, dass sie dich auf der Straße hat stehenlassen.«

»Papa hat mich also gefunden. Und dann?«

»Er hat dich in irgendein Lokal mitgenommen, und als er wieder rauskam, rannte Mama auf ihn zu und riss dich aus seinen Armen. Sie hatte euch die ganze Zeit beobachtet und schaffte es wohl doch nicht, dich zurückzulassen.«

»Und dann haben sie sich ineinander verliebt, tralala.« Gloria stand auf. Bilder schossen ihr durch den Kopf. Sie war verlorengegangen. Etwas hing ihr um den Hals. Eine Liste. Danach sah es jedenfalls aus. Ging es darum in ihren Alpträumen? Konnte Mama ihr das wirklich angetan haben? Das war ja schrecklich!

»Gibt es Beweise dafür?«

»Wofür?«

»Dafür, was du mir gerade erzählt hast.«

»Ich weiß nicht. Vielleicht in den ungeöffneten Kartons in meinem Keller. Wir haben doch darüber gesprochen, dass wir sie mal zusammen durchgehen müssen. Vielleicht wird es langsam Zeit, vor dem Umzug muss ich da unten ohnehin ausmisten.«

»Ich habe keine Ahnung, was ich mit dieser Geschichte anfangen soll.« Gloria breitete die Arme aus.

»Ich auch nicht, Gloria, aber ich weiß, dass Mama von

ihren Eltern rausgeworfen wurde, als sie schwanger war.
So viel wusste Papa zumindest. Ob es noch andere Beweg-
gründe gab, kann ich dir nicht sagen. Sie war arm, sie
konnte nicht für dich sorgen, und sie hat sich wohl ein
gutes Zuhause für dich gewünscht.«

»Aber so kann man das doch wirklich nicht machen! Es
hätte mich doch Gott weiß wer in die Hände bekommen
können.«

»Ich weiß. Und ich glaube, sie war ihr Leben lang damit
beschäftigt, es wiedergutzumachen.«

Tag dreiunddreißig

Auf diese Probe freute Dominic sich nicht. Zuerst mussten
er und Sebastian sich prügeln, dann würde Gloria sich
in ihren Streit einmischen und ihm Sebastian vorziehen.
Das stand natürlich so im Libretto, aber Dominic hätte
die Handlung am liebsten geändert, damit sie in seine und
nicht in Sebastians Arme fiel.

Zum Glück würde auch Anna auftreten und ihre Liebe
zu ihm besingen. Er wusste ganz genau, dass Gloria das
kaum ertragen würde.

Es war ihm nur recht, wenn sie eifersüchtig war, auch
wenn dazu kein Grund bestand, da sie all die Jahre mit
seinem besten Freund verheiratet gewesen war. Sie hatten
in diesem Jahr ihren zwanzigsten Hochzeitstag gefeiert,
und Dominic war dabei gewesen, bevor er nach Schweden
gekommen war. Er hatte sich unheimlich gefreut, sie am
Flughafen Arlanda zu sehen, aber ob sich Gloria deshalb
oder aus einem anderen Grund in einen Eisklotz verwan-

delt hatte, war schwer zu sagen, weil sie sich weigerte, mit ihm zu reden.

Heute schien es nicht besser zu sein. Obwohl er direkt vor ihr stand und ihr den Weg versperrte, sah sie an ihm vorbei. Anstatt den Mund aufzumachen, ging sie einfach um ihn herum.

»*Monsieur Ténor.*«

Dominic stöhnte, als er Sebastians affektierte Stimme in seinem Rücken hörte. Er drehte sich um.

»Ich nehme an, du meinst mich.«

»Natürlich. Freust du dich auf die heutige Probe?«

»Nicht besonders.«

»Charmant wie immer.« Sebastian rümpfte die Nase. »Wann kommst du endlich über diese alte Geschichte hinweg?«

»Ich habe keine Ahnung, wovon du redest.«

»Das glaube ich dir nicht. Ich habe vor vielen, vielen Jahren mal mit der Frau geschlafen, die du als dein Eigentum betrachtetest, und das kannst du mir einfach nicht verzeihen. Aber wahrscheinlich ist das gar nicht das Schlimmste, sondern dass es wieder passieren wird. Und das weißt du auch.« Er lachte laut. »So, und nun lass uns reingehen. In dieser Szene darf ich dir endlich eine reinschlagen.«

Am Nachmittag musste Denise hart arbeiten, denn Sebastian spreizte sich auf eine Weise, die ihr überhaupt nicht gefiel. »Du sollst männlich sein, nicht affig«, wies sie ihn an. »Du bist ein stolzer Torero und kein Model auf dem Catwalk. Noch mal von vorn, bitte.«

Dominic wünschte sich, er könnte Glorias Blick deuten. In der Szene sollte sie vor allem auf und ab gehen und die beiden Kampfhähne beobachten, aber sie schien gar nicht richtig da zu sein. Bald war Pause. Sollte er sie dann vielleicht fragen, was mit ihr los war? Lieber nicht, dachte er dann. Sie wollte ja nicht reden, und er wollte sie nicht zwingen.

Er hatte versucht, ihr zu zeigen, was sie einst verbunden hatte, und für eine Weile hatte er das Gefühl gehabt, sie hätte die gleiche Zusammengehörigkeit gespürt wie er. Aber vermutlich war es genauso, wie sie gesagt hatte. Sie mochte den Sex. Er auch, aber er empfand so viel mehr.

Sie zog ihn an, und es tat so verdammt weh zu merken, dass sie sich von ihm abwandte. Er wollte sie berühren. Ihren Duft einatmen. Um sich zu beruhigen, sagte er sich, dass sie von der kommenden Woche an im Opernhaus proben würden, und dort würden sie noch einmal von vorn beginnen. Dann würde sie ihn wieder bezirzen und ihm körperlich nahekommen müssen. Er schloss die Augen. Erinnerte sich an die Szene, in der sie ihren Körper an seinen schmiegte.

Das hier war eine Tortur.

Sebastian hasste diese Zurechtweisungen von Denise. Er war der Meinung, sie hätte seinen Charakter nicht verstanden. Zu Dominic sagte sie immer nur »phantastisch«, und das lag vermutlich daran, dass sie sich in ihn verknallt hatte. Wenn die Regisseurin sich nicht am Riemen riss, würde die Inszenierung bei weitem nicht so gut werden, wie Sebastian gehofft hatte.

Beim Essen setzte er sich neben Gloria. »Keinen Hunger?«, fragte er, als er ihre Teetasse sah.

»Nein.«

»Kann ich irgendetwas tun, um deinen Appetit zu steigern?«

»Sie stand auf und tätschelte ihm den Kopf. »Nein.«

Sebastian war fertig für heute. Nun würden Dominic, Anna und Gloria auf der Bühne stehen. Anna würde ihre Sehnsucht nach Dominic besingen, und er wiederum würde Gloria sein Herz ausschütten, während sie sich eigentlich nur anhören musste, wie er diese Liebe zum Ausdruck brachte, die sie nicht wollte.

Sebastian wollte natürlich zuschauen. Gerade diese Szene würde ganz besonders unterhaltsam werden, weil alle Beteiligten darin ihre privaten Gefühle zum Ausdruck bringen konnten.

Anna Poparova brillierte in ihrer Rolle als Michaela. Sogar Pjotr war hin und weg, und der hatte ja schon so manches gehört. Sieh mal an, dachte Sebastian und fragte sich, ob der Pole wohl eine Chance haben mochte. Wahrscheinlich erst, wenn Dominic ihr eine Abfuhr erteilt hatte, denn dem rückte sie ja in beinahe geschmackloser Weise auf die Pelle. Das war das Einzige, was Sebastian an ihr auszusetzen hatte.

Leider schien Gloria die Konkurrenz vollkommen unbeeindruckt zu lassen, denn ansonsten wäre diese Arroganz zum Vorschein gekommen, die sie mit einem einzigen Blick zum Ausdruck bringen konnte. Doch stattdessen saß sie reglos da und verzog keine Miene. Es war erstaunlich, dass Denise sie gewähren ließ, aber immerhin war sie der unangefochtene Star dieser Inszenierung, was immer der gute Dominic auch glauben mochte. Natürlich standen diese beiden Weltstars in Konkurrenz zueinander, aber die Hauptrolle spielte Gloria.

Sebastian wusste, dass ihm nur der dritte Platz gehörte. Den machte ihm zwar nun die Poparova streitig, aber er sah sich trotzdem einen Rang über ihr.

Unter den Baritonen der internationalen Opernszene gehörte er auf jeden Fall noch zu den Top Five. Seine Berühmtheit hatte in den letzten Jahren ein wenig abgenommen, aber das lag ja nur daran, dass er kürzertrat und hin und wieder ein Engagement ablehnte. Das Angebot aus Stockholm hatte er aus zwei Gründen angenommen: Gloria Moreno und Dominic Evans. Diese Kombination war einfach unwiderstehlich. Für die beiden sprachen noch mehr Argumente als die offensichtlichen. Sebastian wusste, dass ihm einige große Rollen entgangen waren, weil der Tenor sich weigerte, mit ihm zusammenzuarbeiten. Er wusste auch, dass es zwischen Dominic und Gloria – was immer in Irland geschehen war – jetzt aus war. Der Engländer hatte seine Chance gehabt, aber nun war es an Sebastian, ihr zu zeigen, wer ihre Bedürfnisse am besten befriedigen konnte.

Es würde vielleicht nicht heute und nicht morgen geschehen, aber dass er das Adrenalin in ihren Adern auf die eine oder andere Weise zum Rauschen bringen würde, glaubte er fest. Und noch dazu würde er Dominic leiden sehen.

Wenn er es genau bedachte, war das genauso wichtig.

Pjotr liebte diese Probenphase, in der allmählich alles saß und die Sänger den kleinsten Wink befolgten. In der nächsten Woche würden sie ins große Haus umziehen, zum Orchester, und sein Körper kribbelte schon vor Erwartung. Mit dieser herausragenden Russin würde diese Inszenierung noch einen Tick besser werden.

Und was war sie noch dazu für eine Frau!

Vor drei Jahren hatten sie in Wien zusammengearbeitet. Ihr Mann war, genau wie jetzt, in London geblieben. Wenn es um die Frauen anderer Männer ging, hatte Pjotr keine Skrupel. Wenn die Kerle ihren Frauen nicht genug Genuss verschafften, waren sie selbst schuld. Doch von Anna hatte er nie zu träumen gewagt. Sie war zu wild für ihn. Zu sexuell.

Wenn er ehrlich war, fand er ihre Vulgarität erregend.

Seitdem sie am vergangenen Tag in einem kleineren Proberaum ihre Einsätze durchgegangen waren, wusste er, dass sie noch genauso viel Aufmerksamkeit brauchte wie früher. Sie stellte sich richtiggehend zur Schau. Und dann legte sie ihm wie zufällig eine Hand auf den Oberschenkel, aber viel zu weit oben, als dass die Berührung als freundschaftlich hätte gelten können.

Nachdem sie zwei Gläser Sekt getrunken hatte, drückte sie ihn auf einen Hocker hinunter, zog ihren Rock bis zur Taille hoch und knöpfte ihre Bluse auf. Unterwäsche trug sie nicht.

Sie nahm auf dem einzigen Sessel im Raum Platz und legte die Beine auf je eine Armlehne. Sie winkte ihn mit seinem Hocker näher heran, und als er nur noch einen Meter von ihr entfernt war, begann sie, über ihre Hüften zu streichen, und schaute ihm dabei tief in die Augen.

»Gefällt dir, was du siehst?«, fragte sie langsam.

Er antwortete nicht. Sein Mund war ganz trocken. Wenn er das Ganze abbrechen wollte, musste er es jetzt tun, aber als ihre Finger zwischen ihren Beinen angekommen waren, stöhnte sie, und da war es zu spät. Er konnte nicht aufstehen.

»Guck mich an, Dirigent«, sagte sie.

Pjotr schluckte.

Sie ließ ihre Hüften sanft kreisen, und er verfolgte wie gebannt ihre Bewegungen.

»Siehst du?« Sie rutschte mit dem Po noch ein Stück

nach vorn. »Hm, ist das schön. Ich liebe es zu sehen, dass du mich willst«, seufzte sie mit Blick auf seinen Reißverschluss. Ihre Augen waren feucht und ihr Brustkorb vor Erregung gerötet. Sie atmete stoßweise. Schloss die Augen. Die Hüften bewegten sich immer schneller.

Pjotr saß wie versteinert auf dem harten Hocker. Jeden Augenblick hätte jemand reinkommen können, aber Anna war das vollkommen egal.

Und ihm offensichtlich auch.

»Beim nächsten Mal will ich dich haben. Hier, in diesem Raum. Und die Tür darf nicht abgeschlossen sein.« Sie knöpfte sich die Bluse zu. »Und wenn du es nicht tust, werde ich dafür sorgen, dass es mir jemand anders aus dem Ensemble besorgt.«

»Dominic?«

Sie nickte. »Er weiß nur noch nichts davon.« Grinsend stand sie auf und zog den Rock über ihr komplett rasiertes Geschlecht.

»Und Gloria?«

»Wer?« Als sie den Raum verließ, hallte ihr Lachen durch den Gang.

»Möchtest du heute Abend mit mir dinieren, Darling?«

Dominic, der sich gerade die Schuhe zuband, sah zu der grinsenden Anna auf.

»Ich weiß nicht, ob ich noch genügend Kraft habe«, sagte er. »Willst du nicht mit zu mir kommen? Wir können uns doch ein Brot machen. Ich möchte so gern wissen, wie es dir und Robertino geht.«

»Gern«, sagte Anna. »In Hotelzimmern fühlt man sich so schrecklich einsam.«

»Das verstehe ich. Du wohnst doch im Grand, oder?«

Sie nickte.

»Genau wie Pjotr. Kennt ihr euch?«, fragte er.

»Ein bisschen. Wir haben schon ein paarmal zusammengearbeitet. Ein ausgezeichneter Dirigent. Sehr gefühlvolle Hände.«

»Tüchtiger Mann.« Er stand. »Wenn du so weit bist, können wir gehen. Ich glaube, mein Taxi wartet schon draußen.«

»Hast du schon mal in Stockholm gearbeitet?«, fragte Dominic und hielt ihr die Eingangstür auf.

»Ich habe vor einigen Jahren ein Konzert gegeben, aber an der Oper hier habe ich noch nie gesungen. Das wird unheimlich spannend. Wie ist es für dich, wieder hier zu sein?«

»Es hat Vor- und Nachteile.« Er lächelte. »Aber ich glaube, wir sind auf dem besten Weg, einen großen Publikumserfolg zu erzielen, also in beruflicher Hinsicht geht es mir gut.« Er lachte.

Genau wie er vermutet hatte, stand das Taxi schon vor der Tür. Der Fahrer stieg aus und hielt ihnen die Türen auf.

»Diese Frau, diese Gloria, mit der du verreist warst. Ist da was zwischen euch?«, fragte sie, als sie auf der Rückbank saßen.

»Es war vor langer Zeit mal was zwischen uns. Und was meinst du mit ›diese Frau‹? Du weißt genau, wer Gloria Moreno ist.« Er schnallte sich an.

»Ja, ja, das stimmt vielleicht, aber ist sie denn wirklich so außergewöhnlich, wie alle sagen?«

»Ja, das ist sie. Sogar noch außergewöhnlicher«, sagte Dominic.

294

»Also war das zwischen euch vorbei, als wir zwei uns vor vielen Jahren in London begegnet sind?«

Er nickte. »Ja, natürlich. Ich habe keine Affären.«

»Und was hattest du mit mir?«

»Ein Date, mehr nicht«, sagte er.

»Und eine Nacht.«

Er nickte. »Wir haben in einem Bett geschlafen, das war alles. Und nicht lange danach hast du Robertino kennengelernt.«

»Meinen geliebten Mann.« Als das Taxi anhielt, schaute sie aus dem Fenster. »Sind wir schon da?«

»Ja, es ist zum Glück nicht weit.«

Während der Taxifahrer Anna die Tür aufhielt, war Dominic schon an der Haustür und schloss auf.

»Herzlich willkommen.« Er machte eine einladende Geste.

»Danke. Ich hoffe, du kannst mir was Gemütliches zum Anziehen leihen, denn ich würde wirklich gern dieses enge Kleid loswerden.« Sie ging auf den Fahrstuhl zu.

Tag vierunddreißig

Angesichts des neuesten Drohbriefs überlegte Gloria, ob sie Anzeige erstatten sollte. »*Boom, you are dead.*«

Natürlich machte sie sich eigentlich keine Gedanken über die Worte der Wahrsagerin, aber die Übereinstimmung mit den Drohungen, die durch den Briefschlitz in ihrer Wohnungstür fielen, war schon ein wenig beängstigend.

Sie war seit sechs Uhr wach und saß mit ihrem Collegeblock auf dem Sofa. Die Liste der Unannehmlichkeiten in ihrem Leben wurde immer länger.

- Den Umschlag in den Briefkasten werfen, sonst werde ich wieder nicht geschieden.
- Anna ertragen. Sie ignorieren. Wenn er sie haben will, bitte sehr.
- Ein Date mit Sebastian. Mit ihm schlafen, falls ich es nötig habe.
- Ich werde bedroht. Von wem? Warum? Frau, Mann, Schwede oder Ausländer?
- Anzeigen?
- Prophezeiung: Tod. Geht es um mich oder um einen Angehörigen? Belastender Gedanke.
- Für einen neuen Code an der Haustür sorgen.

Die Geschichte von ihrer Mutter und Sevilla schrieb sie nicht auf, weil sie nicht einmal daran denken mochte. Agnes und sie würden demnächst ausführlicher darüber sprechen, aber bis dahin würde sie das Thema verdrängen, das war am angenehmsten. Die Liste des Elends war auch so lang genug.

Sie schenkte sich noch eine Tasse Kaffee ein. Vor ihr stand die Thermoskanne. Vor einer Stunde war sie voll gewesen, aber jetzt goss sie den letzten Schluck ein. Sie hätte etwas essen sollen, aber sie war nicht hungrig. Vor der Probe würde sie sich zwingen, zwei Eier zu essen. Sie hatte einen harten Tag vor sich. Aber auch einen wunderbaren. Sie würden die Schlussszenen proben, und an denen war nicht nur der Opernchor beteiligt, sondern auch der Kinderchor von der Adolf Fredriks Musikschule.

Die Handlung spielte vor der Stierkampfarena. Festlich

gestimmte Menschen hatten sich auf den Weg gemacht, um den großen Torero im Kampf mit der Bestie zu sehen. Es war ein wenig wie in »Ferdinand, der Stier«: Banderilleros, die Picadores genannten Reiter und Escamillo, alias Sebastian. Er und Carmen würden aufeinandertreffen und sich gegenseitig ihre Liebe gestehen.

Im Hintergrund war der verschmähte Don José, verbittert und voller Hass. Im nächsten Duett würden er und Carmen sich begegnen, bevor er sie in der Schlussszene der Oper mit dem großen Messer durchbohrte.

Sie seufzte tief. Sie wusste genau, wie Dominic in dieser Szene sein würde.

»Kit.« Gloria rief nach ihrer Freundin, die gerade von der Bühne herunterkam.

»Hallo, wie geht's?«

Gloria zuckte mit den Achseln. »Und selbst?«

Kit sah genauso ratlos aus.

»Sollen wir uns, wenn wir nachher Zeit haben, gemeinsam in unserem Kummer vergraben?«, fragte Gloria.

»Heute habe ich überhaupt keine Zeit, weil alle da sind. Morgen vielleicht?«

»Okay.«

Kit war kreidebleich im Gesicht und sah ungeschminkt richtig gespenstisch aus, die Ärmste. So fallengelassen zu werden war aber auch schrecklich. Als Dominic nach London zog und Gloria verließ, hatte sie geglaubt, sie würde verrückt werden. Sie jedoch hatte sich wenigstens getröstet, aber Kit war nicht so, soweit Gloria das beurteilen konnte.

Sie wollte ihr den Rat geben, in eine Kneipe zu gehen, sich einen hinter die Binde zu kippen und dann jemanden aufzureißen. Aber eigentlich wusste sie, dass Kit für so was zu lieb war.

So brav war sie selbst nie gewesen.

Gloria trug heute eine andere Art von Kleid. Es war enger und schicker. Sie wollte erhobenen Hauptes auftreten, und merkwürdigerweise half ihr das Kleid dabei. Dazu Schuhe mit hohen Absätzen, und sie war bereit. In dieser Szene hatte sie sich feingemacht, um an der Seite von Escamillo in die Stierkampfarena zu schreiten. Wenn sie in der nächsten Woche ihr Kostüm anzog, hätte sie eine Wespentaille darin, was allerdings nur dank einem kunstvollen Aufbau aus mehreren Unterröcken möglich war. Mit ihrer pechschwarzen Lockenperücke und dem kräftigen Make-up würde sie richtig toll aussehen. Wenn man nicht zu genau hinsah, würde sie als Vierzigjährige durchgehen.

In der Opernwelt konnte man bis ins hohe Alter ein junges Mädchen spielen. Natürlich auch einen jungen Mann. In Wirklichkeit war Carmen wahrscheinlich um die zwanzig gewesen, aber in dieser Inszenierung durfte sie, genau wie Don José und Escamillo, die ja auch von älteren Männern gespielt wurden, alterslos sein.

Gloria hatte schon mit Partnern aller Altersklassen auf der Bühne gestanden, von frisch Ausgebildeten bis zu alten Füchsen, und in ihren Augen spielte das Alter überhaupt keine Rolle. Es kam nur auf die Ausstrahlung und das Können an.

Bei ihren kleinen Romanzen stellte sie die gleichen Ansprüche: Ausstrahlung und Können. Der jüngste Liebhaber, den sie sich gegönnt hatte, seit sie fünfzig war, war um die dreißig gewesen. Natürlich wäre sie niemals mit ihm unter Leute gegangen, aber in ihrer Loge hatten sie einige Monate lang viel Spaß miteinander, bis sie von seinem jugendlichen Charisma genug hatte.

Die meisten Männer hatte sie nur in der Oper an sich herangelassen, aber Adrian durfte mit zu ihr nach Hause. Warum, wusste sie nicht. Vermutlich hatte sie es bequemer gefunden, wenn er die vielen Treppen hochstieg, dann musste sie nicht aus dem Haus.

Arme Kit, sie sah wirklich elend aus. Ihren Groll hatte Gloria mittlerweile vollkommen vergessen, und sie hoffte, dass es ihrer Freundin genauso ging.

»Du bist strahlend schön.« Sebastian hielt ihr seinen Arm hin, als sie vom Chorsaal zur Bühne gingen. »Ein wundervoller Tag, nicht wahr?«

»Absolut.« Eigentlich stimmte sie ihm nicht zu, aber ein wenig leichter ums Herz war ihr schon. Man konnte Sebastian einiges nachsagen, aber ein Miesepeter war er jedenfalls nicht.

Obwohl Dominic überhaupt nicht freundlich zu ihm war, hatte sie noch nie erlebt, dass Sebastian sich in der gleichen Weise revanchierte. Natürlich flirtete er manchmal in Dominics Anwesenheit mit ihr, um ihn zu ärgern, aber er war nie so barsch, wie Dominic es sein konnte.

Gloria glaubte nicht, dass der Mann, an dessen Arm sie sich festhielt, besonders nachtragend war, und auch dieser Charakterzug gefiel ihr. Sie versuchte, so zu sein wie er und die Vergangenheit hinter sich zu lassen. War sie nicht eigentlich genauso in Cork gewesen, als sie sich Dominic gegenüber so freundlich und entgegenkommend verhielt, obwohl er sie so furchtbar im Stich gelassen hatte, als er nach London ging?

Die Frage war, wie sie das, was am Flughafen Arlanda

passiert war, hinter sich lassen sollte. Die Erinnerung daran, wie Dominic ihre Hand losgelassen hatte, tat immer noch so weh, und sie kam sich wie ein Idiot vor, weil sie einfach nicht aufhören konnte, daran zu denken.

Als Sebastian und Gloria auf die Bühne kamen, war die Russin schon da. Gloria brauchte sie nur anzuschauen, um zu wissen, dass sie ihr den Vorfall so bald nicht verzeihen würde. Anna stand so dicht neben Dominic, dass ein Blinder gemerkt hätte, worauf sie es abgesehen hatte. Sie hätte heute nicht einmal zu kommen brauchen, weil ihre Rolle in dieser Probenwoche gar nicht mehr auftrat.

»Gloria, ich muss mit dir reden«, sagte Dominic.

»Worum geht es?«

»Komm, wir gehen da hinüber.« Er zeigte auf eine stille Ecke des Probensaals. »Ich muss dir vor der nächsten Szene etwas sagen.«

Sie verdrehte demonstrativ die Augen, damit sowohl Sebastian als auch Anna merkten, wie schrecklich sie ein Gespräch mit Dominic langweilte. Dass ihr Herz klopfte wie ein Schmiedehammer, konnte zum Glück niemand sehen. Sie wollte nicht unter vier Augen mit ihm reden, aber das konnte sie ihm vor den anderen nicht sagen.

»Ich hasse den Schluss dieser Szene«, sagte er leise. »Und ich habe zwar keine Ahnung, ob wir schon heute oder erst morgen zu der Stelle kommen, aber ich will auf jeden Fall, dass du das weißt.«

»Aber das ist doch nur Theater, mein Lieber.« Gloria inspizierte ihre Fingernägel.

»Trotzdem habe ich irgendwie das Gefühl, es wäre unser Leben«, sagte er.

»Ich verstehe nicht, was du meinst.«

»Wirklich nicht? Merkst du nicht, wie viel Ähnlichkeit du mit Carmen hast? Ich schon. Und ich sehe auch meine eigene Ähnlichkeit mit Don José. Ich hatte auch schon Lust, dich umzubringen. Zumindest hätte ich dich gern geschüttelt, damit du mich verstehst. Aber das hat bei dir noch nie funktioniert, oder? Deine Sehnsucht nach Freiheit war immer größer als deine Sehnsucht nach Liebe.«

Sie seufzte demonstrativ. »Können wir anfangen? Wie auch immer du persönlich zu dieser Szene stehen magst, müssen wir da ja jetzt durch. Du wirst mich sowieso töten, also lass uns endlich anfangen.«

Tag fünfunddreißig

Agnes konnte nicht schlafen. Sie stand auf und ging auf Zehenspitzen zur Toilette. Es war besser, Stefan um diese Uhrzeit nicht zu wecken.

Sie war froh, dass sie Gloria von ihrer Mutter erzählt hatte. Nun war es heraus, und von nun hatten beide Schwestern die gleiche Ausgangssituation. So war es früher, als alle Gloria vor der Wahrheit beschützen wollten, nicht gewesen.

Als Agnes fertig war, tappte sie leise die Treppe hinunter. Vielleicht war dieses neue aufrichtige Verhältnis zu Gloria das, was Agnes brauchte, um zu ihrem alten Ich zurückzufinden. Sie wünschte sich ihren gesunden Menschenverstand zurück, der sie davon abgehalten hätte, eine Affäre mit Christer anzufangen, bevor die Trennung von Stefan vollzogen war.

Sie hatte Stefan von Glorias Geschichte und dem Fa-

301

miliengeheimnis erzählt, über das sie bisher nie mit ihm reden konnte. Sie waren ja nicht zerstritten, und er zeigte ein ganz neues Interesse an ihrer Familie, das sie nicht einmal aus der Zeit kannte, in der sie frisch verliebt gewesen waren. Er war nicht egoistisch gewesen, das war er nie, aber er war – genau wie sie – praktisch veranlagt. Und einfach nur zu reden und nichts zu tun, waren sie nicht gewöhnt.

Sie hatte plötzlich das Bedürfnis, jemandem mitzuteilen, was sie beschäftigte, und natürlich hatte sie Freunde, mit denen sie reden konnte, aber eine solche Geschichte mochte sie außerhalb des engsten Familienkreises nicht erzählen.

Agnes hatte Gloria immer als Hauptperson in Mamas Geschichte betrachtet, als gehörte sie selbst gar nicht dazu. Jetzt begriff sie, dass das Leben ihrer Mutter sie, ganz im Gegensatz zu ihrer früheren Annahme, wahrscheinlich unheimlich geprägt hatte.

»Agnes?«

»Ich bin hier unten.«

Kurz darauf hörte sie Schritte auf der Treppe.

»Wieso bist du schon so früh auf? Hast du schon Kaffee getrunken? Ich mach dir gern einen.«

»Danke, das ist lieb. Ich wandere ziellos auf und ab.«

»Das passt gar nicht zu dir.« Er lächelte. »Du bist der zielstrebigste Mensch, den ich kenne.«

»Da hast du sicher recht.«

Sie setzte sich auf den Küchenhocker und sah zu, während Stefan eine Kapsel in die Maschine steckte und frisches Wasser einfüllte.

»Wie geht es dir heute?«, fragte sie. Am Tag zuvor war er beim Arzt gewesen, und sie war noch nicht dazu gekommen, sich zu erkundigen, wie es gewesen war.

Nachdem er den Startknopf gedrückt hatte, drehte er

sich zu ihr um. »Gut, danke. Sogar richtig, richtig gut. Ich habe wunderbar geschlafen und dich gar nicht gehört, als du nach Hause gekommen bist. Müsstest du nach deinem langen Arbeitstag nicht mal ausschlafen?«

Er klang besorgt, und sie konnte ihn verstehen. Sie war um neun aus dem Haus gegangen und erst nach Mitternacht wiedergekommen. Im Moment war sie überhaupt nicht müde, aber sie wusste, dass die Schläfrigkeit sie später überkommen würde. Sie wollte am Nachmittag in die Stadt und konnte bei Gloria ein Weilchen schlafen, bevor sie von der Probe zurückkam.

Stefan reichte ihr einen Becher Kaffee.

»Danke.«

Sie sah ihn an. Es war schwer zu glauben, dass er ein krankes Herz haben sollte. Er hatte kein Gramm Fett am Körper und sah eher aus wie vierzig als wie fünfundfünfzig.

Das Pochen, das sie plötzlich in ihrem Unterleib spürte, als sie ihn anschaute, kam so überraschend, dass sie aufstehen musste. Wahrscheinlich hatte sie auf einem Nerv gesessen. Sie empfand doch nichts für Stefan, oder? Oder hatte sein nackter Oberkörper sie etwa angemacht?

Wie merkwürdig. Auf der anderen Seite ging es bei diesem Pochen vielleicht auch gar nicht um ihn, sondern um sie, dachte sie verwirrt und nippte an ihrem heißen Kaffee. Die Hemmungslosigkeit mit Christer hatte vermutlich eine Tür in ihr geöffnet. Sie hatte gedacht, es hinge mit ihm zusammen, aber was, wenn es gar nicht so war?

Was, wenn ihre Sexualität nur mit ihr selbst zu tun hatte?

Sie hatte noch nie darüber nachgedacht. Wenn sie erregt war, glaubte sie, es hätte etwas mit ihrem Partner zu tun. Auch die Frage, ob sie hinterher befriedigt war oder nicht, konnte sie somit auf den anderen schieben.

Wenn die Lust in ihr steckte und nicht durch die Begegnung mit einem anderen Menschen aus dem Nichts auftauchte, hieß das vielleicht, dass man auch wieder scharf auf den Mann werden konnte, den man gerade verlassen wollte.

»Ich setze mich in den Lesesessel.« Völlig verwirrt setzte sie sich ins Wohnzimmer. »Du kannst mir gern Gesellschaft leisten«, rief sie in die Küche.

»Danke, wie lieb von dir«, antwortete Stefan lachend, kam herein und setzte sich aufs Sofa.

»Lass mal hören. Was hat denn der Arzt gestern gesagt?«, fragte sie und zog die Beine an.

»Nichts Neues. Es sieht alles gut aus, und ich kann wieder anfangen zu arbeiten, wenn ich will.«

»Das sind doch tolle Neuigkeiten«, sagte sie. »Wann willst du wieder zur Arbeit?«

»Ich überlege, in den Ruhestand zu gehen.«

Agnes merkte, dass ihre Hand zu zittern begann, und musste den Kaffeebecher auf dem Wohnzimmertischchen abstellen.

»Hoppla.«

»Ich weiß. Der Workaholic hat keine Lust mehr zu arbeiten.«

»Du machst mir ein bisschen Angst«, sagte sie aufrichtig. »Dein Herzinfarkt ist erst drei Wochen her, aber du bist so anders geworden. Ich meine es nicht negativ, aber ich erkenne dich gar nicht richtig wieder.« Sie lächelte.

»Weil ich wieder so verliebt in dich bin?«

Sie schüttelte den Kopf. »Bist du das denn wirklich? Oder ist das nur ein Nebeneffekt deiner Krankheit?«

Er lachte. »Inwiefern?«

»Es könnte doch sein, dass du dir deiner eigenen Sterblichkeit bewusst geworden bist und daher lernen musst, dich an dem zu freuen, was du hast, anstatt nach etwas Neuem zu suchen.«

»Vielleicht stimmt das, aber wenn du damit sagen willst, dass es vielleicht vorübergeht, dann irrst du dich. Ich liebe dich, Agnes, und ob du bei mir bleiben und herausfinden möchtest, ob du mich vielleicht wieder lieben kannst oder ob du mich verlässt, wird an meinen Gefühlen nichts ändern.«

»Ich bin verwirrt«, sagte sie. »In meinem Leben gibt es so vieles, was ich noch nicht verstehe. Und ich weiß nicht, ob mir das hier gelingt oder ob ich allein sein muss, um mich selbst zu finden.«

»Wenn du ausziehen willst, kann ich dich nicht davon abhalten, und ich möchte es auch gar nicht. Wir können unser gemeinsames Leben nur fortsetzen, wenn wir uns das beide wünschen. Ansonsten solltest du besser gehen. Ich habe gestern lange darüber nachgedacht, und bevor ich kündige, werde ich mit der Bank besprechen, ob ich dir trotzdem deine Hälfte des Hauses abkaufen kann. Falls es das ist, was du willst.«

»Ich glaube, ja.« Agnes fing an zu weinen.

Als Agnes den Motor anließ, stand er am Fenster. Er war aus dem Wohnzimmer gegangen, als sie sagte, sie wolle das Haus verkaufen. Nicht wütend, sondern still und bedrückt. Sie wünschte sich fast, er hätte sie angeschrien, aber so sehr hatte er sich nun auch nicht verändert. Sie stritten sich nie, in dieser Hinsicht war alles wie immer.

Bis Sonntag würde sie bei Gloria bleiben. Morgen war der Frauenabend. Lena und Kit würden zu Besuch kommen, und Agnes freute sich darauf. Die geballte Weisheit einer Gruppe von fünfzigjährigen Frauen war unschlagbar. Eigentlich gab es nichts Besseres als solche Abende. Sie erinnerte sich plötzlich, wie viele Einladungen dieser Art sie in all den Jahren abgesagt hatte.

Meistens hatte sie es auf ihren Beruf geschoben.

Natürlich, sie musste frühmorgens ausgeschlafen sein und war viel unterwegs, obwohl sie eigentlich liebend gern zu Hause war. Während sie aus der Einfahrt fuhr, warf sie einen Blick auf ihr gelbes Haus. Es war furchtbar traurig, dass sie nicht mehr so daran hing wie früher.

Wie glücklich sie gewesen waren, als sie das Haus gekauft hatten. Sie hatte endlich eine feste Anstellung bei SAS bekommen, und das Architekturbüro, das Stefan mit einem guten Freund gegründet hatte, heimste einen Erfolg nach dem anderen ein. Arm in Arm hatten sie dankbar in der Einfahrt gestanden und sich über ihr neues Zuhause gefreut.

Als sie nach dem Einzug ein Fest veranstalteten, waren auch ihre Eltern gekommen. Und Gloria, Dominic und Marcus. Und natürlich Stefans zwei Brüder mit ihren Familien.

Agnes wusste noch, wie traurig sie gewesen war, weil ihre Mutter so wenig Interesse zeigte. Das Haus hatte sie bewundert, aber über Agnes' Beruf hatte sie die Nase gerümpft.

Im Nachhinein erschien ihr das seltsam.

Hätte nicht gerade sie es gut finden müssen, dass Agnes ein eigenes Einkommen hatte und nicht von ihrem Mann abhängig war? Papa hatte gesagt, es wäre nicht so einfach. Mama war vielleicht der Meinung gewesen, Agnes wäre *zu* selbständig und würde niemals lernen, Hilfe anzunehmen.

»Aber eigentlich legt sie doch immer furchtbaren Wert

darauf, dass man seinen Stolz wahrt«, hatte Agnes gesagt. »Sie findet es doch gar nicht gut, wenn man andere um Hilfe bittet.«

»Ich glaube, sie meint das etwas anders«, hatte Papa gesagt. »Sie meint wohl, dass man sich nicht erniedrigen soll. Vor niemandem. Um Hilfe zu bitten ist was anderes.«

Egal, wie Agnes es machte, es war nie richtig. So kam es ihr jedenfalls vor. Natürlich hatte Mamas Geschichte, die Papa ihr irgendwann erzählte, einiges erklärt, aber Agnes kam nie darüber hinweg, dass sie das Verhalten ihrer Mutter, wie viele Gründe es auch dafür geben mochte, extrem ungerecht fand.

»Da gebe ich dir recht«, hatte ihr Vater gesagt. »Soll ich mal mit ihr reden?«

Agnes schüttelte den Kopf. Das hätte er schon vor Jahren tun sollen, und zwar ohne dass sie ihn darum hätte bitten müssen.

Nicht nur ihre Mutter hatte sie im Stich gelassen, sondern auch ihr Vater.

Als Agnes diesmal nach Söder kam, hatte sie nicht die geringste Lust, Christer anzurufen. Es war fraglich, ob sie ihn jemals wieder anrufen würde. Im Moment hatte sie die Nase voll von Liebesgeschichten. Sie brauchte ihre Schwester, ihre Freunde und ein langes Wochenende mit Frauengesprächen. Als Gloria den Schlüssel ins Schloss steckte, hatte Agnes bereits eine Flasche Rotwein geöffnet und ein bisschen Aufschnitt auf einen Teller gelegt.

Es war Freitag, am nächsten Tag hatten sie frei, und wenn sie Lust dazu hatten, konnten sie die ganze Nacht reden.

Sie hatte Glorias Post nicht angerührt, aber als sie die vor Schreck aufgerissenen Augen ihrer Schwester sah, die einen der Umschläge auf dem Fußboden geöffnet hatte, begriff sie, dass etwas nicht stimmte.

Tag sechsunddreißig

Gloria hörte Agnes zu und war mit einer Anzeige einverstanden. Diesmal war die Drohung mehr als direkt gewesen. »Du egoistische Hure verdienst es nicht zu leben. Dies ist die letzte Warnung.«

Diesmal hatte der Briefträger den Umschlag gebracht, es war zumindest ein Poststempel drauf. Dann war der neue Code für die Haustür vermutlich einprogrammiert worden.

Aber wer schickte ihr so was? Wer hielt sie für egoistisch? Das Kuvert gab keinen Hinweis darauf. Weder die Nachricht noch die Adresse waren handgeschrieben. Jede zweite Drohung war auf Englisch verfasst worden.

Sie hatten schon am vergangenen Abend darüber gesprochen, und auch jetzt war es wieder Thema.

»Wenn wir mal ehrlich sind, haben bestimmt viele Leute so ihre Ansichten über dich. Aber genau diejenigen, die dich manchmal egozentrisch finden, lieben dich doch wie verrückt. Also, ich weiß nicht. Ich kann mir kaum vorstellen, dass du Feinde hast.«

»Dominic«, sagte Gloria. »Er hasst mich im Moment.«

»Ach, komm. Das glaubst du doch selbst nicht«, sagte Agnes. »Nein, das hat jemand anders getan. Vielleicht jemand, der tief enttäuscht ist? Hast du in letzter Zeit mit jemandem Schluss gemacht?«

»Bestimmt nicht. Ich habe überhaupt kein Liebesleben.« Sie hatte beschlossen zu verdrängen, dass sie sich ihrem Exmann – jedenfalls würde er das bald sein – in die Arme geworfen hatte. Sie durfte nicht vergessen, die Scheidungspapiere mit ihren beiden Unterschriften in den Briefkasten zu werfen.

»Sebastian?«

»Nein, der würde nie das Gefühl haben, verlassen zu werden. Er denkt immer, dass er derjenige war, der Schluss gemacht hat.« Sie grinste.

»Und Adrian?«

»Was? Glaubst du das wirklich? Nein. Er hat mit mir Schluss gemacht und ist mit Kit zusammengekommen. Ich bin ihm vollkommen egal.«

»Dieser Dirigent?«

»Nein, nein, nein. Aber die Russin vielleicht.« Sie beugte sich nach vorn und zog den Block zu sich heran. »Wir müssen eine Liste der Verdächtigen aufstellen«, sagte sie entschlossen, »und ganz oben steht Anna Poparova. Erstens: Sie hat ein Motiv – ich bin nämlich eine viel bessere Sängerin. Zweitens: Sie hat ein Ziel – sie will nämlich meinen zukünftigen Exmann erobern. Drittens: Sie hat die Möglichkeit – Briefe braucht man ja nur einzuwerfen.« Sie hielt Block und Stift triumphierend in die Höhe. »Fall erledigt.«

»Und wenn du dich täuschst? Du hast doch schon Drohbriefe bekommen, als sie noch gar nicht in Schweden war.«

»Ich bin mir ganz sicher. Da wusste sie ja schon, dass sie hier arbeiten würde, und sie hat bestimmt Leute, die ihr helfen. Du solltest sie mal sehen. Sie ist ungeheuer rachsüchtig, und ihre Augen blitzen vor Bosheit. Aber mir macht sie keine Angst. Sie muss dringend in ihre Schranken gewiesen werden, und dafür bin ich genau die Richtige.«

Die Sängerin zu piesacken würde ihr sogar eine gewisse Freude bereiten, merkte sie. Der Blick, den ihr diese Person am Flughafen zugeworfen hatte, sprach Bände. Anna Poparova hatte es auf Dominic abgesehen und schreckte vor nichts zurück.

Gloria war erleichtert. Es tat gut, ihre Sorgen mit Agnes zu teilen. Gemeinsam bereiteten sie das Abendessen vor.

»Ist es nicht witzig, dass *Carmen* in Sevilla spielt?« Gloria schälte die Kartoffeln und legte sie in einen Kochtopf. »Jetzt sind es schon zehn. Soll ich noch mehr schälen?«, fragte sie Agnes. Die nickte.

»Schäl mal schön weiter. Und ja, das mit Sevilla ist witzig. Und auch, dass unsere Mutter Carmen heißt. Aber du bist diejenige, die Ähnlichkeit mit der Hauptfigur hat, nicht Mama.«

»Fang du nicht auch noch an.« Gloria stöhnte.

»Wieso?«

»Dominic hat gestern das Gleiche gesagt. Ich verstehe nicht, was ihr meint.«

»Mein Gott, diese Oper ist doch dein Leben. Abgesehen vom Ende, wollen wir hoffen.«

»Vielleicht bringt er mich ja wirklich um.« Gloria fand die Vorstellung, ihr Leben würde auf so dramatische Weise enden, nicht besonders traurig. »Vielleicht sterbe ich bei der Premiere auf der großen Bühne der Stockholmer Oper. Wenn ich damit nicht unsterblich werde, weiß ich es auch nicht.« Das kräftige Lachen einer Opernsängerin schallte durch die Küche.

»Hör auf, das ist nicht lustig«, sagte Agnes.

Gloria legte den Kartoffelschäler weg und wischte sich die Hände an der Schürze ab. »We need cocktails«, sagte sie. »Was hältst du von einer Bloody Mary?« Sie grinste fröhlich, das Thema schien sie wirklich zu amüsieren.

»Ist das überhaupt ein Cocktail?«

»Du meinst, es könnte ein Longdrink sein? Wie auch immer, willst du eine?«

»Unbedingt. Los, schenk ein.«

Kurz bevor Lena und Kit eintrafen, bekam Gloria eine SMS.

Geschockt wandte sie sich an Agnes. »Jetzt haben wir vielleicht doch noch einen Verdächtigen«, sagte sie. »Adrian Lofti will sich mit mir treffen. Das ist doch ein Egozentriker vor dem Herrn. Was kann er nur von mir wollen?«

»Antworte ihm lieber erst morgen, wenn du dich beruhigt hast. Ich an deiner Stelle würde unheimlich vorsichtig mit ihm umgehen.« Agnes nahm ihr das Handy aus der Hand. »Und was immer du tust, erzähl Kit nichts davon.«

»Natürlich nicht, für wen hältst du mich? Aber ihm werde ich morgen meine Meinung sagen, darauf kannst du Gift nehmen. Prost.« Entschlossen hob sie ihr Glas. »Dann finde ich ein geeignetes Sexobjekt für Kit, denn das ist genau das, was sie im Moment braucht.«

Agnes klopfte ihr auf die Schulter. »Ich glaube, das kannst du ihr getrost selbst überlassen. Sie braucht deine Hilfe nicht.«

Als es klingelte, standen beide gleichzeitig auf, und während Gloria den Gästen die Tür aufmachte, ging Agnes in die Küche und nahm die Hähnchenfilets aus dem Ofen. In eins schnitt sie hinein. Noch fünf Minuten, beschloss sie, und schob das Blech wieder rein. Dann warf sie noch einen Blick auf den gedeckten Esstisch.

»Hallo, das ist aber lange her«, rief sie in den Flur, während sie die Schürze ablegte und an den Haken hängte. Lächelnd ging sie auf Kit zu und umarmte sie. »Wir haben uns bestimmt schon ein Jahr nicht mehr gesehen.«

»Wenn es so ist, möchte ich auch gedrückt werden«, sagte Lena lächelnd, »denn wir zwei haben uns mindestens genauso lange nicht gesehen.«

»Soll ich mich jetzt schämen?«, fragte Agnes.

»Ja, ein bisschen, aber dann wollen wir uns angenehmeren Dingen zuwenden«, sagte Lena. »Ich habe nächste Woche ein Date, und zwar zum ersten Mal seit zwei Jahren.« Sie warf ihren langen gestreiften Schal auf die Hutablage.

»Pass gut auf dich auf«, sagte Kit. »Meiner Erfahrung nach sind Dates lebensgefährlich.«

»Ach was«, sagte Gloria. »Wir ihr ja alle wisst, bin ich eine große Verfechterin des Rumvögelns.« Sie grinste.

»Das wissen wir«, sagte Kit. Agnes merkte, dass sie ein wenig pikiert auf Glorias Bemerkung reagierte, aber da Gloria immer noch lachte, hatte sie den angesäuerten Unterton in der Stimme ihrer Freundin offenbar nicht bemerkt.

Aber Agnes konnte Kit gut verstehen. Niemand lernte so leicht Männer kennen wie Gloria. Im Moment tat das wahrscheinlich weh. Diese beiden Frauen waren trotz ihrer Freundschaft total verschieden und gingen vollkommen unterschiedlich mit Liebeskummer um.

»Kommt in die Küche, das Essen ist fertig«, sagte Agnes.

Als die Gäste sich gesetzt hatten, servierten die Schwestern. Es gab Salat, Kartoffeln und Hähnchen mit einer phantastischen Sahnesoße, die Gloria gemacht hatte. Dazu servierten sie hausgemachtes Johannisbeergelee und Rotwein. Agnes hatte einen Tipp von ihrer Kollegin bekommen und gleich drei Flaschen gekauft, die sie bestimmt noch vor Ende des Abends geleert haben würden.

Kit legte sich so wenig auf den Teller, dass Gloria stutzig wurde.

312

»Ich habe schwedische Hausmannskost gekocht, weil du die liebst, also tu mir einen Gefallen, und greif ordentlich zu.« Sie fuchtelte mit ihrer Gabel.

»Danke, das ist unheimlich lieb von dir, aber ich habe kaum Appetit«, sagte Kit. »Das reicht mir. Ich glaube, ich werde heute nicht alt. Mit mir ist nicht viel anzufangen.«

»Ist noch was passiert?«, fragte Agnes.

»Nee, ich bin nur nicht gut drauf und sollte besser zu Hause bleiben.«

»Da bist du hier genau richtig«, sagte Agnes. »Ich stehe kurz vor einer Trennung und bin momentan auch nicht gerade eine Stimmungskanone.«

»Aber soweit ich weiß, ist das deine eigene Entscheidung. Und dein Mann träumt auch nicht von einer anderen Frau.«

Agnes sah Kit prüfend an.

»Tut Adrian das? Träumt er von einer anderen?«

Kit war so blass, dass sie grün wirkte. Sie nickte. »Natürlich. Ist das nicht normal?«

»Ich glaube eigentlich nicht …«, begann Gloria, aber Kit drehte sich hastig zu ihr um.

»Was glaubst du? Wenn du irgendwas weißt, raus mit der Sprache!«

»Ich glaube nicht, dass er eine andere hat.«

»Was weißt du denn schon davon?«

»Nichts natürlich, aber ich habe auch keine dahingehenden Gerüchte gehört, falls du das denkst.«

Kit stand abrupt auf. Ihr Essen hatte sie nicht angerührt.

»Es tut mir leid, und ich bedanke mich herzlich für die Einladung, aber ich gehe jetzt nach Hause und ziehe mir eine Decke über den Kopf.«

»Ich mache mir Sorgen um Kit«, sagte Lena, nachdem sie sich von ihr verabschiedet hatten und mit dem Kaffee ins Wohnzimmer hinübergegangen waren. »Sie wird sich doch wohl nichts antun?«

»Anscheinend geht es auf und ab«, sagte Gloria. »Bei der Arbeit scheint sie noch die Alte zu sein, aber heute hat sie wirklich einen schlechten Tag. Um deine Frage zu beantworten, nein, ganz bestimmt nicht, aber wir sollten sie trotzdem im Auge behalten.«

»Erstaunlich, dass man von einem Mann so besessen sein kann«, sagte Agnes. »Das war ich noch nie.« Sie hob ihr Punschglas. »Trinken wir auf mich und meine kontrollierten Gefühle.« Sie grinste.

»Du solltest froh darüber sein«, sagte Gloria. »Ich war genauso verrückt nach Dominic wie Kit nach Adrian. Ich habe es mir nur nicht so anmerken lassen, als er nach England zog.«

Lena und Agnes lachten. »Ach was, und wie! Es war anders als bei Kit, aber für uns war es offensichtlich, dass es dir total dreckig ging, obwohl du dich gleich diesem Sebastian Bayard an den Hals geworfen hast«, sagte Lena. »Aber mal im Ernst. Ich mache mir wirklich Sorgen um Kit und würde mich gern ein bisschen um sie kümmern, aber dafür brauche ich eure Hilfe.«

»Natürlich«, sagte Gloria. »Wenn wir nächste Woche im Opernhaus proben, werde ich tun, was ich kann.«

»Wie lange dauert es denn noch bis zur Premiere?« Agnes nippte an ihrem Punsch und verzog das Gesicht. »Das Zeug ist mir viel zu süß, kann ich stattdessen eine Bloody Mary haben?«

»Die bekommst du, wenn du dein Glas ausgetrunken hast. Noch zwei Wochen.«

»Und dann?«

»Einundzwanzig Vorstellungen. Drei in der Woche, bis in den April. Im Mai vielleicht noch ein paar zusätzliche. Aber für den Herbst werde ich absagen.«

»Wieso?«

»Mein Vertrag gilt nur für eine Spielzeit, und mehr will ich nicht.«

»Seinetwegen?«

»Teilweise. Ich brauche Gloriazeit. Ich muss rausfinden, wer ich mit dreiundfünfzig bin. In Anbetracht meines ehrwürdigen Alters weiß ich erschreckend wenig über mich selbst.«

»Das geht mir genauso«, sagte Agnes. »Ich glaube, ich bräuchte eine Therapie.«

Mit einem Knall stellte Gloria ihr Glas auf den Tisch. »Geliebte Agnes, du weißt aber schon, dass man mit Therapeuten über Gefühle spricht, oder?«

»Allerdings. Und genau das brauche ich. Ich habe die Nase voll von meinem gesunden Menschenverstand. Wo bleibt eigentlich mein Drink?«

»Ich bin schon unterwegs.«

Lena gähnte. »Es macht Spaß, euch zuzuhören, ihr Süßen, aber ich bin müde. Wollen wir morgen den langen Spaziergang machen, von dem wir gesprochen haben?«

»Ja natürlich«, sagte Agnes. »Schlaf doch hier, das Sofa ist frei. Ich krieche zu meiner Schwester ins Bett.«

Gloria kam mit einem Tablett voller Drinks zurück und stellte es auf den Wohnzimmertisch.

»Habe ich da was von einem Gästebett auf dem Sofa gehört? Natürlich kannst du hier schlafen.« Sie drückte Lena ein Glas in die Hand. »Wenn du das getrunken hast, kommst du sowieso nicht mehr nach Hause.«

Tag siebenunddreißig

Gloria war als Erste auf den Beinen. Sie hatte wieder von ihrer Mutter geträumt und wollte sich nicht noch länger neben der schlafenden Agnes im Bett wälzen.

Auch wenn sie tausend andere Dinge im Kopf hatte, musste sie sich unbedingt mit ihrer Familiengeschichte beschäftigen. Diese Träume verfolgten sie schon seit Jahren, aber in der letzten Zeit waren sie noch intensiver geworden, und wenn sie eine ganze Vorstellung durchsingen wollte, brauchte sie ihren Schlaf.

Sie hatte jedoch auch panische Angst davor, dass Erlebnisse aus der Vergangenheit ans Licht kamen, mit denen sie nicht gut umgehen konnte. Sie hatte immer eine enge Bindung zu ihrer Mutter gehabt und war eigentlich nicht bereit, diese zu kappen.

Aber wenn es wirklich stimmte, was Agnes ihr erzählt hatte, und Carmen sie allein zurückgelassen hatte, konnte sie das überhaupt verzeihen? Drei Jahre. Wusste ihre Mutter nicht, was sie ihr antat? Was, wenn jemand anders sie gefunden hätte und nicht Papa? Und wer war ihr biologischer Vater? Warum hatte er die Familie verlassen? Denn so musste es doch wohl gewesen sein, nahm sie an.

»Als ob ich nicht schon genug Probleme hätte«, brummte sie, während sie das Ei mit so viel Wucht auf den Rand der Bratpfanne schlug, dass ein bisschen Schale im Rührei landete. Sie fluchte laut.

»Hast du einen Kater? Du sprichst mit dir selbst.« Agnes kam in die Küche.

»Das auch«, antwortete Gloria. »Könntest du vielleicht Lena wecken? Das Frühstück ist gleich fertig.«

»Nicht nötig, ich bin schon wach«, ertönte es aus dem

Flur. »Sag ehrlich, wie viel hochprozentigen Alkohol hast du eigentlich gestern in diese Drinks gekippt? Ich fühle mich elend. Seid nicht böse, wenn ich direkt nach Hause gehe, mir ist momentan nicht nach Essen zumute.«

Gloria trocknete sich die Hände an einem Geschirrtuch ab und kam in den Flur.

»Du siehst schlimm aus«, sagte sie aufrichtig. Sie warf sich das Handtuch über die Schulter.

»Danke. Du bist auch nicht besonders schön.«

»Ich weiß.« Sie streckte die Arme nach Lena aus. »Komm her. Sehen wir uns bald wieder?«

»Nicht, wenn du vorhast, mich noch mal abzufüllen. Ich bin zu alt für so was.«

»Alles klar. Ich werde mir merken, dass du nichts mehr verträgst, Tantchen. Nächstes Mal machen wir Nordic Walking mit Stöcken.«

Agnes schlug Gloria vor, mit nach Sigtuna zu kommen.

»Du musst mal was anderes sehen als die Stadt«, sagte sie entschieden.

Das war nur die halbe Wahrheit. Agnes brauchte auch jemanden, der Stefan aufmunterte, denn sie selbst war dazu momentan nicht in der Lage.

»Okay, aber wenn du glaubst, ich könnte in diesem Zustand Auto fahren, täuschst du dich. Wir fahren heute Nachmittag. Was hältst du davon, wenn wir erst mal einen langen Spaziergang machen?«

Sie gingen einmal quer durch Söder. Zum Wasser hinunter und bis in den Stadtteil Hornstull, den eine betrogene Freundin von Gloria nur noch Hurentull nannte, seit ihr Exmann dort eine Geliebte gehabt hatte. Agnes war es unangenehm, daran erinnert zu werden. Sie war keinen

Deut besser als dieser Mann. Theoretisch vielleicht schon, aber moralisch war sie an Stefan gebunden, solange sie unter einem Dach lebten.

In einem Lokal an der Hornsgata aßen sie ausgiebig zu Mittag. Sie redeten über ihre Mutter und Sevilla und überlegten, was sie wohl in den Kartons bei Agnes im Keller finden würden. Wahrscheinlich nichts. Sie hatten sie ja bereits nach dem Tod ihrer Eltern durchgesehen, und da war Agnes auch nichts aufgefallen. Jetzt gab es allerdings einen neuen Grund, sich mit dem Inhalt der Kisten zu beschäftigen. Damals hatten sie kein Ziel gehabt, aber jetzt wollten sie herausfinden, ob aus der Zeit Anfang der Sechziger noch etwas übrig war.

Erst gegen drei fuhren sie in die Einfahrt. Stefan begrüßte sie an der Tür und sah aus wie das blühende Leben. Dass er vor kurzem noch schwerkrank gewesen war, merkte man ihm wirklich nicht an, dachte Agnes und lächelte ihm zu. Gloria nahm ihn in den Arm und sagte, sie wolle alles über seinen Plan wissen, in den Ruhestand zu gehen, da es bei ihr auch bald so weit wäre. Während die beiden in die Küche gingen, eilte Agnes in den Keller. Je eher sie anfingen, desto besser.

Gloria war nicht die Einzige, die mehr erfahren musste. Keine von beiden hatte auch nur die geringste Ahnung von ihrer spanischen Verwandtschaft, denn die musste es schließlich geben. Mama hatte Papa nur erzählt, dass sie zu Hause rausgeflogen war. Aber wer war dort gewesen? Wer waren ihre Großeltern? Hatte Mama Geschwister gehabt?

»Ich glaube, die sind es«, murmelte sie und ging zu den vier Kisten hinüber, die aufeinandergestapelt an der Wand standen. Sie rief die Kellertreppe hinauf: »Gloria, jetzt komm endlich.«

»Ich komme ja schon.«

»Könnt ihr meine Hilfe gebrauchen?«, fragte Stefan.

»Ja, aber wehe, du hebst was Schweres.«

»Was hat euer Vater eigentlich in Spanien gemacht, als er Carmen kennenlernte?«, fragte Stefan, nachdem Agnes den letzten Karton auf den Fußboden gestellt hatte. Sie hatten es sich auf der Sitzgruppe neben all den Trainingsgeräten bequem gemacht, die niemand mehr benutzte. Der Raum war groß genug, um Sport zu machen und gemütlich herumzuhängen. Früher waren sie fast jeden Tag hier unten gewesen. Wenn sie nicht beide trainierten, lag einer von beiden auf dem Sofa und schaute dem anderen zu.

»Er war auf der Durchreise und hat so eine Art Interrail gemacht, auch wenn man es damals noch nicht so nannte.« Sie lächelte. »Er war erst zwanzig, ein paar Jahre jünger als Mama. Es war natürlich eine große Sache für ihn, die Verantwortung für sie und Gloria zu übernehmen, aber er hat gesagt, es hätte keine Alternative gegeben. Und dann hat er sich verliebt, nehme ich an.«

»Ich glaube, sie war seine einzige Schwachstelle«, sagte Gloria, die mit der Begründung, so kurz vor einer Premiere dürfe sie sich auf keinen Fall anstrengen, neben Stefan auf dem Sofa saß. Sie hatte die erste Kiste geöffnet, die Agnes angeschleppt hatte. »Hat er ihr jemals widersprochen?«

»Soweit ich mich erinnern kann, nicht, aber bei uns war er doch auch immer sehr weichherzig. Papa konnte man zu allem überreden, Mama nicht«, sagte Agnes.

»Ich frage mich, ob sie jemals wieder in Sevilla waren. Das liegt doch im selben Teil des Landes wie Torrevieja.« Gloria schaute in den Karton. »Fotoalben. Mehrere. Ob da was drin ist?« Sie war aufgeregt.

»Wonach sucht ihr eigentlich?«, fragte Stefan.

Agnes und Gloria sahen sich an. »Ich glaube, das wissen wir selbst nicht.« Agnes lachte. »Irgendetwas, das uns erzählt, wie alles war.«

»Tagebücher?«

»Vielleicht. Aber hier sind nur Fotos.«

Gemeinsam blätterten sie ein Album nach dem anderen durch, und da alle vier Kartons voll davon waren, gab es eine Menge. Die Fotos stammten jedoch alle aus Schweden und gaben keine Hinweise auf Carmens Herkunft.

»Mann, bin ich enttäuscht.« Gloria klappte den letzten Karton zu.

»Vielleicht macht ihr einen Denkfehler«, sagte Stefan. »Wenn sie sich gegen ihr altes Leben entschieden hat oder niemandem davon erzählen wollte, hat sie bestimmt alle Erinnerungen zurückgelassen. Falls sie überhaupt etwas besaß. Sie war schließlich arm, und wenn sie etwas von Wert besessen hat, wird sie es verkauft haben. Aber möglicherweise hat sie später, als sie nach Schweden gezogen war, Kontakt zu ihrem alten Leben aufgenommen.«

»Was meinst du damit?«, fragte Gloria.

»Die beiden waren moderne Menschen und hatten Computer. Guckt euch die doch mal an.«

»Ich habe oben auch noch eine Kiste«, sagte Agnes. »Und du müsstest eine bei dir zu Hause haben, Gloria, wir haben beide eine mit verschiedenen Sachen mitgenommen, weißt du noch?«

»Ja natürlich. Und wo sind all die Fotos, die sie und Papa seit ihrem Umzug gemacht haben? Die müssen sie doch auch irgendwo aufbewahrt haben. Ich glaube, Stefan hat recht. Sie könnte sie auf ihrem Computer abgespeichert haben. Hast du den noch?«

»Ja, der ist auch oben«, sagte sie. »Wollen wir?«

»Hast du Adrian geantwortet?«, fragte Agnes, als sie noch eine Treppe ins Obergeschoss hinaufgingen.

»Nein, das habe ich verdrängt. Muss ich denn überhaupt? An ihn kann ich jetzt nicht auch noch denken. Also, wo ist Mamas Computer?«

»In meinem Arbeitszimmer.«

»Gott, wie luxuriös, ein eigenes Arbeitszimmer«, sagte Gloria.

»Du kannst zu uns ziehen, und ich nehme deine Wohnung«, sagte Agnes.

»Ist der Mann inbegriffen?«

»Na klar, gern.«

»Du verschenkst mich also«, war aus Stefans Zimmer zu hören. Agnes verzog das Gesicht.

»Vielleicht kann sie sich dich ja mal ausleihen.« Sie verzog das Gesicht, als rechne sie mit dem Schlimmsten. »Die arme Gloria hat doch so Schwierigkeiten, Männer kennenzulernen.«

Als sie ihn lachen hörten, atmete Agnes auf. Scherze waren im Moment eine heikle Angelegenheit, aber diesmal hatte sie die Klippe umschifft. In Zukunft musste sie besser aufpassen, was sie sagte.

Im Arbeitszimmer stand Großmutters alter Sekretär, der noch genauso schön aussah wie an dem Tag in den dreißiger Jahren, als sie und Großvater ihn zur Hochzeit geschenkt bekommen hatten. Darin lagen die Laptops von Mama und Papa, die sie auch fleißig benutzt hatten, solange sie noch in der Lage dazu gewesen waren.

Sowohl Agnes als auch Gloria waren oft auf dem Waldfriedhof, es war wichtig für Mama gewesen, dort begraben zu werden, und natürlich wollte Papa, als er ein Jahr später

321

ebenfalls von ihnen ging, neben ihr liegen. Er war nach Carmens Tod wieder nach Schweden gezogen, aber nach kurzer Zeit hatten die Schwestern gemerkt, dass er verwirrt war. Wahrscheinlich hatte Mama, als sie noch lebte, seine Schwächen geschickt kaschiert, denn allein kam er nicht mehr besonders gut zurecht, und die letzte Phase seines Lebens musste er in einem Heim verbringen. Agnes hatte versucht, ihn dazu zu bringen, mehr über die Vergangenheit zu erzählen, aber es war unmöglich gewesen, mit ihm darüber zu reden.

Nun wollten die Schwestern gemeinsam ihre Geschichte erforschen, und was immer sie finden würden, war für sie beide wichtig, da waren sie sich einig.

Agnes selbst war klargeworden, wie gut es ihr ging, als so viele arme Menschen nach Schweden gekommen waren. Überall saßen sie und baten um Unterstützung. Meistens wortlos. Agnes trug schon seit vielen Jahren kein Bargeld mehr bei sich, aber seit es so viele Bettler im Land gab, hatte sie immer Banknoten in der Brieftasche. Immer mit dem Gefühl, dass das Leben eine Lotterie war und dass sie zu denjenigen gehörte, die einen Hauptgewinn gezogen hatten.

Mit Entsetzen sah und hörte sie die Kommentare, die erstaunlich oft von Menschen kamen, denen es sehr gut ging und von denen man vielleicht gar nicht erwartet hätte, dass sie nach unten treten und auf Menschen herumtrampeln würden, deren einziger Fehler darin bestand, dass sie arm geboren waren und betteln mussten.

Manche schienen jedoch ein Bedürfnis zu haben, ein paar Stufen höher auf der Wohlfahrtsleiter zu stehen als andere, und wenn es nicht die Bettler waren, die ihren Einkaufswagen im Weg standen, ärgerten sie sich über Frauen mit Kopftüchern. Oder über Leute, die nicht perfekt Schwedisch sprachen. Und man hätte ja auch schon von Bettlern gehört, die in Luxuslimousinen durch die Gegend führen, und manche Flüchtlinge lebten doch besser als ein schwedischer Rentner.

Manchmal mischte Agnes sich ein und widersprach diesen Menschen. Meistens schwieg sie. Irgendwann mal wollte sie von ihrer Herkunft und ihrer armen Mutter erzählen, und da Gloria nun Bescheid wusste, würde das sehr viel einfacher werden.

»Stefan, kannst du dich noch an das Passwort von meinen Eltern erinnern?«, rief sie, nachdem sie die Netzkabel eingesteckt und die Laptops aufgeklappt hatte.

»Carmen.«

»Und das von Papa?«

»Carmen.«

Sie grinste. »Natürlich.«

Gloria steckte das Handy in die Hosentasche, bevor sie die Toilettentür entriegelte. Sie war zufrieden mit ihrer Nachricht an Adrian. »Nee, weißt du was? Ich habe wirklich keine Lust, deinen kleinen Penis wiederzusehen.«

Von ihm würde sie bestimmt nie wieder etwas hören.

Tag achtunddreißig

Was für ein ekelhafter Montagmorgen. Dagens Nyheter hatte in der Sonntagszeitung auf drei Seiten über »das dynamische Trio« berichtet, und die Reporterin hatte geschrieben, zwischen Dominic Evans und Gloria Moreno würden

»Funken sprühen«, und die beiden seien das heißeste Paar, das derzeit auf den Bühnen der Welt zu finden sei.

Herrgott, was für ein Unsinn!

Gloria ging mit großen Schritten den Götgatsbacken hinunter. Sie hatte es zwar nicht eilig, aber es tat gut, ein wenig aus der Puste zu kommen.

Am Freitag hatte sie der Opernleitung gesagt, sie müsse heute ein kleines Gespräch führen, und nun hatte sie sich auf den Weg gemacht, um sich im Futten mit jemandem aus der Führungsriege zu treffen. Anschließend würde sie in der Maske geschminkt werden und eine Perücke angepasst bekommen.

Sie würde sich zur Ruhe setzen, ein fast unwirklicher Gedanke, aber der Zeitpunkt war genau richtig. Allerdings wollte sie nicht wie eine typische Rentnerin leben. Sie brauchte eine Beschäftigung, aber worin die bestehen könnte, würde sich noch zeigen. Die Opernleitung ging es jedenfalls nichts an. Dort brauchte man nur zu wissen, dass sie im Herbst nicht mehr für ein Engagement zur Verfügung stehen würde.

Gloria wusste nur, dass sie mehr Zeit mit Marcus und seiner Familie verbringen wollte und dass sie sich vorstellen konnte, kleinere Gastrollen an anderen Opernhäusern zu übernehmen, und warum nicht gleich in London, dann würde sie zwei Fliegen mit einer Klappe schlagen.

Sie und Agnes hatten sich je einen Computer geschnappt, aber es waren viel zu viele Bilder darauf, um sie alle innerhalb weniger Stunden in Sigtuna durchzuschauen. Und es gab nicht nur Fotos. Carmen hatte Texte geschrieben, und Papa schien täglich ein paar Notizen verfasst zu haben. Agnes nahm Erlands Laptop in Augenschein, und Gloria

Carmens. In einer Woche würden sie tauschen, hatten sie beschlossen.

Da sie nun auf der großen Bühne im Opernhaus probten, sahen die Arbeitszeiten anders aus. Sie fingen um neun Uhr an und waren gegen halb drei fertig, denn dann mussten die Bühnentechniker sich um den Umbau für die abendliche Vorstellung kümmern. Das erinnerte sie daran, dass sie schon lange nicht mehr als Zuschauerin in der Oper gewesen war. Ein Ballett hatte sie wahrscheinlich schon seit einem Jahr nicht mehr besucht. Das war schade und eigentlich eine Schande, wo sie doch so gern die letzte Inszenierung von Mats Ek gesehen hätte.

Sie winkte den Kolleginnen, die am Empfang am Bühneneingang arbeiteten, und ging eine Treppe hinauf, um dann mit dem Aufzug ins Futten zu fahren.

Max hatte sich bereits hingesetzt, stand aber auf, als er Gloria sah.

»Kaffee?«

»Nein danke, aber gern ein Glas Wasser.«

»Mit Sprudel?«

»Nein danke.« Sie hängte ihre Jacke über die Lehne. Dieser Winter war bald vorbei, und während sie ihre Fäustlinge in die Handtasche stopfte, wurde ihr bewusst, wie sehr sie sich auf den Frühling freute. Der erste Frühling ohne Proben. Normalerweise hätte sie gleichzeitig die Carmen spielen und bereits für die nächste Premiere proben müssen, aber diesmal nicht.

»Bitte sehr.« Er stellte ihr Wasserglas auf den Tisch.

»Danke.«

»Befriedige meine Neugier. Warum wolltest du dich mit mir treffen? Ich hoffe, dass du dich doch entschieden hast, uns die Gelegenheit zu geben, im Herbst wieder mit dir zusammenzuarbeiten.«

»Nein, ich wollte dir sagen, dass ich mich zur Ruhe setzen möchte. Ich bringe diese Spielzeit noch zu Ende, aber dann ist Schluss.«

»Nicht du auch noch«, stöhnte er. »Was ist denn los mit euch Stars? Habt ihr euer Publikum vergessen? Dominic hat mir am Freitag die gleiche Mitteilung gemacht, aber das weißt du natürlich schon.«

»Wieso sollte ich davon wissen? Er kann doch machen, was er will.«

Sie betrachtete die Information als Vorwarnung. Sie hatte geglaubt, er würde noch eine Weile bleiben wollen, denn Anna Poparova würde ja im Herbst immer noch die Rolle von Ann-Charlotte übernehmen. Aber zum Glück war das alles nicht mehr ihr Problem.

»Ich dachte, ihr stündet euch nah. Sagte er nicht, du wärst seine Frau?« Neugier drang ihm aus jeder Pore, stand ihm aber überhaupt nicht.

Sie beschloss, die Frage nicht zu beantworten, weil sie nichts zur Sache tat.

»Das wollte ich dir nur sagen.« Sie stand auf. »Jetzt muss ich in die Maske.«

»Du bist die beste Carmen, die ich je gesehen habe«, sagte er. »Es ist unglaublich schade, dass du im Herbst nicht mehr hier arbeiten willst. Kann ich dich vielleicht mit irgendwas erpressen, damit du bleibst?« Er lächelte, aber sein Lächeln reichte nicht bis zu den Augen.

Sie sah ihn verwundert an. »Nein, natürlich nicht«, sie schob ihren Stuhl an den Tisch. »Bis dann.«

Nach der Premiere würde sie sich vor allen Vorstellungen selbst schminken, das machte ihr Spaß, aber heute bekam sie sowohl beim Make-up als auch bei der Perücke Hilfe, die sich gar nicht so leicht über ihr eigenes kräftiges Haar ziehen ließ, das in einzelnen Strähnen eingerollt und fest an den Kopf geklatscht worden war.

In Nacka konnten sie alles ausprobieren, aber jetzt ging es ums Ganze. So wie jetzt würde sie in ihrer letzten Zeit an der Oper aussehen, und sie hätte es definitiv schlechter treffen können. Sie würde schön sein, und das freute sie, auch wenn es ihr nicht mehr so wichtig war.

Später würden sie zum ersten Mal mit dem Orchester zusammen proben, und bei dieser ersten Probe würden alle Sänger vor dem Orchester aufgereiht sitzen.

»Guten Morgen«, wurde an der Tür in gebrochenem Englisch gezwitschert, und Gloria seufzte innerlich. Es war so schön gewesen, dass Annas Gesellschaft ihr ein paar Tage erspart geblieben war.

»Did you have a nice weekend?«, fragte sie, nachdem ihr der Platz neben Gloria zugewiesen worden war.

»Ja, danke. Und selbst?«

»Wunderbar. Wir sind spazieren gegangen, haben geredet und gut gegessen.« Sie lächelte.

Gloria wusste genau, mit wem sie dieses wunderbare Wochenende verbracht hatte. Die Botschaft kam genauso an, wie Anna beabsichtigt hatte.

»Unserer Freundschaft darf nichts im Weg stehen.« Sie lächelte im Spiegel der Maskenbildnerin zu. »Du weißt sicher, was ich meine.« Sie wandte sich wieder Gloria zu. Obwohl ein Lächeln ihre Mundwinkel umspielte, strich ein Eishauch durch die Maske, und Gloria hatte den Eindruck, mit einer Verrückten zu sprechen.

»Sicher«, sagte sie. »Ganz sicher weiß ich das.«

»Die Frau ist nicht ganz dicht«, vertraute sie Kit in der kleinen Kammer an, die während der Vorstellung ihr Arbeitsplatz war. Vor hier aus dirigierte sie die Abläufe, die hinter der Bühne stattfanden. Sie war bekannt für ihr Können, und alle wollten mit ihr zusammenarbeiten. Gloria war froh, dass Kit bei ihrer letzten Oper die Inspizientin war.

Sofern ihre Freundin nicht zusammenbrach. Sie war, falls das überhaupt möglich war, noch blasser als am Freitag und sah abgemagert aus.

Gloria hatte sich einen Kaffee und eine Zimtschnecke aus dem Futten mitgebracht, aber da Kit nichts wollte, aß sie das Gebäck allein auf.

»Hast du Kontakt mit ihm?«

»Adrian? Nein, er will nicht.«

»Das geht vorbei, Kit, ich verspreche es dir.«

»Du hast leicht reden«, sagte sie. »Du bist schön, und hinter jeder Ecke wartet ein Mann auf dich. Ich habe das alles nicht. Ich hatte Adrian, und nun will er mich nicht mehr.«

»Es tut mir so leid für dich.«

»Wirklich?«

»Ja natürlich. Glaubst du mir nicht?«

»Keine Ahnung. Du warst ja nicht gerade begeistert, als Adrian und ich ein Paar wurden.«

»Das haben wir doch geklärt, hoffe ich?«

Kit seufzte. »Ich bin nur alt und verbittert.« Sie versuchte zu lächeln, brachte aber nur eine Grimasse zustande, und es tat Gloria aufrichtig weh zu sehen, wie schlecht es ihrer Freundin ging.

Sie musste da natürlich ganz allein durch, aber in der Zeit würde sie sich hoffentlich ab und zu bei ihren Freundinnen anlehnen.

»Du musst auf die Bühne«, sagte Kit.

»Okay. Bis später.«

»Ja.«

»Mrs Evans«, flüsterte Dominic. »Du bist so schön. Hattest du ein nettes Wochenende?«

Er war aus dem Nichts aufgetaucht und hatte ihr plötzlich ins Ohr gewispert.

Sie überlegte, ob sie ihn ignorieren sollte, aber angesichts der Tatsache, dass sie in den bevorstehenden Szenen ohnehin um ihn herumscharwenzeln musste, konnte sie auch freundlich sein. Und kurz angebunden. Sie war ihm keine Rechenschaft schuldig und musste ihn lediglich mit Respekt behandeln.

»Danke, sehr nett.«

»Was hast du gemacht?«

»Ach, nichts Besonderes.«

Er griff nach ihrem Arm. »Ich will nicht, dass du mich verlässt, Gloria.«

Sie antwortete nicht. Der schnelle Themawechsel brachte sie aus der Fassung. Sie hasste es, wenn seine Worte sie berührten. Er musste aufhören, von ihnen zu sprechen, als ob sie ein Paar wären, sie wollte es nicht hören.

Anna Poparova lechzte vielleicht nur nach Aufmerksamkeit, sie wäre nicht die Erste gewesen, die nur deswegen versuchte, Eifersüchteleien anzuzetteln, und möglicherweise war Dominic längst nicht so interessiert an ihr, wie Anna es gern gehabt hätte, *aber das spielte keine Rolle mehr.*

Gloria hatte heute Morgen während ihres Spaziergangs den Umschlag in den Briefkasten geworfen.

Der Vorfall in Arlanda hatte ihr gezeigt, wie *ungeheuer* weh es tat, ihn zu lieben.

Tag neununddreißig

Agnes hatte damit gerechnet, angefordert zu werden, aber als ihr Standby vorüber war, freute sie sich, einen zusätzlichen freien Tag gehabt zu haben.

Sie hatte ihn größtenteils verschlafen. Als sie noch Anfängerin war, hatte das anders ausgesehen. Da saß sie um Punkt fünf Uhr in ihrer Uniform auf dem Sofa, wenn ihr Standby begann. Wenn niemand angerufen und sie zum Flughafen beordert hatte, durfte sie die Uniform fünf Stunden später wieder ausziehen.

Jetzt schlief sie, bis das Telefon klingelte, weil sie wusste, dass sie es locker in einer Stunde nach Arlanda schaffen würde. Heute war sie überzeugt gewesen, arbeiten zu müssen, weil so viele Kollegen krank waren. Sie freute sich jedoch darauf, stattdessen Papas Computer durchzugehen.

Sie hörte in der Küche Geschirr klappern, schlüpfte in ihren Bademantel und ging hinunter.

»Guten Morgen, ist dir nicht kalt?«, fragte sie Stefan, der mit nacktem Oberkörper in der Unterhose Bratpfannen in den Schrank pfefferte.

»Guten Morgen«, zischte er.

»Hoppla, du hast wohl einen schlechten Tag.« Sie lächelte. »Gibt es Kaffee?«

»Den kannst du dir selbst machen«, sagte er wütend.

»Was ist denn los mit dir?«

»Ich bin sauer.«

»Aha, und auf wen?«

»Auf dich.«

»Auf mich?«

»Ja, auf dich. Ich finde, dass du nach all den Jahren richtig gemein zu mir bist. Du versuchst es gar nicht erst, und

330

das macht mich wahnsinnig.« Er war ihr gegenüber noch nie laut geworden, und Agnes wich erschrocken zurück.

»Läufst du jetzt weg? Das war ja klar«, brummte er. »Agnes Fossum wählt immer den einfachsten Weg. Den klugen, sachlichen und vernünftigen Weg. Eiskalt. Wo, zum Teufel, ist deine Herzenswärme geblieben, Agnes? Deine Leidenschaft? Du siehst immer gleich aus, egal, ob du wütend oder froh bist, und jetzt gerade treibst du mich zur Weißglut. Kannst du einfach mal reagieren? Ich habe es so satt, immer den Schein zu wahren und immer so furchtbar freundlich zu sein. Mir ist heute Nacht der Kragen geplatzt, und du hast vollkommen recht. Wir sollten *wirklich* nicht mehr zusammen sein. Ich will eine Frau, die brennt, und keine, die jedes Feuer gleich erstickt.«

Seine Augen glühten. Er war außer Atem, und Agnes spürte eine Welle der Lust. Herrgott, was war denn hier los?

Ihre Blicke bohrten sich ineinander. War er jemals so attraktiv gewesen? Es pochte in ihrem Unterleib.

Sie brauchte nur eine Sekunde, um sich zu entscheiden. Sie ließ den Bademantel auf den Küchenfußboden fallen, und ob er sich wunderte, dass sie darunter nackt war, bekam sie nicht mehr mit, weil er sie in seine Arme schloss und fast brutal auf die Arbeitsplatte drückte.

Dass er kürzlich einen Herzinfarkt überlebt hatte, war kaum zu glauben.

»Das war der beste Sex, den wir seit Jahren hatten, vielleicht der beste überhaupt«, sagte Stefan. Agnes hörte, dass er immer noch wütend war, als er vom Boden aufstand.

Agnes lächelte. »Es war wunderbar.« Sie wollte sein Bein streicheln, aber er zog es schnell weg.

»Versuch nicht, meine Wut wegzubekommen, jetzt, wo ich endlich gemerkt habe, wie wütend ich im tiefsten Innern bin«, sagte er. »Ich brauche ein bisschen Ruhe, aber dann werde ich dir genau sagen, was ich fühle. Und du wirst mir zuhören. Wenn du dich drückst, brauchst du gar nicht mehr nach Hause zu kommen.«

Jesses, wo kam denn das alles plötzlich her? Ihr ausgeglichener, besonnener Partner, der nie ein Wort zu viel sagte oder tiefere Gefühle zeigte, hatte sie als kühl bezeichnet. Dann waren sie ja schon zwei mit dieser Betriebstemperatur, dachte Agnes, während sie sich aufrappelte und den Bademantel wieder anzog.

Vor dem Infarkt hatte er sie überhaupt nicht bemerkt. Jedenfalls schien es ihn nicht zu interessieren, ob sie da war oder nicht. Von da bis hierhin war es ein großer Schritt. Das war es für ihn wahrscheinlich auch gewesen. Wenn er darüber reden wollte, würde sie ihm gern zuhören.

In der Zwischenzeit musste sie über ihre Reaktion nachdenken. Irgendetwas an der ganzen Situation erregte sie, aber sie konnte im Moment nicht genau sagen, was es war. Und ob es von Bedeutung war. Vielleicht lag es nur daran, dass sie sich trennen würden. Möglicherweise klammerten sie sich aufgrund einer Art von Trennungsangst aneinander.

Schön war es trotzdem gewesen. Seine Wut hatte ihn etwas rabiater gemacht, und wenn Agnes von dem Sex mit Christer etwas mitgenommen hatte, dann, dass sie es mochte, ein bisschen härter angefasst zu werden.

Es war ja völlig verrückt, dass sie erst fünfzig Jahre alt werden musste, um zu begreifen, was ihr im Bett gefiel. Stefan schien auch darauf abzufahren. Sie hatte sich viele Szenarien ausgemalt, aber *nicht* dieses hier.

Was hatte das zu bedeuten?

Hatte sie noch Gefühle für ihn?

War es überhaupt möglich, noch einmal ganz von vorn anzufangen?

Während ihr wütender Mitbewohner sich in seinem Zimmer verbarrikadierte, klappte Agnes den Computer ihres Vaters auf. Er war unheimlich langsam, und es wurde überdeutlich, wie viel auf dem Markt passiert war, seit er dieses Gerät angeschafft hatte, aber es funktionierte noch, und das war das Wichtigste.

Es gab Fotos in Massen. Nachdem sie zwei Stunden lang Fotos von ihren Eltern angeschaut hatte, streckte sie sich. Die beiden waren nie weit voneinander entfernt gewesen, und Agnes glaubte, dass ihre Beziehung ungewöhnlich liebevoll gewesen war. Mama verehrte Papa, das hatte sie immer getan. Und wie fürsorglich er mit ihr umging, war gar nicht zu übersehen, wenn man das Kind der beiden war.

Es war nicht richtig gewesen, dass er Agnes so viel aufgebürdet hatte, aber das hatte er wahrscheinlich gar nicht begriffen, dachte sie. Er hatte ihr Carmens Geschichte ihrer Mutter zuliebe erzählt, glaubte Agnes heute. Damit Agnes ihre Mama nicht fragte, warum sie Gloria immer vorzog. Das Wohlergehen ihrer Mutter war ihrem Vater immer am wichtigsten gewesen, und diesem Bemühen hatte er sogar das seelische Gleichgewicht seiner Kinder geopfert.

Stefan hatte das egoistisch von ihrem Vater gefunden, aber sie selbst hatte es damals nicht so gesehen. Sie war froh gewesen, dass ihr Vater ihr sein Vertrauen schenkte, und ein paar Wochen lang konnte sie ihre Mutter verstehen. Allerdings legte sich das bald wieder, und dann war das Geheimnis stattdessen zu einer Last geworden.

Eine Stunde später riss Stefan die Tür zu ihrem Zimmer auf. Wieder spürte sie ein seltsames Verlangen, als sie sah, dass er immer noch wütend war.

Irgendetwas stimmte offensichtlich nicht mit ihr.

Sie sah ihm in die Augen und deutete mit einem Nicken auf das Bett.

Wortlos zog er sie vom Schreibtischstuhl hoch, riss ihr den Bademantel vom Leib und warf sie aufs Bett.

Er legte sich mit seinem ganzen Gewicht auf sie. Sie bekam kaum Luft, aber alles, was sie wollte, war ein Kuss von ihm.

»Du musst mich darum bitten.« Er rieb seine Erektion an ihrem Oberschenkel und hielt gleichzeitig ihre Hände fest, so dass sie sich nicht bewegen konnte. Sie versuchte, seine Lippen zu erreichen, gab es aber auf, als er seinen Kopf jedes Mal wegdrehte. Er hatte sie fest im Griff, und sie war immer erregter.

»Küss mich«, bat sie. »Bitte, küss mich.«

Anstatt auf sie zu hören, drückte er mit seinem Oberschenkel ihre Beine auseinander, brauchte aber überhaupt keine Kraft anzuwenden, weil sie vollkommen offen für ihn war. Ihre Hüften bewegten sich unter seinem Gewicht, weil sie versuchte, in die richtige Position zu kommen, damit er in sie eindringen konnte.

Sie spürte, wie hart er war. Das Spiel, das er mit ihr spielte, war quälend, aber wahnsinnig erotisch. Immer wieder streifte sein Hüftknochen ihre empfindlichste Stelle. Spürte er, wie feucht sie war? Wie sehr sie ihn begehrte? Er ließ sie keine Sekunde aus den Augen. »Bitte mich darum«, sagte er.

»Bitte, Stefan. Bitte.«

Er presste sich an sie, und dann wälzte er sich plötzlich auf den Rücken, und sie landete oben. Sie spreizte die Beine und drückte ihr Geschlecht an seins, hatte aber keine Chance, ihn in sich einzuführen. Er hielt ihre Arme hinter ihrem Rücken fest, und sie konnte nur die Hüften bewegen. Sie rieb sich immer intensiver an ihm, spürte, dass der Orgasmus näher kam, und in dem Moment, als sie kam, ließ er ihre Hände los, so dass sie ihn sich endlich hineinstecken konnte. Sie ritt auf ihm wie eine Besessene, während ihr Orgasmus immer neue Wellen schlug.

Stefan, der in all den Jahren immer still und lächelnd gekommen war, schrie und wand sich unter ihr.

»Oh, mein Gott«, sagte er außer Atem, als Agnes sich an seinen Hals kuschelte. Er war immer noch in ihr.

»Willst du den Kuss jetzt haben?«, murmelte er nach einer Weile und strich ihr zärtlich das Haar aus dem Gesicht.

Sie hob den Kopf und nickte.

»Vielleicht können wir uns später streiten.« Sie schmiegte ihre Lippen auf seine.

Tag vierzig

Dominic hatte seine Mutter auf der Veranda des Grand Hôtel zum Essen eingeladen. In ihren Augen gab es in ganz Stockholm kein schickeres Restaurant, und deshalb machte es ihm besonderen Spaß, sie dorthin auszuführen.

»Triffst du dich mit diesem Mädchen?« Sie steckte sich eine Gabel voller Salat in den Mund.

»Gloria?«

»Nein, nein, die Frau von Robertino. Du hast doch gesagt, sie wäre hier.«

»Ja, natürlich sehe ich sie hin und wieder. Wir arbeiten schließlich zusammen.«

»Sei ein bisschen vorsichtig mit ihr, sie hat es faustdick hinter den Ohren.«

Dominic lachte. »Wie oft hast du sie denn schon gesehen?«

»Ein paarmal, ich war ja sogar auf ihrer Hochzeit. Ich mag deinen alten Freund unheimlich gern. Ihr seid ja wirklich schon seit Ewigkeiten befreundet.«

»Seit dem Tag, an dem ich nach London gezogen bin.« Dominic lächelte. Sie ist so klein wie ein Vogeljunges, dachte er. Zart war sie immer gewesen, aber nun schien sie von Mal zu Mal zu schrumpfen. Sein Vater, der groß und kräftig gewesen war, hatte sie wahrscheinlich mit einer Hand hochheben können.

»Woran denkst du?« Birgit legte ihre Gabel auf den Teller.

»An dich und Papa. Er war groß wie ein Bär, was man von dir nicht behaupten kann.«

»Manche Leute haben uns mit Prinz Bertil und Prinzessin Lilian verglichen«, sagte sie stolz. »Aber ich fand deinen Vater natürlich viel eleganter. Das schwarze Haar und den dunklen Teint hatte er aus der Familie seiner Mutter. Er sah aus wie ein Amerikaner, findest du nicht?«

Sie schien in Erinnerungen zu versinken und ließ den Blick aus dem Fenster schweifen.

»Ich vermisse ihn unendlich.« Sie wandte sich wieder ihrem Sohn zu. »Aber wir sind vom Thema abgekommen. Du solltest dich vor Robertinos Frau in Acht nehmen, da waren wir stehengeblieben.«

»Ja, Mama, das verspreche ich dir.«

»Und nun musst du von Gloria erzählen. Ich habe sie in den Jahren, als du in England warst, einige Male gesehen.

Sie ist eine phantastische Sängerin. Weißt du noch, wie verrückt du nach ihr warst? So ein nettes Mädchen. Hat sie keinen Mann?«

»Sehr nett sogar und noch dazu unbemannt, und ich bin immer noch verrückt nach ihr.« Er lächelte. »Aber das scheint nicht auf Gegenseitigkeit zu beruhen.«

»Dummes Zeug«, sagte Birgit entschieden. »Wenn dir ein Mädchen gefällt, musst du es ihr sagen. So erobert man unser Herz.«

»Ach, wirklich?« Lächelnd streckte er die Hand über den Tisch und streichelte den Handrücken seiner Mutter. »Sie ist leider sehr schwer zu erobern, ich habe es bereits versucht.«

»Versuch es noch mal. Ihr passt wunderbar zusammen. Auch wenn es viele Jahre her ist, habt ihr ja beide keine neuen Partner. Also, was hast du zu verlieren?«

Er hatte nicht vor, seiner Mutter von Cork zu erzählen. Wie absolut wunderbar es gewesen war, die Freude in Glorias Augen zu sehen, nachdem sich ihre Skepsis angesichts einer erneuten gemeinsamen Irlandreise gelegt hatte.

Er wünschte, sie wären geblieben oder hätten zumindest mehr Zeit gehabt, denn je näher sie Arlanda gekommen waren, desto weiter hatte sie sich von ihm entfernt, und als sie auf Anna trafen, war sie ganz verschwunden.

Gezwungenermaßen hatte er sich klargemacht, dass die Möglichkeit bestand, sie könnte jetzt in den Armen eines anderen liegen. In Sebastians vermutlich. Die Geschichte wiederholte sich, und seine Eifersucht – die er seit zwanzig Jahren überwunden zu haben glaubte – brannte ein Loch in seine Brust. Er musste ihr die Freiheit lassen, die sie haben wollte, denn sonst würde er den Franzosen noch umbringen. Oder sie. Dieser Schmerz hatte eine gefährliche Kraft, und er wollte weder sich noch sonst jemandem weh tun.

Inzwischen war er wahrscheinlich geschieden, zumindest fast, und sie konnte sich treffen, mit wem sie wollte. Auch wenn es weh tat, war es wohl das Beste für ihn, wenn er einsah, dass es vorbei war. Seit zwanzig Jahren vermisste er sie. Er wusste nicht, wie er weiterleben sollte.

»Dessert?«

»Ja, gern.«

Dominic setzte die Lesebrille auf, die in der Innentasche seines Jacketts steckte.

»Dann wollen wir mal sehen. Eis oder Törtchen?«

»Gibt es was mit Schokolade?«

»Ja, wir wär's mit ein paar Trüffeln?«

»Hm, lecker. Und dazu vielleicht einen Espresso.«

Er hatte seiner Mutter nicht gesagt, dass er für immer zurückgekehrt war, weil er sich erst ganz sicher sein wollte, ob es die richtige Entscheidung war.

Zurzeit fühlte er sich einsam hier. Natürlich hatte er Kontakt zu einigen Freunden von früher aufgenommen, aber die waren mit ihrem eigenen Leben beschäftigt. Solange sie abends geprobt hatten, war das kein Problem gewesen, aber von nun an musste er tagsüber in der Oper sein. Wenn die Aufführungen erst begonnen hatten, würde er an drei Abenden in der Woche auf der Bühne stehen. Was sollte er mit der restlichen Zeit anfangen?

Max hatte versucht, ihn für weitere Vorstellungen im Herbst zu verpflichten, aber Dominic glaubte nicht, dass er in der Lage war, noch länger mit Gloria zusammenzuarbeiten, solange sie nicht miteinander redeten, und daher hatte er das Angebot abgelehnt. Im Moment war sie freundlich zu ihm, aber so reserviert, dass er nicht einen

Schritt auf sie zugehen konnte, ohne dass sie erschrocken zurückwich.

Das Gesicht, das sie während der Reise gezeigt hatte, kam nur zum Vorschein, wenn sie sang. Ihm war klar, dass er aussehen musste wie ein liebeskranker Irrer, wenn er im ersten Akt wie ein Kater um sie herumstrich, aber er konnte nichts dagegen machen. Und zum Glück passten seine Gefühle ja perfekt zu seiner Rolle. Die Regisseurin klatschte in die Hände und fand, dass er den Don José *genial* spielte.

In Wahrheit war er rettungslos und für immer in Gloria verliebt und überhaupt nicht in der Lage, Theater zu spielen.

Seine Mutter legte den Dessertlöffel auf den Teller. »Oh, was war das für ein netter Abend«, sagte sie. »Hast du gesehen, dass ich dein hübsches Armband trage?« Sie hielt ihm ihr Handgelenk hin.

»Ich freue mich, dass es passt«, sagte er. »Haben wir genug gegessen?«

»Ich auf jeden Fall.«

»Dann bezahle ich schnell, und dann bringe ich dich nach Hause.«

Nach dem Essen sah er die beiden an der Bar. Er führte seine Mutter an ihnen vorbei und beschloss, sich nicht umzudrehen und noch einmal hinzuschauen. Dieser gutangezogene Mann hatte doch nicht etwa seine Hand auf Annas Hintern gehabt?

Die Frau seines besten Freundes brauchte viel Aufmerksamkeit und neigte zu außergewöhnlichen Zärtlichkeitsbekundungen, das hatte er am eigenen Leib erfahren, als er sie zu einem bescheidenen Abendbrot mit nach Hause genommen hatte. Dreimal hatte er ihre Hand von seinem Oberschenkel genommen, war aber davon ausgegangen, sie hätte sie nur aus Gedankenlosigkeit dorthin gelegt. Nun war er sich nicht mehr so sicher. Und er wollte es auch gar nicht so genau wissen.

»Du musst mich nicht im Taxi nach Hause begleiten.« Birgit schnallte sich an.

»Doch, das muss ich. Sankt Eriksgata und dann zum Medborgarplats«, sagte er zum Taxifahrer.

»Versprichst du mir, Gloria mal zum Essen einzuladen? Es würde mich so freuen.«

»Normalerweise kann ich dir nichts abschlagen, das weißt du, aber in diesem Fall würde ich vorschlagen, dass du dir etwas anderes wünschst, denn sie will nichts von mir wissen.«

»Hast du etwas falsch gemacht? Dann musst du es in Ordnung bringen.«

Er küsste sie auf die Wange. »Warten Sie hier«, sagte er zum Fahrer. »Ich bringe meine Mutter nur noch in die Wohnung.«

»Dummes Zeug.« Sie schloss die Tür auf. »Ich komme wunderbar allein zurecht. Danke, lieber Dominic, das war ein wunderbarer Abend.«

Während der Fahrt nach Söder dachte er an das, was er im Grand gesehen hatte. Er hatte immer den Eindruck gehabt, Robertino und Anna wären glücklich miteinander, und beschloss, dem Ereignis keine Bedeutung beizumessen. Es wäre ihm ein Graus gewesen, seinem besten Freund davon erzählen zu müssen.

Tag einundvierzig

»Ich verstehe nicht, warum ich nicht angefordert werde.«
Agnes machte es sich auf der breiten Fensterbank vor dem
Erkerfenster in Glorias Wohnzimmer gemütlich. »Aber
es kommt mir sehr gelegen. Ich soll ja morgen nach New
York und am Sonntag wieder zurück, und auf den Flug
möchte ich ungern verzichten.«

»Ich finde, ihr habt extrem lange Arbeitstage.« Gloria
saß mit dem Laptop auf dem Schoß im Sessel vor dem
Fenster. »Kein Wunder, dass du so kaputt bist.«

»Ehrlich gesagt, geht es mir ganz gut.« Agnes legte eine
kurze Pause ein, bevor sie fortfuhr. »In Sigtuna ist der Sex
back in the house.«

Gloria blickte verwundert vom Bildschirm auf.

»Hallo? Moment mal. Sex is back … heißt das, du und
Stefan?«

»Hm.«

»Ach, komm, das ist ja wundervoll. Wie war es?«

»Hmmm.«

Gloria lachte. »Ich will mehr Details.«

»Auf gar keinen Fall«, sagte Agnes, aber ihr breites
Grinsen zeigte Gloria, dass zwischen ihnen etwas ganz Besonderes passiert sein musste. Wenn es das war, was Agnes
wollte, freute sie sich unheimlich, wenn ihre Schwester
und ihr Schwager zusammenbleiben konnten.

»Und was passiert jetzt? Seid ihr wieder ein Paar?«

Agnes schüttelte den Kopf. »Nein. Er will mir meine
Hälfte des Hauses abkaufen, und ich werde mir eine Wohnung kaufen. Aber wir haben seit zwei Tagen eine Affäre
miteinander. Es könnte sein, dass wir uns wieder versöhnen, aber wir wollen uns räumlich trennen.«

»Hör auf. Was ist denn passiert?«

»Wir haben den Alltagstrott abgeschüttelt. Beide. Ich habe es Christer zu verdanken. Diese Geschichte muss eine Tür in mir geöffnet haben. Und Stefan ist heimlich bei einer Kerstin in Therapie gewesen. Ich hätte nie gedacht, dass das was für ihn sein könnte, aber es hat ihm offenbar gutgetan.«

»Ist dir klar, dass du Stefan nichts von Christer erzählen solltest?«

»Doch, das werde ich wohl doch. Ich war Single, wir hatten Schluss gemacht und haben nur noch unter einem Dach gewohnt. Ich habe also nichts Unrechtes getan.«

»Endlich. Warum muss er davon erfahren?«

»Ich habe einfach das Gefühl, dass es wichtig ist.«

»Jedenfalls freue ich mich für euch«, sagte Gloria. »Und ich bin froh, dass du hier bist, obwohl du auch zu Hause bleiben und mit diesem neu entdeckten Mann schlafen könntest.«

»Ich finde ihn sogar sexy.« Agnes grinste.

»Tja, die Geschmäcker sind verschieden.« Gloria grinste zurück.

Agnes war ein neuer Mensch, fand sie. Sie selbst hatte es eher deprimiert, in einem Hotelzimmer mit ihrem Ex herumzuvögeln, obwohl der Sex großartig gewesen war.

Dominic sang zurzeit so gut, dass sie ganz verwirrt war. Wer war sie? Gloria oder Carmen? Oder war Dominic in Wirklichkeit Don José? Da die Spannung der Oper noch in ihrem Körper vibrierte, wenn sie nach Hause kam, war es schwer zu unterscheiden.

Morgen würden sie zum ersten Mal mit dem gesamten Orchester szenisch proben, und das war immer faszinierend. Alle Beteiligten nahmen teil. Normalerweise war diese erste Probe auf der richtigen Bühne ein atemberaubendes Erlebnis. Diesmal hatte sie fast Angst vor ihrer Reaktion. Als Carmen *musste* sie ihm in die Augen schauen.

»Was ist mit dir und Dominic?«

»Zwischen uns ist gar nichts. Wir singen zusammen, das ist alles.«

»Lügnerin. Ich erzähle dir von meinem Leben, da könntest du ausnahmsweise so freundlich sein, mir zu sagen, wie es dir wirklich geht.«

»Das tue ich doch.«

»Nein. Von deinen Gefühlen sprichst du nur, wenn du wütend bist, nie, wenn du traurig bist.«

»Ich bin nicht traurig.«

»Natürlich bist du das.«

»Hör auf, mir zu sagen, was ich fühle.« Gloria klappte den Computer zu und legte ihn auf das Sideboard. »Möchtest du auch einen Schnaps?« Sie stand auf.

»Gern. Ich nehme einen Grog. Aber einen starken.« Agnes lächelte. »Das war ein Witz. Du weißt, ich habe doch einen Flug vor mir. Da muss ich nüchtern bleiben.«

»Klug von dir. Dann gibt es Wasser zum Essen. Ich muss mal nach der Hackfleischsoße schauen.«

Als sie bei Ica gewesen war, hatte die Roma-Frau am selben Platz wie immer gesessen. Sie nickte Gloria lächelnd zu. »Hallo, schönen Tag noch«, sagte sie. Gloria zog die Banknoten, die sie dabeihatte, aus ihrer Brieftasche. Von nun an würde sie nie wieder an dieser Frau vorbeigehen, ohne ungeheuer großzügig zu sein.

Die Frau erinnerte sie an die Hilflosigkeit ihrer Mutter, aber auch an ihre eigene Verlorenheit, obwohl sie keine Erinnerungen an Sevilla hatte.

Wie hatte ihr Leben damals ausgesehen? Wieso hatte Carmen das Gefühl gehabt, es wäre besser, ihr Kind zurückzulassen? Das musste doch das Allerletzte sein, was Eltern freiwillig taten. War Carmen auch eine Bettlerin gewesen? Hatte sie Gloria mitgenommen zum Betteln? Wenn sie zu Hause rausgeflogen war, als sie schwanger wurde, wo war sie hingegangen? Wo hatten sie gewohnt, als Gloria klein war?

Und falls Agnes und sie jemals die Antworten auf all diese Fragen fanden, wie würde es ihr damit gehen, über die Vergangenheit Bescheid zu wissen? Natürlich *musste* sie alles erfahren, aber auf der anderen Seite hätte sie sich am liebsten nur auf die bevorstehende Premiere konzentriert.

»Bitte schön.« Sie steckte ein Bündel Scheine in den Becher und eilte davon, bevor die Frau merkte, wie viel Geld es war.

Natürlich wollte sie auf diese Weise ihr Gewissen beruhigen, aber das schloss ja nicht aus, dass es tatsächlich etwas nützte.

Sie steckte die Nase in den gusseisernen Topf. Der Trick bei einer richtig leckeren Hackfleischsoße waren hundert Milliliter Sahne und drei in appetitliche Häppchen geschnittene Paprikas, die erst vor dem letzten Aufkochen hinzugefügt wurden. In seiner Kindheit hatte Marcus nichts lieber gegessen, und seit Gloria allein lebte, kochte sie immer gleich so viel, dass es für mehrere Tage reichte.

Es machte Spaß, für Gäste zu kochen. Für sich selbst briet sie meistens nur ein Hähnchen- oder Lachsfilet und bereitete dazu eine Soße aus türkischem Joghurt mit Knoblauch und Olivenöl und einen großen Salat zu. Das schmeckte gut und war in zehn Minuten fertig. Wenn sie

344

keine Lust mehr darauf hatte, kochte sie die Hackfleischsoße.

Es war nicht schön, so etwas über seine Herkunft zu erfahren, dachte sie, aber es brachte sie und Agnes einander wieder näher, und dafür war sie aufrichtig dankbar. Ihre Schwester war immer eine ihrer engsten Freundinnen gewesen, aber als Kinder, Arbeit und andere Dinge immer mehr Raum einnahmen, hatten sie sich automatisch seltener gesehen.

Agnes kam in die Küche und lehnte sich an die Arbeitsplatte.

»Wie geht es Kit? Hast du mal mit ihr geredet, seit sie und Lena hier waren?« Sie nahm die Salatschüssel und stellte sie auf den Tisch.

»Ja, aber sie hockt die meiste Zeit in ihrer kleinen Kammer und arbeitet. Sie trägt während der Vorstellung eine immense Verantwortung, und wenn jetzt auch noch das Orchester dabei ist, muss sie total auf der Höhe sein. Aber wahrscheinlich ist das auch gut so, dann denkt sie nicht dauernd an Adrian.«

»Hat er sich noch mal gemeldet?« Agnes zog die Besteckschublade heraus.

»Nein«, sagte Gloria. »Damit habe ich auch nicht gerechnet.«

Die Briefe hingegen kamen immer noch. Erst heute hatte wieder einer hinter der Tür gelegen. »Goodbye, Gloria«, hatte darin gestanden. Sonst nichts.

Es war nicht nötig, Agnes davon zu erzählen, wenn sie gerade so glücklich war, aber mittlerweile hatte Gloria tatsächlich Anzeige erstattet.

Das Ganze wurde sogar ihr zu unheimlich. Allerdings konnte die Polizei nichts unternehmen. Es gab keinen Ver-

dächtigen, und wahrscheinlich würde das Verfahren eingestellt, wenn es außer den Briefen keine weiteren Hinweise
gab. Und die hatte sie nicht zu bieten. Sie hatte die Nachbarn gefragt, ob die jemanden durchs Treppenhaus hatten
schleichen sehen, aber ihnen war nichts Ungewöhnliches
aufgefallen.

Falls noch etwas vorfallen würde, sollte sie sich bei der
Polizei melden. Bis dahin musste sie selbst Beweise sammeln.

Während Agnes den Tisch deckte, schnitt Gloria die
Paprikas in kleine Stücke und gab sie zur Soße.

»Leitungswasser oder mit Sprudel?« Sie öffnete den
Schrank, in dem ihre vielen Gläser standen.

»Ganz normales, bitte.«

»Du bist ein unkomplizierter Mensch.« Lächelnd drehte
Gloria den Wasserhahn auf.

»Mein bisheriger Lebensgefährte, mit dem ich zurzeit
eine heiße Affäre habe, sieht das anders.«

»Das klingt phantastisch«, sagte Gloria. »Ich bin so froh,
dass ich mir Zeit genommen habe, dir alles beizubringen.
Das ist doch bestimmt passiert, seitdem du diese Flanell-
schlafanzüge nicht mehr trägst.« Sie stellte den schweren
Topf auf den Tisch und reichte Agnes eine Kelle.

»Bitte sehr, bedien dich.«

Nach dem Abendessen setzten sie sich mit ihren Espressotas-
sen ins Wohnzimmer. Gloria hatte alle Kerzen angezündet,
die sie besaß, und im Ofen knisterten feuchte Holzscheite.

Es war erst um halb sechs dunkel geworden, und man
ahnte, dass die hellere Jahreszeit nicht mehr weit entfernt
war. Es war der fünfte März, und der Frühling kündigte
sich bereits an.

Sie kuschelten sich in die Sofaecken, und Gloria reichte Agnes eine Wolldecke. »Hier.«

»Danke.«

»Stell dir mal vor, wir finden gar nichts. Was, wenn Mamas Geschichte nie ans Licht kommt?« Gloria zog die Beine an. »Vielleicht müssen wir uns mit dem begnügen, was Papa dir erzählt hat.«

»Darüber habe ich auch schon nachgedacht«, sagte Agnes. »Sollen wir mal nach Sevilla fahren? Ich weiß zwar nicht, wie man solche Nachforschungen anstellt, aber es müsste doch irgendjemanden dort geben, der uns weiterhelfen kann.«

»Das würde ich gern machen. Ich bin nur noch bis Mitte Mai bei der Oper angestellt und werde erst mal eine Weile gar nichts machen. Von daher habe ich alle Zeit der Welt, mit dir nach Spanien zu fahren.«

»Ist es damit entschieden?«, fragte Agnes. »Du, ich und Sevilla, irgendwann im Herbst?«

Es würde erst einmal eine Leere entstehen, wenn Gloria nicht mehr angestellt war, aber darauf war sie vorbereitet. Etwas gemeinsam mit Agnes zu machen war mit Sicherheit genau das, was sie brauchte, um den Übergang von einem extrem vollen Terminkalender zum Zustand der Bedeutungslosigkeit zu verkraften. Denn sie war sich sicher, dass man sie schon bald vergessen haben würde.

Sie hob ihr Wasserglas.

»Ich bin so ungeheuer froh, dass ausgerechnet du meine Schwester bist«, sagte sie. »Ohne dich hätte ich die letzten Monate niemals überstanden.«

Tag zweiundvierzig

Auf den Gängen herrschte fieberhafte Aktivität. Das ganze Opernhaus vibrierte vor Anspannung, Aufregung und Nervosität. Alle rannten zwischen den Logen, der Maske und den Kostümfrauen hin und her, und im Orchestergraben stimmten die Musiker ihre Instrumente.

Die Bühnentechniker nahmen letzte Änderungen vor, und Kit sauste herum und sorgte dafür, dass alle ihre Plätze einnahmen. Gloria genoss das Tempo und winkte ihrer Freundin fröhlich zu, als diese den Kopf durch die Tür zur Bühne steckte. Sie würde Kit später fragen, wie es ihr ging. Im Moment wirkte sie zu beschäftigt, und das war bestimmt die beste Medizin.

Im tiefen Ausschnitt von Glorias Kleid konnte man ihren prall nach oben geschnürten Busen mehr als nur erahnen, die Locken waren frisiert, und das Korsett saß wie angegossen. Niemand durfte jetzt mehr auf die Bühne, auf der in nur zwanzig Minuten die Probe begann. Gloria beschloss, noch schnell ein Glas heißes Wasser mit Zitrone zu trinken.

Sie fand sich wirklich nicht abergläubisch, aber vor einer Vorstellung oder, wie jetzt, einer wichtigen Probe bestellte sie sich im Futten immer das gleiche Getränk. So hatte sie das Gefühl, gerüstet zu sein. Sie verbrachte diesen Moment am liebsten mit einer Freundin, aber nun war sie allein. Leider, dachte sie, denn sie wäre jetzt gern mit Ann-Charlotte zusammen gewesen. Die Sängerin war verzweifelt, weil sie diese Carmen verpassen würde. Im Herbst sollte Anna Poparova ihre Rolle ja ohnehin übernehmen. Es war natürlich ein großes Glück gewesen, dass sie jetzt schon verfügbar gewesen war, hatte Ann-Charlotte einen Tag zuvor am Telefon gesagt.

Gloria sah das vollkommen anders.

»Wir haben heute leider keine Zitronen bekommen«, sagte Lena, als Gloria mit ihrem heißen Wasser an die Kasse kam.

»Was? Das kann doch nicht wahr sein.« Gloria seufzte. »Ich brauche meine Zitrone.«

Plötzlich begann sie zu zittern. Sie brauchte gar nicht zur Tür zu schauen, um zu wissen, dass Dominic in diesem Moment die Kantine betreten hatte. Ihr Körper verriet sie, ging ihr gerade noch durch den Kopf, bevor sie seinen Atem im Nacken spürte.

»Wasser mit Zitrone«, sagte er über ihre Schulter hinweg.

»Nur Wasser, Zitrone ist alle. Das kann nur eins bedeuten«, sagte Gloria.

»Was denn?«

»Dass die Probe heute ein Fiasko wird.« Sie grinste.

»Geht es dir sonst gut?«, fragte er leise.

Sie nickte. »Und dir?«

Fast unmerklich schüttelte er den Kopf. »Nein.« Er nahm seine Tasse vom Tresen. »Also nimm heute bitte ein wenig Rücksicht auf mich«, flüsterte er ihr ins Ohr. »Und denk daran, dass Don José Carmen umbringt und nicht umgekehrt.«

Gloria wurde warm ums Herz, aber genau das wollte sie nicht. Sobald sie nicht mehr wütend war, standen Vernunft und Gefühl sich gegenüber und bekämpften sich. Das Gefühl wollte sich in seine Arme werfen, während die Vernunft sagte, lass das sein. Diesmal trug die schmerzhafte Erfahrung den Sieg davon. Weitere Umarmungen würde es nicht geben.

»Wir sehen uns gleich.« Sie nahm ihren Becher mit.

Sie hatte ihn zur Hälfte ausgetrunken, als über Lautsprecher ihr Name ausgerufen wurde. Endlich konnte die Probe beginnen.

Während das Orchester die Ouvertüre spielte, stand Gloria am Bühnenrand. Sie schloss die Augen und konzentrierte sich auf ihre Atmung, um in die Rolle hineinzufinden. Das war eigentlich nicht besonders schwierig und fiel ihr bei dieser Figur leichter als bei vielen anderen.

Die Chorsänger machten sich bereit, der Kinderchor ebenfalls, und als der Vorhang hochging, wurden die Requisiten auf die Bühne gezogen. Bald würden an den Marktständen Früchte, Fleisch und Stoffe verkauft werden, Soldaten standen plaudernd herum, und Michaela trat auf und sang von ihrer Sehnsucht nach Don José.

Gloria unterdrückte ein Gähnen. Ann-Charlotte hatte die Rolle so viel besser verkörpert als Anna Poparova.

Als der Kinderchor zu singen begann, musste Gloria lächeln, weil die Kinder so gut waren. Einige von ihnen würden mit Sicherheit später Gesang studieren. Von der anderen Seite kam Dominic auf die Bühne. Mit seiner natürlichen Präsenz füllte er sie vollkommen aus.

Gloria schnappte nach Luft. Würde sie jemals unberührt sein, wenn sie ihn sah? Wie hielten das nur all die getrennten Elternpaare aus, wenn einer von beiden den anderen noch liebte und man sich ständig sah, weil man gemeinsame Kinder hatte? Furchtbar schwer musste das sein.

Sie musste Dominic noch einundzwanzig Vorstellungen lang ertragen, dann waren sie für immer fertig miteinander. Sie mussten sich nie wieder über den Weg laufen.

Bald war sie an der Reihe. Sie würde gemeinsam mit den Chorsängerinnen auftreten. Die Soldaten warteten auf die

Frauen, die nach getaner Arbeit aus der Tabakfabrik kamen. Glorias Carmen blieb zunächst im Hintergrund und trat dann in Erscheinung und eroberte die ganze Bühne.

Und die Gunst der Männer.

Der Einzige, der ihrem Charme nicht sofort verfallen würde, war Dominics ein wenig schüchterner Don José; und dieser Herausforderung konnte Carmen nicht widerstehen. *Jetzt komm schon*, sagte Gloria zu sich selbst. *Du bist Carmen, und wenn du sie bist, kannst du machen, was du willst.*

Dann begann sie zu singen.

L'amour est un oiseau rebelle.

Eins der berühmtesten Stücke der Oper und für eine Sängerin die reine Freude. Nicht zuletzt, weil sie stimmlich alle Register ziehen konnte.

Alle Männer waren hingerissen, doch Don José bemerkte sie gar nicht. Langsam ging sie auf den Hocker zu, auf dem er saß und seine Waffe reinigte.

Als sie näher kam, hob er den Kopf, und im selben Moment war es im Grunde um den armen Don José geschehen. Glorias Arie von der Liebe brachte ihn zu Fall, und am Ende der Szene schenkte sie ihm die Blume, die sie in der Bluse, ganz nah an ihrem Herzen, getragen hatte.

Carmen darf verknallt sein, sagte Gloria anschließend zu sich selbst, ICH bin diejenige, die sich zusammenreißen muss.

Sie verließ die Bühne, während Anna Poparova sie in Gestalt von Michaela betrat und versuchte, Don Josés Aufmerksamkeit auf sich zu ziehen, indem sie ihm einen Brief von seiner Mutter überreichte. Für eine Weile würde er zwischen Carmen und Michaela hin und her gerissen sein.

Gloria konnte es nicht mit ansehen.

»Ist es nicht wunderbar, wieder zurück auf der Opernbühne zu sein?«, fragte Sebastian, als er sich beim Mittagessen neben sie setzte. »Was für eine tolle Orchesterprobe.«

»Da gebe ich dir recht. Pjotr ist super, oder?« Der Lachs war ausgezeichnet. Gloria musste sich beherrschen, um das Essen nicht in sich hineinzuschaufeln.

»Ich bin übrigens gerade an einer Loge vorbeigekommen, deren Tür offen stand, und wer, glaubst du, ritt da laut stöhnend auf einem männlichen Wesen?« Er sprach jetzt im Flüsterton.

»Du alte Klatschbase«, wisperte sie zurück. »Ich will es gar nicht wissen.«

»Okay«, sagte er. »Aber sie fängt mit An an und hört mit na auf. Mehr sage ich nicht.« Er sah ungemein zufrieden aus.

»Hör auf. Anna?«

»Dachte ich's mir doch, dass dich das neugierig macht.«

»In wessen Loge?«

»Das möchtest du wirklich nicht wissen.«

»Und ob. Erzähl mir alles.«

»Auf gar keinen Fall. Ich bin ein Mann, der Geheimnisse für sich behalten kann.«

»In Dominics?«

»Nein.«

Allmählich normalisierte sich ihr Puls wieder. Gott sei Dank. Sie steckte sich eine vollbeladene Gabel in den Mund. Das Essen schmeckte unheimlich gut.

»Sie saß auf Adrian Lofti«, zischte er. »Den mochte ich noch nie. Wir haben in Wien zusammen auf der Bühne gestanden. Was macht er überhaupt hier?«

»Im Moment gar nichts, glaube ich. Probt irgendwas. Interessiert mich nicht die Bohne.«

»Es war *deine* Loge.«

»Was? Meine?« Sie legte ihr Besteck ab und verzog das Gesicht.

»Wie sind die da reingekommen?«

Schon während sie fragte, fiel der Groschen.

Adrian kannte ihren Code. Sie hatte ihn nicht geändert, weil sie geglaubt hatte, er würde ihr nie wieder einen Besuch abstatten wollen.

»Vor der Tür habe ich Kit getroffen, sie wollte anscheinend irgendwas von dir. Hoffentlich hat sie die beiden nicht gesehen. Ich bin reingegangen, um kurz hallo zu dir zu sagen. Wir müssen wirklich hoffen, dass sie nicht den gleichen Fehler gemacht hat. Ich habe sie gewarnt, als ich sie sah.«

»Verdammt, ich muss mit ihr reden. Arme Kit, hat er ihr nicht schon genug angetan?« Was, wenn sie hineingegangen war, als die beiden mittendrin waren? Gloria wollte gar nicht daran denken.

Und warum in ihrer Loge? Wollten sie etwa entdeckt werden? Rächte er sich auf diese Weise für die Abfuhr, die sie ihm per SMS erteilt hatte? Vermutlich. Sie würde um eine Grundreinigung ihrer Loge bitten.

Kit war während der Mittagspause nicht in die Kantine gekommen, aber es war nichts Ungewöhnliches, dass sie sich ein Brot mitbrachte und es in ihrer Kammer aß. Gloria musste am Abend mit ihr reden.

Am Ende des letzten Akts sah Gloria Dominic skeptisch an. Er wirkte ganz verändert und schien wirklich so bedrückt zu sein wie die Figur, die er spielte.

Ihn so zu sehen bereitete Gloria überhaupt keine Freude, denn sie wünschte ihm nichts Böses. Sie wollte es nur endlich hinter sich bringen.

»Das wird sehr schwer für mich«, sagte er leise, bevor die Musik anfing. »Ich weiß, dass ich dich wirklich verlieren werde, aber ich weiß nicht, wie sich diese Erkenntnis auf meine Rolle auswirkt.« Er streichelte ihre Wange, und sie ließ ihn gewähren.

Als die Musik einsetzte, ging Gloria auf ihre Position, und zunächst klappte alles gut. Sie behandelte ihn so arrogant, wie Carmen es getan hätte, doch nach kurzer Zeit hatten Don José Eifersucht, Trauer und Verzweiflung übermannt, weil Carmen ihm einen anderen vorzog, und als er sie bat, ihn nicht zu verlassen, konnte sie nicht mehr zwischen ihm und seiner Rolle unterscheiden.

Mais ne me quitte pas.

Sie sagte, sie sei jetzt mit dem Torero zusammen und liebe Don José nicht mehr. Er fiel auf die Knie. Sagte, er könne ohne sie nicht leben.

Aus der Stierkampfarena nebenan war der Jubel des siegreichen Toreros zu hören, und Carmen wollte zu ihm. Was Gloria selbst wollte, war im Moment unklar. Dominics Stimme hatte sie noch nie so tief berührt, und sie spürte, dass sie zu ihm und nicht, wie Carmen, weg von ihm wollte.

Sie wandte sich von ihm ab, aber er hielt sie an den Armen fest und drehte sie zu sich herum. Noch nie hatte sie ihn so verletzlich gesehen.

Sie spielten ihre Rollen nicht mehr, sie waren jetzt Gloria und Dominic.

Sie versuchte, sich loszureißen, und sang, sie wolle frei sein.

Er drohte ihr. Sagte, sie müsse sterben, wenn sie nicht bei ihm bliebe.

Dann töte mich doch, sang sie. *Töte mich doch.*

Sie waren beide vollkommen eins mit der Szene. Denise hatte sie noch kein einziges Mal unterbrochen.

Die Blicke, die sie sich zuwarfen, sagten mehr, als sie jemals laut auszusprechen gewagt hätten. Es war unfassbar schmerzhaft, und Gloria war erleichtert, als die Szene vorbei war. Dass sich diese Intensität bei jeder Vorstellung wiederholen würde, war kaum auszudenken.

Als Carmen noch einmal sagte, es sei aus zwischen ihnen, hielt Don José es nicht länger aus. Er stieß sie zu Boden und warf sich auf sie, so dass sie sich nicht mehr bewegen konnte.

Er drückte seinen Körper so fest auf ihren, dass sie seinen Herzschlag spürte und seinen Geruch wahrnahm. *Wie soll ich es ertragen, dir bei jeder Aufführung so nah zu kommen?* Als Carmen sollte sie versuchen, ihn wegzuschieben, aber als Gloria wollte sie ihn an sich ziehen. *Die Bühne ist voller Menschen, und doch sind wir zwei ganz allein. Mein Liebling.*

Wessen Gedanken waren das?

Ihre?

Seine Verzweiflung ist echt, dachte sie verwirrt, während er noch immer auf ihr lag. Seine Augen vermittelten eine stockfinstre Traurigkeit. Es berührte sie *zu* stark.

Sie musste ganz fest schlucken.

Diesen Augenblick hatten sie schon oft geprobt, aber noch nie so.

Wenn ich dir doch nur mit den Fingern durchs Haar fahren dürfte. Deine Wange streicheln. Und alles wegwischen könnte, was uns beiden weh tut.

Sie wusste, was jetzt kommen würde. Die Szene ging dem Ende zu. Sein Körper fühlte sich leichter an, als er sich auf den einen Ellbogen stützte. Langsam und ohne sie aus den Augen zu lassen, zog er das Messer heraus, das an seinem Gürtel befestigt gewesen war. Er hob es so hoch, dass sie es sehen konnte, und dann stieß er es mit einem Verzweiflungsschrei in sie hinein.

Glorias Augen weiteten sich.

Sie fühlte einen Schmerz, der heftiger war als alles, was sie bisher erlebt hatte.

Sie griff sich an die Taille, wo es weh tat, und ihre Hand wurde warm. Nass. Als sie sich die Hand vors Gesicht hielt, war sie blutrot.

»Was hast du getan?«, flüsterte sie. »Dominic, *was hast du getan?*«

Vierter Akt
Die letzten sieben Tage

Tag dreiundvierzig

Während Dominic mit einem Messer auf Gloria einstach, nahm Agnes, froh, auf dem Weg nach New York zu sein, irgendwo über dem Atlantik in aller Ruhe ein Mittagessen zu sich. Als sie an Bord gegangen war, hatte sie festgestellt, dass sie sich bereits darauf freute, wieder nach Hause zu kommen.

Zu Stefan.

Das war ein sehr seltsames Gefühl.

Die Kabinenchefin hatte sie an der Tür zum Cockpit begrüßt. Sie arbeiteten seit vielen Jahren zusammen. »Du siehst so glücklich aus heute«, sagte sie. »Liegt es daran, dass wir heute mit einer ausschließlich weiblichen Besatzung fliegen?«

»Ja natürlich, zum Teil.« Agnes lächelte. »Außerdem bin ich frisch verliebt, glaube ich.« Sie ging ins Cockpit.

»Wie wunderbar. Und wie ungerecht. Ich lerne überhaupt keine Männer kennen, obwohl ich mehr als bereit für etwas Neues bin.«

»Bei mir ist es kein Neuer, sondern eine alte Liebe, die wiederauferstanden ist.«

»Ist das möglich?«

»Offensichtlich«, sagte Agnes.

»Dann ist dein Mann also auf dem Weg der Besserung?«

»Das kann man so sagen.« Agnes war knallrot angelaufen.

Die Nachrichten aus der Heimat erreichten Agnes erst viele Stunden später. Als es in Stockholm schon weit nach Mitternacht war, war in New York noch Nachmittag. Gloria war im Krankenhaus, Dominic in Polizeigewahrsam, und an der Stockholmer Oper herrschte das totale Chaos.

Die Crew hatte angeboten, bei Agnes im Hotel zu bleiben, aber sie lehnte das Angebot ab und versprach, sich zu melden, falls sie Gesellschaft brauchte. Sie musste allein sein und wollte zu Hause anrufen.

Wie war das möglich? Dominic? Er liebte Gloria doch.

Aber eifersüchtig war er immer gewesen, und Agnes erinnerte sich noch, dass er Teller kaputtgeschlagen hatte, als Gloria mit Sebastian zusammenkam. Doch mit einem Messer auf sie einzustechen war doch etwas vollkommen anderes.

Sie hatte im Krankenhaus angerufen, durfte aber noch nicht mit ihrer Schwester sprechen. Die Schnittwunde war zum Glück nicht tief. Sie war genäht worden und hatte eine Tetanusspritze bekommen. Das Korsett hatte sie vor schwereren Verletzungen bewahrt, sagten die Ärzte, mit denen Agnes sprach. Das Messer war an der festen Stoffschicht abgeglitten und hatte zwar in der Seite ein Blutgefäß verletzt, aber kein Organ. Sie würde morgen wieder auf den Beinen sein.

Die seelische Traumatisierung konnte natürlich viel gravierender sein, aber darüber ließ sich im Moment noch nichts sagen.

Die schwedischen Zeitungen brachten die Nachricht auf den Titelseiten, stellte Agnes fest, nachdem sie im Internet gewesen war.

Drama an der Königlichen Oper, schrieb der Expressen.

Das Aftonbladet legte noch eins drauf. *Gloria Moreno beinahe durch Messerattacke ums Leben gekommen. Ihr Partner, bekannt als bester Tenor der Welt, wurde vorläufig festgenommen. Seien Sie mit uns live dabei im Karolinska Krankenhaus.*

Agnes versuchte, eine Telefonkette einzurichten, und rief Stefan an und bat ihn, Marcus zu beruhigen. Dann überlegte sie, ob sie auch mit Kit sprechen sollte, die wusste bestimmt Näheres. Die Ärmste musste ja auch unter Schock stehen. Dreimal ließ sie es lange bei Kit klingen, dann gab sie es auf und rief stattdessen Lena an, die kaum sprechen konnte, weil sie so schluchzte.

»Ich verstehe nicht, wie das passieren konnte«, sagte sie. »Die haben doch normalerweise keine echten Messer auf der Bühne. Wenn er sie in der Szene erstechen soll, müssten die doch eigentlich Spielzeugmesser benutzen, die beim geringsten Widerstand im Schaft verschwinden.«

»Na klar. Er muss ein richtiges Messer mitgebracht haben«, sagte Agnes. »Aber genau das verstehe ich nicht. Er muss den Verstand verloren haben.«

»Eifersucht ist eine schlimme Krankheit. Die arme, arme Gloria. Soll ich ins Karolinska fahren?«

»Gern, wenn du kannst. Ich glaube nicht, dass es viele Menschen gibt, denen sie so vertraut wie dir, und Kit kann ich nicht erreichen.«

»Die habe ich auch schon angerufen, aber sie geht nicht ans Telefon. Ich werde es auf dem Weg zum Krankenhaus noch mal versuchen. Jetzt werden sie mich wahrscheinlich nicht reinlassen, mitten in der Nacht, aber ich fahre gleich morgen früh um sieben hin. Wann kommst du zurück?«

»Montagmorgen gegen acht. Schneller geht es leider nicht. Wenn Gloria dann noch im Krankenhaus ist, besuche ich sie dort sofort. Wenn du wüsstest, wie froh ich bin, dass du bis dahin die Stellung hältst. Danke für deine Hilfe.«

Lena konnte nicht schlafen. Stattdessen wanderte sie in der Wohnung auf und ab. Hatte Dominic das getan, weil Gloria sich scheiden lassen wollte? Das war unwahrscheinlich. Sie lebten ja schon seit zwanzig Jahren nicht mehr zusammen.

Zeitungsberichten zufolge waren alle an der Carmen-Inszenierung Beteiligten vernommen worden, und laut neuesten Meldungen waren weitere Festnahmen zu erwarten.

Sie blickte von ihrem Laptop auf. Sie fragte sich, was damit gemeint war. Würde man die Verantwortlichen an der Oper zur Rechenschaft ziehen? Es war schließlich ihre Pflicht, dafür zu sorgen, dass keine echten Messer verwendet wurden. Aber natürlich führte man bei jemandem wie Dominic, der genau wie Gloria ein Weltstar war, keine Leibesvisitation durch. Wenn er ein Messer mitnehmen wollte, hatte er natürlich die Möglichkeit dazu.

Als Lena ins Zimmer kam, war Gloria wach. Es war bereits Nachmittag. Lena hatte den ganzen Tag warten müssen, bis sie ihre Freundin endlich besuchen durfte.

»Endlich ein bekanntes Gesicht«, sagte Gloria. »Hier waren lauter Polizisten, die mich seit heute Morgen befragen.«

»Wie geht es dir?«

»Tja, das weiß ich gar nicht genau. Rein körperlich

spüre ich, dass ich am Hüftgold genäht wurde, aber mehr auch nicht. Wahrscheinlich wirkt die Betäubung noch. Setz dich.« Sie zeigte auf einen Stuhl neben dem Bett. »Mir ist allerdings überhaupt nicht klar, was eigentlich passiert ist. Sie haben Dominic festgenommen, aber ich weiß, dass er das nicht getan hat, jedenfalls nicht mit Absicht. Er war genauso erstaunt wie ich, das habe ich gesehen.«

»Ich habe eine SMS von Kit bekommen, sie versucht, Dominic zu helfen. Sie hält ihn auch für unschuldig und schickt dir Grüße aus dem Polizeigebäude. Wie erklärst du dir das Ganze? Hast du überhaupt die Kraft, darüber nachzudenken?«

»Ich denke an nichts anderes. Ich habe Drohbriefe bekommen. Mehrere. Die Polizei ist gerade bei mir zu Hause und holt sie.«

»Was? Warum hast du nichts davon gesagt?«

»Weil ich die Briefe anfangs nicht ernst genommen habe. Als der Ton ernster wurde, wollte ich dir davon erzählen, aber ich bin nicht dazu gekommen. Dominic war es jedenfalls nicht.«

»Wer steckt deiner Meinung nach dahinter?«

»Anna Poparova oder Adrian Lofti. Sebastian hat mir erzählt, dass sie kurz vorher in meiner Loge gerammelt haben wie die Karnickel. Sie hasst mich. Du müsstest mal ihre Augen sehen, und Adrian ist genauso sauer auf mich, seit ich ihm neulich eine Abfuhr erteilt habe.«

»Und Sebastian? Dem hast du doch auch einen Korb gegeben.«

»Stimmt, im Moment kann man vielleicht noch niemanden ausschließen. Doch, Dominic.«

»Gibt es noch andere, die einen Korb von dir bekommen haben, nachdem du mit ihnen geschlafen hast?«

»Soll ich die etwa alle aufzählen?«

»Sind es so viele?« Lena lächelte. Sie war erleichtert, dass ihre Freundin trotz der schwierigen Situation ihren Humor nicht verloren hatte.

»Ja.« Gloria schaute zur Tür, durch die in diesem Augenblick Pjotr hereinkam. »Hallo, wie nett.«

Lena drehte sich um und schaute in dieselbe Richtung. Als der dunkle Blick des kahlen Dirigenten sie traf, breitete sich eine unerwartete Wärme in ihr aus. Mit zitternden Beinen stand sie auf. Wie merkwürdig. Was war los? Sie war wohl müde. Das war auch kein Wunder, es war ein langer Tag gewesen.

»Kümmere dich um deinen Besuch. Wir telefonieren später.« Sie nahm Gloria sanft in die Arme. Auf dem Weg zur Tür sah sie noch einmal in die braunen Augen. »Please wait for me outside?« Er sah sie fragend an, und sie nickte. Wahrscheinlich wollte er von ihr hören, was sie wusste.

Gloria erzählte Pjotr dasselbe wie Lena, und er glaubte auch nicht, dass die Tat Dominics Werk war.

»Es muss einer der Bühnenarbeiter gewesen sein«, sagte er. »Wer hat denn sonst Zugang zu den Requisiten?«

»Ein Messer kann jeder hineinschmuggeln«, sagte sie. »Dominic trägt den Gürtel ja nur im letzten Akt.«

»Du liebst ihn.«

»Habe ich immer und werde ich immer.« Sie lächelte. »Aber für uns ist es zu spät. Allerdings bedeutet das nicht, dass ich ihn für etwas, das er nicht getan hat, im Gefängnis sehen möchte. Ich glaube, dass es Anna Poparova war. Für den Fall, dass ich mich irre, brauchst du vielleicht niemandem zu erzählen, dass ich das gesagt habe, aber ich glaube, sie betet Dominic an, und ich stehe ihr im Weg. Wusstest du, dass sie mit Adrian geschlafen hat?«

362

Pjotr zuckte mit den Schultern.

»Sebastians Geschichten würde ich mit Vorsicht genießen. Er übertreibt gern ein bisschen und verfolgt seine eigenen Ziele. Ich arbeite nicht zum ersten Mal mit ihm zusammen, und er hinterlässt immer Chaos. Ich mag ihn, er ist ein netter Kerl, aber er hat es nicht so mit der Wahrheit. Je mehr Spannung er zwischen seinen Kollegen erzeugen kann, desto wohler fühlt er sich anscheinend.«

»Was? Von der Seite habe ich ihn noch nie gesehen.«

»Er ist ein wenig hinterlistig, lass dir das eine Warnung sein.« Dann lächelte er. »Wer war die Frau?«

»Lena? Ein wundervoller Mensch. Sie hat seit heute Morgen hier darauf gewartet, mich endlich besuchen zu können, und muss vollkommen am Ende sein.«

»Ich könnte sie vielleicht nach Hause fahren.«

Gloria lachte. »Das musst du sie selbst fragen. Du, Pjotr?« Sie griff nach seiner Hand und sah ihn ernst an. »Sorg dafür, dass sie Dominic rauslassen.«

Als er gegangen war, sank sie zurück in das Krankenhausbett. Es kostete Kraft, sich so tapfer zu geben, in Wirklichkeit machte sie sich viel größere Sorgen.

Tag vierundvierzig

Es bestand kein Grund, Gloria noch länger im Krankenhaus zu behalten, und da Lena sie abholte, fühlte Gloria sich sicher genug, um nach Hause zu fahren. Lena hatte Agnes und Marcus versprochen, so lange wie nötig bei ihr zu bleiben. Da es Sonntag war, hatte der Kindergarten geschlossen.

Agnes war auf dem Weg zum Flughafen Newark, um bald den langen Heimflug anzutreten. Nach ihrer Landung wollte sie zu Gloria fahren. Gloria hatte Marcus versichert, dass er nicht vor Freitag zu kommen bräuchte.

»Am Samstag ist Premiere«, sagte Gloria, als sie auf der Rückbank saß. »Denise und der Intendant waren vorhin bei mir und haben mich gefragt, ob ich möchte, dass wir absagen. Aber das sollten wir nur in Erwägung ziehen, falls Dominic nicht aus dem Gefängnis kommt. Ich werde mit keinem anderen Partner singen. Schreiben die Zeitungen was Neues?«

»Dominic und du seid verheiratet, habt aber soeben den Scheidungsantrag eingereicht. Aus Sicht der Medien spricht das nicht für ihn.«

Lena beugte sich über Gloria, zog am Sicherheitsgurt und schnallte zuerst Gloria und dann sich selbst an.

Gloria legte ihre Hand auf Lenas. »Du weißt, wie froh ich bin, dass du dich um mich kümmerst, oder?«

»Ja, und du würdest dasselbe für mich tun«, sagte Lena. »Apropos. Kit ist schon wieder bei der Polizei.«

»Ich weiß, sie hat mich heute Morgen angerufen. Sie engagiert sich unheimlich, das ist ein gutes Gefühl. Vielleicht lenkt es sie davon ab, ständig an Adrian zu denken.«

»Verdächtigst du ihn immer noch?«

»Er, die Russin oder beide.«

Gloria hatte Angst. Wie sollte man beweisen, dass jemand anders als Dominic für die Tat verantwortlich war? Sie wusste, dass er es nicht gewesen war, auch wenn Sebastian, der sie am Tag zuvor besucht hatte, nicht im Geringsten erstaunt war.

»*Chérie*, wann wirst du endlich begreifen, wozu dieser Mann fähig ist?«, hatte er geseufzt, bevor er ihr ein Küsschen auf die Wange drückte und so schnell wieder hinausrauschte, wie er gekommen war.

Marcus hingegen war natürlich auf Dominics Seite. »Ich mache mir Sorgen um dich, Mama. Kann jemand bei dir übernachten, bis dieser Verrückte hinter Schloss und Riegel ist?«

Kit kam noch am selben Abend zu Gloria. Sie war deprimiert, weil man sie nicht zu Dominic gelassen hatte. Sie hatte die Hoffnung zwar noch nicht aufgegeben, müsse aber allmählich mal was anderes sehen als Gefängniswärter, wie sie sich ausdrückte.

»Waren auch Reporter da?«

Kit nickte. »Jede Menge.«

Gloria hatte kein Wort zu den Journalisten, Fotografen und Fernsehteams gesagt, als sie mit Lena nach Hause kam.

Nun war Gloria im Bett, Lena lag neben ihr, und Kit saß auf dem Schreibtischstuhl.

»Kann nicht mal jemand was Schönes erzählen?«, fragte Gloria. »Ich muss eine Weile an was anderes denken.«

»Pjotr hat mich nach Hause gefahren«, sagte Lena.

»Das hatte ich ganz vergessen. Er hat nach dir gefragt.« Zum ersten Mal seit über zwei Tagen strahlte Gloria.

»Ich dachte, er wäre hinter dir her«, sagte Kit.

»Ja, ja, aber das beruhte nicht auf Gegenseitigkeit.« Gloria winkte ab.

»Du hast es gut«, sagte Kit. »Mit wie vielen Männern hattest du in deiner Loge eigentlich schon Sex? Hundert?«

»Hört doch mal auf«, sagte Lena. »Könnt ihr euch vielleicht einen Augenblick für mich interessieren?«

»Schieß los.« Gloria hatte keine Lust mehr, auf Kits Bemerkungen einzugehen.

»Wir sind am Freitag verabredet.«

»Am Tag vor der Premiere, falls sie stattfindet.«

»Warum sollte sie nicht stattfinden?«, fragte Kit. »Selbst wenn Dominic nicht rauskommt, gibt es ja noch andere Tenöre, die für ihn einspringen können.«

»Ohne ihn mache ich auch nicht mit.«

»Es gibt auch Soprane. Das weißt du genauso gut wie der Intendant. Wir sind das ganze Frühjahr ausverkauft. Die sagen die Vorstellung nicht ab, nur weil ihr nicht dabei seid.«

»Hallo? Wir sprachen gerade über mein Date«, rief Lena.

»Entschuldige. Erzähl. Am Freitag?«

»Ich verstehe kein Wort«, sagte Kit. »Kannst du ganz von vorn anfangen? Wie hast du Pjotr kennengelernt?«

»In Glorias Zimmer im Karolinska. Ich glaube, ich bin verliebt.«

Gloria klatschte in die Hände. »Bist du sicher, dass es nicht nur die pure Lust ist?«

»Das weiß ich natürlich nicht. Im Moment passiert ja alles nur in meinem Kopf.« Sie lächelte. »Wie erkennt man den Unterschied?«

»Tja, das eine tut weh, das andere pulsiert im Unterleib«, sagte Gloria trocken.

»Weh tut es nicht. Und versuch gar nicht erst, mich zu überzeugen. Es gibt auch Liebe, die nicht schmerzhaft ist.«

»Wirklich?«, fragten Kit und Gloria wie aus einem Mund. Sie sahen sich an. Wenigstens in diesem Punkt waren sie sich einig.

Kit hatte sich so um ein Gespräch mit Gloria bemüht, nachdem die Adriangeschichte ans Licht gekommen war, aber sie war immer noch verbittert. Sie mussten wirklich daran arbeiten, wenn sie ihr früheres Zusammengehörigkeitsgefühl wieder aufbauen wollten, das momentan in unerreichbare Ferne gerückt zu sein schien.

Natürlich verstand Gloria, wie traurig Kit war, aber es fiel ihr schwer, ständig jedes Wort auf die Goldwaage zu legen. Und heute konnte sie keine Rücksicht nehmen.

»Was habt ihr denn vor?«, fragte Gloria.

»Das weiß ich nicht. Er wollte noch mal anrufen.«

»Hoffentlich tut er es auch«, sagte Kit.

»Natürlich wird er das, die beiden …« Das Klingeln an der Tür unterbrach sie.

»Kannst du vielleicht die Tür aufmachen?«, bat sie Kit. »Aber schau vorher durch den Spion.«

Gloria hörte, dass die Tür aufging.

»Wir sind von der Polizei und suchen Gloria Moreno.«

Gloria setzte sich aufrecht hin. »Ich bin hier drinnen«, rief sie.

Sie wollten sie allein sprechen und baten Kit und Lena, den Raum zu verlassen.

»Sie sind überzeugt davon, dass Dominic es absichtlich gemacht hat«, erzählte Gloria, als die Polizisten gegangen waren. »Ich verstehe einfach nicht, wer ihm so etwas antun kann.«

»Aber das Opfer bist doch du«, sagte Kit.

»Kann sein, aber bestraft wird Dominic. Abgesehen von einer Naht, die aus fünf Stichen besteht, bin ich unversehrt. Ich habe gefragt, ob ich ihn besuchen darf, aber das geht nicht. Und wenn es bis morgen Mittag um zwölf keine neuen Hinweise gibt, kommt er in Untersuchungshaft. Wegen versuchten Mordes. Ich kapiere überhaupt nichts. Wie soll ich ihm bloß helfen?«

»In der Zeitung stand doch, dass sie noch mehr Leute

vernehmen wollen. Was ist denn daraus geworden?«, fragte Lena.

»Nichts. Sie haben alle Beteiligten vernommen, oder, Kit?«

»Ja.«

»Auch deinen Exfreund und Anna Poparova?«

»Bestimmt. Ich weiß doch nicht genau, mit wem die Polizei gesprochen hat.«

»Was haben sie dich gefragt?«

»Wo ich war, als es passierte, ob ich was gesehen habe, solche Sachen.«

»Nach der Bühne haben sie nicht gefragt?«

»Nein, aber sie haben ja die Bühnentechniker befragt. Wie gesagt, alle, die da waren. Nach meiner Vernehmung bin ich sofort zur Polizei gefahren, weil man mich sowieso nicht zu dir gelassen hätte.«

»Verdächtigst du Dominic überhaupt nicht?«

»Nein, kein bisschen.«

»Wie kannst du dir so sicher sein?«

»Ich glaube, er will dich nicht loswerden, sondern haben. Genau wie alle anderen Männer.«

Gloria warf Kit einen entnervten Blick zu, wie lange wollte sie damit noch weitermachen? Ihre ständigen Kommentare ermüdeten sie allmählich, und Kit wirkte immer so verbittert.

»Ich brauche ein Glas Wasser. Noch jemand?«, fragte Kit. Sie nahm die Füße vom Schreibtisch und stand auf.

»Ja, gern. Ein großes Glas, bitte«, sagte Gloria.

»Danke, ich brauche nichts«, sagte Lena.

Im Flur klingelte Glorias Handy.

»Kit, kannst du bitte mal nachschauen, wer dran ist, wenn du sowieso in die Küche gehst?«

368

Sie kam mit dem klingelnden Telefon in der Hand zurück.

»Merkwürdig«, sagte sie ruhig und überreichte Gloria das Handy. »Es ist Adrian.«

Gloria hatte nicht die geringste Lust, mit ihm zu sprechen, fühlte sich aber angesichts von Kits eiskaltem Blick genötigt, ihre Freundin davon zu überzeugen, dass zwischen ihr und Adrian wirklich nichts mehr war.

»Was willst du, Adrian?«, fragte sie, ohne die Augen von Kit abzuwenden.

»Antworte mir jetzt nicht, wenn Kit bei dir ist«, sagte er. »Kit war diejenige, die das Messer ausgetauscht hat, nicht Dominic. Ich habe gerade den Beweis gefunden. Ich bin bei ihr zu Hause, um meine restlichen Sachen abzuholen, und es liegt alles auf ihrem Küchentisch. Ausgeschnittene Buchstaben, mit denen sie Drohungen auf weiße Blätter geklebt hat. Daneben liegen adressierte Umschläge mit deinem Namen drauf. Eine geöffnete Messerverpackung. Sie ist verrückt. Sei vorsichtig. Sie glaubt, ich könnte dich nicht vergessen und das Problem wäre gelöst, wenn sie dich aus dem Verkehr zieht. Falls sie da ist, schick mich jetzt ganz laut zum Teufel, und ansonsten pass auf, wenn es klingelt. Ich informiere die Polizei, sobald wir aufgelegt haben.«

»Ruf mich nie wieder an!« Gloria begann zu zittern. »Und scher dich zum Teufel.«

Kit schaute herein. Sie lehnte mit verschränkten Armen am Türrahmen.

»Hat er dich gewarnt?«, fragte sie.

»Wovor?«, fragte Lena, während sie sich die neueste Ausgabe der Frauenzeitschrift Damernas Värld vom Nachttisch nahm.

»Vor mir.«

Gloria sah, wie Lena sich erstaunt erst zu Kit und dann zu ihr umdrehte, und schluckte.

»Ja, das hat er«, sagte Gloria. »Aber natürlich glaube ich ihm kein Wort. Er lügt und betrügt, das wissen wir beide.«

Sie erschauerte und bekam gleichzeitig solches Herzrasen, dass sie den Rücken strecken musste, um Luft zu bekommen. Sie setzte sich auf.

»*Bullshit*«, brüllte Kit, und Gloria spürte mehr, als dass sie es sah, wie Lena vor Schreck einen kleinen Sprung neben ihr im Bett machte. Gloria wagte nicht, Kit aus den Augen zu lassen. Wieso hatte sie den Wahnsinn in ihrem Blick nicht früher bemerkt? Plötzlich war ihr alles klar. Kit war nicht traurig und müde, sie empfand Hass. Wie dumm von ihr. Dabei hatte Gloria die Anzeichen bemerkt. Und ihre Kommentare gehört. Aber Kit war doch immer so nett gewesen. Konnte sie wirklich so etwas tun?

»Du weißt, dass er recht hat. Ich gebe es zu. Ich war es. Leider bin ich auch diesmal gescheitert. Du hättest tot sein sollen. Stattdessen sitzt du hier und siehst aus wie ein Filmstar.« Sie spuckte die Worte geradezu aus. »Weißt du eigentlich, wie ungerecht das ist? Du verdienst es nicht, glücklich zu sein, denn du machst andere unglücklich.«

»Kit.« Besorgt setzte Lena sich auf. »Kit, was machst du? Was hast du getan? Hast du Gloria das angetan? Ich verstehe das nicht.«

Kit schob die Hand unter ihren Pullover und zog ein Klappmesser darunter hervor. Was Lena sagte, schien sie nicht zu hören.

»Ich weiß noch nicht, ob ich es dir in den Bauch rammen soll oder mir selbst.« Sie starrte Gloria an, während sie die Klinge ausklappte. »Du bist ein Luder. Die größte Hure an der Oper. Er konnte dich nicht vergessen, obwohl ich ihm gesagt habe, dass du mit allen ins Bett gehst. Er hatte immer eine Schwäche für euch Diven. Ihr seid alle Schlampen. Ich hasse euch. Ihr denkt immer nur an euch selbst.«

»Warum wolltest du mit mir befreundet sein, wenn du mich so hasst?«, fragte Gloria leise.

»Da wusste ich noch nicht, was du für eine bist. Du hast mit deinen Eroberungen geprahlt und wolltest von mir bewundert werden, und anfangs habe ich das wohl auch getan. Ich war leicht zu manipulieren. Jetzt fühle ich nur noch Verachtung. Ich hasse dich und das, wofür du stehst. Widerlich bist du.« Sie spuckte auf den Boden.

»Und was hat Dominic dir getan?«

»Nichts. Ihn musste ich opfern, damit er dir den Garaus macht. Schade nur, dass es mir nicht gelungen ist. Nun muss ich selbst Hand anlegen.«

»Kit, was machst du? Hör auf damit.« Lena stand auf. »Ich finde, es reicht jetzt. Gib mir das Messer.« Sie streckte die Hand aus.

»Lass das, Lena. Das geht nur Kit und mich etwas an«, brüllte Gloria. Lena war vollkommen uninteressant für Kit, aber nun war sie ebenfalls in Gefahr. »Lass Lena aus dem Schlafzimmer raus«, sagte Gloria. »Sie hat dir nichts getan. Es geht hier nur um mich.«

»Ich gehe nirgendwohin«, sagte Lena.

»Verschwinde.« Kit fuchtelte mit dem Messer, während sie auf Lena zuging.

»Die Wahrsagerin war ein geschickter Schachzug.« Gloria versuchte, Kits Aufmerksamkeit auf sich zu lenken, um Zeit zu gewinnen. »Wie hast du sie dazu gebracht, mir das zu sagen, was du wolltest?«

»Geld.«

Sie ging noch einen Schritt auf Lena zu.

»Warum wolltest du, dass wir uns versöhnen? Du hättest dich doch einfach von mir fernhalten können.«

»Du weißt doch, dass man seine Feinde im Auge behalten soll.«

Sie wedelte nun mit dem Messer vor Lena herum und war nur noch einen Meter entfernt, da Lena, diese Idiotin, einfach nicht zurückweichen wollte. Sie begriff nicht …

Glorias Körper hielt es nicht mehr aus, passiv zu bleiben.

Als Kit noch einen Schritt nach vorn machte, rappelte Gloria sich auf und sprang ihr von hinten auf den Rücken.

Sie bekam einen Ellbogen ins Gesicht, spürte den Schmerz aber kaum. Sie packte Kit an den Haaren und zog ihren Kopf so weit wie möglich nach hinten. »Du Schwein«, schrie sie. »Du verdammtes Schwein. Ich habe noch niemals jemandem etwas zuleide getan, und Dominic auch nicht, du bist vollkommen krank im Kopf.« Durch ihre Adern rauschte so viel Adrenalin, dass sie die Frau hätte erschlagen können.

Kit geriet ins Wanken, und Gloria stieß ihr ein Knie in die Seite. Sie sah, dass Lena gezielt gegen Kits Hand trat, mit der sie immer noch das Messer festhielt, und genauso plötzlich, wie das Ganze angefangen hatte, war es vorbei. Das Messer rutschte unter den Schreibtisch, und als Kit nicht mehr bewaffnet war, konnten Gloria und Lena sie mühelos überwältigen. Während sich Lena wutentbrannt auf Kits Rücken setzte und ihre Hände mit Gewalt auf den Rücken drehte, rief Gloria die Polizei. Sie spürte ihre Beine nicht mehr, und ihre Hände zitterten so stark, dass sie beinahe das Telefon fallen gelassen hätte, und die Wunde an ihrer Seite schmerzte, aber es war überstanden.

Dominic würde umgehend aus dem Polizeigewahrsam entlassen werden, das war das Wichtigste.

Tag fünfundvierzig

Am nächsten Morgen kam Dominic von der Polizei direkt zu ihr.

Er wusste, dass er schrecklich aussah. Er war unrasiert, blass und hatte rotgeränderte Augen.

»Komm rein«, sagte sie. »Ich mache Frühstück.«

»Halt mich erst mal fest.«

Sie legte ihm die Arme um die Taille und den Kopf an seine Brust. Als er den Duft ihres Shampoos roch, verlor er die Fassung.

Während das Schluchzen seinen ganzen Körper durchschüttelte, drückte er sie so fest an sich, wie ihre Verletzungen es erlaubten.

»Ich habe dir so weh getan. Wirst du mir jemals verzeihen können?«

»Du hast doch überhaupt nichts gemacht«, murmelte sie. »Möglicherweise ruinieren deine Tränen gerade meine Frisur, aber da ich heute sowieso nicht vor die Tür will, ist das schon okay.«

»Mach keine Witze, Gloria, ich hätte dich umbringen können.«

»Ja, hast du aber nicht. Wir müssen froh sein, dass sie das Messer nicht bei der ersten Probe in Nacka ausgetauscht hat, das hätte schlimmer ausgehen können. Das Korsett hat mir das Leben gerettet.«

»Wart ihr nicht unheimlich gut befreundet?« Er hielt

seine Nase noch immer in ihr Haar. »Wie konnte sie dir das antun?«

»Das weiß ich auch nicht. Bisher finde ich es noch zu beängstigend, darüber nachzudenken.« Sie schob ihn von sich. »Wenn du unter die Dusche gehst, bereite ich das Frühstück vor.«

»Ich liebe dich.« Wieder stiegen ihm Tränen in die Augen.

»Nicht noch mehr Tränen, sonst fange ich auch noch an. Auf dem Regal über der Toilette liegen Handtücher, und am Badewannenrand stehen diverse Duschgels und Shampoos. Im Badezimmerschrank müssten auch noch Einwegrasierer liegen, glaube ich.«

»Bleibst du heute zu Hause?«

»Die Probe ist abgesagt worden. Um eins ist eine Infoveranstaltung, falls wir uns aufraffen können. Beeil dich, ich habe Hunger.«

Während Dominic im Badezimmer war, deckte Gloria den Tisch.

Der gestrige Schock schien ihr noch in den Knochen zu stecken. Lena und sie hatten die halbe Nacht geredet, aber sie war trotzdem nicht müde. Sie war so überdreht, als hätte sie viel zu viel Kaffee getrunken, dabei hatte sie schon lange keinen mehr zu sich genommen.

Agnes hatte angerufen, nachdem sie gelandet war, und sich in Arlanda auf den Weg gemacht. Gloria hatte ihr gesagt, sie bräuchte jetzt nicht nach Söder zu kommen, weil Dominic da war, sie sei aber später herzlich willkommen. Im Moment wollte Gloria allein mit ihm sein. Sie mussten über die Zukunft sprechen. Sollten sie alles absagen, oder sollten sie weitersingen? Sie wusste nicht, was sie wollte.

374

Er hatte sich nur ein Handtuch um die Hüften gewickelt, bevor er in die Küche kam.

»Wenn du dich nicht anziehst, kann ich nicht essen.« Sie zeigte aufs Schlafzimmer. »Nimm meinen Bademantel, er hängt an der Tür.«

Er grinste schief. »Meinst du, der passt mir?«

»Besser als das Ding bestimmt.« Sie verdrehte die Augen. Lachend verließ er die Küche und kam gleich wieder. Die Ärmel endeten auf Höhe der Ellbogen, aber zumindest Brust und Bauch waren bedeckt, dachte sie.

»Bitte sehr.« Sie stellte ihm einen Becher Kaffee hin. »Möchtest du darüber reden?«

»Solche Angst habe ich erst einmal im Leben gehabt«, sagte er. »Das war, als du mir gesagt hast, du wolltest dich von mir trennen. Dich zu verlieren ist offenbar meine größte Angst, was immer auch geschieht.«

»Damals warst du selbst schuld, weil du weggezogen bist«, sagte sie. »Aber diesmal nicht.«

»War dir klar, dass ich nichts damit zu tun hatte?«

»Ja natürlich.«

»Danke. Wenn du wüsstest, was für eine Angst ich davor gehabt habe, du könntest mich verdächtigen.«

»Ich frage mich, ob Kit wirklich bei der Polizei war. Sie hat behauptet, sie hätte versucht, dir zu helfen.« Sie reichte ihm den Brotkorb, und er nahm sich eine Scheibe Toast heraus und legte sie auf seinen Teller.

»Davon habe ich nichts gehört«, sagte er. »Ich durfte nur mit meinem Anwalt sprechen, mit sonst niemandem.« Er zeigte auf die Marmelade.

Sie gab sie ihm, nahm aber selbst lieber Krabbenpaste.

Er steckte sein Messer tief ins Glas und schmierte sich eine dicke Schicht Orangenmarmelade auf seinen Toast.

»Was denkst du über die Vorstellung?«, fragte sie.

»Du meinst, ob wir weitermachen sollen?«

Sie nickte, brach ein Stück von ihrer Brotscheibe ab und steckte es sich in den Mund.

Er leckte sich den Zeigefinger ab. »Marmelade.« Er lächelte. »Ich würde gern weitersingen, du nicht? Hast du Angst vor dem letzten Akt? Ich verspreche dir, von nun an jedes Messer zu überprüfen.«

»Mir ist ein bisschen die Luft ausgegangen«, gab sie zu. »Aber wenn du auftreten willst, will ich es auch. Den Herbst habe ich übrigens abgesagt.«

»Ich auch. Was hast du vor?«

»Mehr mit Agnes machen«, sagte sie. »Wir wollen ein bisschen in unserer spanischen Familiengeschichte herumschnüffeln. Agnes hütet seit Jahren Geheimnisse über unsere Familie, die ich nicht kannte, und wir müssen beide herausfinden, wer unsere Mutter war, bevor sie nach Schweden kam.«

»Wie geht es Agnes? Und wie geht es Stefan?«

»Nach meinem Kenntnisstand sind sie frisch verliebt.«

»Oh, das ging aber schnell. Wen hat sie kennengelernt?«

»Nein, nein, sie sind frisch verliebt ineinander.«

»Ist das wahr? Das ist ja toll. Er ist ein guter Typ, oder? Jedenfalls habe ich das damals so empfunden, wenn wir uns mit ihnen getroffen haben.«

»Ja klar, er hat einen richtig guten Charakter. Ich persönlich finde ihn etwas langweilig, aber ich muss ja auch nicht mit ihm zusammen sein.«

»Ich will, dass du mit mir zusammen bist«, sagte er ernst und stellte seine Kaffeetasse ab. Er nahm ihre Hände in seine. »Ist es wirklich zu spät für uns? Wie kann es das sein, wenn ich dich so sehr liebe?«

Kit war eine von Glorias engsten Freundinnen gewesen, und was sie getan hatte, war unbegreiflich. Auch wenn Gloria nicht viel für Adrian übrighatte, musste sie sich bei ihm dafür bedanken, dass er ihr und Lena in gewisser Weise das Leben gerettet hatte.

»Kannst du mir helfen, es zu verstehen?«, sagte sie am Telefon zu ihm, nachdem Dominic nach Hause gefahren war.

»Sie war krankhaft eifersüchtig«, sagte er. »Sie hat rund um die Uhr über dich geredet und war fest davon überzeugt, ich würde dich im Grunde immer noch lieben. Am Ende konnte ich nicht mehr, und in ihren Augen war das offenbar deine Schuld.«

»Und jetzt bist du mit Anna zusammen. Da du mir das Leben gerettet hast, muss ich dir wohl verzeihen, dass ihr … äh … in meiner Loge!«

»Anna Poparova? Nein, das ist nicht wahr. Mit der habe ich noch nicht mal ein Wort gewechselt.«

Wie merkwürdig. Sebastian hatte die beiden doch gesehen.

»Aber Kit hatte die Geschichte auch gehört und dachte, ich würde mit Anna vögeln, um dich eifersüchtig zu machen. Ihr erschien das vollkommen logisch. Wenn du eifersüchtig wärst, würdest du zu mir zurückkommen, und das wollte sie auf keinen Fall. Ich weiß, dass sie so gedacht hat, denn direkt nach Dominics Festnahme warf sie mir vor, mich in deiner Loge vergnügt zu haben. Ich fand es merkwürdig, dass sie sich nach dem, was auf der Bühne passiert war, so darüber aufregen konnte, aber als ich auf ihrem Küchentisch die Briefumschläge und die Buchstaben entdeckte, passte plötzlich alles zusammen.«

»Ich dachte, sie wäre meine beste Freundin.«

»… bis sie mit mir zusammenkam?«

»Ja.«

»Bis dahin keine Anzeichen von Wahnsinn?«

»Nein. Entweder bin ich blind, oder ihre Liebe zu dir hat irgendetwas in ihr hervorgebracht. Ich verstehe nicht, warum sie sich unbedingt mit mir versöhnen wollte, wenn sie mich so gehasst hat.«

»Das begreife ich auch nicht, und es tut mir natürlich leid, dass ich nicht gemerkt habe, wie bedenklich ihr Zustand war. Ich habe dir eine SMS geschickt, um mit dir über ihre Eifersucht zu sprechen, aber du hast … ziemlich deutlich zum Ausdruck gebracht, dass du keinen Kontakt mit mir haben wolltest. Und dann habe ich nicht mehr darüber nachgedacht. Ich konnte doch nicht ahnen, dass es so weit kommen würde. Viele Leute sind eifersüchtig und haben ein schwaches Selbstwertgefühl. Deswegen rammt man ja nicht gleich jemandem ein Messer in den Bauch, höchstens in der Phantasie.«

»Ich habe auch schon mal das Gefühl gehabt, wahnsinnig zu werden«, gab Gloria zu. »Gefühle haben eine ungeheure Kraft, aber du hast natürlich recht. Es braucht mehr, um so etwas tatsächlich in die Tat umzusetzen.«

Kit hatte natürlich Signale ausgesandt, und im Nachhinein erschien ihr alles plausibel.

Aber eins und eins zusammenzuzählen und einen Mordversuch vorherzusagen wäre zu viel verlangt gewesen. Es war so, wie sie zu Adrian gesagt hatte; sie waren alle keine Experten. Sie konnten nur hoffen, dass Kit therapeutische Hilfe bekam, denn das, worunter sie litt, musste krankhaft sein.

»Wie geht es Dominic?«

»Er ist aufgewühlt.«

»Verständlich. Wann probt ihr weiter? Die Premiere findet doch schon in wenigen Tagen statt.«

»Ich weiß gar nicht, ob es eine Premiere geben wird. Im Moment habe ich nicht das Gefühl.«

Tag sechsundvierzig

Dienstag. Premiere am Samstag. Noch vier Probentage. Sie hätte hingehen sollen, aber sie konnte sich nicht aufraffen. Agnes war auf dem Weg zu ihr, und sie war die Einzige, die Gloria jetzt um sich haben wollte.

Dominic hatte angeboten vorbeizukommen, als sie sagte, sie fühle sich nicht besonders gut, aber sie hatte dankend abgelehnt. »Später vielleicht.«

Am Abend zuvor war sie allein gewesen, das hatte sie gebraucht. Agnes und sie hatten zwei Stunden telefoniert, aber abgesehen davon und von einem längeren Gespräch mit Marcus war sie nicht ans Telefon gegangen.

Nein, hatte sie gesagt, als die Oper anfragte, die Premiere sei wirklich nicht in Gefahr. Sie brauche nur einen weiteren Tag, um sich zu erholen, und nein danke, sie wolle auch nicht mit einer Psychologin sprechen.

Bei der heutigen Probe würde Magdalena ihre Rolle singen, und das war auch gut so, dann konnte sie sich schon mal einsingen. Man brauchte immer einen guten Ersatz, und das war Magdalena wirklich.

Gloria holte ihren Notizblock hervor. Wie immer hatte er eine beruhigende Wirkung auf sie.

- Kit. Warum? War sie immer schon verrückt? Tut sie mir leid, oder hasse ich sie?
- Mit Lena darüber sprechen, was wir erlebt haben. Lena ist ein Fels in der Brandung.
- Dominic fragen, wer die Laura ist, der er sein Buch gewidmet hat. Das tut man doch nicht einfach so. Will ich mich wirklich damit beschäftigen, oder bin ich nur traurig? Gloria, du bist ARM-SE-LIG.
- Mich zu einem Sprachkurs anmelden. Es wird Zeit, mein Spanisch aufzufrischen, bevor ich auch das letzte bisschen vergesse, was ich kann!!!
- Alle zurückrufen, die sich gemeldet und Blumen geschickt haben. Seufz. Vielleicht erstelle ich auch eine WhatsApp-Gruppe. Gute Idee. Mach das!

»Hallo?«, rief Agnes aus dem Flur.

»Komm rein. Ich bin im Wohnzimmer.«

»Wollen wir nicht einen Spaziergang machen, solange ich meine Jacke noch anhabe? Es ist so schönes Wetter.«

»Keine Reporter vor der Tür?«

»Nein, du bist Schnee von gestern. Komm, wir drehen eine Runde und holen uns irgendwo frisches Kaffeegebäck. Während wir uns die Aufzeichnungen aus Spanien anschauen, brauchen wir was Süßes.«

Gloria kam gerade in den Flur und sah ihre kleine Schwester, die noch an der Wohnungstür stand, mit einem Stoß Papier winken.

»Sind die von Mama?«

Agnes nickte. »Ich habe sie übersetzen lassen, weil sie auf Spanisch geschrieben waren. Erst mal frische Luft, dann können wir sie lesen«, sagte sie energisch. »Deine Wunde tut doch nicht weh, oder?«

»Kein bisschen.«

»Na dann. Beeil dich.«

Gloria verzog das Gesicht, gehorchte aber. Es war schön, dass ihre Schwester hierherkam und sie ein wenig herumkommandierte.

Sie zog sich die Mütze tief in die Stirn. Damit und ungeschminkt würde niemand sie in Verbindung mit der Frau bringen, die einen Tag zuvor die Titelseiten geschmückt hatte.

Wer sie auf der Bühne heimlich fotografiert hatte, als Dominic auf ihr lag, wusste sie nicht, aber da während der Probe alle Beteiligten am Bühnenrand gestanden und zugeschaut hatten, konnte es jeder gewesen sein. Das Bild war so stark vergrößert worden, dass man das Messer in ihrer Seite und das Blut sehen konnte, das durch ihr Kleid gesickert war.

Wie hatte ihr einer ihrer Kollegen das antun können?

Mit so etwas konnte man natürlich Geld verdienen. Aber trotzdem. Es machte sie traurig.

»Braucht man Handschuhe?«

»Nein, und auch keine Mütze.«

»Sie ist mein Schutz.« Sie ging hinter Agnes durch die Tür. Sicherheitshalber verriegelte sie die Gittertür und das Extraschloss. Das würde sie von nun an immer tun.

Sie gingen ans Wasser. Agnes hatte recht, man brauchte keine Mütze, und nachdem sie die Götgata, in der es vor Menschen nur so wimmelte, hinter sich gelassen hatten und zum Eriksdalsbad gegangen waren, steckte sie sie in die Tasche. Zehnter März. Bald kam der Frühling, und als sie heute Morgen ihr warmes Bett verlassen hatte, war es schon hell gewesen. Zu diesem Zeitpunkt war sie bereits lange wach gewesen. Seit dem Drama am Freitag schlief sie nicht mehr so besonders.

Auf dem Spazierweg am Wasser waren an diesem Tag vor allem Rentner unterwegs, und niemand schien Notiz von der »mit dem Messer attackierten Operndiva« zu nehmen, wie eine der Zeitungen sie genannt hatte.

Sie hatten geschrieben, sie sei das Opfer eines Eifersuchtsdramas. Natürlich war auch berichtet worden, dass man Dominic von jeglicher Schuld freigesprochen hatte, dass er sie aber auf der Bühne weiterhin töten würde.

Der Ansturm auf die Karten war seit dem Vorfall enorm. Sie hatten vier zusätzliche Vorstellungen ins Programm aufgenommen, und schon jetzt waren sogar die Plätze mit der schlechtesten Sicht ausverkauft. Die Oper hatte gesagt, man wolle sie nicht unter Druck setzen, und sie müsse selbst entscheiden, wozu sie in der Lage wäre. Sie hatte jedoch geantwortet, sie habe nichts dagegen, wenn sie erst einmal drin sei, könne sie auch noch ein bisschen weiterarbeiten.

Jedenfalls glaubte sie das. Wie sollte sie denn jetzt schon genau wissen, was dann war? Gestern hatte sie gedacht, sie würde heute auf der Bühne stehen und proben, aber das hatte sie nicht geschafft.

»Erzähl mal von diesen Aufzeichnungen.«

»Das war ein Stapel handgeschriebener Notizen in einem Kunststoffhefter. Er lag zwischen Papas Sachen, und ich habe ja gesehen, dass es ihre Handschrift war. Die Übersetzung hatte ich gestern, als ich nach Hause kam, im Briefkasten. Ich habe nur das Erste gelesen und gleich gemerkt, dass es sich um etwas handelt, was sie ihr ganzes Leben mit sich herumgeschleppt hat. Wann sie es geschrieben hat, weiß ich nicht. Glaubst du, du schaffst das?«

»Alles, was mich von Kit ablenkt, ist gut.«

»Das dachte ich mir.«

»Wie läuft es mit Stefan? Macht sein Herz noch mit?«
Agnes machte ein zufriedenes Gesicht.

»Und ob«, sagte sie. »Es ist wirklich wahr, dass die sexuelle Hochphase der Frau erst später kommt, jedenfalls ist es bei mir so. Dass Sex so wundervoll sein kann, habe ich wirklich nicht gewusst.«

»Ich schon.« Gloria lächelte. »Aber zurück zu Mama. Was hat sie denn wohl geschrieben? Ich habe ein bisschen Angst.«

Agnes nickte. »Ich weiß, ich auch. Wenn du nicht willst, müssen wir die Aufzeichnungen nicht lesen. Wir beide haben ja uns, und daran wird sich nichts ändern, egal, was wir über sie herausfinden.«

»Genau deswegen sollten wir alles lesen, finde ich. Wir haben schließlich Großeltern, über die wir rein gar nichts wissen. Stell dir vor, es steht was über sie drin. Vielleicht hatte Mama Geschwister. Und wir beide haben vielleicht lauter Cousins und Cousinen.«

»Warum haben wir sie nie danach gefragt, als sie noch lebte?« Agnes blieb stehen und hielt das Gesicht in die Sonne.

»Weil das ein Minenfeld war. Solche Fragen hat sie nicht beantwortet. Komm, ich will jetzt nach Hause. Wir gehen bei Gunnarssons vorbei und kaufen Kaffeegebäck.«

Bevor sie das Café betraten, setzte Gloria ihre Mütze wieder auf. Sie ging an den Tresen und zeigte auf die Zimtschnecken.

»Zwei von denen, bitte. Nur für mich.« Sie sah Agnes an.

»Wenn du zwei nimmst, will ich auch zwei.«

»Man kann nicht *eine* Zimtschnecke essen, entweder

mindestens zwei oder gar keine«, sagte sie zu der Frau hinter der Theke und reichte ihr einen Geldschein.

»Hast du in letzter Zeit auch immer so viel Bargeld bei dir?«, fragte Agnes.

»Immer.« Gloria nahm das Wechselgeld entgegen. »Danke.«

Sie hatte die Wohnung zum ersten Mal verlassen, seit sie nicht mehr im Krankenhaus war, und als sie die Treppe hinaufgingen, spürte sie die Wunde. Sie tat nicht weh, aber die Naht zog. Erneut wurde ihr bewusst, wie schlimm das Ganze hätte ausgehen können.

»Tut es weh? Ruh dich doch ein bisschen aus«, sagte Agnes.

»Nein, keine Sorge, ich muss nur etwas langsamer gehen.«

Er saß auf der obersten Stufe.

»Hallo.«

Gloria blieb abrupt stehen.

»Hallo.«

Sie freute sich, ihn zu sehen. Was machte er jetzt schon hier, sie waren doch später verabredet?

»Hallo, Dominic«, sagte Agnes. »Wollt ihr eure Ruhe haben? Ich kann mich im Schlafzimmer einschließen.«

Er stand auf. »Ich muss ein paar Worte mit deiner Schwester wechseln.«

Gloria öffnete die Tür und dann das Gitter und betrat die Wohnung als Erste.

»Wenn du Kaffee kochst, gehen Dominic und ich schon mal ins Wohnzimmer«, sagte Gloria.

»Okay.«

»Das ist heute gekommen«, sagte er, als er die Tür hinter

ihnen zugemacht hatte. Er hielt ihr einen Umschlag vor die Nase. »Wir sind jetzt geschieden.«

»Das ging aber schnell«, sagte sie.

»Es gefällt mir nicht, von dir geschieden zu sein«, sagte er leise.

»Zwanzig Jahre lang wusstest du nicht mal, dass wir verheiratet waren.« Sie lächelte. »So schlimm kann es also nicht sein.«

»Doch, ich wusste es. Ich habe dich angelogen. Im Gegensatz zu dir habe ich es immer gewusst und dich immer als meine Frau betrachtet, auch wenn wir getrennt waren.«

Sie sah ihn verwundert an. »Du hast mir also all die Jahre was vorgemacht?«

»Ich wusste doch nicht, dass du es nicht wusstest. Das ist mir erst klargeworden, als wir uns wiedergesehen haben.«

»Hör auf, du wusstest, dass ich mich scheiden lassen wollte. Dachtest du, ich wollte mit jemandem verheiratet sein, den ich nie sah? Der mich und mein Kind zurückgelassen hat?«

»Aber *ich* wollte mich nicht scheiden lassen.«

»Du wolltest mich also haben, trotz all der Männer, mit denen ich zusammen war, seit du mich verlassen hattest und nach London gezogen warst?«

»Ich kenne deine Männer nicht, und ich will auch nichts von ihnen wissen.«

»Es waren viele.«

»Ich will es nicht wissen, habe ich gesagt.« Er ging ans Fenster.

»Und selbst?«, fragte sie. »Anna Poparova?«

Er drehte sich zu ihr um. »Ein Date vor langer Zeit.«

Sie wünschte, er hätte nicht geantwortet oder gesagt: *Anna? Natürlich nicht, wie kommst du denn auf so was?*

Aber das hatte er nicht. Er hatte nur gesagt, es sei lange her.

»Sie will dich.«

»Da sie mit meinem besten Freund verheiratet ist, ist das eher unwahrscheinlich.«

»Du bist naiv. Sie arbeitet sich an dich heran, indem sie mit anderen schläft. Du bist für sie das Sahnehäubchen.«

»Unsinn, sag so etwas nicht über sie. Wie gesagt, sie ist mit meinem besten Freund verheiratet, und der ist so etwas wie ein Bruder für mich.«

»Der Ärmste.«

»Hör jetzt auf. Können wir stattdessen über dich und mich reden?«

»Lieber nicht. Es gibt kein *Wir* mehr, schon seit vielen Jahren nicht, und das weißt du auch.«

»Nein, weiß ich nicht. Ich will dich. Du bist meine Ehefrau.«

»Ich gehöre niemandem, und du hast gerade die Papiere bekommen, aus denen hervorgeht, dass ich nicht mehr deine Frau bin.«

»Das weiß ich auch, aber ich liebe dich.«

»Wirklich? Und du weißt seit zwanzig Jahren, dass ich noch in einer Ehe festhing, die ich nicht wollte? Wenn du mich lieben würdest, hättest du losgelassen.«

Es klopfte vorsichtig an der Tür. »Kaffee«, rief Agnes.

Dominic ging zur Tür und machte sie auf. »Für mich nicht, ich gehe.« Er drehte sich zu Gloria um. »Sehen wir uns morgen?« Sein Blick war finster.

»Vermutlich.«

»Nein, ich will nicht darüber reden«, sagte sie, ohne dass Agnes überhaupt eine Frage gestellt hätte. Sie hatte plötzlich überhaupt keine Lust mehr auf Süßes. Nicht einmal auf Kaffee.

»Sollen wir uns Mamas Aufzeichnungen lieber heute Abend anschauen? Möchtest du dich ein bisschen ausruhen?«

»Übernachtest du hier? Das würde mich freuen. Im Moment habe ich das Gefühl, dass ich noch einen Tag zu Hause bleiben möchte, und da können wir sie vielleicht morgen lesen? Heute kann ich nicht noch mehr Gefühle ertragen.«

Sie tat sich selbst furchtbar leid. Es war aber auch alles ein Elend im Moment, alles. Freundinnen wollten sie umbringen, ihr Exmann hatte sie reingelegt, und die Inszenierung, auf die sie sich so gefreut hatte, schien den Bach hinunterzugehen.

Nie im Leben wäre sie auf den Gedanken gekommen, dass das, was ihre kleine Schwester und sie erfahren würde, noch *viel, viel* schlimmer war als eine läppische Messerattacke an der Stockholmer Oper.

Tag siebenundvierzig

»Sollen wir es laut lesen?«, fragte Agnes nach dem Frühstück. Sie waren ins Wohnzimmer umgezogen. »Ich kann anfangen.« Sie machte es sich auf dem Sofa bequem und sah Gloria an, die ihr gegenüber im Sessel saß. Zwischen ihnen lagen eine Schachtel Taschentücher und der Papierstapel mit Mamas Erinnerungen.

Gloria nickte.

Das hier habe ich noch niemandem erzählt, und ich habe es auch nicht vor. Wozu sollte das gut sein? Man muss reden, sagen die Leute. Ich sage, man muss vergessen. Sein Bestes tun, um niemals zurückzuschauen. Warum beschäftige ich mich jetzt mit diesem Thema? Ich gehe bald in den Ruhestand und bin eine alte Frau. Alles vergessen und mich verstecken, das war all die Jahre meine Devise, und es hat funktioniert.

Aber wir wollen wieder nach Spanien ziehen, und deshalb mache ich mir Sorgen. Meinem Mann kann ich natürlich nicht davon erzählen, sein Bild von mir war von Anfang an beschmutzt, und ich kann nicht noch mehr preisgeben, ohne meine Ehe in Gefahr zu bringen. Lieber mache ich mir für den Rest meines Lebens Sorgen.

Ich habe irgendwo gelesen, dass es helfen kann, seine Gefühle in der eigenen Muttersprache niederzuschreiben. Vielleicht stimmt das. Mein Mann und meine Töchter sollen das hier jedenfalls nicht hören müssen.

Scham und Schuld gebühren mir und sonst niemandem.

Meine ersten Erinnerungen sind vage. Ich kann mich an meine Mutter und meinen großen Bruder erinnern. Ich war drei Jahre alt, als es passierte. Wir waren in Frankreich, warum, weiß ich nicht. Vielleicht hatte Franco uns fortgejagt.

Unser Lager war groß. Ich weiß noch, dass ich mit den anderen Kindern gespielt habe. Was Krieg ist, wusste ich natürlich nicht. Meine Welt umfasste meine Familie, den Ort, an dem wir lebten, und einen kleinen Hund. Er könnte Boppi geheißen haben. Es war das Jahr 1942.

Mitte März schlugen sie zu.

Im Lager hatte man von den Gerüchten gehört, aber noch fühlten wir uns sicher. Roma waren immer als Paria betrachtet worden, aber solange wir unter uns blieben, hatten wir zumindest unseren Frieden. Wir vermieden es, zum Arzt oder zur Polizei zu gehen, und hatten unsere eigenen Mittel und Wege, um unsere Probleme zu lösen.

Der Familienzusammenhalt war unter solchen Umständen natürlich das A und O. Mein Vater war Handwerker und stellte Gegenstände aus Kupfer her. Er galt als ungemein geschickt und verkaufte seine Waren auf den Märkten, die wir bereisten. Meine Mutter kümmerte sich, wie die meisten Frauen zur damaligen Zeit, um die Familie.

Ich kann mich vage an den Duft von frisch gebackenem Brot erinnern. Feuer. Den Klang eines Schmiedehammers. Die eifrigen Gespräche der Älteren. Eine Wolljacke. Jemand nimmt mich hoch und wirbelt mich herum. Musik, aber ich weiß nicht, welche. Ich glaube, wir haben getanzt, aber das kann ich mir auch eingebildet haben.

Niemand war an diesem Tag vorbereitet. Die Soldaten hatten das Lager umzingelt.

Nur sehr wenige konnten fliehen. Die Bewohner des Lagers wurden auf Lastwagen verladen, andere mussten zu Fuß nebenhergehen. Hilflos sahen die Menschen zu, wie ihre Behausungen niederbrannten, bis nichts mehr davon übrig war.

Zwei Tage zuvor hatte meine Mutter die Möglichkeit bekommen, mich wegzugeben. Die Familie wollte ein Mädchen. Ich sah niedlich aus, und meine Haut war hell genug. Die Familie war katholisch und half noch viel mehr Leuten, aber mich behielten sie. Und dann nahmen sie mich mit zurück nach Sevilla.

Mein großer Bruder war erst vier, als er eingesperrt wurde.

Ich bin so traurig, weil ich mich nicht an seinen Namen erinnern kann, ich weiß nur noch, dass ich ihm hinterhergeweint habe. Mehr als meiner Mutter. Wir waren die besten Freunde. Er kümmerte sich um mich, und die Erinnerungen an ihn halte ich in Ehren. Vier Jahre. Ich weine, während ich das hier schreibe, er muss so eine ungeheure Angst vor den Soldaten gehabt haben. Und warum er und nicht ich? Ich hätte bei meiner Familie und meinem Bruder bleiben sollen.

An meinen Vater und meine drei anderen Geschwister erinnere ich mich eigentlich überhaupt nicht, und das ist schmerzhaft. Während das alles passierte, wusste ich gar nichts davon. Die Familie, die sich um mich kümmerte, erzählte mir erst davon, als ich groß genug war, zumindest Teile meiner Geschichte zu verstehen. Ich war die Auserwählte gewesen, diejenige, die gerettet worden war. Deswegen habe ich mich immer schuldig gefühlt.

Meine gesamte Familie wurde in diesem Frühjahr ausgelöscht. Meine Mutter, mein Vater und meine Geschwister. Meine Großeltern mütterlicherseits und meine Großeltern väterlicherseits. Meine drei Onkel, deren Frauen und insgesamt acht Cousins und Cousinen wurden in Birkenau ermordet.

Ich kann nicht aufhören, daran zu denken, dass mein vierjähriger Bruder seinem Tod vielleicht allein entgegengegangen ist.

Agnes legte die Blätter weg. »Ich kann fast nicht weiterlesen«, flüsterte sie. »Du?«

Gloria starrte an die Decke.

»Gloria?«

Sie zuckte zusammen. »Ich brauche ein Glas Wasser. Du auch?«

»Ja, gern.«

Sie holte eine ganze Karaffe und schenkte Agnes ein Glas voll, bevor sie ihre Lesebrille aufsetzte und nach dem Stoß Papier griff.

Irgendwann wurde der katholischen Familie, die sich um mich gekümmert hatte, meine Romavergangenheit unangenehm, und als ich ein Kind erwartete, nutzten sie die Gelegenheit, mich endlich loszuwerden, obwohl ich von Kindesbeinen an in dieser Familie gelebt hatte.

Ich wusste nicht, wohin. In den Romalagern wäre ich vielleicht willkommen gewesen, aber ich sprach weder ihre Sprache, noch kannte ich ihre Kultur, an die ich überhaupt keine Erinnerungen hatte. Ich kleidete und fühlte mich wie ein ganz normales spanisches Mädchen, besuchte eine Tanzschule und lernte so fleißig wie alle anderen, aber als ich rausgeworfen wurde, begriff ich natürlich, dass ich anders war.

Der Junge, der vorher gern mit mir zusammen gewesen war, behauptete, ich würde lügen und das Kind könne unmöglich von ihm sein. Die Wahrheit über meine Herkunft sprach sich rasch herum, denn die katholische Familie erzählte gern, wie aufopferungsvoll sie gehandelt hatten, als sie mich retteten, und dass ich nun die Ehre der Familie beschmutzt hätte.

Jeder verstand, dass man mich rauswerfen musste.

Ich flüchtete mich in eine Nachbarstadt, wo ich meine Tochter zur Welt brachte und über der Bäckerei, in der ich arbeitete, ein kleines Zimmer mieten konnte. Die Frau des Bäckers war nett und hatte sowieso drei kleine Kinder, da war es kein Problem, sich um noch eins zu kümmern. Gloria bekam die Kleidungsstücke, aus denen ihre Kinder herausgewachsen waren, und als Lohn für zwölf Stunden Arbeit am Tag bekamen wir Kost und Logis. Ich war so dankbar, dass ich einen Ort gefunden hatte, an dem ich bleiben konnte, dass ich ihre Hilfe natürlich freimütig annahm.

Leider glaubte der Bäcker, meine Freimütigkeit würde auch für meinen Körper gelten, und ich wagte nie zu protestieren, aber an dem Tag, als seine Frau uns erwischte, wurde ich mit meiner Tochter vor die Tür gesetzt. Ich hatte kein Geld in der Tasche und auch sonst kaum Hab und Gut. Würde ich, genau wie meine eigene Mutter, gezwungen sein, ein dreijähriges Kind zu verlassen?

Nun musste Gloria die Aufzeichnungen weglegen. Sie sah Agnes an, dann schloss sie die Augen.

»Soll ich weitermachen?«, fragte Agnes.

Gloria schüttelte den Kopf. Was nun kam, hatte ihre Mutter ihretwegen durchgemacht. Sie war es ihr schuldig, dass sie es wenigstens las, wie sehr es auch weh tun mochte.

Zwei Monate lang schliefen wir draußen, es war Sommer und warm, und für Gloria war es kein Problem. Sie war froh, mit mir zusammen zu sein. Wenn ich aus Angst vor der Zukunft weinte, tätschelte sie meine Wange, um mich zu trösten. Je trauriger ich war, desto fröhlicher wollte sie sein.

Es war eine furchtbare Zeit.

Ich bettelte, wo ich nur konnte. Aus meiner Herkunftsfamilie besaß ich nur noch eine kleine handgefertigte Kupferschale, die ich den Leuten hinhielt, doch das wurde nicht gern gesehen. Ich musste immer auf der Hut sein.

Eines Tages ging es nicht mehr. Ich fand keinen Platz zum Wohnen, die Kälte kam angekrochen, und ich konnte mich nicht mehr um mein Kind kümmern.

Ich versuchte, es Gloria zu erklären, so gut ich konnte. Dass sie eine neue Familie, vielleicht eine Puppe und ganz viel zu essen bekommen würde.

Sie, die immer so fröhlich gewesen war, war verzweifelt.

Als ich ihr das Schild um den Hals hängte, klammerte sie sich an mich.

»Schreib drauf, ich will bei meiner Mama sein«, sagte sie.

»Lies den letzten Satz noch mal vor«, sagte Agnes.

Gloria holte tief Luft.

»Ich kann mich nur noch bruchstückhaft erinnern«, sagte sie abwesend. »Ich weiß noch, dass ich lange geglaubt habe, der Zettel hätte mich und Mama gerettet. Und die Schale steht ganz hinten in meinem Küchenschrank.«

Erst spät am Nachmittag legten sie die Aufzeichnungen weg. Sie hatten sich abgewechselt, Pause gemacht, gekocht, gegessen und weitergelesen. Agnes war irgendwann gegangen, weil sie am nächsten Tag arbeiten musste. Sie wollten weiterlesen, wenn sie sich das nächste Mal sahen.

»Arbeitest du morgen?«, fragte Agnes.

»Ich glaube nicht.«

»Noch zwei Tage bis zur Premiere. Was willst du tun?«

»Ich habe mich noch nicht entschieden.«

»Musst du denn nicht proben?«

»Doch, eigentlich schon. Aber eher den anderen zuliebe. Ich bin nur noch nicht so weit. Wenn ich diese Premiere versäume, ist es eben nicht zu ändern. Es ist nur eine Premiere, nichts Lebensnotwendiges.«

»Du hast recht, auch wenn ich nie gedacht hätte, dass ich das jemals aus deinem Mund hören würde.« Agnes zog ihre Schwester an sich. »Du bist und bleibst die beste große Schwester auf der ganzen Welt«, sagte sie. »Was machst du mit dem Rest des Abends?« Sie drückte Gloria so fest, dass sie kaum noch Luft bekam.

»Zuerst werde ich Lena anrufen und sie fragen, wie es ihr geht, und dann werde ich schlafen«, keuchte sie, und da ließ Agnes sie los.

»Willst du gar nicht wissen, wie es Dominic geht?« Agnes sah sie prüfend an.

393

»Nein. Er macht mich so verletzlich, und das kann ich im Moment nicht sein.«

»Ich mag Dominic.«

»Ich auch«, sagte Gloria. »Aber ich habe Angst, dass er meine Freiheit einschränken will und ich dann wieder in der Falle sitze. Da bin ich lieber allein.«

»Wollte er das damals?«

»Ja, ich glaube schon. Er war der Mann, ich die Frau, seine Karriere stand an erster Stelle. Ich habe es genauso gesehen.« Sie verzog das Gesicht zu einem halben Lächeln.

»Kannst du nicht mit ihm darüber reden?«

»Das ist nicht das Problem, denn ich glaube, dass er sich im Lauf der Jahre verändert hat. Vor allem habe ich Angst vor mir selbst. Wenn ich nur wüsste, dass ich ganz normal bleiben kann, aber darauf vertraue ich nicht.« Sie lächelte. »Du hörst es ja, ich bin ein hoffnungsloser Fall.«

Agnes tätschelte ihre Wange und öffnete die Tür. »Ich rufe dich nachher an.«

Tag achtundvierzig

»Heute wieder keine Gloria?«, fragte Max besorgt.

Dominic warf ihm einen Blick zu, der vermutlich recht niedergeschlagen wirkte, so fühlte er sich jedenfalls im Moment.

»Ich glaube, unser Star hat aufgegeben«, antwortete er.

»Hast du mit ihr gesprochen?«

»Nein. Ich habe es versucht, aber ich kann sie nicht erreichen. Ich muss ihr mindestens fünfzehn Nachrichten auf die Mailbox gesprochen haben.«

»Ich auch«, sagte Max. »Na gut, Magdalena ist auch eine großartige Carmen, und wir haben ja dich und Sebastian, und wir haben Anna.«

»Habe ich da meinen Namen gehört?« Der Franzose kam angeschlendert, und direkt hinter ihm näherte sich Anna mit zorngeröteten Wangen.

»Ich habe gerade gesagt, dass wir uns darauf einstellen müssen, dass es Gloria nicht gut genug geht, um auf die Bühne zurückzukehren.«

Es war Dominic unbegreiflich, dass Anna lächelte, als sie das hörte.

»Ja, ja«, sagte sie. »Schwedische Sängerinnen haben eben längst nicht die gleiche Klasse wie viele andere von uns, nicht wahr, Sebastian?«

»*Mon amour.*« Er legte den Arm um sie. »Wir sollten etwas freundlicher sein, finde ich. Die kleine Gloria ist eine sehr nette Frau, oder was meinst du, Dominic?«

Dominic erfüllte es mit Abscheu, dass die Hand des Franzosen offensichtlich Annas Brüste streifte. Obwohl sie direkt vor dem Intendanten und dem besten Freund ihres Mannes stand, ließ sie Sebastian gewähren.

»Zieh nicht so ein mürrisches Gesicht«, sagte sie zu Dominic und schürzte die Lippen. »Robertino kommt zur Premiere, er landet schon morgen, das wird dich hoffentlich ein wenig aufmuntern.«

Dominic wusste nicht, ob er sich darüber freuen sollte. Im Grunde war ihm bewusst, dass er seinem Freund sagen musste, was er über Anna in Erfahrung gebracht hatte. Sie selbst rechnete eiskalt damit, dass er kein Wort darüber verlieren würde, was er eben gesehen hatte.

Er hatte Anna den Code für seine Loge gegeben, weil sie ihr Handy vergessen hatte und sich seins ausleihen wollte.

Das war vermutlich Teil eines Plans gewesen, aber er verstand nicht, warum die beiden ihn in ihre Angelegenheiten mit hineinziehen mussten. Dass Sebastian die Situation genoss, war offensichtlich, aber was ging in Anna vor? Dominic konnte es beim besten Willen nicht verstehen.

Sebastian drückte sie an die Wand. »Fass mich an«, sagte er. »Fühl, wie groß er ist, weil ich scharf auf dich bin.«

»Oh, *Monsieur*«, keuchte Anna, als sie ihn an seinem Oberschenkel spürte. »Er ist *magnifique*.« Sie legte ihm die Arme um den Hals, und er hob sie hoch, damit sie ihre Beine um seine Taille klammern konnte. Sie war nass vor Erregung. Ihre Brustwarzen standen weit vor. Dies war die dritte Loge, in der sie Sex hatten, und diese machte sie am allermeisten an. *Seine Jacke* hing über der Stuhllehne. *Er* war in der Nähe, sie konnte ihn riechen, und allein bei dem Gedanken kam es ihr beinahe.

»Ist seiner genauso groß wie meiner?«, murmelte Sebastian, während er seinen steifen Schwanz in sie presste.

Sie stöhnte an seinem Hals. »Du redest zu viel.« Sie bewegte ihren Unterleib, so gut es ging, während sein Penis immer tiefer in sie hineinglitt. Er war wirklich groß. »Langsam«, keuchte sie. »Beweg dich langsam.«

Dominic öffnete, kurz bevor sie kam, die Tür zu seiner Loge, und als sie in diesem Augenblick in seine weit aufgerissenen Augen sah, hatte sie den heftigsten Orgasmus ihres Lebens. Sie hatte das Gefühl, für einen Moment das Bewusstsein zu verlieren.

Als Sebastian eine Sekunde später mit lautem Gebrüll ebenfalls kam, hatte Dominic den Raum schon eilig verlassen.

Sebastian war ernüchtert.

Die Lüge, die er Kit aufgetischt hatte, in Glorias Loge hätten Anna und Adrian gerammelt wie die Karnickel, obwohl er es in Wirklichkeit selbst gewesen war, hatte das Fass offenbar zum Überlaufen gebracht. Er glaubte nicht einmal, dass Gloria noch mit Kit darüber gesprochen hatte, denn schon eine Stunde später hatte ja die Attacke stattgefunden. Ein paar Tage lang war er so vollgepumpt mit Adrenalin gewesen, dass er das Gefühl hatte zu fliegen. Es war berauschend, nicht zu wissen, ob ihm jemand auf die Spur kommen würde.

Doch nichts passierte, und niemand machte ihm einen Vorwurf.

Und nach dem, was sie getan hatte, würde Kit wohl ohnehin niemand glauben. Sie würde wahrscheinlich eingesperrt werden, denn das machte man doch mit Menschen, die sich so wenig unter Kontrolle hatten wie sie.

Möglicherweise hatte er sie ein klein wenig manipuliert, und die scherzhafte Bemerkung, man könne ja vielleicht die Messer austauschen, war großartig gewesen, aber wer hätte denn gedacht, dass sie die Idee in die Tat umsetzen würde? Was, wenn Gloria gestorben wäre? Das hatte er natürlich nicht im Sinn gehabt. Er wollte Kit aufziehen, aber niemanden umbringen. Wäre Dominic wegen versuchten Mordes angeklagt worden, hätte ihn das allerdings kaltgelassen.

Jetzt war es jedenfalls vorbei, und sein Puls schlug wieder normal. Die Frühjahrssaison an der Stockholmer Oper würde ein wenig langweilig werden, fürchtete er.

Dominic hoffte, er konnte sich auf seine Professionalität verlassen und mit Magdalena als Partnerin genauso gut singen wie mit Gloria, hatte jedoch das Gefühl, dass seine

Leistung weit hinter seinen Möglichkeiten zurückblieb. Für das Publikum war er hoffentlich gut genug, aber sich selbst gegenüber musste er ehrlich sein. Ohne sie fehlte ihm das richtige Gefühl.

Und mit Anna auf der Bühne zu stehen war die reinste Qual. Gott sei Dank brauchte er nur im ersten Akt so zu tun, als würde er sie mögen, später war seine Figur so verliebt in Carmen, dass er ohnehin nur noch Augen für sie hatte.

Vielleicht würde er Schweden ja doch verlassen und zurück nach London gehen. In Stockholm zu leben, nur ein paar Straßen von Gloria entfernt, war nicht optimal. Natürlich hätte er in einen anderen Stadtteil ziehen können, aber Söder war auch seine Heimat. Söder und London.

Dominic kam sich wie ein Betrüger vor, als er Marcus anrief, aber er musste wissen, wie es Gloria ging.

»Wenn man bedenkt, was sie durchgemacht hat, anscheinend ganz gut«, sagte Marcus. »Ich telefoniere mehrmals am Tag mit ihr, und wir fliegen morgen hin. Sie wollte nicht, dass ich früher komme. Du weißt ja, wie sie ist.« Er lachte. »Sie will nur deshalb nicht mit dir reden, weil du ihr so viel bedeutest. Mit allen anderen redet sie ohne Probleme.«

»Woher weißt du das?«

»Das hat sie gesagt. Sie kann nicht mit dir reden, weil es sie zu sehr berührt.«

Ihm wurde warm ums Herz.

»Danke, Marcus. Wenn du wüsstest, wie viel es mir bedeutet, dass du mir das erzählt hast. Wir sehen uns Samstag. Du kommst doch auch, wenn Gloria nicht dabei ist?«

»Natürlich. Ich komme doch auch deinetwegen.«

398

Dominic war so gerührt wie selten und musste sich nach dem Telefonat die Tränen abwischen. Marcus war beinahe so etwas wie ein Sohn für ihn, und er schuldete Marcus' richtigem Vater aufrichtigen Dank, weil er ihm all die Jahre einen so engen Kontakt zu dem Jungen ermöglicht hatte.

Er hatte das Gefühl, ihm würde ein Licht aufgehen. Endlich sah er alles klar und deutlich vor sich.

Er konnte nicht ohne Gloria leben, aber er musste sie loslassen. Und warten, bis sie zu ihm kam. Fast alles hatte er ausprobiert, nur das nicht.

Es würde eine Herausforderung für ihn sein, nichts zu tun. Keine Kontrolle über die Situation zu haben war ihm unangenehm. Er war es nicht gewöhnt, aber wenn er überhaupt eine Chance haben wollte, müsste er sich mit diesem Gedanken anfreunden.

Dominic wusste, wie wichtig ihr ihre Freiheit war. Er hatte geglaubt, es würde bedeuten, dass sie nicht mit ihm zusammen sein wollte.

Aber so war es nicht. Es hieß nur, dass sie nicht kontrolliert, manipuliert oder verführt werden wollte. Sie wollte selbst bestimmen, wann, wo und wie.

Er wusste, dass er ihr gesagt hatte, welche Filme sie sich anschauen, wie sie sich verhalten und welche Rollen sie annehmen sollte.

Er machte Vorschläge, und sie sagte ja. Sie sahen die Filme, die er gut fand, aßen in den Restaurants, die er bevorzugte, und strichen die Wohnung in den Farben, die ihm gefielen. Diese Einsicht war schmerzhaft. Er hatte die Beziehung beherrscht und begriff es erst jetzt.

Er hatte sie sogar nach Cork geschleppt, ins selbe Hotel wie auf ihrer Hochzeitsreise, ohne sie zu fragen, ob sie einverstanden war.

Was bist du nur für ein Arschloch, dachte er.

Anstatt sie zurückzugewinnen, hast du sie vielleicht für immer verloren.

Tag neunundvierzig

So ging das einfach nicht weiter, dachte sie, nachdem sie einen Blick auf die Uhr geworfen hatte. Sie musste sich fertigmachen, um Marcus vom Flughafen abzuholen.

Alle hatten angerufen, aber sie ging nur noch ans Telefon, wenn Agnes und Lena dran waren. Dominic hatte Blumen geschickt. »Ich lasse jetzt los, aber ich bin da.«

Sie hatte sich die Haare hochgesteckt und ein wenig Wimperntusche und Lipgloss aufgelegt. Als sie das Ergebnis im Badezimmerspiegel betrachtete, stellte sie fest, dass sie ganz okay aussah, wenn man bedachte, dass sie beinahe ermordet worden wäre, ihren Job hingeworfen und den einzigen Mann verloren hatte, den sie je geliebt hatte.

Wenn man dann noch berücksichtigte, dass sie ununterbrochen weinte, seit sie die Aufzeichnungen ihrer Mutter gelesen hatte, war es ein Wunder, dass sie überhaupt aus dem Bett gekommen war.

Sie stand direkt vor der Tür, damit sie ihn sofort sah.

Ihren Marcus.

Er hatte sein Coming-out mit fünfzehn gehabt, und es war vollkommen undramatisch verlaufen. Ohne viele Details über sein Liebesleben zu wissen, hatte sie begriffen, dass er viele Nieten gezogen hatte, bevor er Bill kennenlernte. Nun waren sie seit vielen Jahren ein Paar, und Gloria liebte ihren Schwiegersohn von ganzem Herzen. Nicht zuletzt, weil er Marcus glücklich machte.

»Hier.« Sie winkte.

Sein strahlendes Lächeln ließ in ganz Arlanda die Sonne aufgehen, dachte Gloria.

Sie streckte die Arme nach ihm und Bill aus. »Meine geliebten Kinder, wie schön, euch wiederzusehen.« Sie brach in Tränen aus.

»Verzeiht mir«, schluchzte sie und ließ die beiden los, um in ihrer Handtasche nach Taschentüchern zu kramen. »Ich weiß nicht, was zurzeit mit mir los ist. Es war wohl alles ein bisschen zu viel. Außerdem bin ich so wahnsinnig froh, dass ihr hier seid. Wie geht es Fabian?«

»Ihm geht es gut. Er hat gerade angefangen, ein superfeines Englisch zu sprechen, wie ein kleiner Lord im Oberhaus. Yes sir, no sir, sagt er den ganzen Tag. Könnt ihr euch vorstellen, dass er schon so groß ist? Drei Jahre. Völlig verrückt.«

»Nein, das begreife ich auch nicht.« Sie griff nach Marcus' Koffer. »Kommt, wir fahren nach Hause, und ihr zeigt mir neue Fotos.«

»Du sollst nichts tragen.« Marcus nahm ihr seinen Koffer aus der Hand. »Was habe ich da gehört? Wir werden dich bei der Premiere gar nicht auf der Bühne sehen?« Er legte ihr den Arm um die Schultern.

»Wer sagt das? Ach, Dominic natürlich. Nach allem, was passiert ist, ist mir die Lust am Singen vergangen. Besser kann ich es auch nicht erklären.«

»Ich verstehe das alles nicht. Kit? Ich mochte sie.«

»Das haben wir alle. Ist es nicht erschreckend, wie wenig man über andere Menschen weiß?«

Sie verstauten das Gepäck im Kofferraum, und Gloria ließ den Motor an und drehte die Heizung auf. Bill setzte sich nach hinten, und Marcus nahm neben ihr Platz.

»Du stehst bestimmt noch unter Schock.« Er schnallte sich an.

»Vielleicht. Aber ich habe eher das Gefühl, dass ich keinen Grund mehr habe zu singen. Es ist merkwürdig, aber ich hatte immer einen inneren Antrieb, so als könnte ich nur überleben, wenn ich singe. Jetzt wäre ich beinahe auf der Bühne ums Leben gekommen.« Sie warf einen Blick über ihre Schulter, während sie rückwärts aus der Parklücke fuhr.

»Wir möchten auch hingehen, wenn du nicht dabei bist. Hast du was dagegen?«

»Wirklich nicht. Dominic ist der beste Don José, der je mit mir gesungen hat. Natürlich müsst ihr euch das anhören.«

Während der Fahrt nach Hause plauderten sie ein wenig, aber nicht über die Oper, sondern über die Londoner Musicalszene, die Gloria liebte. Sie sagte, sie würde im Herbst zu Besuch kommen und sich jeden Abend eine Vorstellung anschauen. Mit »Book of Mormons« wolle sie anfangen. »Alle reden im Moment über dieses Musical«, sagte sie. »Vielleicht gehe ich aber auch in New York rein. Wenn ich keine Termine und Proben mehr habe, steht mir die Welt offen. Wenn ich Lust dazu habe, kann ich mir alles im West End und am Broadway anschauen.«

Als sie aus dem Söderledstunnel herausfuhr und am Medborgarplatsen ankam, musste sie an einer roten Ampel halten, bevor sie die Folkungagata ein Stück hinunterfahren und dann links in die Östgötagata abbiegen konnte.

»Wie viel Geld gibst du eigentlich jeden Monat fürs

Parken aus?«, fragte Marcus, als sie um die Ecke in der Tjärhovsgata einen Parkplatz gefunden hatte.

»Dein halbes Erbe geht dafür drauf.« Lächelnd stieg sie aus. »Aber da ich mein Auto liebe, ist es mir das wert.« Sie öffnete den Kofferraum, damit die beiden ihr Gepäck rausnehmen konnten, und dann gingen sie gemeinsam auf die Haustür zu. »Ich werde euch heute Abend zum Essen einladen und euch von Großmutter erzählen«, sagte sie. »Es ist keine schöne Geschichte, aber sie ist wichtig.«

»Ich glaube, er meint es ernst«, sagte Marcus, nachdem er die Karte gelesen hatte, die an den Lilien befestigt war. Gloria zuckte mit den Achseln. »Kann sein.«

»Du zuckst einfach mit den Schultern, dabei ist er einer der besten Männer, die ich kenne«, sagte Marcus. »Tu das nicht.«

Sie sah ihn verwundert an. »Ich weiß das. Und glaub mir, ich wünschte, ich würde es wagen, die Chance auf ein solches Glück noch einmal zu ergreifen.«

»Was ist das Schlimmste, das passieren könnte?«

»Dass ich unglücklich werde.«

»Das glaube ich nicht. Ich glaube, das Schlimmste, was dir passieren kann, ist, dass du glücklich wirst.«

Es wurde still.

»Ich glaube, du hast den Antrieb, das Glück zu *suchen*, aber wenn du es gefunden hast, hast du keine Ahnung, was du damit anfangen sollst.«

»Tu nicht so schlau, junger Mann.« Sie lächelte. Jetzt flogen ihr die Therapiestunden, die sie ihm in seiner Jugend spendiert hatte, um die Ohren.

Aber sie wusste, dass er recht hatte. Es klang nur so brutal. Als wäre sie eine Art Märtyrerin.

»Was soll ich denn deiner Ansicht nach tun?«, fragte sie ihr kluges Kind.

»Trau dich, abhängig zu sein«, sagte er ruhig. »Ohne Bill würde ich nicht zurechtkommen, und da du mich großgezogen hast, jagt mir diese Abhängigkeit eine Heidenangst ein. Aber es lohnt sich zu spüren, dass einem jemand so viel bedeutet, dass man sich über seine Angst hinwegsetzt und es einfach genießt zu lieben, ohne immer kämpfen zu müssen.«

»Hm«, machte sie. Viel mehr war dazu nicht zu sagen. »Möchte jemand noch einen Kaffee, bevor ich euch die Geschichte unserer Familie erzähle?«

Der Abend vor einer Premiere war bei Gloria immer mit denselben Ritualen ausgefüllt. Sie badete, rasierte sich die Beine, machte eine Haarkur, legte eine Gesichtsmaske auf, zupfte Härchen aus, die an den falschen Stellen wuchsen, feilte ihre Fingernägel und lackierte sich die Fußnägel.

Doch dieser Abend war vollkommen anders.

Gloria hatte nicht gewusst, dass ihr Körper so viele Tränen enthielt. Sie las, was ihre Mutter geschrieben hatte, und weinte. Sie schaute die Lilien an und weinte.

Und als sie den zugeklebten Schuhkarton auspackte, den sie von ihrer Mutter bekommen und in dem sie ein Paar Seidenschuhe in der falschen Größe vermutet hatte, zerriss es sie beinahe.

In dem Karton entdeckte sie das Pappschild, das sie um den Hals getragen hatte, als Erland sie fand.

Sie erkannte die Handschrift ihrer Mutter wieder und verstand mühelos, was da auf Spanisch stand.

Sie heißt Gloria.
Sie ist fast drei Jahre alt.
Ihre Mutter hat kein Geld mehr, um sie zu ernähren.
Sie hat seit einem Tag nur Wasser zu sich genommen.
Schenken Sie ihr ein schönes und freundliches Zuhause.
Sie mag Musik, ist brav und tut immer, was man ihr sagt.
Passen Sie gut auf sie auf.
Sie ist das süßeste kleine Mädchen auf der ganzen Welt.

Gloria blätterte in den Aufzeichnungen, weil sie wissen wollte, ob ihre Mutter auch etwas über diesen Tag geschrieben hatte.

Das rote Band hatte ich als Kind im Haar getragen und immer bei mir gehabt, wie ein Amulett. Als ich es an dem kleinen Stück Pappkarton befestigte, den ich beschriftet hatte, fragte ich mich immer wieder, ob ich das Richtige tat.

Gloria konnte sprechen, aber würden andere sie auch verstehen? Wer würde ihre Gefühle erfassen und ihr geben, was sie brauchte?

Ich wusste, dass ich nicht mehr konnte. Ein Kind braucht mehr. Sie musste zur Schule gehen, brauchte neue Schuhe, einen Vater und eine Mutter, vielleicht Geschwister.

Nichts davon bekam sie von mir.

Ich hockte mich an die Straßenecke. Ihr Hütchen war auf den dunklen Locken ein wenig verrutscht, und der Knoten ihres Halstuchs hatte sich gelöst. Die Lackschuhe hatten wir in einem Müllcontainer gefunden, und ich hatte draufgespuckt und sie blank gerieben. Bevor ich ihr das Schild umhängte, rückte ich das Hütchen gerade und band ihr das Halstuch neu.

»Mein feines kleines Mädchen, ich liebe dich, du bist mein Ein und Alles. Jetzt musst du ganz besonders lieb sein. Bald

kommt eine Tante und kümmert sich um dich, und dann musst du tun, was sie sagt. Sing ihr etwas vor, dann freut sie sich, und du darfst für immer bei ihr bleiben.« Ich lächelte durch meine Tränen hindurch.

Gloria sah mich an, legte ihre kleinen Hände auf meine Wangen und begann zu singen.

Letzter Tag

Er hörte, wie sich das Gemurmel des Publikums mit dem Klang der Blasinstrumente vermischte, die im Orchestergraben aufgewärmt wurden. Er wusste, dass seine Mutter mit ihrer Freundin gekommen war, er hatte ihnen selbst das Taxi bestellt. Marcus und Bill saßen weiter vorn im Parkett. Er glaubte, dass Agnes und Stefan die Plätze neben ihnen hatten, zumindest hatte Marcus gesagt, sie würden auch kommen, obwohl Gloria nicht dabei war.

Es würde bestimmt trotzdem gut werden.

Magdalena war eine talentierte Sängerin und hatte sich rasch in die Rolle der Carmen eingearbeitet. Über Anna konnte man sagen, was man wollte, aber sie sang phantastisch, und dieser Franzose machte seine Arbeit auch nicht schlecht. Robertino war verhindert, und das war vielleicht auch gut so, denn Dominic hätte nicht gewusst, wie er unter den jetzigen Umständen mit seinem Freund reden sollte.

Sie war die erste von dreiundzwanzig Vorstellungen.

Er *musste* es schaffen.

Als das Publikum applaudierte, begriff er, dass Pjotr hereingekommen war und sich verbeugt hatte.

Der erste Akt konnte beginnen.

Als Gloria die Bühne enterte, überschlug sich Dominics Herz mehrmals. Sie war da. Sie würde singen. Lächelnd schüttelte er den Kopf. Gloria, du weißt nicht, was du mit mir machst, dachte er.

Es dauerte eine Weile, bis das Publikum merkte, dass sie es war, aber als der Groschen gefallen war, spielten die Leute verrückt. So etwas hatte Dominic noch nie erlebt.

Sie standen auf, pfiffen vor Begeisterung, trampelten auf den Fußboden und benahmen sich, als wären sie auf einem Rockkonzert und nicht in der Oper.

Pjotr hielt das Orchester in Schach, bis der Jubel verklungen war.

Mit einem Lächeln, das aufreizender war als je zuvor, tanzte sie um ihn herum. Obwohl er eigentlich ein ernstes Gesicht machen sollte, konnte er sich das Lächeln auch nicht verkneifen. Als sie es sah, hob sie eine Augenbraue, aber ihr Blick war freundlich. Sie verstand ihn.

Natürlich.

Zwischen den Akten redeten sie nicht miteinander, das hatten sie nie getan. Es war Teil der Magie, in der Rolle zu bleiben.

Er wusste, dass er die Rolle seines Lebens sang, und Gloria war sogar noch besser.

Eine bessere Carmen hatte es nie gegeben.

Er hatte die Oper oft gesehen. An der Scala, in London und zuletzt in New York, wo Elīna Garanča die Rolle an der Met perfekt verkörpert hatte.

Er hatte geglaubt, er hätte die besten Sängerinnen der Welt als Carmen gesehen, aber da hatte er verdrängt, was diese Frau draufhatte. Jede Szene, in der er mit ihr auf der Bühne stand, jagte ihm Schauer über den Rücken. Und nicht nur ihm. Er war überzeugt, dass sie alle Besucher, völlig egal, ob sie ganz hinten im Parkett oder auf den oberen Rängen saßen, berührte.

Vor der Schlussszene überprüfte er sorgfältig das Messer. Er fühlte sich nicht ganz wohl damit, diese Szene noch einmal spielen zu müssen, aber als ihr Blick ihn traf, wurde ihm klar, dass sie keine Angst mehr hatte. Ihre Augen beruhigten ihn, sie würden das hier gemeinsam schaffen.

Als anschließend der Vorhang vor ihnen hinunterging, brach dahinter der größte Jubel aus, den er jemals von der Bühne aus gehört hatte. Er stand auf und half ihr hoch.

»Komm. Ich glaube, das Publikum möchte dir huldigen.«

Tränen liefen ihm übers Gesicht, aber es war ihm egal. Dies war nicht sein Abend, es ging nur um Gloria.

Sie stand allein da. Er blieb als Stütze schräg hinter ihr. Als sich der schwere Vorhang zum zehnten Mal an diesem Abend hob, streckte sie die Hand nach ihm aus. Sie wollte diesen Augenblick mit ihm teilen. Mit ihm und mit Marcus, den sie im Zuschauerraum sitzen sah. Und mit Agnes, ihrer wundervollen kleinen Schwester. Sie blickte an die Decke und schickte ihren Eltern in Gedanken einen Gruß.

Als das Publikum die beiden Hand in Hand sah, setzte der tosende Beifall wieder ein. Die Menschenmenge klatschte im Takt und rief, Dominic solle sie küssen.

Dieses Publikum hielt sich nicht an Regeln und Traditionen, so viel stand fest.

»Darf ich?«, flüsterte er ihr ins Ohr.

»Beug mich nach hinten wie bei einem Filmkuss«, wisperte sie lächelnd. »Und dann küss mich richtig. Obwohl, warte mal«, sagte sie, während die Leute weiterriefen. »Wer ist diese Laura, der du dein Buch gewidmet hast?«

»Meine Assistentin, mit der ich fünfzehn Jahre lang zusammengearbeitet habe.«

»Okay. Jetzt kannst du mich umlegen.«

Er packte ihre Taille, zog sie an sich und lächelte ins Publikum, bevor er ihren Oberkörper nach hinten beugte.

Langsam näherte sich sein Gesicht ihrem.

»Stopp.« Sie legte ihre Hände auf seine Brust.

»Was ist denn nun?«

»Ich habe nicht vor, wieder mit dir zusammen zu sein, falls du das denkst.«

»Natürlich nicht.«

Gloria lächelte, legte ihm die Arme um den Hals und zog ihn an sich.

Ein halbes Jahr später

Gloria ging auf klackernden Absätzen voran, und Dominic folgte ihr mit ihrem vollgepackten roten Koffer.

»Siehst du sie?« Sie ließ den Blick über die Menschenmenge schweifen.

»Nein«, sagte er. »Vielleicht bist du die Erste?«

»Das kann nicht sein, das ist noch nie passiert.«

Im Augenwinkel sah sie jemanden fieberhaft winken und winkte mit breitem Grinsen zurück.

»Da ist sie, komm.«

Auf halbem Weg trafen sie sich.

Agnes blieb wie angewurzelt stehen.

»Jetzt mal im Ernst, Gloria. High Heels und ein großer Koffer?«

»Ja?«

»Wir machen Interrail.«

»Na und?«

Agnes schüttelte lächelnd den Kopf.

»Sag tschüs zu deinem Träger. Wir müssen einsteigen.«

Gloria warf sich in Dominics Arme, hatte sich aber fest vorgenommen, nicht zu weinen.

»Vergiss mich nicht«, schluchzte sie eine Minute später, während ein Strom von Tränen ihr Make-up davonspülte.

Er hob ihr Kinn, sah ihr in die Augen und tupfte mit seinem Taschentuch ihre Wangen ab.

»Wie könnte ich das?«

»Und ihr stoßt in vier Wochen in Krakau dazu?«

Er nickte.

»Stefan und ich kommen. Beeil dich, Liebling, der Zug fährt gleich ab. Ruf mich aus Sevilla an. Oder von unterwegs, wenn du Lust hast.« Er küsste ihre Hand.

Gloria drehte sich zu Agnes um und verdrehte die Augen, als sie deren praktische Schuhe und den khakifarbenen Rucksack sah.

»Wenn du vorhast, einen Pyjama auszupacken, musst du in einem anderen Abteil schlafen.« Niemandem im ganzen Bahnhof entging das laute Lachen des Opernstars.

Dank

In eine Welt einzutauchen, die man bislang nicht von innen kannte, macht ungeheuer viel Spaß. Wenn man dazu noch mit offenen Armen empfangen wird, steigert das die Entdeckerfreude natürlich.

Ich war unzählige Male im Stockholmer Opernhaus und durfte mir anschauen, was hinter den Kulissen passiert, wie in den beeindruckenden Ateliers und der Maske gearbeitet wird, ich habe mit einer Inspizientin gesprochen, mit Chorsängern, ich habe Vorstellungen besucht und mich mit Solisten und Archivaren getroffen. Auch Gäddviken habe ich aus der Nähe gesehen, wo bis auf die letzten zwei Wochen vor der Premiere geprobt wird. Dort werden auch die Kulissen gebaut und eingelagert.

Darüber hinaus habe ich das Royal Opera House in London besichtigt und *Carmen* in der Metropolitan Opera in New York erlebt. Acht Monate, nachdem ich dort war, wurde *Carmen* auch in Stockholm inszeniert. Ich durfte zur Generalprobe kommen und habe zwei Tage später die Leute im Verlag, die am engsten mit mir zusammenarbeiten, zur Premiere mitgenommen. (Kurioserweise musste für die Generalprobe Ersatz aus Italien eingeflogen werden, weil Don José sich am Knie verletzt hatte, und am Premierentag war Escamillo unglücklich mit dem Fahrrad gestürzt, und schwupp, musste man einen Engländer engagieren, der die Rolle schon mal gespielt hatte. Ist es nicht witzig, wenn Dichtung Wirklichkeit wird?)

Ohne all die Roma, die nach Schweden gekommen sind, würde es dieses Buch nicht geben. Gloria und Carmen teilen diese Abstammung. Ich hätte gern noch unendlich viel mehr darüber geschrieben, belasse es aber bei dem Hinweis, dass es immer praktisch ist, Geldscheine im Portemonnaie zu haben, die man verschenken kann.

Die Opernsängerin Kia Wedin war mir eine unglaubliche Hilfe. Klaglos hat sie unzählige Fragen beantwortet, mir Zugang zur Oper verschafft und außerdem das Manuskript gelesen. Tausend Dank, Kia. Ich kann dir gar nicht genug danken.

In der Oper danke ich: Susann Vegh, Solistin, und Mats Lundberg, der für die Probensäle in Nacka zuständig ist. Beide haben mir ihre Zeit und ihr Engagement geschenkt. Ich möchte mich auch bei Helena Iggander und Frida Hemmingson vom Archiv und bei der Inspizientin Barbro Åström bedanken.

(Auch kurios: Kit hieß ursprünglich anders, sie hatte einen ganz ungewöhnlichen Namen, aber Barbro erzählte mir, es gebe eine Inspizientin, die genauso hieß. Wie wahrscheinlich ist das? Natürlich habe ich sie umbenannt.)

Bei SAS danke ich: Ann Hjortenkrans, die mir meine Fragen über die Arbeit von Piloten und andere Dinge beantwortet hat. Vielen Dank auch an Maria Bettinsoli Nilsson für die Informationen über die Aufgaben der Kabinenchefs bei SAS.

Ich danke Marcus Tafflin vom Akademiska Krankenhaus und Peter Lloyd von der Polizei. Euer Wissen war unglaublich nützlich.

Ich danke meinem Verlag. Ihr seid alle super. Ich bin

eine der glücklichen Autorinnen, die im Bokförlaget Forum erscheinen. Ein ganz großes Dankeschön an meine Lektorin Teresa Knochenhauer und meine Redakteurin Kerstin Ödeen. Ihr macht meine Texte so viel besser!

Danke an Sofia Scheutz und Anna-Lena Ahlström, die den schönen Buchumschlag entworfen haben, und an Jessica Wahlgren, die immer so schöne Fotos von mir macht.

Danke an Grand Agency, Enberg Ageny und Maria Enberg, die schon mit Verlagsleuten im Ausland über *Mittsommerleuchten* gesprochen hat, als das Buch noch gar nicht fertig war. Es ist wunderbar, eine Agentin zu haben, die mag, was man schreibt.

Vielen Dank auch an die vielen tollen Buchhändler!

Ich danke meinen besten Freundinnen, die mich unterstützen, mir zujubeln und mit mir lachen oder weinen: Helena Hedström, Jein Falk und Simona Ahrnstedt.

Meine Familie. Hellbergs, Mörners, Thoressons und ein Orvegård. Ihr seid die Besten! Danke, Nisse. Ich bin so froh, dass du mich verstehst. Danke, Jonathan und Linnea, dass ihr die Katze hütet, wenn ich unterwegs bin. Meiner Katze möchte ich auch danken. Misse ist siebzehn Jahre alt, wenn dieses Buch erscheint. Ein altes und heißgeliebtes Mitglied der Familie.

Zum Schluss danke ich Georges Bizet für die wunderbare Musik und Henri Meilhac und Ludovic Halévy für das Libretto.

Und natürlich meinen Leserinnen und Lesern. Ohne euch gäbe es meine Bücher nicht.

Ihr wisst hoffentlich, dass alle eventuellen Fehler in diesem Buch auf meinem Mist gewachsen sind. Ihr könnt euch beschweren, bedanken oder einfach nur guten Tag sagen auf:

Facebook.com/asahellbergwriter
Asahellberg.blogspot.se
Instagram.com/asahellberg

Oder wir sehen uns mal bei einer Lesung? Es würde mich freuen.

Stockholm, Januar 2016, Åsa Hellberg

Es ist nie zu spät fürs Leben

Åsa Hellberg

Sommerfreundinnen

Roman

Aus dem Schwedischen von Sarah Houtermans

978-3-548-61205-8

Mehr als dreißig Jahre lang waren die vier beste Freundinnen. Dann stirbt Sonja ganz überraschend. Ein letztes Mal verblüfft sie ihre Freundinnen Susanne, Maggan und Rebecka: Mit dem Wunsch »Ich will, dass ihr glücklich werdet« schickt sie die drei auf eine abenteuerliche Reise zu ihren ganz privaten Orten des Glücks. Zunächst zögern die drei. Sollen sie ihr bequemes, langweiliges Leben wirklich so einfach für einen mutigen Neuanfang hinter sich lassen? Doch Sonja hat nichts dem Zufall überlassen und zeigt den Freundinnen, wie viel das Leben an Freundschaft, Glück und Liebe noch zu bieten hat.

»Eine warmherzige Geschichte, die mitten ins Herz trifft!«
LitteraturMagazinet

1

Es war durchaus außergewöhnlich, dass eine tote Frau vor dem Eingang von Åhléns lag. Aber Sonja Gustavsson war schließlich auch zu Lebzeiten nie eine gewöhnliche Frau gewesen.

Sie hatte nicht geplant, mitten im Farsta Einkaufs-zentrum zu sterben, aber sie hätte nichts dagegen ge-habt. Sonja hatte seit vielen Jahren mit der Aussicht auf den Tod gelebt. Ihr Arzt hatte ihr bereits 1983 ins Gewissen geredet, aber ein Leben ohne gutes Essen, Zigaretten und Alkohol wäre für sie einem langsamen Tod gleichgekommen. Und viel schlimmer gewesen, als mitten in einem Shoppingcenter einen massiven Herzinfarkt zu erleiden.

Bevor sie nun mit vierundfünfzig Jahren ihren letzten Seufzer ausstieß, konnte sie gerade noch denken, wie gut es doch war, dass sie ihr Testament vor kurzem ein letztes Mal geändert hatte.

Die neue Fassung war einfach *so viel* amüsanter.

LESEPROBE

2

Auf dem Weg zum Flughafen Arlanda betrachtete Susanne ihre Fingernägel und stellte fest, dass die rote Farbe trotz mehrerer Lackschichten an einer Ecke abgeblättert war. Verdammt. Sie hatte keine Zeit, sie jetzt noch einmal neu zu lackieren. Im Bus war das ohnehin keine gute Idee. Sie würde sowieso rennen müssen, sie war schon spät dran gewesen, als sie um halb sieben in den Bus gestiegen war. In einer Stunde hatte die ganze Besatzung bereitzustehen, und sie musste sich ranhalten, wenn sie rechtzeitig kommen wollte.

Lieber Gott, bitte mach, dass er heute nicht dabei ist, dachte sie, als der Bus auf der E4 Richtung Flughafen raste. Sie lächelte. Wie oft hatte sie hier gesessen und sich genau das Gegenteil gewünscht? Gehofft, dass Anders da sein würde, dass er aus der Bereitschaft zum Dienst gerufen worden war, wenn er keinen regulären Flug hatte.

Obwohl sie ihr Verhältnis schon vor über drei Monaten beendet hatte, hätte sie Flüge mit ihm nach wie vor lieber vermieden. Sie wusste, wie anfällig sie für sein aggressives Werben war, wenn sie auf dem Weg irgendwohin waren, wo sie auch übernachteten. Laut Plan würde sie heute nach Oslo fliegen, und deshalb war es besonders wichtig, dass Kapitän Anders Schultz sich weit weg von ihrem Hotelzimmer befand.

Aber Gott erhört unsere Gebete nicht immer. Anders' dunkle Stimme war bereits von draußen zu hö-

⁓ LESEPROBE ⁓

ren, und Susanne schaffte es gerade noch rechtzeitig, ihr professionelles Gesicht aufzusetzen, auch wenn ihr Magen revoltierte. Sie dankte dem Himmel, dass er sie wenigstens vorgewarnt hatte, öffnete die Tür und ging hinein.

»Hallo zusammen, schön, euch zu sehen. Wie geht's?«, fragte sie in den Raum hinein, während die erste Kollegin schon aufsprang und ihr entgegenstürmte.

»Susanne, wie wunderbar, wir haben uns ja ewig nicht gesehen. Zuletzt beim Zwischenstopp in Helsinki, oder? Das ist Monate her. Wie geht's dir? Warst du im Urlaub? Du bist so braun gebrannt und gut erholt, wie machst du das nur? Ich kriege so frühmorgens kaum die Augen auf!« Ihre Kollegin erwartete keine Antwort auf das Geplapper, und während Susanne tat, als höre sie zu, behielt sie aus dem Augenwinkel Anders im Blick. Er wirkte zufrieden. Schwer zu sagen, ob das an seiner selbstgefälligen Art lag oder daran, dass sie den Raum betreten hatte. Sicher seine Selbstgefälligkeit, entschied Susanne. Wenigstens war ihr sofort wieder klar, weshalb eine Beziehung mit ihm völlig unmöglich war. *Ach ja, und außerdem ist er verheiratet*, fügte sie in Gedanken hinzu, als wäre das nur ein unwesentliches Detail. Aber so war es nicht. Im Gegenteil, es spielte eine ganz entscheidende Rolle. Selbstverständlich war seine Ehe furchtbar, das hatte er so oft wiederholt, dass Susanne sich fragte, ob er vielleicht einen kleineren Hirnschaden hatte. Denn nach ihrer Vorstellung beendete man eine Ehe, wenn darin weder Liebe noch Sex vorkamen. Aber für Anders gab es Hunderte von Gründen, um bei

⁓ LESEPROBE ⁓

seiner Frau zu bleiben. Haus, Autos, Kinder, Schwiegereltern, um all das tat es ihm leid. Ganz sicher würde er seine Frau verlassen, nur noch nicht jetzt. Er sagte, ohne Susanne könne er nicht leben, aber sie glaubte ihm nicht eine Sekunde lang.

»Susanne, wie schön, dich zu sehen! Wie geht's dir?«, fragte der Pilot mit einem Augenzwinkern, als er sie auf dem Weg zum Flugzeug einholte.

»Danke, gut. Und dir? Wie läuft's mit deiner Familie? Hattet ihr einen schönen Urlaub?«, sagte sie und schnitt dabei eine Grimasse, die ein Lächeln darstellen sollte.

»Aber sicher. Alles wie immer. Wir haben viel mit den Kindern unternommen, du weißt schon. Ich erzähl dir später gern mehr, wir haben ja einen gemeinsamen Abend in Oslo vor uns. Bei dem schönen Wetter könnten wir doch zusammen ein Glas Wein in Akers Brygge trinken … Ich hab dich vermisst, Susanne«, flüsterte er und legte seine Hand auf ihren Arm.

Sie erschauderte. »Nein, mit einem Glas Wein in Akers Brygge wird das nichts, und ehrlich gesagt, ich habe dich überhaupt nicht vermisst«, sagte sie, während sie seine Hand abschüttelte.

Das war gelogen. Sie vermisste den Sex mit ihm. Das war aber auch schon alles. Sie würde sich unter keinen Umständen noch einmal mit ihm einlassen, auch wenn ihr Körper gerade etwas anderes wollte. *Es wird wirklich Zeit für die Wechseljahre*, dachte sie, als sie den Rest des Weges über die Gangway zurücklegte. Die sexuelle Unlust, von der ihre älteren Freundinnen erzählt hatten, erschien ihr plötzlich äußerst verlockend.

⁓ LESEPROBE ⁓

Als das Kommando »Cabin Crew, Cross-check« ertönte, tat Susanne wie geheißen. Sie war den ganzen Tag über ständig auf Trab gewesen und sehnte sich nach ihrem Hotelzimmer. Weil sie ganz hinten in der Kabine arbeitete, hatte sie glücklicherweise kaum Kontakt mit dem Cockpit. Ihr reichte es schon, wie ihr Körper reagierte, sobald sie seine Stimme hörte. Manche Piloten machten gern Durchsagen, und Anders war einer von ihnen. Susanne versuchte, abzuschalten und sich ganz auf die Fluggäste und ihre Bedürfnisse nach Wasser, Kaffee, Tee oder Wein zu konzentrieren. Wenn der letzte Flug für heute vorbei war, würde mit Sicherheit eine neue Einladung von ihm kommen. Da war es besser, so lange wie möglich an anderes zu denken.

Susanne hatte Beziehungen, die nirgendwohin führten, gründlich satt. Sie hatte ihr ganzes Leben darauf verschwendet. Ihr war klar, dass es ihre eigene Entscheidung war, immer wieder solche sinnlosen Verbindungen einzugehen. Das Beste an dieser Einsicht war, dass sie jetzt damit aufhören konnte. Vermutlich sehnte sie sich insgeheim nach Liebe, aber Susanne musste sich eingestehen, dass sie ihr bisher nicht einmal nahe gekommen war. Ihre zwei längeren Beziehungen waren am Ende gescheitert und hatten ihr nicht gerade Lust auf mehr gemacht, und der Gedanke, ihr Leben mit Anders zu teilen, war geradezu unangenehm.

Susanne schaffte es, Anders' Annäherungsversuche auf dem Weg zum Hotel abzuschmettern, und als sie

⸺ LESEPROBE ⸺

in ihrem Zimmer angekommen war, konnte sie sich endlich entspannen. Sie hängte ihre marineblaue Uniform auf, holte eine frisch gebügelte Bluse aus ihrem Gepäck und hängte sie im Badezimmer über einen Bügel. Der Wasserdampf aus der Dusche würde sie wieder ganz glatt werden lassen. Sie schlüpfte aus ihrer Strumpfhose und der Seidenunterwäsche, warf sie in ihre kleine Reisetasche und streckte sich nackt auf dem Bett aus. Wenn sie sich ein Omelett und einen Saft aufs Zimmer bestellte, musste sie es heute gar nicht mehr verlassen. Sorgen, dass ihr bis zum Frühstück am nächsten Morgen langweilig werden könnte, machte sie sich nicht. Etwas zu essen, eine Dusche und der Fernseher reichten ihr voll und ganz. Und um das prickelnde Gefühl, das sich nach der Begegnung mit Anders in ihrem Unterleib ausgebreitet hatte, konnte sie sich auch selber kümmern.

Als es eine Stunde später diskret an der Tür klopfte, war sie völlig mit sich selbst beschäftigt, und in dem Moment, als es noch einmal klopfte, kam sie, und der Orgasmus, so wohlbekannt wie intensiv, wallte in Schüben durch ihren Körper.

Gott sei Dank, das war perfektes Timing, dachte sie, als klar war, dass Anders aufgegeben hatte. *Gott sei Dank.*

[...]

6

Meine allerliebsten Freundinnen,
ihr drei seid meine Familie, seit ich meine eigene ver-
loren habe.
Ich weiß jetzt alles über Freundschaft, denn ihr habt
es mir gezeigt.
Ich weiß jetzt alles über Liebe, denn ihr habt sie mir
gegeben.
Ich weiß jetzt, wie wertvoll ich bin, denn das habt
ihr mich gelehrt.
Oh, wie wir gelacht und geweint haben.
Wie wir geliebt und gehasst haben.
Wie wir uns alles erzählt haben.

Fast alles.

Von meiner Herzkrankheit habe ich euch nie er-
zählt. Ich weiß schon seit vielen Jahren, dass sie mir
das Leben rauben wird. Ihr kennt mich und werdet
deshalb verstehen, dass ich auf einen plötzlichen
Tod hoffe, statt bettlägrig zu werden und das Leben
nicht mehr genießen zu können. Die Ärzte können
nicht garantieren, dass eine Herztransplantation gut
ausgehen würde. Deshalb habe ich beschlossen, mein
Leben so zu leben, wie ich es will.

Das ist das eine.

Das andere ist mein Geld.
Ich habe nämlich jede Menge davon. Um wie viel es
sich genau handelt, weiß Herr Andréasson.

~ LESEPROBE ~

Seid mir nicht böse, dass ich euch nicht davon erzählt habe. Für mich war Geld nie wichtig, und ich habe nie mehr ausgegeben als ihr. Ich habe es von meinen Eltern geerbt, aber von meinen Bildern gelebt, die ich zusammengeschmiert habe.

Wie ihr wisst, liebe ich es, mich in euer Leben einzumischen. Das ist meine letzte Möglichkeit, und ich werde sie nutzen, so gut ich kann. Natürlich steht es euch frei, darauf zu pfeifen, was ich sage.

Maggan, liebste Maggan,
du musst endlich aufhören, dich zur Sklavin deiner Familie zu machen. Deine Tochter ist erwachsen und verheiratet. Dein Enkelsohn kann ab und zu genauso gut bei seinen anderen Großeltern sein. Es ist Zeit, dass du wieder aufblühst, dich hübsch zurechtmachst und dich attraktiv fühlst. Nicht um einen Mann anzulocken, sondern damit du dir selbst gefällst, wenn du dich im Spiegel siehst.

Rebecka, liebste Rebecka,
hast du nicht genug bewiesen? Jeden Tag gehst du zu deiner superwichtigen Arbeit, aber was hast du eigentlich davon außer Kopfschmerzen und Hämorrhoiden? Jedenfalls keinen Sex, obwohl du genau den am nötigsten brauchst. Jede Menge hemmungslosen Sex, ohne dabei daran zu denken, dass deine Kleider zerknittern oder du zu spät kommen könntest.

Susanne, meine liebste Susanne,
die Welt ist voller wunderbarer Männer. Tolle Männer, mit denen du nicht schlafen musst, sondern die

du kennenlernen und mit denen du dich vielleicht anfreunden kannst. Es gibt noch ein anderes Leben als das in Flugzeugen. Entdecke es, finde dich selbst. Pfeif auf Facebook, triff deine Freunde lieber im richtigen Leben, wenn du freihast.

Für euch alle drei gilt: Ihr müsst an eurem Gewicht arbeiten.
Rebecka und Susanne, ihr seid einfach zu dünn und habt anscheinend vergessen, wie man isst, so dass man gesund und hübsch aussieht. Ihr seid gerade mal fünfzig, und mit etwas mehr Fleisch auf euren knochigen Hüften könntet ihr großartig aussehen. Maggan, bei dir ist es umgekehrt. Hör auf, dich hinter deinen Kilos zu verstecken. Ich liebe meinen runden Körper. Aber du benutzt deinen Speck als Schutz, der dich unsichtbar machen soll.

Mädels: Hiermit verspreche ich euch, dass ihr euch nie mehr Gedanken über eure Rente und überhaupt eure Finanzen machen müsst. Um stinkreich zu werden, müsst ihr bloß meine Bedingungen erfüllen. Ich schreibe sie Punkt für Punkt auf, damit es keine Missverständnisse gibt.

Unter folgenden Bedingungen könnt ihr mein Erbe antreten und unter euch aufteilen:
- Im Laufe der nächsten drei Monate müsst ihr min-destens fünf Kilo zu- oder abgenommen haben. Maggan, hör auf, Kuchen zu essen. Rebecka und Susanne, fangt damit an.
- In drei Monaten habt ihr alle bestehenden Ver-

⁓ LESEPROBE ⁓

pflichtungen erfüllt oder gelöst. Rebecka kündigt ihren Geschäftsführerposten, Susanne arbeitet nicht länger als Stewardess, und Maggan passt nicht mehr zwei Tage pro Woche auf ihren Enkel auf.

- In genau drei Monaten und einem Tag bekommt ihr einen weiteren Brief von mir, in dem steht, was genau ihr im nächsten Jahr machen werdet. Herr Andréasson wird ihn euch hier in der Kanzlei vorlesen. Falls dieser Tag auf einen Samstag oder Sonntag fällt, kommt am Montag darauf um vierzehn Uhr in die Kanzlei. Es ist Eile geboten, weil das Vermögensverzeichnis in gesetzlich vorgeschriebener Zeit unterzeichnet werden muss.

- Von heute an wird es also genau ein Jahr, drei Monate und einen Tag dauern, bis ihr mein Erbe vollständig antreten könnt. Auf gar keinen Fall dürft ihr irgendjemandem von dieser Abmachung erzählen. Nehmt ihr meine Bedingungen an, könnt ihr über gewisse Punkte mit anderen sprechen, aber über das gesamte Erbe müsst ihr Schweigen bewahren. Bereits heute werden je fünfhunderttausend Kronen (500 000 SEK) auf eure Konten überwiesen. Solltet ihr meine Bedingungen ablehnen, ist das alles, was ihr bekommt. Die gesamte Erbschaft umfasst etwa drei, vielleicht vier Milliarden Kronen. Habe ich schon gesagt, dass ihr euch einig sein müsst? Falls eine von euch einen Rückzieher macht, müssen sich auch die anderen beiden mit den fünfhunderttausend Kronen begnügen.

―― LESEPROBE ――

PS: Wenn ihr in drei Monaten und einem Tag nicht bei Herrn Andréasson erscheint, weiß er, was er zu tun hat, und mein Angebot verfällt.

Ich liebe euch. Sonja.

Schweigen. Nur das Knarren des Stuhls war zu hören, als der Rechtsanwalt sich zurücklehnte, nachdem er fertig gelesen hatte. Er war es, der schließlich das Schweigen brach.

»So viel dazu. Unsere Sonja Gustavsson war schon eine besondere Frau.« Er lachte und schüttelte den Kopf, als er fortfuhr: »Die Summe, von der die Rede war, beträgt genau drei Milliarden, fünfhundert Millionen und dreihundertfünfundsiebzigtausend Kronen. Was sagen Sie? Haben Sie Fragen?«

»Ich brauche Luft, sofort.« Rebecka sprang auf. »Ich kann mich sicher telefonisch an Sie wenden, wenn ich möchte?«, fragte sie den Rechtsanwalt.

Er nickte.

»Ja, das ist selbstverständlich kein Problem. Aber bevor Sie gehen, hätte ich gern einige Unterschriften von Ihnen, damit Sie das Geld kriegen, das Ihnen bereits heute zusteht. Das gilt natürlich für Sie alle.«

© Ullstein Buchverlage GmbH, Berlin 2014
© 2012 by Åsa Hellberg

— LESEPROBE —

Åsa Hellberg

Sommerreise

Roman.
Taschenbuch.
Auch als E-Book erhältlich.
www.list-taschenbuch.de

Das Glück wartet gleich hinter der nächsten Kurve

Sara ist Anfang fünfzig und frisch geschieden. Als ihr Exmann dann auch noch verlangt, dass sie sich um den Verkauf seines Motorrads kümmert, hat sie genug. Kurzerhand entführt sie das wertvolle Liebhaberstück. Ihrer besten Freundin Jessica liegt eigentlich nichts ferner als eine Reise auf dem Motorrad. Aber sie lässt sich überreden. Kurz darauf verlassen die beiden Freundinnen Stockholm und düsen in Richtung Süden. Und damit beginnt das eigentliche Abenteuer erst, bei dem die beiden Freundinnen die Liebe und das Leben endlich zu genießen lernen.

List

Corina Bomann

Sturmherz

Roman.
Taschenbuch.
Auch als E-Book erhältlich.
www.ullstein-buchverlage.de

Eine große Liebe, eine Naturkatastrophe und ein lang ersehnter Neuanfang

Alexa Petri hat schon seit vielen Jahren ein schwieriges Verhältnis zu ihrer Mutter Cornelia. Doch nun liegt Cornelia im Koma, und Alexa muss die Vormundschaft übernehmen. Sie findet einen Brief, der Cornelia in einem ganz neuen Licht erscheinen lässt: als leidenschaftliche junge Frau im Hamburg der frühen sechziger Jahre. Und als Leidtragende der schweren Sturmflutkatastrophe. Als ein alter Freund von Cornelia auftaucht, ergreift Alexa die Chance, sich vom Leben ihrer Mutter erzählen zu lassen, die sie schließlich auch verstehen und lieben lernt.

Nina Blazon

Liebten wir

Roman.
Taschenbuch.
Auch als E-Book erhältlich.
www.ullstein-buchverlage.de

Manchmal muss man auf eine Reise gehen, um anzukommen.

Verstohlene Blicke, versteckte Gesten, die Abgründe hinter lächelnden Mündern: Fotografin Mo sieht durch ihre Linse alles. Wenn sie der Welt ohne den Filter ihrer Kamera begegnen soll, wird es kompliziert. Mit ihrer Schwester hat sie sich zerstritten, von ihrem Vater entfremdet. Umso mehr freut sich Mo auf das Familienfest ihres Freundes Leon. Doch das endet in einer Katastrophe. Mo reicht es. Gemeinsam mit Aino, Leons eigensinniger Großmutter, flieht sie nach Finnland. Eine Reise mit vielen Umwegen für die beiden grundverschiedenen Frauen. Als Mo in Helsinki Ainos geheime Lebensgeschichte entdeckt, ist sie selbst ein anderer Mensch.

Barbara Kunrath

Schwestern bleiben wir immer

Roman.
Taschenbuch.
Auch als E-Book erhältlich.
www.ullstein-taschenbuch.de

»Katja ist meine kleine Schwester, aber sie war immer schon die Selbstbewusstere von uns beiden. Sie ist es bis heute. Die Leute denken, ich sei die Stärkere, weil ich älter bin, größer und kräftiger. Aber das stimmt nicht.«

Alexa hat sich immer gekümmert. Um ihre beiden Kinder, ihren Mann Martin, um den Haushalt und den Garten. Und nebenbei um das Grab ihrer Tochter Clara, die so früh sterben musste, und um das ihrer Mutter. Ihre Schwester Katja dagegen ist ganz anders: schön, selbstbewusst und unabhängig. Dann stellt sich heraus, dass die Mutter den Schwestern ihr Leben lang die Wahrheit über ihre Vergangenheit verschwiegen hat. Gemeinsam machen sich Alexa und Katja auf die Reise …

Zwei Schwestern. Zwei Leben. Eine Reise in die Vergangenheit.